DIE ABENTEUER DER MEERE

Jack London: Der Seewolf

Jack London

DER SEEWOLF

Herausgegeben und – unter Mitarbeit
von Georg Heinemann und Josef Pesch –
aus dem Amerikanischen übersetzt
von Ulrich Horstmann

Anaconda

Titel der amerikanischen Originalausgabe: *The Sea-Wolf*
(New York: Macmillan 1904)

Die Deutsche Nationalbibliothek verzeichnet diese Publikation in der Deutschen Nationalbibliografie; detaillierte bibliografische Daten sind im Internet unter http://dnb.d-nb.de abrufbar.

Dieser Band ist Teil der Sonderausgabe
Die Abenteuer der Meere (drei Bände in Kassette)
Jack London: *Der Seewolf*, Herman Melville: *Moby Dick*
Robert Louis Stevenson: *Die Schatzinsel*

Umschlagmotive: shutterstock/Kotik Murkotik, shutterstock/Catherinecml, shuttersock/ilolab (Montage Hintergrund, Meer). – shutterstock/kirian (Krake). – shutterstock/vso (Steuerrad)
Umschlaggestaltung: www.katjaholst.de
Satz und Layout: Roland Poferl Print-Design, Köln
Printed in Czech Republic 2015
ISBN 978-3-7306-0153-2
www.anacondaverlag.de
info@anacondaverlag.de

INHALT

DER SEEWOLF

1. KAPITEL

Ich weiß kaum, wo ich anfangen soll, obwohl ich manchmal spaßeshalber alles Charley Furuseth in die Schuhe schiebe. Er hatte ein Ferienhaus in Mill Valley am Fuße des Mount Tamalpais, das er nur in den Wintermonaten bewohnte, um dort auf der faulen Haut zu liegen, Nietzsche und Schopenhauer zu lesen und so auch im Kopf Ferien zu machen. Sobald es aber Sommer wurde, stürzte er sich wieder in das heiße und staubige Stadtleben und schuftete im Schweiße seines Angesichts rund um die Uhr. Wäre es nicht meine Gewohnheit gewesen, ihn jeden Samstagnachmittag zu besuchen und übers Wochenende zu bleiben, hätte ich mich an jenem besonderen Montagmorgen nicht in der Bucht von San Francisco befunden.

Sichere Schiffsplanken unter den Füßen, versteht sich, denn die *Martinez* war ein neues Dampfschiff, das im Fährdienst zwischen Sausalito und San Francisco eingesetzt wurde und eben seine vierte oder fünfte Fahrt absolvierte. Sie war gefährlich, weil dichter Nebel über der Bucht lag, was ich als Landratte aber kaum begriff. Vielmehr erinnere ich mich noch an die milde Erregung, mit der ich auf dem oberen Vorderdeck direkt unter dem Ruderhaus Aufstellung nahm und meine Einbildungskraft von dem geheimnisvollen Nebel gefangen nehmen ließ. Es ging eine frische Brise, und eine ganze Zeit lang stand ich allein in den undurchdringlichen Schwaden – und doch in Gesellschaft, denn über mir im Glaskasten befanden sich der Lotse und ein Mann, den ich für den Kapitän hielt, und auf eine verschwommene Weise war mir ihre Anwesenheit bewusst.

Wie angenehm sie doch war, dachte ich damals, diese Arbeitsteilung, die einen der Mühe enthob, sich mit Nebel, Wind,

Gezeiten und Navigation auszukennen, wenn man seinen Freund auf der anderen Seite des Meeresarms besuchen wollte. Es war gut, dass sich die Menschen spezialisierten, kam mir in den Sinn. Die Spezialkenntnisse des Lotsen und des Kapitäns reichten für Tausende von Passagieren, die vom Meer und der Navigation ebenso wenig verstanden wie ich. Auf der anderen Seite brauchte ich meine Energie nicht darauf zu verschwenden, mir eine Vielzahl von Dingen anzueignen, sondern konnte sie auf einige wenige Gegenstände konzentrieren, so beispielsweise auf die Untersuchung der Stellung Poes in der amerikanischen Literatur – übrigens das Thema meines in der letzten Ausgabe des *Atlantic* abgedruckten Essays. Als ich an Bord ging und den Passagierraum durchquerte, hatten meine begierigen Augen einen beleibten Herrn ausgemacht, der den *Atlantic* las und ausgerechnet meine Abhandlung aufgeschlagen hatte. Und da stieß ich also wieder auf die Arbeitsteilung, das Spezialwissen des Lotsen und Kapitäns, das dem beleibten Herrn erlaubte, mein Spezialwissen über Poe zur Kenntnis zu nehmen, während sie ihn sicher von Sausalito nach San Francisco transportierten.

Ein rotgesichtiger Mensch, der die Tür des Passagierraums hinter sich zuschlug und an Deck stapfte, unterbrach meine Überlegungen, obwohl ich mir das Thema für eine künftige Abhandlung merkte, die den Titel tragen sollte: »Unverzichtbare Freiheit. Ein Plädoyer für den Künstler«. Der Rotgesichtige warf einen Blick zum Ruderhaus, äugte in den Nebel, stampfte (offenbar auf Prothesen) quer über das Deck und zurück und hielt endlich, breitbeinig und mit einer von großem Vergnügen zeugenden Miene, neben mir an. Mein erster Eindruck, dass er sein Leben auf See verbracht hatte, sollte sich rasch bestätigen.

»So eine Waschküche hat schon manchem vor der Zeit graue Haare beschert«, sagte er und nickte zum Ruderhaus hinüber.

»Ich wusste gar nicht, dass das so viel Mühe macht«, antwortete ich. »Es scheint doch ganz kinderleicht. Sie können die Richtung vom Kompass ablesen, kennen die Entfernung und die Geschwindigkeit, und der Rest ergibt sich – mit mathematischer Sicherheit.«

»Mühe!«, schnaubte er. »Kinderleicht! Mit mathematischer Sicherheit!«

Es schien, als lehne er sich gegen den Wind und mache sich auf einiges gefasst, während er mich anstarrte. »Und was ist mit dem Tidenstrom unter der Golden Gate?«, bellte er mehr, als er fragte. »Strömungsgeschwindigkeit? Abdrift, eh? Hören Sie sich das gefälligst mal an. Eine Glockenboje. Und wir halten genau darauf zu. Merken Sie, wie sie den Kurs ändern?«

Aus dem Nebel drang Trauergeläut, und ich konnte sehen, wie der Lotse das Ruder herumwirbelte. Die Glocke, die gerade noch direkt vor uns zu liegen schien, tönte nun von seitwärts herüber. Unser Signalhorn gab heisere Laute von sich, und ab und zu drang das Getute anderer Schiffe durch den Nebel.

»Das ist irgendein Fährboot«, sagte mein neuer Nachbar und meinte damit ein von rechts kommendes Tuten. »Und das da. Hören Sie's? Mit dem Mund geblasen. Ein Leichter wahrscheinlich. Der Mann auf dem Kahn soll bloß aufpassen. Ah, hab' ich mir's doch gedacht. Jetzt schmort der aber im eigenen Saft.«

Das unsichtbare Fährboot tutete wieder und wieder, und der Bläser auf dem Leichter stieß jetzt panikartig in sein Horn.

»Und nun ziehen sie den Hut voreinander und sehen zu, dass sie Abstand gewinnen«, fuhr der Rotgesichtige fort, als das frenetische Lärmen aufhörte.

Sein Gesicht leuchtete, und die Augen blitzten vor Erregung, während er die Sprache der Hörner und Sirenen in menschliche Laute übersetzte. »Das ist eine Dampfsirene, dort drüben auf der linken Seite. Und was so klingt, als hätte jemand einen Frosch in der Kehle, stammt von einem Schoner, soweit ich das beurteilen kann, der sich von Heads kommend gegen die Strömung vorwärtskämpft.«

Ein schrilles, dünnes Tuten in einem verrückten Stakkato ertönte direkt von vorn und aus unmittelbarer Nähe. Auf der *Martinez* schlug man die Gongs. Unsere Schaufelräder hielten an, und ihr pulsierendes Schlagen verebbte, um dann von Neuem einzusetzen. Das schrille, dünne Tuten, wie Grillenzirpen inmitten des Gebrülls mächtiger Tiere, drang jetzt mehr von seitwärts durch den Nebel und wurde schnell schwächer. Ich wartete darauf, dass mich mein Gefährte aufklärte.

»Eine von diesen rücksichtslosen Barkassen«, sagte er. »Fast wünschte ich, wir hätten den Rowdy auf den Meeresgrund geschickt. Diese Dinger verursachen immer mehr Ärger. Und gut sind sie zu überhaupt nichts. Jeder Trottel setzt sich rein und schippert damit von Pontius zu Pilatus, übertönt mit seiner Tröte das ganze Orchester und verklickert dem Rest der Welt, bloß aufzupassen, weil jetzt einer kommt, der nicht auf sich selbst achtgeben kann. Weil so einer kommt. Dabei hat man schon genug am Hals. Vorfahrt! Zivilisiertes Betragen! Die wissen nicht einmal, was diese Worte bedeuten.«

Ich fand seinen Wutanfall ganz amüsant, und während er entrüstet herumstapfte, beschäftigte ich mich in Gedanken mit dem romantischen Zauber des Nebels. Denn fraglos war er romantisch – der Nebel. Wie der graue Schatten eines unergründlichen Geheimnisses lag er über unserem herumgewirbelten Fleckchen Erde; und die Menschen, bloße Sonnenstäubchen und beladen mit dem Fluch einer irrwitzigen Arbeitswut, drangen auf ihren Rössern aus Holz und Stahl tief ins Innere des Geheimnisses ein, tasteten sich blindlings vorwärts und gaben dabei mit viel Lärm und Getöse ihrer Zu-

versicht Ausdruck, während ihre Herzen in Wirklichkeit schwer waren vor Ungewissheit und Furcht.
Die Stimme meines Gefährten ließ mich auflachend wieder zu mir kommen. Auch ich war Halt suchend herumgetapst, während ich mir einbildete, sehenden Auges das Geheimnis zu durchdringen.
»Oho, einer kommt auf uns zu«, sagte er gerade. »Hören Sie das? Und zwar schnell. Schnurstracks. Hört uns wahrscheinlich noch nicht. Der Wind weht aus der falschen Richtung.«
Die frische Brise blies uns direkt ins Gesicht, und ich konnte das Horn nicht weit voraus und etwas seitlich ganz deutlich hören.
»Fähre?«, fragte ich.
Er nickte und setzte dann hinzu: »Sonst hätte sie nicht so ein Tempo drauf.« Er gluckste in sich hinein. »Die werden unruhig da oben.«
Ich schaute hoch. Der Kapitän hatte Kopf und Schultern aus dem Ruderhaus gesteckt und starrte so durchdringend in den Nebel, als könne er ihn durch bloße Willensstärke vertreiben. Sein Gesicht war ebenso besorgt wie das meines Gefährten, der sich über das Geländer beugte und mit derselben Konzentration nach der unsichtbaren Gefahr ausspähte.
Dann passierte es, und zwar mit unvorstellbarer Geschwindigkeit. Der Nebel riss auf, als sei er mit einem Keil gespalten worden, und der Bug eines Dampfers erschien, von dem an beiden Seiten Nebelgirlanden herabhingen wie Seetang aus dem Maul eines Meeresungeheuers. Ich konnte das Ruderhaus sehen und einen Mann mit einem weißen Bart, der sich, auf seine Ellbogen gestützt, halb herauslehnte. Er trug eine blaue Uniform, und ich weiß noch, wie untadelig ruhig er aussah. Unter diesen Umständen war seine Ruhe fürchterlich. Er akzeptierte das Schicksal, marschierte im Gleichschritt mit ihm und schätzte kühl den Schlag ab, zu dem es ausholte.

Während er dort lehnte, ließ er seinen Blick gelassen und nachdenklich über unser Schiff schweifen, als wolle er den genauen Zeitpunkt des Zusammenstoßes ausmachen, und er zeigte keinerlei Reaktion, als ihm unser vor Wut erbleichter Lotse zuschrie: »Jetzt hast du es endlich geschafft.«

Als ich wieder nach vorn schaute, bemerkte ich, dass die Offensichtlichkeit dieser Bemerkung jede Antwort überflüssig machte.

»Halten Sie sich irgendwo fest«, sagte der Rotgesichtige zu mir. Sein aufbrausendes Wesen war von ihm abgefallen, und die übernatürliche Ruhe schien sich auf ihn übertragen zu haben. »Und Ohren auf, wenn die Frauen schreien«, ergänzte er grimmig und, wie es mir vorkam, mit einem Anflug von Bitterkeit, als hätte er diese Erfahrung schon einmal machen müssen.

Die Schiffe havarierten, bevor ich seinem Rat folgen konnte. Wir müssen wohl genau mittschiffs gerammt worden sein, denn ich bekam nichts davon mit, weil der seltsame Dampfer schon wieder aus meinem Gesichtskreis verschwunden war. Die *Martinez* legte sich ruckartig auf die Seite; Holz splitterte und barst. Ich stürzte auf das nasse Deck, und noch bevor ich wieder auf den Beinen war, hörte ich die Frauen schreien. Das war es ohne Frage – dieses ganz unbeschreibliche Geschrei, bei dem einem das Blut in den Adern gefriert –, was mich in Panik versetzte. Ich erinnerte mich an die Schwimmwesten im Passagierraum, aber an der Tür traf ich auf ein wildes Gedränge herausstürzender Menschen, die mich mitrissen. Was in den nächsten Minuten geschah, weiß ich nicht mehr, obwohl ich mich ganz genau daran erinnern kann, dass ich Schwimmwesten aus dem Lattenrost unter der Decke herauszog, während der Rotgesichtige sie einer hysterischen Gruppe von Frauen anlegte. Dieser Gedächtniseindruck ist so klar und scharf wie manch andere Bilder, die mir noch vor Augen stehen. Es ist ein Bild, und ich sehe es vor mir – die zersplitterten Ränder des Lochs in der Passagierraumseite, durch das der graue Nebel hereinwirbelte und -strudelte; die leeren Polstersitze, übersät mit allen Anzeichen einer hastigen Flucht: mit Paketen, Mappen, Schirmen und Schals. Der füllige Herr, der meinen Essay gelesen hatte und jetzt in Kork und Segeltuch verpackt war, aber die Zeitschrift immer noch in der Hand hielt und mich mit monotoner Beharrlichkeit fragte, ob meiner Meinung nach irgendeine Gefahr bestünde. Der Rotgesichtige, der – die Ritterlichkeit selbst – auf seinen Prothesen herumstapfte und alle Neuankömmlinge mit Schwimmwesten versorgte. Und endlich die Frauen, die kreischten wie im Irrenhaus.

Ihr Geschrei ging mir am meisten auf die Nerven. Und der Rotgesichtige muss sich genauso gefühlt haben, denn ich habe ein weiteres Bild im Kopf, das nie verblassen wird. Der Beleibte stopft die Zeitschrift in seine Rocktasche und sieht neugierig zu. Ein Knäuel von Frauen mit weißen, verzerrten Gesichtern und offenen Mündern kreischt wie ein Chor verlorener Seelen. Und der Rotgesichtige, inzwischen vor Wut purpurn angelaufen, die Arme über den Kopf gereckt, als wolle er Blitze schleudern, dröhnt: »Schnabel halten! So haltet doch endlich den Schnabel!«

Ich weiß noch, dass diese Szene mich plötzlich zum Lachen reizte, und im nächsten Augenblick bemerkte ich, dass ich selbst hysterisch wurde, denn die Frauen waren meinesgleichen wie meine Mutter und meine Schwestern, und sie klammerten sich voll Todesangst ans Leben. Die Laute, die sie hervorbrachten, erinnerten mich an das Gequieke von Schweinen unter dem Messer, und die schlagende Ähnlichkeit erfüllte mich mit Schrecken. Diese Frauen waren zu den erhabensten Gefühlen, der zartesten Zuneigung fähig, aber jetzt rissen sie den Mund auf und kreischten. Sie wollten leben, sie saßen hilflos wie Ratten in der Falle, und sie kreischten.

Es war schrecklich und trieb mich nach draußen an Deck. Ich fühlte mich schlecht und angewidert und setzte mich auf eine Bank. Wie durch einen Schleier sah und hörte ich Männer hin- und herlaufen und rufen, während sie sich bemühten, die Rettungsboote klarzumachen. Es war genauso, wie ich es in Büchern, die solche Szenen beschreiben, gelesen hatte. Die Taljen blockierten. Nichts funktionierte. Ein Boot brachten sie zu Wasser, ohne das Spundloch zu verstopfen; erst füllte es sich mit Frauen und Kindern, dann mit Wasser, und schließlich schlug es um. Ein anderes schwang nur an einem Ende frei, blieb mit dem anderen am Davit hängen und musste aufgegeben werden. Von dem seltsamen Dampfer, der das Unglück verursacht hatte, war nichts mehr zu sehen, obwohl ich einige Männer sagen hörte, er würde uns mit Booten zu Hilfe kommen.

Ich stieg zum Unterdeck hinab. Die *Martinez* sank schnell und lag schon sehr tief im Wasser. Viele Passagiere sprangen über Bord. Andere, die schon im Wasser trieben, verlangten flehentlich, wieder an Deck gezogen zu werden. Niemand beachtete sie. Ein Schrei ertönte, dass wir sänken. Ich wurde durch die dadurch ausgelöste Panik mitgerissen und stürzte in einer Woge von Körpern über die Reling. Wie ich hinüberkletterte, weiß ich nicht mehr, dafür wurde mir augenblicklich klar, warum die Leute im Wasser so erpicht darauf gewesen waren, wieder an Bord zu kommen. Das Wasser war kalt – so kalt, dass es wehtat. Als ich eintauchte, durchzuckte mich ein heftiger Schmerz, als hätte ich mich verbrannt. Er ging bis ins Mark. Der Schmerz und der Schock ließen mich nach Luft ringen, und noch bevor mich die Schwimmweste wieder an die Oberfläche zog, waren meine Lungen mit Wasser gefüllt. Ich hatte einen starken Salzgeschmack im Mund und erstickte fast an dem ätzenden Zeug in meiner Kehle und meiner Brust.

Aber die Kälte machte mir am meisten zu schaffen. Ich spürte, dass ich nicht länger als ein paar Minuten würde überleben können. Um mich herum strampelten und zappelten Menschen im Wasser. Ich konnte hören, wie sie sich gegenseitig anriefen. Auch Rudergeräusche drangen an mein Ohr. Offensichtlich hatte der seltsame Dampfer Boote ausgesetzt. Während die Zeit verging, wunderte ich mich darüber, noch am Leben zu sein. Meine Füße und Beine spürte ich schon nicht mehr, während eine betäubende Kälte mein Herz umschloss und allmählich einsickerte. Kleine Wellen mit boshaften Schaumkronen schlugen ständig über mir zusammen, schwappten in meinen Mund und lösten neue Erstickungsanfälle aus. Die Geräusche wurden schwächer und verschwammen, obwohl ich noch einen Schlusschor von Verzweiflungsschreien mitbekam, der mir verriet, dass die *Martinez* untergegangen war. Später – wie viel später weiß ich nicht – kam ich wieder zu mir, von Angst geschüttelt. Ich war allein. Ich konnte keine Rufe oder Schreie mehr hören, sondern nur noch das Geräusch der Wellen, ein hohles und nachhallendes Schwappen, das der Nebel noch unheimlicher machte. Panik in einer Menge, in der alle von demselben Wunsch beseelt sind, ist weniger schrecklich als Panik in der Isolation; und eben unter ihr litt ich jetzt. Wohin trieb ich? Der Rotgesichtige hatte gesagt, dass der Ebbestrom unter der Golden Gate hindurchführte. Wurde ich also aufs offene Meer hinausgetragen? Und was war mit der Schwimmweste, die mich über Wasser hielt? Konnte sie sich nicht in jedem Augenblick in ihre Bestandteile auflösen? Ich hatte von welchen gehört, die aus Papier und Binsen gemacht waren, sodass sie sich schnell vollsaugten und keinen Auftrieb mehr lieferten. Und ich konnte nicht schwimmen. Ich war allein und trieb offensichtlich mitten in einer urtümlichen grauen Weite. Ich gebe zu, dass ich den Verstand verlor, dass ich laut

aufschrie, wie die Frauen geschrien hatten, und mit meinen gefühllosen Händen das Wasser schlug.
Wie lange alles das dauerte, davon habe ich keine Vorstellung mehr, denn es trat ein Zustand der völligen Apathie ein, von dem mir ebenso wenig in Erinnerung geblieben ist wie von einer unruhigen Nacht. Als ich erwachte, schienen mir Jahrhunderte verstrichen zu sein, und ich sah fast unmittelbar über mir den Bug eines Schiffs mit drei Dreieckssegeln, die sich auf raffinierte Weise überlappten und im Winde blähten, aus dem Nebel auftauchen. Wo der Steven durchs Wasser schnitt, schäumte und gurgelte es heftig, und das Schiff schien direkt auf mich zuzuhalten. Ich versuchte zu rufen, aber ich war zu erschöpft. Der Bug tauchte tief ein, verfehlte mich um Haaresbreite und überschüttete meinen Kopf mit einem Wasserschwall. Dann glitt schwarz die lange Flanke vorüber, so nah, dass ich sie mit den Händen hätte berühren können. Ich fasste den wahnwitzigen Entschluss, mich mit den Nägeln am Rumpf festzukrallen, aber meine Arme waren zu leblos und zu schwer. Wieder versuchte ich zu rufen, brachte aber keinen Laut heraus.
Das Schiffsheck schoss vorbei und sank im selben Moment in ein Wellental; ich konnte einen Mann am Ruder ausmachen und einen zweiten, der anscheinend allein damit befasst war, eine Zigarre zu rauchen. Ich sah den Rauch zwischen seinen Lippen austreten, während er langsam den Kopf wandte und die Augen in meiner Richtung über das Wasser schweifen ließ. Es war ein gleichgültiger und beiläufiger Blick, Teil jener zufälligen Dinge, die Menschen tun, wenn sie keinen unmittelbaren Verpflichtungen nachkommen müssen, sondern handeln, weil sie lebendig und von Tatendrang beseelt sind.
Aber in jenem Blick lag Leben und Tod. Ich konnte sehen, wie der Nebel das Schiff verschlang. Ich sah den Rücken des Rudergängers und den Kopf des anderen, der sich drehte,

langsam drehte, während seine Augen auf dem Wasser ruhten und ganz willkürlich auf mich zuwanderten. Sein Gesichtsausdruck wirkte abwesend, als sei er tief in Gedanken versunken, und ich bekam Angst, dass er mich nicht wahrnehmen würde, selbst wenn ich in sein Blickfeld geriete. Aber es passierte, er sah mir direkt in die Augen, und er bemerkte mich, denn er sprang ans Ruder, stieß den Mann zur Seite und wirbelte es mit übereinandergreifenden Händen herum, während er gleichzeitig laut irgendwelche Befehle gab. Das Schiff schien jetzt abzufallen, und der Nebelvorhang schloss sich fast im selben Moment hinter ihm.

Ich fühlte, dass ich wieder in die Bewusstlosigkeit abglitt, und versuchte mit aller Willenskraft gegen die erstickende Leere und Dunkelheit anzukämpfen, die mich zu überfluten drohte. Wenig später vernahm ich Ruderschläge, die näher und näher kamen, und die Rufe eines Mannes. Als er ganz nahe war, hörte ich ihn ärgerlich hervorstoßen: »Warum zum Teufel antwortet der Kerl nicht?« Damit bin ich gemeint, dachte ich, und dann schlug die Leere und Dunkelheit über mir zusammen.

2. KAPITEL

Mir war, als schwänge ich an einem mächtigen Pendel durch grenzenlose Weiten. Gleißende Lichtpunkte schossen Funken sprühend an mir vorbei. Ich wusste, es waren Sterne und Kometen, die mir auf meinem Flug zwischen den Sonnen Gesellschaft leisteten. Als ich den äußersten Punkt des Pendelausschlags erreichte und mich darauf vorbereitete, in Gegenrichtung zurückzustürzen, ertönte dröhnend ein großer Gong. Eine Ewigkeit lang und geborgen im angenehmen Dahinplätschern der Jahrhunderte genoss ich nachdenklich meine ungeheure Reise.

Aber das Traumgesicht änderte sich, denn ich zweifelte nicht daran, dass ich träumte. Die Schwingungsdauer schrumpfte immer mehr. Mit befremdlicher Hast wurde ich hin- und hergestoßen. Kaum konnte ich Atem schöpfen, so ungestüm schleuderte es mich nunmehr durch die Himmelssphären. Der Gong dröhnte häufiger und wilder. Ich erwartete sein Donnern jetzt mit namenloser Furcht. Dann war mir, als würde ich über Sand gezogen, der wie Schleifpapier war und sich weiß und heiß im Sonnenlicht dehnte. Dieses Gefühl wurde von einem unerträglichen Schmerz abgelöst. Meine Haut brannte wie Feuer. Der Gong schepperte und dröhnte. Die gleißenden Lichtpunkte schossen in einem endlosen Strom an mir vorüber, als ob das ganze Firmament in sich zusammenstürzte. Ich keuchte, rang mühsam nach Luft und öffnete die Augen. Zwei Männer knieten neben mir und massierten meinen Körper. Die mächtige Pendelbewegung war das Stampfen eines Schiffes auf offener See. Der furchtbare Gong war eine Bratpfanne, die an der Wand hing und mit jedem Eintauchen des Schiffsrumpfes klapperte und schepperte. Der feuerheiße und scheuernde Sand waren die rauen Hände des einen Mannes, der meine nackte Brust rieb. Ich wand mich, weil er mir wehtat, und hob halb den Kopf. Meine Brust war gerötet und wund, und ich konnte sehen, dass sich unter der malträtierten und entzündeten Haut kleine Blutblasen gebildet hatten.

»Das reicht, Yonson«, sagte einer der Männer. »Kannst du nicht sehen, dass du dem Herrn fast das Fell über die Ohren gerubbelt hast?«

Der Mann, den er Yonson nannte und der dem schweren skandinavischen Menschenschlag angehörte, hörte auf, mich abzureiben, und richtete sich unbeholfen auf. Der ihn angesprochen hatte, war ohne Frage ein Cockney und hatte die glatten, verweichlichten, ja fast schon ins Weibische spielenden Gesichtszüge eines Menschen, der den Klang der Bow Bells mit der Muttermilch eingesogen hat. Die vor Schmutz starrende Musselinmütze auf dem Kopf und der um seine schmalen Hüften gewickelte dreckige Jutesack verrieten, dass er der Koch und Herr der nicht weniger schmuddeligen Kombüse war, in der ich mich befand.

»Und wie ist nun das werte Befinden, Euer Gnaden?«, fragte er mit dem devoten Grinsen, das nur Generationen Trinkgeld heischender Vorfahren ihm vererbt haben konnten.

Als Antwort rappelte ich mich in eine sitzende Stellung hoch, und dann half mir Yonson auf die Beine. Das Klappern und Scheppern der Bratpfanne zehrte furchtbar an meinen Nerven. Ich konnte meine Gedanken nicht zusammenhalten. Ich suchte Halt an der Holzverschalung der Kombüse – wobei mir zugestandenermaßen das Fett, von dem sie triefte, den Magen umdrehte –, griff quer über den heißen Ofen nach dem anstößigen Utensil, nahm es vom Haken und verstaute es sicher im Kohlekasten.

Der Koch grinste über mein dünnhäutiges Nervenkostüm und drückte mir einen dampfenden Krug mit den Worten in die Hand: »Hier, das hilft.« Es war ein übles Gepansche – Schiffskaffee –, aber es war heiß und weckte die Lebensgeister. Während ich das glutflüssige Zeug herunterschluckte, musterte ich meine wunde und blutige Brust und wandte mich an den Skandinavier.

»Vielen Dank, Mr. Yonson«, sagte ich, »aber waren Ihre Maßnahmen nicht vielleicht doch etwas zu energisch?«

Weil er den Vorwurf in meinem Verhalten besser verstand als meine Worte, hielt er mir seine Handflächen hin, damit ich sie untersuchen konnte. Sie waren bemerkenswert schwielig. Ich ließ meine Hand über die hornigen Wülste gleiten, und der schreckliche Schmirgeleffekt, den das erzeugte, setzte mir einmal mehr zu.

»Mein Name ist Johnson, nicht Yonson«, sagte er in sehr gutem, wenn auch langsamem Englisch, das er fast ganz ohne Akzent sprach.

Seine blassblauen Augen erhoben milde Einspruch, und überhaupt war da eine scheue Offenheit und Mannhaftigkeit in ihm, die mich für ihn einnahm.

»Vielen Dank, Mr. Johnson«, berichtigte ich mich und streckte ihm die Hand entgegen.

Er zögerte, unbeholfen und schüchtern, trat von einem Bein aufs andere, griff dann wie aus Versehen zu und schüttelte meine Hand kräftig.

»Hätten Sie vielleicht passende Sachen zum Anziehen?«, fragte ich den Koch.

»Sicher doch«, antwortete er zuvorkommend, »ich sehe mal unten nach, was sich finden lässt, wenn mein Zwirn gut genug ist für den Herrn.«

Er entschwand durch die Kombüsentür oder vielmehr, er glitt hinaus, und zwar in einer so flinken und geschmeidigen Art, dass sie weniger katzenhaft als ölig wirkte. Und dieses Geölte oder Geschmierte war tatsächlich, wie ich später herausfand,

das wohl herausragende Kennzeichen seiner Persönlichkeit.
»Und wo befinde ich mich?«, fragte ich Johnson, den ich ganz zu Recht für einen der Matrosen hielt. »Wie heißt das Schiff, und wohin geht die Reise?«
»Auf der Höhe der Farallones, Kurs Südwest«, antwortete er langsam und mit Bedacht, so als suche er nach seinem besten Englisch, und ohne einen Deut von der Reihenfolge meiner Fragen abzuweichen. »Der Schoner heißt *Ghost*, unterwegs zur Robbenjagd vor Japan.«
»Und wer ist der Kapitän? Ich muss ihn sprechen, sobald ich umgezogen bin.«
Johnson wirkte verwirrt und verlegen. Er zögerte, während er nach den richtigen Worten tastete und einen vollständigen Antwortsatz zusammenfügte. »Der Kapitän ist Wolf Larsen, oder so nennen ihn die Männer. Ich kenne seinen anderen Namen nicht. Aber Sie sollten sich in Acht nehmen, wenn Sie mit ihm reden. Heute Morgen ist er ganz außer sich. Der Maat –«
Aber er beendete den Satz nicht. Der Koch war hereingeschlüpft.
»Mach lieber die Biege, Yonson«, sagte er, »der Alte braucht dich an Deck, und heute kommst du ihm besser nicht verquer.«
Folgsam wandte sich Johnson zur Tür, warf mir aber gleichzeitig über die Schulter des Kochs einen erstaunlich eindringlichen und unheilschwangeren Blick zu, als wolle er dem unterbrochenen Satz noch einmal Nachdruck verleihen und mich bei meinem Gespräch mit dem Kapitän zur Zurückhaltung mahnen.
Über dem Arm des Kochs hing ein loser und unansehnlicher Haufen zerknitterter Kleidungsstücke, die einen säuerlichen Geruch verströmten.
»Bisschen feucht gelagert«, erklärte er von oben herab. »Aber

es muss halt gehen, bis das Herdfeuer Ihre Sachen getrocknet hat.«

Ich hielt mich am Balkenwerk fest, stolperte bei jedem Rollen des Schiffs, brachte es mithilfe des Kochs aber immerhin fertig, mir ein grobes wollenes Unterhemd über den Kopf zu streifen. Augenblicklich juckte mir die Haut unter dem kratzenden Stoff. Er bemerkte mein unfreiwilliges Zucken und Grimassieren und griente:

»Hoffentlich brauchen Sie sich bloß nie im Leben an so etwas zu gewöhnen – ich meine, weil Sie doch eine so weiche Haut haben, echt wie 'ne Dame. Denn dass Sie ein feiner Herr sind, das hab' ich auf den ersten Blick mitgekriegt.«

Er war mir von Anfang an unsympathisch gewesen, und während er mir beim Ankleiden half, steigerte sich meine Abneigung noch. Irgendetwas stieß mich ab, wenn er mich berührte. Ich zuckte vor seiner Hand zurück, mir schauderte. Und eingezwängt zwischen ihm und den Dünsten, die aus den verschiedenen Töpfen aufstiegen, die auf dem Kombüsenfeuer vor sich hinkochten und blubberten, hatte ich es eilig, an die frische Luft zu kommen. Außerdem musste ich dringend den Kapitän sprechen, um zu klären, wie ich wieder an Land kommen konnte.

Ein billiges Baumwollhemd mit ausgefranstem Kragen und Flecken auf der Brust, die wohl von längst eingetrocknetem Blut stammten, wurde mir unter einer wahren Kanonade von Erläuterungen und Entschuldigungen übergestreift. Meine Füße steckten in derben Arbeitsschuhen, und die Rolle der Hose übernahmen in meiner Ausstattung blassblaue und verwaschene Overalls, bei denen ein Bein um volle fünfundzwanzig Zentimeter kürzer war als das andere. Das ausgefranste Hosenbein sah so aus, als hätte der Teufel nach der Cockneyseele gekrallt und statt ihres schattenhaften Wesens etwas Stofflicheres in die Klauen bekommen.

»Und wem habe ich für diese freundliche Hilfe zu danken?«, fragte ich, als ich vollständig eingekleidet war, inklusive jener winzigen Schiffsjungenmütze, die ich auf dem Kopf trug, und der dreckigen gestreiften Baumwolljacke, die mir nur bis ins Kreuz reichte und deren Ärmel direkt unter meinen Ellbogen endeten. Der Koch heuchelte auf seine aalglatte Art Bescheidenheit und grinste selbstlos. Aufgrund meiner Erfahrungen mit den Stewards auf der Transatlantikroute, und zwar insbesondere am Ende der Reise, hätte ich schwören können, dass er auf sein Trinkgeld wartete. Da ich diese Kreatur noch besser kennenlernen sollte, kann ich rückblickend sagen, dass er die Pose unbewusst einnahm. Auslöser dafür war zweifellos eine ererbte Servilität.

»Mugridge, wenn's beliebt«, schwänzelte er, und seine weibischen Züge verschmolzen zu einem fettigen Lächeln. »Thomas Mugridge, stets zu Diensten.«

»Schön, Thomas«, sagte ich. »Ich werde mich erkenntlich zeigen – sobald meine Sachen trocken sind.«

Ein sanftes Leuchten überzog sein Gesicht, und seine Augen glänzten, als ob irgendwo in der Tiefe seines Wesens wieder Leben in seine Vorfahren gekommen wäre und blasse Erinnerungen an zu Lebzeiten empfangene Trinkgelder in ihnen rumorten.

»Ich danke auch schön«, sagte er überaus bescheiden.

In eben der Art, wie die Tür zurückglitt, bewegte auch er sich zur Seite, und ich trat aus der Kombüse. Ich war immer noch geschwächt von meinem langen Aufenthalt im Wasser. Ein Windstoß ließ mich über das schwankende Deck bis zur Ecke der Kajüte torkeln, an der ich mich Halt suchend festklammerte. Der Schoner, der jetzt weit überholte, stampfte und rollte in der langen Dünung des Pazifiks. Wenn sie nach Südwesten segelten, wie Johnson behauptet hatte, kam der Wind nach meiner Berechnung fast genau von Süden. Der Nebel hatte sich aufgelöst, und stattdessen tanzten glitzernde Sonnenstrahlen über die Wasseroberfläche. Ich drehte mich ostwärts, wo Kalifornien liegen musste, konnte aber nur flache Nebelbänke ausmachen – zweifellos eben den Nebel, der die *Martinez* ins Unglück gestürzt und mich in die gegenwärtige Situation gebracht hatte. Im Norden ragte eine Gruppe kahler Felsen aus dem Meer, wobei ich auf einer Spitze einen Leuchtturm ausmachen konnte. Im Südwesten, fast auf Gegenkurs, zeichneten sich die Segel eines Schiffes ab.

Nachdem ich den Horizont abgesucht hatte, wandte ich mich meiner unmittelbaren Umgebung zu. Mein erster Gedanke war, dass ein Mensch, der einen Schiffbruch hinter sich hatte und dem Tod nahe gewesen war, eigentlich mehr Aufmerksamkeit verdiente, als mir hier zuteil wurde. Außer dem Rudergänger, der neugierig über das Kajütendach lugte, würdigte mich niemand auch nur eines Blickes.

Alle interessierten sich anscheinend mehr dafür, was mittschiffs vor sich ging. Dort lag ein großer Kerl rücklings auf einem Luk. Er war vollständig bekleidet, obwohl sein Hemd vorne aufgerissen war. Trotzdem war von seinem Brustkorb nichts zu sehen, denn dieser war mit einer solchen Menge schwarzer Haare bedeckt, dass man das Fell eines Hundes vor sich zu haben glaubte. Gesicht und Hals waren hinter einem schwarzen Bart verborgen, in dem sich graue Strähnen zeigten und der eigentlich buschig und voll sein musste, jetzt aber besudelt und triefnass herunterhing. Die Augen hielt er geschlossen, und er war offensichtlich bewusstlos; dabei stand sein Mund weit offen, sein Brustkorb blähte sich, als sei er dem Ersticken nahe, und laut keuchend rang er nach Luft. Routinemäßig ließ ein Matrose in bestimmten Zeitabständen einen Segeltucheimer an einer Leine ins Meer gleiten, zog ihn Hand über Hand wieder an Deck und leerte ihn über dem Hingestreckten aus.

Neben dem Luk ging ein Mann auf und ab und kaute ungestüm auf einer Zigarre herum. Es war derselbe, dessen beiläufiger Blick mich vor dem Ertrinken gerettet hatte. Er war vielleicht ein Meter fünfundsiebzig oder ein Meter achtzig groß; aber mein erster Eindruck, das Gefühl, das dieser Mensch auslöste, war nicht das von Größe, sondern von Kraft. Und doch hätte man diese Kraft trotz seines schweren Körperbaus, seiner breiten Schultern und des kräftigen Brustkorbs nicht als rohe Stärke bezeichnen können. Vielmehr handelte es sich um die sehnige, knorrige Robustheit, die wir hageren und drahtigen Menschen nachsagen, die aber bei ihm wegen seines gedrungenen Körperbaus etwas gattungsüberschreitend Gorillahaftes besaß. Dabei erinnerte er äußerlich in keiner Weise an einen Gorilla. Was ich hier so bemüht umschreibe, ist diese Kraft selbst, die eigentlich mit seinem physischen Erscheinungsbild wenig zu tun hatte. Es war die Kraft, die wir für gewöhnlich mit dem Urtümlichen zusammenbringen, mit wilden Tieren und den Baum bewohnenden Kreaturen, als die wir uns unsere Vorfahren vorstellen – eine wilde, ungezähmte Kraft, in sich lebendig und der Inbegriff des Lebens, das ja nichts anderes als Aktivität und Bewegung darstellt, der Urstoff selbst, aus dem die zahllosen Formen des Vitalen hervorgegangen sind; kurz das, was sich im Schlangenkörper windet, nachdem der Kopf abgeschlagen ist und die Schlange als Schlange tot daliegt, oder das, was in einem gestaltlosen Klumpen Schildkrötenfleisch fortexistiert und zittert und zurückschreckt, wenn man es mit dem Finger anstößt.
Diesen Eindruck von Kraft hatte ich bei dem Mann, der dort auf und ab ging. Er stand fest auf den Beinen, jeder Schritt auf dem schwankenden Deck war sicher und exakt. Jede Muskelbewegung, vom Anheben der Schultern bis zu den sich um die Zigarre schließenden Lippen, war von Entschlossenheit geprägt und schien aus einer überbordenden Kraftquelle ge-

speist zu werden. Jede Handlung war von dieser Kraft durchdrungen, und doch schien sie nur auf ein noch größeres Potenzial zu verweisen, das im Inneren verborgen lag, sich von Zeit zu Zeit wie im Schlaf regte, aber in jedem Augenblick mobilisiert werden konnte, furchtbar und unwiderstehlich wie die Wut eines Löwen oder das Toben des Sturms.

Der Koch steckte den Kopf aus der Kombüsentür und spendierte mir ein aufmunterndes Grinsen, wobei er gleichzeitig mit dem Daumen in die Richtung des Mannes wies, der neben dem Luk auf und ab marschierte. So gab er mir zu verstehen, dass er der Kapitän war, der »Alte«, in der Ausdrucksweise des Kochs, die Person, mit der ich reden musste und die ich damit behelligen würde, mich irgendwie wieder an Land zu bringen. Ich hatte mich fast schon in Bewegung gesetzt, um die nächsten fünf Minuten hinter mich zu bringen, die zweifellos stürmisch ausfallen würden, als der unglückliche Mensch, der dort auf dem Rücken lag, von einem noch heftigeren Erstickungsanfall heimgesucht wurde. Er wand sich, von Krämpfen geschüttelt. Das Kinn und der feuchte schwarze Bart reckten sich immer höher empor, während die Nackenmuskulatur sich versteifte und die Brust sich in einer instinktiven und bewusstlosen Anstrengung dehnte, um mehr Luft zu schöpfen. Die vom Bart verdeckte Haut war unsichtbar, aber ich wusste, dass sie sich purpurrot färbte.

Der Kapitän oder Wolf Larsen, wie ihn seine Männer nannten, blieb stehen und betrachtete den Sterbenden. Sein Todeskampf war jetzt so heftig, dass selbst der Seemann, der ihn mit Wasser begossen hatte, seine Tätigkeit unterbrach und ihn neugierig anstarrte, wobei der Inhalt des schräg stehenden Segeltucheimers teilweise herausschwappte. Mit seinen Hacken schlug der Sterbende einen Trommelwirbel auf dem Luk, streckte dann die Beine aus und versteifte den Körper in einer einzigen riesigen Anstrengung, wobei sein Kopf von einer

Seite zur anderen rollte. Dann entspannten sich die Muskeln, der Kopf kam zur Ruhe, und so etwas wie ein Seufzer tiefster Erlösung stieg von seinen Lippen auf. Der Unterkiefer fiel herab, die Oberlippe zog sich zurück und entblößte eine Reihe vom Tabak braun gefärbter Zähne. Auf seinen erstarrten Gesichtszügen lag ein teuflisches Grinsen, mit dem er sich von einer Welt verabschiedete, die er doch noch überlistet hatte.
Dann geschah etwas ganz und gar Unerwartetes. Der Kapitän legte los und ließ seine Verwünschungen wie Donnerschläge auf den Toten herabprasseln. Die Flüche kamen ihm in einem ununterbrochenen Strom von den Lippen. Und es waren keine Kindereien oder bloße Unanständigkeiten. Jedes Wort war gotteslästerlich, und der Worte waren viele. Sie knisterten und knackten wie elektrische Entladungen. Ich hatte so etwas in meinem ganzen Leben noch nicht gehört und hätte es nicht für möglich gehalten. Mit meinem Hang zur literarischen Ausdrucksweise und der Vorliebe für aussagekräftige Bilder und Formulierungen wusste ich, wie ich zu behaupten wage, die besondere Lebendigkeit, Kraft und blasphemische Absolutheit seiner Vergleiche besser zu würdigen als jeder andere Zuhörer. Der ganze Vorfall war, soweit ich das mitbekam, dadurch ausgelöst worden, dass der Mann, der als Maat angeheuert hatte, vor der Abfahrt in San Francisco auf das Ausschweifendste Abschied gefeiert hatte und dann taktlos genug war, zu Reisebeginn zu sterben und die Mannschaft Wolf Larsens zu dezimieren.
Ich brauche, zumindest für meine Freunde, nicht hinzuzufügen, dass ich schockiert war. Flüche und anzügliche Formulierungen jeder Art haben mich immer abgestoßen. Ich fühlte, wie mich der Mut verließ und der Beklommenheit Platz machte oder, wie ich ebenso gut sagen könnte, dass mich Schwindel ergriff. Für mich war der Tod immer mit Feierlichkeit und Würde einhergegangen. Er war friedvoll gewe-

sen, wenn er eintrat, und er wurde von heiligen Ritualen begleitet. Aber die schmutzige und fürchterliche Seite des Todes, das war etwas, mit dem ich bisher noch keine Bekanntschaft gemacht hatte. Wie gesagt, während ich die Sprachgewalt der gräulichen Verwünschungen, die den Mund von Wolf Larsen verließen, zu würdigen wusste, war ich gleichzeitig ungemein entsetzt. Der glutheiße Wortschwall hätte das Gesicht des Leichnams eigentlich verdorren lassen müssen. Ich wäre jedenfalls nicht überrascht gewesen, wenn der nasse schwarze Bart angefangen hätte, zu schmoren und sich zu kräuseln, und schließlich rauchend in Flammen aufgegangen wäre. Aber den Toten berührte das alles nicht. Er grinste weiter mit sarkastischem Spott, zynisch und voller Trotz. Er war Herr der Lage.

3. KAPITEL

Wolf Larsen hörte ebenso plötzlich zu fluchen auf, wie er damit begonnen hatte. Er zündete seine Zigarre wieder an und schaute sich um. Zufällig traf sein Blick den Koch.

»Nun, Smutje?«, begann er mit einer kalten Höflichkeit, die etwas Stählernes hatte.

»Yes, Sir«, unterbrach ihn der Koch eilfertig und mit begütigender Unterwürfigkeit.

»Meinst du nicht, dass du dir den Hals jetzt lange genug ausgerenkt hast? Das ist nämlich ungesund. Der Maat ist hinüber, und ich kann es mir nicht leisten, dich auch noch abschreiben zu müssen. Also musst du sehr, sehr gut auf dich aufpassen, Smutje. Kapiert?«

Im Gegensatz zur Sanftheit der vorhergehenden Äußerung war das letzte Wort wie ein Peitschenhieb. Dem Koch sank das Herz.

»Yes, Sir«, lautete die demütige Antwort, während der anstößige Kopf in der Kombüse verschwand.

Nach dieser summarischen Abmahnung, für die der Koch nur der Auslöser gewesen war, verlor der Rest der Mannschaft das Interesse, und jeder wandte sich irgendeiner Aufgabe zu. Einige aber, die keine Matrosen zu sein schienen und sich am Niedergang zwischen Kombüse und Luk aufhielten, redeten in gedämpftem Ton weiter miteinander. Das, so erfuhr ich später, waren die Jäger, die Männer, die die Robben erlegten und haushoch über den gemeinen Teerjacken standen.

»Johansen!«, rief Wolf Larsen. Ein Seemann trat gehorsam vor.

»Hol dir Segelhandschuh und Nadel und näh die Jammergestalt ein. Im Segelspind ist noch altes Tuch. Das muss reichen.«

»Womit soll ich seine Füße beschweren?«, fragte der Mann nach dem üblichen »Aye, aye, Sir.«

»Findet sich schon«, antwortete Wolf Larsen und rief laut nach dem Koch.
Thomas Mugridge kam aus seiner Kombüse geschossen wie ein Stehaufmännchen aus seiner Schachtel.
»Geh nach unten und schaufel einen Sack voll Kohlen.«
»Hat irgendeiner eine Bibel oder ein Gebetbuch?«, war die nächste Frage des Kapitäns, die sich diesmal an die Jäger richtete, die immer noch am Niedergang standen.
Alle schüttelten den Kopf, und einer machte eine witzige Bemerkung, die ich nicht mitbekam, obwohl sie allgemeine Heiterkeit auslöste. Wolf Larsen fragte die Matrosen dasselbe. Bibel und Gebetbücher schienen Mangelware zu sein, aber einer der Männer erbot sich, einmal bei der Freiwache nachzufragen. Eine Minute später war er wieder da und erstattete Fehlanzeige.
Der Kapitän zuckte mit den Schultern. »Dann geht er eben ohne Palaver über Bord, es sei denn, unser Schiffbrüchiger kann die Liturgie von Seebestattungen auswendig – wie ein Pfaffe aussehen tut er ja.«
Inzwischen hatte er sich ganz herumgedreht und sah mir ins Gesicht.
»Sie sind doch ein Gottesmann, oder?«, fragte er.
Die Jäger – es waren sechs – machten ausnahmslos kehrt und musterten mich. Ich war mir schmerzlich bewusst, dass ich wie eine Vogelscheuche aussah. Meine Erscheinung löste Gelächter aus – Gelächter, das durch den Toten, der grinsend vor uns auf dem Deck lag, weder gemildert noch gedämpft wurde; Gelächter, so rau, so unwirsch und unverstellt wie die See selbst, das aus derben Gefühlen und einem abgestumpften Empfindungsvermögen geboren war und von Naturen stammte, die weder Höflichkeit noch Zartgefühl kannten.
Wolf Larsen lachte nicht, obwohl in seinen grauen Augen ein Schimmer der Belustigung aufglomm, und in diesem Mo-

ment – ich war inzwischen dicht vor ihn hingetreten – sah ich zum ersten Mal den Menschen selbst, unabhängig von seinem Körper und der Flut der Verwünschungen, die er ausgespien hatte. Das Gesicht mit seinen markanten Zügen war breit, voll und wirkte auf den ersten Blick massig; aber wie bei seinem Körper verlor sich der Eindruck des Vierschrötigen und machte der Überzeugung Platz, dass unter der Oberfläche und in der Tiefe seines Wesens eine gewaltige und überbordende intellektuelle oder geistige Kraft schlummerte. Der Kiefer, das Kinn, die hochgeschwungenen und sich über den Augen wulstig aufwerfenden Brauen – all das war außergewöhnlich stark ausgebildet und verriet eine seelische Stärke und Mannhaftigkeit, die sich der direkten Wahrnehmung entzog. Solch einen Geist konnte man nicht ausloten, vermessen, umgrenzen oder klassifizieren und mit anderen seines Schlages in einer Schublade ablegen.
Die Augen – mein Schicksal wollte es, dass ich sie besonders gut kennenlernte – waren groß und ausdrucksvoll; sie standen weit auseinander wie bei einem wahren Künstler, von einer ausgeprägten Stirn geschützt und dichten schwarzen Augenbrauen überschattet. Die Pupillen selbst besaßen jenes irritierende Grau, das sich ständig ändert und niemals gleich bleibt, sondern so viele Farbnuancen und Abschattungen aufweist wie Moiréseide im Sonnenlicht: mal hell, mal dunkel, mal ins Grünliche spielend und bisweilen so klar und blau wie das abgrundtiefe Meer. Diese Augen verhüllten die Seele mit tausenderlei Verkleidungen und öffneten sich doch bei seltenen Anlässen, sodass sie hervortreten konnte, als käme sie nackt und bloß in die Welt, um irgendein wundervolles Abenteuer zu bestehen. Diese Augen konnten mit der hoffnungslosen Düsterkeit bleierner Himmel brüten, sie konnten Funken sprühen wie ein durch die Luft sausendes Schwert, sie konnten eisig werden wie eine arktische Szenerie und doch wiederum auch warm und mild sein, von liebevoller Springle-

bendigkeit, durchdringend und männlich konnten sie blicken, verführerisch und unwiderstehlich, und die Frauen wurden davon gleichzeitig fasziniert und gefangen genommen, bis sie die freudige Erregung überwältigte und sie erleichtert und hingebungsvoll alle Gegenwehr einstellten.

Aber um den Faden wieder aufzunehmen – ich teilte ihm mit, dass ich kein Prediger sei und also die Bestattung nicht vornehmen könne, worauf er mit scharfer Stimme fragte:

»Und womit verdienen Sie dann Ihren Lebensunterhalt?«

Ich gestehe, dass ich das noch nie gefragt worden war und mir die Sache bisher auch kein Kopfzerbrechen bereitet hatte. Ich war also um eine Antwort verlegen, und bevor mir etwas Passendes einfiel, stammelte ich auch schon den albernen Satz:

»Ich – ich bin ein Gentleman.«

Seine Lippen verzogen sich zu einem spöttischen Lächeln.

»Ich habe gearbeitet, ich arbeite noch«, stieß ich hervor, als ob er mein Richter wäre und ich mich vor ihm zu rechtfertigen hätte. Und gleichzeitig war mir nur zu bewusst, wie ausgesprochen dumm es war, sich überhaupt auf dieses Thema einzulassen.

»Sie arbeiten für Ihren Lebensunterhalt?«

Er strahlte etwas so Herrisches und Gebieterisches aus, dass ich nicht mehr ich selbst war – »verdattert« hätte Furuseth dazu gesagt –, wie ein Schulkind, das vor seinem strengen Lehrer zitterte.

»Wer ernährt Sie?«, lautete seine nächste Frage.

»Ich habe Vermögen«, antwortete ich wacker und hätte mir im nächsten Moment auf die Zunge beißen mögen. »Aber all das hat, wenn ich mir die Bemerkung gestatten darf, ganz und gar nichts mit meinem eigentlichen Anliegen zu tun.«

Aber er überging meinen Einwand.

»Wer hat es verdient, dieses Vermögen? Dachte ich es mir doch. Ihr Vater. Sie stehen auf den Beinen von Toten. Eigene haben

Sie nie besessen. Sie könnten sich zwischen zwei Sonnenaufgängen nicht aus eigener Kraft fortbewegen und für Ihren Magen keine drei Mahlzeiten zusammenkratzen. Zeigen Sie mir Ihre Hände.«

Entweder muss sich seine gewaltige und schlummernde Kraft schnell und zielgenau geregt haben, oder ich war einen Augenblick abwesend, jedenfalls hatte er, bevor ich wusste, wie mir geschah, zwei Schritte vorwärts getan, meine rechte Hand ergriffen und sie hochgehoben, um sie zu untersuchen. Ich versuchte, meine Hand zurückzuziehen, aber seine Finger packten ohne sichtbare Anstrengung fester und fester zu, bis ich das Gefühl hatte, zerquetscht zu werden. Es ist schwierig, unter solchen Umständen seine Würde zu wahren. Ich konnte mich doch nicht wie ein Schuljunge winden oder herumzappeln. Auch konnte ich bei solch einem Geschöpf nicht zum Gegenangriff übergehen, weil es mir sonst mit einer Drehung den Arm gebrochen hätte. Mir blieb nichts anderes übrig, als stillzuhalten und mich in die würdelose Situation zu schicken. Dabei hatte ich Muße genug mitzubekommen, dass man die Taschen des Toten auf Deck ausgeleert hatte und sein grinsender Leichnam in eine Leinwand gewickelt worden war, die der Matrose Johansen jetzt mit derbem weißen Zwirn zusammennähte, wobei er die Nadel mit einem Lederschutz durch das Gewebe schob, den er auf seiner Handfläche befestigt hatte.

Wolf Larsen ließ meine Hand mit einer wegwerfenden Bewegung fallen.

»Totenhände haben die hier so weich bleiben lassen. Für nichts zu gebrauchen außer zum Tellerwaschen und für die Arbeit eines Küchenjungen.«

»Ich möchte an Land gesetzt werden«, sagte ich bestimmt, denn jetzt hatte ich mich wieder in der Gewalt. »Ich werde für alle Unkosten aufkommen, die Ihnen aus der Verzögerung entstehen.«

Er sah mich neugierig an. Seine Augen glänzten spöttisch.

»Ich habe Ihnen einen Gegenvorschlag zu machen, und Ihre Seele wird es mir danken. Mein Maat ist abgängig, und also wird es etliche Beförderungen geben. Ein Matrose zieht nach achtern in die Koje des Maats, der Kajütensteward wechselt nach vorn in die Matrosenquartiere, und Sie heuern an seiner Stelle an, unterschreiben den Vertrag für diesen Törn, zwanzig Dollar pro Monat plus Verpflegung. Was sagen Sie dazu? Und vergessen Sie nicht, es ist zum Besten Ihrer Seele. Hier können Sie Ihr Glück machen. Vielleicht lernen Sie nämlich, auf eigenen Beinen zu stehen und sogar ein bisschen darauf vorwärts zu watscheln.«

Ich reagierte nicht darauf. Die Segel des Schiffes, das ich im Südwesten gesehen hatte, waren größer geworden und deutlicher sichtbar. Es war dieselbe Schonertakelage, wie sie auch die *Ghost* besaß, obwohl ich sehen konnte, dass der Schiffskörper kleiner war. Sie war hübsch anzusehen, wie sie da auf uns zuflog und zusprang, und sie würde unseren Kurs in geringem Abstand kreuzen. Der Wind hatte plötzlich aufgefrischt, und die Sonne war nach ein paar letzten verärgerten Strahlen hinter den Wolken verschwunden. Die See wurde rauer, nahm eine stumpfe bleigraue Färbung an und schickte weiße Gischt gen Himmel. Wir machten mehr Fahrt und krängten stärker. In einer Böe tauchte einmal sogar die Reling ein, und die entsprechende Deckseite wurde für einen Augenblick vom Meerwasser überflutet, sodass die Jäger hastig ihre Füße hoben.

»Das Schiff dort dürfte uns bald passieren«, sagte ich nach einer kleinen Pause. »Da es in Gegenrichtung fährt, wird es wahrscheinlich San Francisco anlaufen.«

»Sehr wahrscheinlich«, lautete Wolf Larsens Antwort, während er sich halb von mir wegdrehte und »Smutje, he Smutje!«, rief.

Der Cockney steckte seinen Kopf aus der Kombüse.
»Wo ist der Steward? Schick ihn zu mir.«
»Yes, Sir«, und Thomas Mugridge sauste nach achtern und verschwand auf einem anderen Niedergang neben dem Ruder. Kurz darauf tauchte er wieder auf, einen untersetzten Burschen von achtzehn oder neunzehn im Schlepp, der finster und verschlagen dreinblickte.
»Hier ist er, Sir«, sagte der Koch.
Aber Wolf Larsen übersah dieses ehrenwerte Mannschaftsmitglied und wandte sich gleich an den Steward.
»Wie heißt du, Junge?«
»George Leach, Sir«, kam mürrisch die Antwort, und das Benehmen des Stewards ließ keinen Zweifel daran, dass er den Grund erriet, dessentwegen er gerufen worden war.
»Kein irischer Name«, schnauzte der Kapitän, »O'Toole oder McCarthy würde viel besser zu deiner Visage passen. Aber bestimmt hat deine Mutter auch mal mit einem irischen Scheit Feuer gemacht.«
Ich sah, wie der Kerl die Fäuste ballte und ihm die Beleidigung das Blut in den Nacken schießen ließ.
»Aber Schwamm drüber«, fuhr Wolf Larsen fort. »Vielleicht hast du gute Gründe, deinen Namen zu vergessen, und solange du spurst, ist mir das einerlei. Natürlich ist Telegraf Hill dein Heimathafen, das steht dir im Gesicht geschrieben. Da fallen alle gleich ungehobelt aus, aber dafür bist du doppelt hinterhältig. Ich kenne die Sorte. Aber hier an Bord treiben wir dir das schon noch aus. Du musst es nur wollen. Klar? Wer hat dich überhaupt angeheuert?«
»McCready und Swanson.«
»Sir!«, donnerte Larsen.
»McCready und Swanson, Sir«, berichtigte sich der Steward, und in seinen Augen stand Verbitterung.
»Wer bekam den Vorschuss?«

»McCready und Swanson, Sir.«
»Das habe ich mir gedacht. Solltest heilfroh darüber sein. Konntest dich bestimmt nicht schnell genug verdrücken, weil du gehört hattest, dass einige Herrschaften hinter dir her waren.«
Augenblicklich verwandelte sich der Steward in einen Wilden. Sein Körper kauerte sich wie zum Sprung zusammen, und sein Gesicht nahm den Ausdruck eines gereizten Tieres an, als er knurrend hervorstieß: »Das ist eine …«
»Was ist das?«, fragte Wolf Larsen mit einer seltsam milden Stimme, als könne er es kaum abwarten, das nicht ausgesprochene Wort zu hören.
Der Junge zögerte und gewann dann seine Selbstbeherrschung wieder. »Nichts, Sir. Ich nehme es zurück.«
»Damit hast du mir bewiesen, dass ich recht hatte«, sagte Wolf Larsen mit einem zufriedenen Lächeln. »Wie alt bist du?«
»Gerade sechzehn geworden, Sir.«
»Lügner. Schon über achtzehn. Groß für dein Alter mit Muskeln wie ein Pferd. Pack deine Sachen und scher dich in die Back. Ab sofort bist du Ruderer. Eine Beförderung, kapierst du?«
Ohne auf seine Zustimmung zu warten, wandte sich der Kapitän dem Matrosen zu, der gerade mit seiner grausigen Aufgabe, den Leichnam einzunähen, fertig geworden war: »Johansen, hast du eine Ahnung von Navigation?«
»Nein, Sir.«
»Macht nichts; du bist jetzt trotzdem Maat. Verstau deine Siebensachen in seiner Koje.«
»Aye, aye, Sir«, kam die frohgemute Antwort, als sich Johansen in Bewegung setzte.
Unterdessen hatte sich der ehemalige Steward nicht gerührt.
»Worauf wartest du noch?«, fragte Wolf Larsen.
»Hab' nicht als Ruderer angeheuert, Sir«, erwiderte er. »In mei-

nem Vertrag steht Kajütensteward. Nichts vom Pullen. Und ich will's auch nicht reinhaben.«

»Pack zusammen und scher dich nach vorn.«

Dieses Mal war der Befehlston schneidend. Der Junge blickte mürrisch und finster drein, aber er rührte sich nicht.

Wiederum regte sich Wolf Larsens gewaltige Kraft. Der Ausbruch kam völlig unerwartet, und in zwei Sekunden war alles vorüber. Mit einem Satz hatte er volle zwei Meter zurückgelegt und dem anderen einen Fausthieb in den Magen versetzt. Als wäre ich selbst getroffen worden, fühlte ich schlagartig, wie sich die Übelkeit in meiner Magengrube breitmachte. Ich erwähne das als Beispiel für die damalige Empfindlichkeit meines Nervensystems und dafür, wie fremd mir solche brutalen Schauspiele waren. Der Steward – er wog bestimmt seine einhundertundfünfzig Pfund – klappte zusammen. Sein Körper hing einen Augenblick über der Faust wie ein nasser Lappen über einem Stock, beschrieb dann in der Luft eine flache Kurve und schlug neben dem Leichnam mit Kopf und Schultern zuerst auf dem Deck auf, wo er liegen blieb und sich vor Schmerzen krümmte.

»Also?«, wollte Larsen von mir wissen, »hast du dich entschieden?«

Ab und zu hatte ich zu dem Schoner hinübergeblickt, der ständig nähergekommen war und sich jetzt im Abstand von ein paar hundert Yards fast auf gleicher Höhe mit uns befand. Es war ein sehr schmuckes und adrettes kleines Schiff. Auf einem seiner Segel konnte ich eine große schwarze Nummer entdecken, und ich hatte auch schon Bilder von Lotsenbooten gesehen.

»Was ist das für ein Schiff?«, fragte ich.

»Das Lotsenboot *Lady Mine*«, sagte Wolf Larsen grimmig. »Hat seine Lotsen abgesetzt und segelt zurück nach San Francisco. Bei diesem Wetter ist es in fünf bis sechs Stunden da.«

»Können Sie ihm also bitte ein Signal geben, damit es mich übernimmt und an Land setzt.«

»Leider nicht. Mir ist mein Signalbuch über Bord gegangen«, bemerkte er, und die Gruppe der Jäger grinste.

Ich ging einen Augenblick mit mir zurate und sah ihm dabei direkt in die Augen. Ich war Zeuge der schrecklichen Behandlung des Stewards geworden und wusste, dass er wahrscheinlich genauso oder sogar schlimmer mit mir umspringen würde. Wie gesagt, ich ging mit mir zurate, und dann tat ich etwas, das ich für die heldenhafteste Handlung meines Lebens halte. Ich rannte zur Reling, schwenkte meine Arme und rief: »*Lady Mine* ahoi! Bringt mich an Land! Tausend Dollar, wenn ihr mich an Land setzt!«

Ich wartete, zwei Männer im Blick, die am Ruder standen und von denen der eine steuerte. Der andere hob das Sprachrohr an die Lippen. Ich drehte meinen Kopf nicht, obwohl ich jeden Augenblick den tödlichen Hieb der menschlichen Bestie hinter mir gewärtigte. Endlich, Jahrhunderte schienen verstrichen zu sein, konnte ich die Anspannung nicht mehr ertragen und sah mich um. Er hatte sich nicht bewegt. Er stand da in derselben Haltung, fing mühelos das Rollen des Schiffes ab und steckte sich gerade eine neue Zigarre an.

»Was ist los? Etwas nicht in Ordnung?«

Das kam von der *Lady Mine*.

»Allerdings!« Ich schrie mir schier die Lunge aus dem Leib. »Es geht um Leben und Tod! Tausend Dollar, wenn ihr mich an Land bringt.«

»Zuviel Schnaps in sich reingeschüttet in Frisco, wie die ganze Mannschaft!«, rief Wolf Larsen hinterher. »Der da« – er zeigte mit dem Daumen auf mich – »sieht Seeschlangen und Affen.«

Das Antwortlachen des Mannes von der *Lady Mine* kam aus dem Schalltrichter. Das Lotsenboot stampfte vorbei.

»Dann macht ihm mal schön die Hölle heiß!«, lautete der letzte Ruf, und die beiden Männer winkten zum Abschied mit den Armen.
Ich lehnte mich verzweifelt über die Reling und sah zu, wie sich das öde Stück Ozean zwischen uns und dem schmucken Schoner schnell vergrößerte. Und in fünf oder sechs Stunden würde er wahrscheinlich in San Francisco sein. Mein Kopf wollte mir zerspringen. Meine Kehle schmerzte, als ob mein Herz darin pochte. Eine sich brechende Welle schlug gegen den Rumpf und spritzte mir salzige Gischt auf die Lippen. Heftige Windböen kamen auf; die *Ghost* holte stark über und tauchte ihre Leereling in die Fluten. Ich konnte hören, wie sich das Wasser über das Deck ergoss.
Als ich mich einen Augenblick später umdrehte, sah ich den Steward, der sich eben aufrappelte. Sein Gesicht war weiß wie die Wand und zuckte vor Schmerzen, die er nicht zeigen wollte. Er sah sehr mitgenommen aus.
»Also, Leach, gehst du nun nach vorn?«, fragte Wolf Larsen.
»Yes, Sir«, kam die Antwort einer verängstigten Seele.
»Und du?«, fragte er mich.
»Ich gebe Ihnen tausend –«, begann ich, bevor er mich unterbrach.
»Halt's Maul! Übernimmst du jetzt die Pflichten eines Steward, oder muss ich erst handgreiflich werden?«
Was sollte ich machen? Mich auf brutale Weise zusammenschlagen und vielleicht sogar umbringen zu lassen, würde mir nichts nützen. Ich sah fest in die grausamen grauen Augen. Sie hätten aus Granit sein können, so wenig Licht und menschliche Wärme enthielten sie. In manchen Augen spiegeln sich die Regungen des Herzens, aber seine waren ausdruckslos und kalt und grau wie das Meer.
»Also?«
»Ja«, sagte ich.

»Sag ›Yes, Sir‹.«
»Yes, Sir«, berichtigte ich mich.
»Wie heißt du?«
»Van Weyden, Sir.«
»Vorname?«
»Humphrey, Sir; Humphrey van Weyden.«
»Alter?«
»Fünfunddreißig, Sir.«
»Das langt. Ab zum Koch und lass dir zeigen, was du zu tun hast.«
Und so geriet ich unfreiwillig in die Dienste von Wolf Larsen. Er war stärker als ich, mehr nicht. Aber damals war das alles sehr unwirklich. Jetzt, wo ich daran zurückdenke, ist es nicht weniger irreal. Es wird für mich immer absurd und unbegreiflich bleiben, ein schrecklicher Albtraum.
»Bleib hier, geh noch nicht.«
Schon auf dem Weg zur Kombüse blieb ich gehorsam stehen.
»Johansen, ruf die Mannschaft zusammen. Jetzt, wo alle Probleme aus der Welt sind, nehmen wir auch die Beisetzung vor und säubern das Deck von nutzlosem Plunder.«
Während Johansen die Freiwache von unten heraufbeorderte, legten ein paar Matrosen unter Leitung des Kapitäns den eingenähten Leichnam auf einen Lukendeckel. Auf jeder Deckseite waren etliche kleine Boote kieloben an der Reling festgezurrt. Einige Männer hoben den Lukendeckel mit seiner grausigen Fracht, trugen ihn nach Lee hinüber und setzten ihn so auf den Booten ab, dass die Füße über Bord ins Leere zeigten. An ihnen war der Sack voll Kohle befestigt, den der Koch geholt hatte.
Ich hatte mir ein Seebegräbnis immer als ein sehr feierliches und Ehrfurcht gebietendes Ereignis vorgestellt, aber ich war bald um eine Illusion ärmer, jedenfalls was diese Beisetzung anging. Einer der Jäger, ein kleiner Mann mit dunklen Augen,

den seine Genossen »Smoke« nannten, erzählte Geschichten, die er freizügig mit Flüchen und Anzüglichkeiten garnierte, und etwa in Minutenabständen stieß die Gruppe der Jäger ein Gelächter aus, das für mich wie ein Wolfschor oder das Geheul der Höllenhunde klang. Die Matrosen polterten im Trupp nach achtern, wobei sich die zur Nachtwache eingeteilten noch den Schlaf aus den Augen rieben, und redeten leise miteinander. Ihre Gesichter hatten einen unheilvollen und besorgten Ausdruck. Es war offensichtlich, dass ihnen die Aussicht auf eine Fahrt unter einem solchen Kapitän und mit einem derart unglücklichen Auftakt nicht zusagte. Von Zeit zu Zeit trafen Wolf Larsen verstohlene Blicke, und ich konnte sehen, dass sie sich vor dem Mann fürchteten.

Er trat an den Lukendeckel, und alle nahmen die Mützen ab. Ich musterte sie der Reihe nach – insgesamt zwanzig Mann, zweiundzwanzig, wenn man den Rudergänger und mich selbst mitzählte. Ich denke, man wird mir meine Neugier verzeihen, denn mein Schicksal war es ja wohl, in diesem schwimmenden Mikrokosmos mit ihnen zusammengepfercht leben zu müssen, und zwar viele Wochen oder sogar Monate lang. Die Matrosen waren hauptsächlich Engländer und Skandinavier, und ihre Gesichter gehörten zur stumpfen und sturen Sorte. Auf der anderen Seite hatten die Jäger ausgeprägtere und weniger uniforme Züge mit harten Linien und den Spuren ungezügelter Leidenschaft. Seltsam – und ich bemerkte es sofort –, dass Wolf Larsens Gesicht dieses Kainsmal des Bösen nicht trug. Seine Züge hatten nichts Lasterhaftes. Sicher hatten sich Linien eingegraben, aber sie zeugten von Festigkeit und Entschlusskraft. Sein Gesicht wirkte im Gegenteil freimütig und offen, was noch dadurch unterstrichen wurde, dass er glatt rasiert war. Ich konnte – bis zum nächsten Zwischenfall – kaum glauben, dass es einem Mann gehörte, der zu einem Verhalten fähig war, wie er es gegenüber dem Steward an den Tag gelegt hatte.

In dem Augenblick, als er zur Ansprache ansetzte, traf eine Reihe von Böen den Schoner und drückte eine Seite unter Wasser. In der Takelage heulte wild der Wind. Einige der Jäger blickten besorgt nach oben. Die Leereling, auf der der Tote lag, tauchte ins Meer, und als der Schoner sich wieder aufrichtete, strömte das Wasser über das Deck und schwappte uns über die Schuhe. Ein Regenguss prasselte nieder, und jeder Tropfen schmerzte wie ein Hagelkorn. Als es vorüber war, begann Wolf Larsen zu sprechen, und die Männer schwankten mit entblößtem Haupt einträchtig im Takt des eintauchenden und wieder hochgerissenen Decks.

»Ich kann mich nur an einen Teil der Zeremonie erinnern«, sagte er, »und der lautete: ›Und der Leib soll dem Meer übergeben werden.‹ Also werft ihn rein.«

Er schwieg. Die Männer, die den Lukendeckel trugen, schienen verwirrt und waren zweifellos durch die Kürze der Beisetzungsfeier vor den Kopf gestoßen. Wütend fuhr er sie an.

»Hebt das Ende hoch, verdammt noch eins. Was zum Teufel ist los mit euch?«

Sie stemmten den Lukendeckel auf einer Seite mit jämmerlicher Hast in die Höhe, und wie ein Hund, den man über Bord wirft, rutschte die Leiche, Füße voran, ins Meer. Die Kohlen zogen sie in die Tiefe, und schon war der Mann verschwunden.

»Johansen«, wandte sich Larsen munter an den neuen Maat, »die Mannschaft bleibt an Deck, wenn sie schon mal hier ist. Holt die Topp- und Focksegel ein, und macht es anständig. Uns steht ein Sturm aus Südost bevor. Und refft auch gleich das Schoner- und Großsegel, wo ihr schon dabei seid.«

Einen Augenblick später war das ganze Deck in Aufruhr, Johansen bellte Befehle, und die Männer holten Taue unterschiedlicher Sorte an oder fierten sie auf – ein ganz und gar verwirrender Vorgang für eine Landratte wie mich. Aber die

Herzlosigkeit des Ganzen hatte mich besonders betroffen gemacht. Der Tote war eine Episode, mit der man abgeschlossen hatte, eine Nebensache, der man sich entledigte, leinwandumhüllt und mit einem Sack Kohle, während das Schiff weitereilte und die Arbeit weiterging. Niemand hatte Anteil genommen. Die Jäger lachten über eine neue Geschichte Smokes, die Matrosen zogen und zerrten, und zwei von ihnen enterten auf. Wolf Larsen studierte inzwischen den sich verdüsternden Himmel in Windrichtung, und der Tote, der auf so schamlose Weise gestorben und nicht weniger schäbig beigesetzt worden war, sank tiefer, immer tiefer …

Da schlug die Grausamkeit der See, ihre erbarmungslose und schreckliche Erhabenheit über mir zusammen. Das Leben war billig und wertlos geworden, etwas Animalisches und Ungestaltes, ein seelenloses Sichregen des Schlicks und Schleims. Ich hielt mich an der Luvreling ganz in der Nähe des Wanttaus fest und blickte über die öden Wellen mit ihren Schaumkronen zu den flachen Nebelbänken hinüber, die San Francisco und die Küste von Kalifornien verhüllten. Dazwischen peitschten Regenböen, und ich konnte den Nebel kaum ausmachen. Und dieses seltsame Gefährt mit seiner schrecklichen Besatzung, das von Wind und Wellen ständig unter Wasser gedrückt wurde und immer wieder auftauchte, verlor sich Richtung Südwesten in den riesigen und verlassenen Weiten des Pazifischen Ozeans.

4. KAPITEL

Was mir als Nächstes auf dem Robbenfänger *Ghost* zustieß, während ich mich bemühte, mich in meiner neuen Umgebung einzuleben, war schmerzhaft und erniedrigend. Der Koch, den die Mannschaft »den Doktor«, die Gruppe der Jäger »Tommy« und Wolf Larsen »Smutje« nannte, war plötzlich ein anderer Mensch. Meine veränderte Stellung an Bord erzeugte auch einen entsprechenden Wandel in seinen Umgangsformen. So unterwürfig und kriecherisch er vorher gewesen war, so selbstherrlich und kampfeslustig gab er sich jetzt. Ich war wahrhaftig nicht mehr der feine Herr mit einer so weichen Haut wie »'ne Dame«, sondern ein ganz gewöhnlicher und ganz wertloser Steward.

Absurderweise bestand er darauf, dass ich ihn als Mr. Mugridge anredete, und sein Benehmen und Verhalten waren unerträglich, als er mich in meinen Pflichten unterwies. Außer meiner Arbeit in der Kajüte mit ihren vier kleinen Einzelkabinen hatte ich ihm auch noch in der Kombüse zur Hand zu gehen, und meine kolossale Hilflosigkeit beim Kartoffelschälen und Abwaschen fettiger Töpfe war ihm eine Quelle endloser und höhnischer Verwunderung. Er weigerte sich, in Rechnung zu stellen, wer ich war oder vielmehr, wie mein Leben und seine Selbstverständlichkeiten ausgesehen hatten. Das war Teil der Haltung, die er mir gegenüber einnahm, und ich gestehe, dass ich ihn noch vor Ende des Tages mit einer Inbrunst hasste, wie ich sie noch nie in meinem Leben empfunden hatte.

Dieser erste Tag wurde mir zusätzlich durch die Tatsache verleidet, dass die *Ghost* mit gesteckten Reffen (solche Ausdrücke sollte ich erst später lernen) durch ein Wetter pflügte, das

Mr. Mugridge einen »heulenden Südost« nannte. Unter seiner Aufsicht deckte ich um halb sechs den Tisch in der Kajüte und befestigte die bei stürmischer See verwendeten Tabletts, dann trug ich den Tee und das Essen aus der Kombüse hinunter. Und ich kann es mir in diesem Zusammenhang nicht verkneifen, mein erstes Erlebnis beim Servieren an Bord zu erzählen.

»Sei auf dem Kieker, oder du bekommst eine Dusche ab«, lautete der Befehl, den mir Mr. Mugridge mit auf den Weg gab, als ich die Kombüse verließ – eine große Teekanne in einer Hand und in der Beuge des anderen Arms mehrere frischgebackene Brotlaibe. Einer der Jäger, ein großer, schlaksiger Kerl namens Henderson, ging gerade vom Zwischendeck (diesen anmaßenden Namen benutzten die Jäger für ihr mittschiffs gelegenes Schlafquartier) zur Kajüte. Wolf Larsen stand auf dem Achterdeck und rauchte seine unvermeidliche Zigarre.

»Da kommt's. Hak dich ein!«, rief der Koch.

Ich blieb stehen, denn ich wusste nicht, was er meinte, und sah, wie die Kombüsentür mit einem Knall ins Schloss fiel. Dann sah ich Henderson, der wie ein Verrückter zum Takelwerk sprintete und an der Innenseite der Wanten hochkletterte, bis er ein, zwei Meter über meinem Kopf angelangt war. Ich sah auch eine mächtige schäumende und sich brechende Welle, die sich über der Reling auftürmte. Ich stand direkt unter ihr. Mein Kopf arbeitete im Schneckentempo, denn alles war noch so neu und fremd. Immerhin begriff ich, dass ich in Gefahr schwebte, aber das war alles. Ich war gelähmt vor Schreck. Da rief Wolf Larsen vom Achterdeck:

»Halt dich fest, du – du Döspaddel.«

Aber es war zu spät. Ich hastete zur Takelage, an der ich mich hätte festklammern können, aber noch bevor ich sie erreichen konnte, stürzte die Wasserwand über mir zusammen. Was danach passierte, war äußerst verwirrend. Ich befand mich unter Wasser und war im Begriff zu ersticken und zu ertrinken. Meine Füße fanden keinen Halt mehr, ich wurde immer wieder herumgewirbelt und wusste nicht, wohin es mich fortriss. Einige Male kollidierte ich mit harten Gegenständen, und einmal prellte ich mir ganz furchtbar das rechte Knie. Dann schien sich die Flut urplötzlich zu verlaufen, und ich atmete wieder frei. Ich war gegen die Kombüse geworfen worden und dann von der Wetterseite um die Rudertreppe herum gegen die Speigatts in Lee. Mein verletztes Knie schmerzte heftig. Ich konnte es nicht belasten, oder ich glaubte das jedenfalls und war mir sicher, dass ich das Bein gebrochen hatte. Aber der Koch war schon hinter mir her und schrie durch die Kombüsentür in Lee:

»He du! Willste da einpennen? Wo ist die Kanne? Über Bord gegangen? Selbst schuld, wenn du dir den Hals brichst.«

Irgendwie kam ich auf die Beine. Die große Teekanne hatte ich noch in der Hand. Ich humpelte zur Kombüse und gab sie ihm. Aber er war außer sich vor Empörung, wobei ich nicht wusste, ob sie echt war oder gespielt.

»Gottverdammich, wenn du kein Trottel bist. Möchte wissen, wozu so einer taugt. Was? Wozu taugst du eigentlich? Kann kein Schlückchen Tee nach achtern tragen, ohne alles zu verschütten. Jetzt kann ich neuen kochen.«

»Und was schniefste rum?«, fuhr er mich – erneut aufbrausend – an. »Weil es sein armes kleines Beinchen gestoßen hat, das arme kleine Muttersöhnchen.«

Dabei schniefte ich nicht, wenngleich mein Gesicht vermutlich schmerzverzerrt war und zuckte. Aber ich nahm mich zusammen, biss die Zähne aufeinander und humpelte von der Kombüse zur Kajüte und zurück, ohne dass mir ein weiteres Malheur passierte. Mein Missgeschick hatte mir zwei Dinge eingebracht: eine verletzte Kniescheibe, die niemand versorgte und die mir über endlose Monate zu schaffen machte, und

die Bezeichnung Döspaddel, mit der Wolf Larsen mich vom Achterdeck aus belegt hatte. Anschließend redete mich jeder so an, bis der Spitzname Teil meiner Gedankengänge wurde und ich mich damit identifizierte und Döspaddel dachte, wenn ich mich meinte, als ob das immer schon ein und dasselbe gewesen wäre.
Es war keine leichte Aufgabe, am Kajütentisch zu bedienen, an dem Wolf Larsen, Johansen und die sechs Jäger saßen. Zunächst einmal war es eng, und die Notwendigkeit, mich zu bewegen, wurde mir nicht gerade dadurch versüßt, dass der Schoner aufs Heftigste stampfte und rollte. Aber was mir am meisten zu schaffen machte, war der völlige Mangel an Mitgefühl vonseiten der Männer, die ich bediente. Ich konnte spüren, wie mein Knie unter dem Stoff anschwoll und immer dicker wurde, und mir war übel vor Schmerzen. Im Kajütenspiegel sah ich schemenhaft mein leichenblasses und schmerzverzerrtes Gesicht. Jeder der Anwesenden musste bemerkt haben, in welchem Zustand ich mich befand, aber keiner verlor ein Wort darüber oder nahm mich auch nur zur Kenntnis, sodass ich Wolf Larsen fast dankbar war, als er später (ich spülte das Geschirr) zu mir sagte:
»Lass dich von solchen Kleinigkeiten nicht stören. Man gewöhnt sich mit der Zeit daran. Vielleicht bleibt das Bein etwas steif, aber du wirst trotzdem laufen lernen.«
»So etwas nennt man ein Paradox, oder?«, fügte er hinzu. Es schien ihm zu gefallen, als ich zu dem automatischen »Yes, Sir« mit dem Kopf nickte.
»Vermutlich verstehst du etwas von Literatur? Was? Gut. Irgendwann reden wir mal drüber.«
Und dann drehte er mir den Rücken zu, ohne mich weiter zu beachten, und stieg an Deck.
Nachdem ich mich an jenem Abend endlos abgeschuftet hatte, schickte man mich zum Schlafen ins Zwischendeck, wo

ich mir eine freie Koje zurechtmachte. Ich war froh, von der abscheulichen Gegenwart des Kochs erlöst zu sein und nicht mehr auf den Beinen sein zu müssen. Zu meiner Überraschung war mir die Kleidung am Leib getrocknet, und es gab keine Anzeichen dafür, dass ich mir entweder durch die letzte kalte Dusche oder das lange Treiben im Wasser nach dem Schiffbruch der *Martinez* eine Erkältung geholt hätte. Unter normalen Umständen wäre ich nach all dem, was ich durchgemacht hatte, wohl reif fürs Krankenlager und die Zuwendung des Pflegepersonals gewesen.

Aber meine Verletzung machte mir furchtbar zu schaffen. Soweit ich feststellen konnte, schien die Kniescheibe aufrecht in der Schwellung zu stecken. Als ich auf der Koje saß und mein Knie untersuchte (die sechs Jäger waren alle im Zwischendeck, rauchten und unterhielten sich laut), sah sich Henderson die Sache flüchtig an.

»Sieht nicht gut aus«, lautete sein Kommentar. »Binde einen Lappen drum, dann renkt sich das wieder ein.«

Das war alles. Und an Land hätte ich auf dem Rücken dagelegen, ein Chirurg hätte sich um mich gekümmert und strenge Bettruhe verordnet. Aber ich muss diesen Leuten Gerechtigkeit widerfahren lassen. So gleichgültig sie meinem Leiden gegenüber waren, so abgestumpft reagierten sie auch, wenn ihnen selbst etwas zustieß. Und das ließ sich, wie ich glaube, erstens auf Gewohnheit und zweitens auf die Tatsache zurückführen, dass sie einfach weniger empfindlich veranlagt waren. Ich glaube fest daran, dass ein sensibler und reizbarer Mensch zwei- oder dreimal mehr unter derselben Verletzung gelitten haben würde als sie.

So müde oder besser, so erschöpft ich auch war, der Schmerz in meinem Kniegelenk raubte mir den Schlaf. Meine Kräfte reichten gerade so weit, ein lautes Stöhnen zu unterdrücken. Zu Hause hätte ich mir sicherlich Luft gemacht, aber diese neue und elementare Umwelt schien nach einem Nichtzulassen derartiger Regungen zu verlangen. Wie bei einem Wilden war die Haltung dieser Männer stoisch bei bedeutenden Anlässen und kindisch bei nichtigen. Ich erinnere mich daran, zu einem späteren Zeitpunkt Zeuge geworden zu sein, wie Kerfoot, einer der Jäger, einen Finger verlor, der ihm zu Brei zerquetscht wurde. Und er murrte nicht einmal, und auch sein Gesichtsausdruck blieb derselbe. Und doch habe ich wieder und wieder gesehen, wie eben dieser Mann wegen einer Kleinigkeit in Wut geraten und alle Selbstbeherrschung verlieren konnte.

Genau das tat er jetzt, er brüllte, schrie, ruderte mit den Armen, fluchte wie der Leibhaftige, und alles nur, weil er sich mit einem anderen Jäger darüber stritt, ob ein Robbenjunges instinktiv schwimmen könne. Eben dieser Meinung war er und behauptete, es könne schwimmen, sobald es auf die Welt gekommen sei. Der andere Jäger, Latimer, ein hagerer Yankee mit verschlagenen Schlitzaugen, hielt dagegen und meinte, die Jungen würden eben deshalb an Land geboren, weil sie nicht schwimmen könnten, und das Muttertier müsste dem Nachwuchs das Schwimmen ebenso beibringen wie die Vögel ihrer Brut das Fliegen.

Meistenteils saßen die übrigen vier Jäger vornübergelehnt am Tisch oder lagen in ihren Kojen und überließen den beiden Widersachern die Diskussion. Dabei nahmen sie trotzdem größten Anteil, denn alle paar Minuten ergriffen sie energisch Partei, und manchmal redeten sie alle gleichzeitig, bis ihre Stimmen an den engen Wänden anbrandeten und fast wie auf- und abschwellender Donner klangen. So kindisch und belanglos ihr Gesprächsgegenstand war, die Art und Weise, wie sie argumentierten, war noch kindischer und belangloser. In Wirklichkeit gab es nur wenige Argumente oder auch gar keine. Ihre Methode bestand aus Behauptung, Annahme und Verun-

glimpfung. Sie bewiesen, dass ein Robbenjunges bei der Geburt schwimmen oder nicht schwimmen kann, indem sie eben diese Behauptung streitlustig in die Welt setzten und als Nächstes kein gutes Haar an der Urteilskraft, dem gesunden Menschenverstand, der Nationalität oder Lebensgeschichte des Gegners ließen. Die Widerlegung funktionierte genauso. Ich erzähle das, um das geistige Format der Menschen zu verdeutlichen, in deren Gesellschaft ich geraten war. Intellektuell waren sie Kinder, die den Körper eines Mannes bewohnten.
Und sie rauchten, rauchten ununterbrochen ihren groben, billigen und stinkenden Tabak. Die Luft war zum Schneiden und hätte mich in Verbindung mit den heftigen Bewegungen des sich durch den Sturm kämpfenden Schiffes sicherlich seekrank werden lassen, wenn ich anfällig dafür gewesen wäre. Da das aber nicht der Fall war, verursachte mir der Rauch nur Übelkeit, die aber ebenso gut von dem Schmerz in meinem Bein und der Erschöpfung herrühren konnte.
Als ich dort lag und mir die Gedanken durch den Kopf gingen, beschäftigte ich mich natürlich auch mit mir selbst und meiner Situation. Nicht im Traum wäre ich, Humphrey van Weyden, ein Gelehrter und Schöngeist, wenn man so will, auf die unerhörte Idee gekommen, dass ich mich eines Tages in der Koje eines Robbenfängers auf dem Weg in die Beringsee wiederfinden würde. Steward! Ich hatte noch nie in meinem Leben harte körperliche Arbeit oder Küchendienst verrichtet. Ich hatte friedlich, ohne große Aufregungen und sesshaft dahingelebt – das Dasein eines Gelehrten und Einsiedlers geführt und ein gesichertes Einkommen bezogen, das mich aller Sorgen enthob. Alles Ungestüme und Kraftmeierische hatte mir nie etwas bedeutet. Ich war immer ein Bücherwurm gewesen, und so hatten mich meine Schwestern und mein Vater während meiner Jugend auch genannt. Nur einmal im Leben war ich Zelten gewesen, hatte der Gruppe aber fast sofort

den Rücken gekehrt, um mich wieder der Annehmlichkeiten eines Daches über dem Kopf zu versichern. Und hier lag ich nun mit Aussichten auf eine öde und nicht enden wollende Zukunft, die aus Tischdecken, Kartoffelschälen und Abspülen bestehen würde. Und ich war nicht robust. Die Ärzte hatten immer behauptet, ich besäße eine bemerkenswerte Konstitution, aber ich hatte sie nie durch körperliche Anstrengungen gefestigt. Meine Muskeln waren unausgebildet und schlaff wie die einer Frau; jedenfalls hatten die Ärzte auch das ständig betont, um mir irgendwelchen athletischen Firlefanz aufzuschwatzen. Aber ich hatte lieber meinen Kopf benutzt als meinen Körper, und deshalb war ich in keiner Weise auf das raue Leben vorbereitet, das mir bevorstand.

Dies ist nur einiges von dem, was mir durch den Kopf ging, und ich erzähle davon, um von vornherein verständlich zu machen, warum ich eine so armselige und unvorteilhafte Figur abgab. Aber ich dachte auch an meine Mutter und meine Schwestern und malte mir ihren Kummer aus. Ich war unter den vermissten Opfern des *Martinez*-Unglücks, ein Leichnam, der nicht geborgen worden war. Ich hatte die Schlagzeilen in den Zeitungen vor Augen und meine Freunde im University Club und im Bibelot, die den Kopf schüttelten und »armer Teufel« sagten. Und ich sah Charley Furuseth vor mir, von dem ich mich heute Morgen verabschiedet hatte, während er im Morgenmantel auf den Kissen seiner Couch am Fenster lag und rätselhafte und düstere Epigramme drechselte.

Und die ganze Zeit über kämpfte sich der Schoner *Ghost*, rollend, eintauchend, die flüssigen Berge erklimmend und stampfend in die schäumenden Täler hinabgleitend, tiefer und tiefer in das Herz des Pazifik vor – und ich war an Bord. Oben konnte ich den Wind hören. Er drang als gedämpftes Brausen durch die Planken, über die ab und zu Füße stampften. Überall um mich herum knarrte es unaufhörlich, das Holz und die Beschläge stöhnten und knirschten und klagten in tausend Tonarten. Die Jäger stritten sich immer noch und lärmten wie seltsames Wasserlandgetier, das irgendwo auf dem Weg zum Menschen stehen geblieben war. Die Luft war geschwängert mit Flüchen und Anzüglichkeiten. Ich konnte ihre geröteten und ärgerlichen Gesichter sehen, wobei die im Schiffsrhythmus hin und her schaukelnden Bordlampen mit ihrem gelblichen Gefunzel die Brutalität des Ausdrucks zugleich verzerrten und betonten. Durch die Rauchschlieren wirkten die Kojen wie die Schlafplätze von Tieren in einer Menagerie. Ölzeug und Seestiefel hingen an den Wänden, und dazwischen waren Gewehre und Flinten sicher in Regalen verstaut. Das waren wohl noch Installationen für die Freibeuter und Piraten vergangener Zeiten. Meine Einbildungskraft ging mit mir durch, und trotzdem konnte ich nicht einschlafen. Es wurde eine lange, lange Nacht, düster, trostlos und ohne Ende.

5. KAPITEL

Aber meine erste Nacht im Zwischendeck der Jäger war auch meine letzte. Am nächsten Tag wurde Johansen, der neue Maat, von Wolf Larsen aus der Kajüte vertrieben und zum Schlafen fürs Zwischendeck eingeteilt, während ich es mir in der kleinen Kammer einrichtete, die am ersten Tag der Reise bereits zwei Bewohner gehabt hatte. Der Grund für diesen Wechsel blieb den Jägern nicht lange verborgen und sorgte späterhin noch für manche Nörgelei. Johansen schien nämlich im Schlaf alle Ereignisse des Tages noch einmal zu durchleben. Sein endloses Reden, Rufen und Befehle-Erteilen waren für Wolf Larsen zu viel gewesen, und folglich hatte er den nächtlichen Störenfried seinen Jägern aufgehalst.

Nach einer schlaflosen Nacht erhob ich mich schwach und immer noch von Schmerzen gepeinigt, um durch meinen zweiten Tag auf der *Ghost* zu humpeln. Thomas Mugridge warf mich um halb sechs ungefähr so liebevoll aus der Koje, wie Bill Sykes seinen Hund wachgerüttelt haben muss. Aber seine Brutalität mir gegenüber wurde ihm auf dieselbe Art und mit Zins und Zinseszins vergolten. Der überflüssige Lärm, den er machte (schließlich hatte ich die ganze Nacht kein Auge zugetan), musste einen der Jäger geweckt haben, denn ein Schuh sauste durch das Halbdunkel, und nach einem schrillen Schmerzensschrei entschuldigte sich Mr. Mugridge bei allen untertänigst für die Störung. Später in der Kombüse bemerkte ich, dass sein Ohr verletzt und angeschwollen war. Es nahm nie wieder ganz die alte Form an, und die Matrosen nannten es einen »Blumenkohllöffel«.

Der Tag war angefüllt mit vielfältigem Elend. Ich hatte meine getrocknete Kleidung am Abend vorher von der Kombüse mit hinuntergenommen, und das Erste, was ich tat, war, sie gegen die Sachen des Kochs auszutauschen. Ich suchte nach meiner Geldbörse. Neben Wechselgeld (und in solchen Dingen trügt mich mein Gedächtnis nie) hatte sie einhundertfünfundachtzig Dollar in Goldmünzen und Scheinen enthalten. Die Börse fand sich, aber der Inhalt war mit Ausnahme des Kleingelds verschwunden. Ich sprach den Koch darauf an, als ich an Deck kam, um meinen Dienst in der Kombüse anzutreten, und obwohl ich auf eine grobe Antwort gefasst war, traf mich die giftige Gardinenpredigt doch unvorbereitet.

»Obacht, Döspaddel«, begann er knurrend und mit einem bösartigen Glanz in den Augen, »willste eins auf die Nuss? Wenn du meinst, ich klaue, schluck's runter, oder du kriegst eingebläut, wie mächtig du dich irrst. Der Herr soll mich mit Blindheit schlagen, wenn das nicht wahre Dankbarkeit ist. Da kommt so ein armseliger Fetzen Abschaum, ich nehme ihn in meiner Kombüse auf, behandle ihn anständig, und das ist nun der Dank. Das nächste Mal kannst du gleich zur Hölle fahren, und ich habe nicht übel Lust, dir mit einer Tracht Prügel den Weg zu zeigen.«

Und mit diesen Worten hob er die Fäuste und griff mich an. Zu meiner Schande muss ich gestehen, dass ich mich duckte und aus der Kombüsentür rannte. Was blieb mir anderes übrig. Gewalt, die nackte Gewalt, regierte auf diesem Schiff voller Unmenschen. Gütliches Zureden war unbekannt. Stellen Sie sich das bildlich vor: Ein schlanker, nicht übermäßig großer Mann ohne Muskelpakete, der ein friedliches und geruhsames Leben geführt hat und mit keiner Form von Gewalttätigkeit vertraut ist – was sollte ein solcher Mensch anderes tun? Sich diesem Tier in Menschengestalt entgegenzustellen war ebenso aberwitzig wie sich vor einem wütenden Bullen aufzubauen.

So reimte ich mir das damals zusammen, weil ich das Bedürfnis hatte, mich vor mir selbst zu rechtfertigen und mein Gewissen zu beruhigen. Aber die Rechtfertigung überzeugte mich nicht. Noch kann mein Mannesmut bis zum heutigen Tag auf diese Ereignisse zurückblicken, ohne dass ein schaler Nachgeschmack bliebe. Die Situation lag außerhalb der Reichweite rationaler Verhaltensmuster und verlangte mehr als kalte Vernunftschlüsse. Im Licht der formalen Logik gibt es keinen Grund, sich zu schämen, aber trotzdem begleitet dieses Gefühl meine Erinnerung, und mein männlicher Stolz gibt mir zu verstehen, dass meine Ehre als Mann in schwer fassbarer Weise beschmutzt und befleckt worden war.

Aber das alles gehört an eine andere Stelle. Die Geschwindigkeit, mit der ich aus der Kombüse stürzte, löste in meinem Kniegelenk so unerträgliche Schmerzen aus, dass ich hilflos zusammensank, kaum dass ich den Absatz des Achterdecks erreicht hatte. Aber der Cockney hatte mich nicht verfolgt.

»Sieh einer an, sieh einer an«, hörte ich ihn rufen, »und das alles mit einem lahmen Bein! Komm zurück, du armes Muttersöhnchen. Ich hau dich nicht, nein, ganz bestimmt nicht.«

Ich ging zurück und arbeitete weiter, und hier endete die Episode zunächst einmal, obwohl sie noch weitere Verwicklungen im Gefolge haben sollte. Ich deckte in der Kabine den Frühstückstisch für die Jäger und erwartete sie und die Offiziere um sieben Uhr. Der Sturm hatte sich während der Nacht offensichtlich ausgetobt, obwohl die See immer noch hoch ging und eine steife Brise wehte. Während der Morgenwache war die *Ghost* unter Segel gegangen, sodass sie jetzt mit Ausnahme der beiden Toppsegel und des Außenklüvers voll aufgeheißt dahineilte. Diese drei Segel, so entnahm ich der Unterhaltung, sollten direkt nach dem Frühstück gesetzt werden. Ich erfuhr auch, dass Wolf Larsen so viel wie möglich aus dem Sturm herausholen wollte, der ihn nach Südwesten in jenes Seegebiet trieb, wo er auf den Nordostpassat zu treffen hoffte. Auf diese stetigen Winde setzte er für den größten Teil der

Japanreise, wobei er zunächst in weitem Bogen nach Süden und in die Tropen zu segeln und bei Annäherung an die asiatische Küste wieder nach Norden abzubiegen gedachte.

Nach dem Frühstück hatte ich ein weiteres unschönes Erlebnis. Als ich mit dem Geschirrspülen fertig war, säuberte ich den Kajütenofen und trug den Aschekasten an Deck, um ihn auszuleeren. Wolf Larsen und Henderson standen in der Nähe des Ruders, ganz in ihr Gespräch vertieft. Der Matrose Johnson steuerte. Als ich nach Luv hinüberging, sah ich, wie er eine abrupte Kopfbewegung machte, die ich fälschlich für eine Geste des Wiedererkennens und der Begrüßung hielt. In Wirklichkeit wollte er mich veranlassen, meine Asche in Lee auszuleeren. Ohne meinen Fehler zu bemerken, ging ich an Wolf Larsen und dem Jäger vorbei und schüttete meine Asche gegen den Wind über Bord. Der trieb sie zurück, nicht nur mir, sondern auch Henderson und dem Kapitän ins Gesicht. Im nächsten Augenblick trat mich Wolf Larsen so heftig wie einen Köter. Ich hatte nicht gewusst, dass ein Tritt derart schmerzhaft sein konnte. Ich taumelte von ihm weg und lehnte mich halb bewusstlos an die Kajüte. Alles verschwamm mir vor den Augen und mir wurde schlecht. Die Übelkeit übermannte mich, doch gelang es mir noch, bis zur anderen Seite zu kriechen. Aber Wolf Larsen verfolgte mich nicht. Nachdem er sich die Asche von der Kleidung geklopft hatte, nahm er die Unterhaltung mit Henderson wieder auf. Johansen, der die ganze Sache vom Achterdeck aus mit angesehen hatte, schickte ein paar Matrosen nach vorn, um den Schmutz zu beseitigen.

Später am Morgen wurde mir eine Überraschung ganz anderer Art zuteil. Auf Befehl des Kochs war ich in Wolf Larsens Kammer gegangen, um dort Ordnung zu schaffen und das Bett zu machen. Nahe dem Kopfende der Koje befand sich ein Regal voller Bücher. Ich überflog die Sammlung und bemerkte mit Erstaunen Namen wie Shakespeare, Tennyson, Poe und De Quincey. Auch wissenschaftliche Werke waren vorhanden, darunter Tyndall, Proctor und Darwin. Astronomie und Physik fehlten ebenso wenig, und ich stieß auf Bulfinchs *Zeitalter der Fabel*, Shaws *Geschichte der englischen und amerikanischen Literatur* sowie Johnsons *Naturgeschichte* in einer zweibändigen Ausgabe. Mehrere Grammatiken kamen hinzu, unter anderem die von Metcalf, Reed und Kellogg, und ich konnte mir ein Lächeln nicht verkneifen, als mir ein Exemplar mit dem Titel *Korrektes Englisch* in die Augen fiel.

Nach den Erfahrungen, die ich mit ihm gemacht hatte, konnte ich den Mann und diese Bücher nicht zusammenbringen und fragte mich, ob er sie wohl lesen würde. Aber als ich dann sein Bett machte, fand ich eine vollständige Browning-Ausgabe zwischen den Decken, die ihm offensichtlich im Augenblick des Einschlafens entglitten war. Das aufgeschlagene Gedicht hieß »Auf einem Balkon«, und ich bemerkte, dass hier und da Zeilen unterstrichen waren. Als mir der Band wegen heftigen Schlingerns aus den Fingern rutschte, fiel auch noch ein Blatt Papier heraus. Es war vollgekritzelt mit Diagrammen und eigentümlichen Berechnungen.

Offensichtlich war dieser schreckliche Mensch nicht der unwissende Tölpel, als der er aufgrund seiner rohen Auftritte unausweichlich erschien. Vielmehr wurde er auf der Stelle rätselhaft. Für sich war jede der beiden Seiten seiner Natur völlig nachvollziehbar, aber zusammen lösten sie Verwirrung aus. Ich hatte schon bemerkt, dass seine Ausdrucksweise vorbildlich war und er sich nur gelegentlich leichte Regelverstöße zuschulden kommen ließ. Natürlich gab es grammatische Fehler zuhauf, wenn er sich mit den Matrosen und Jägern unterhielt, aber das lag am Jargon selbst; die wenigen Sätze jedoch, die er an mich gerichtet hatte, waren klar und fehlerlos gewesen.

Der Blick, den ich von seiner zweiten Seite erhascht hatte, muss mir Mut gemacht haben, denn ich fasste den Entschluss, ihn auf das entwendete Geld hin anzusprechen.
»Ich bin bestohlen worden«, teilte ich ihm kurze Zeit später mit, als ich ihn auf dem Achterdeck antraf, wo er auf und ab ging.
»Sir«, korrigierte er mich, nicht grob, aber bestimmt.
»Ich bin bestohlen worden, Sir«, verbesserte ich mich.
»Wie ist das passiert?«, fragte er.
Daraufhin legte ich ihm die Umstände dar: Wie meine Kleidung zum Trocknen in der Kombüse zurückgeblieben war und wie ich später fast vom Koch verprügelt worden wäre, als ich die Sache erwähnte.
Er lächelte über meine Schilderung. »Langfinger«, folgerte er, »die langen Finger unseres Smutje. Und glaubst du nicht, dass dein armseliges Leben die Investition wert war? Nimm's als Lektion. So allmählich wirst du schon lernen, selbst auf dein Geld aufzupassen. Bisher hat das bestimmt dein Anwalt oder dein Bevollmächtigter für dich erledigt.«
Der versteckte Hohn in seinen Worten entging mir nicht, aber ich fragte: »Wie kann ich es zurückbekommen?«
»Das musst du schon allein ausklamüsern. Hier hast du keinen Anwalt oder Bevollmächtigten und bist auf dich selbst angewiesen. Wenn du einen Dollar in die Finger bekommst, halt ihn fest. Jemand, der sein Geld wie du herumliegen lässt, verdient es nicht besser. Außerdem hast du gesündigt. Du hast kein Recht, deine Mitgeschöpfe in Versuchung zu führen. Du hast den Smutje verleitet, und er ist der Versuchung erlegen. Damit hast du seine unsterbliche Seele in Gefahr gebracht. Glaubst du übrigens an die Unsterblichkeit der Seele?«
Als er die Frage stellte, hoben sich langsam seine Lider, und mir war, als täten sich Abgründe auf und seine Seele läge unverhüllt vor mir. Aber das war Einbildung. So tief ihm der

Einblick auch vorgekommen sein mag, noch nie hat jemand in die Seele Wolf Larsens gesehen oder sie auch nur von fern zu Gesicht bekommen – davon bin ich überzeugt. Wie ich erfahren sollte, war es eine sehr einsame Seele, die sich nicht enthüllte, obwohl sie in seltenen Augenblicken so tat, als ließe sie die Maske fallen.

»Ich sehe die Unsterblichkeit in Ihrem Blick«, antwortete ich und unterschlug das »Sir« – ein Versuch, der mir durch die Vertraulichkeit unseres Gesprächs gerechtfertigt schien.

Er nahm keine Notiz davon. »Was du siehst, ist Leben, aber das muss nicht notwendig ewig dauern.«

»Ich erkenne mehr als das«, setzte ich kühn hinzu.

»Dann ist es das Bewusstsein. Du erkennst die Bewusstheit lebendigen Lebens, aber nichts darüber hinaus, keine Unendlichkeit.«

Wie klar seine Gedanken waren, und wie gut er sie ausdrücken konnte! Er hatte mich neugierig gemustert und drehte jetzt den Kopf, um die Augen über die bleierne See in Luv wandern zu lassen. Sein Blick trübte und entleerte sich, die Züge um seinen Mund wurden streng und hart. Offenbar war er in einer pessimistischen Stimmung.

»Wozu denn?«, fragte er abrupt und wandte sich mir erneut zu. »Wenn ich unsterblich bin – weshalb?«

Ich stutzte. Wie konnte ich diesem Menschen eine Vorstellung von meinem Idealismus vermitteln? Wie sollte ich in Worte kleiden, was man fühlt wie eine im Schlaf gehörte Melodie, etwas, das allen Zweifel beseitigt und doch unser Ausdrucksvermögen übersteigt.

»Wenn Sie nicht daran glauben, woran dann?«, konterte ich.

»Ich glaube, dass das Leben ein großes Durcheinander ist«, antwortete er ohne Zögern. »Wie Hefe oder ein Ferment, etwas, das sich regt und eine Minute, eine Stunde, ein Jahr oder hundert Jahre lang bewegt, aber schließlich und endlich doch

wieder erstarrt. Die Großen fressen die Kleinen, damit sie in Bewegung bleiben können, die Starken verschlingen die Schwachen, um ihre Kraft zu erhalten. Die Glücklichen fressen das meiste und rühren sich am längsten, damit hat sich's. Was hältst du von diesen Wesen da?«
Er gestikulierte ungeduldig und deutete mit einer weit ausholenden Armbewegung auf ein paar Matrosen, die mittschiffs an einem Tau herumspleißten.
»Sie bewegen sich; Quallen tun das auch. Sie regen sich fürs Futter, das sie weiter in Bewegung hält. So sieht es aus. Sie leben für ihren Magen und ihr Magen für sie. Alles dreht sich im Kreis. Und auch die da können nicht ausbrechen. Am Ende kommen sie unweigerlich zum Stillstand. Sie bewegen sich nicht mehr. Sie sind tot.«
»Aber sie träumen«, unterbrach ich ihn, »sie haben glanzvolle, strahlende Träume …«
»Vom Futtern«, setzte er kurz und bündig hinzu.
»Und von höheren …«
»Futterbergen. Sie träumen von größerem Appetit und von glücklicheren Umständen, um ihn zu befriedigen.« Seine Stimme klang hart, und er sprach ohne Ironie. »Denn sie fantasieren von erfolgreichen Reisen, die ihnen mehr Geld einbringen werden, davon, Schiffsmaat zu werden und ihr Glück zu machen – kurz, alles läuft darauf hinaus, ihresgleichen besser ausbeuten zu können, keine Nachtwache schieben zu müssen, gut zu essen und für die Drecksarbeit jemand anderen einzuteilen. Du und ich sind auch nicht besser. Es gibt keinen Unterschied mit Ausnahme der Tatsache, dass wir mehr und besser gegessen haben. Ich zehre jetzt von ihnen und du auch. Aber in der Vergangenheit hast du dir mehr einverleibt als ich. Du hast in besseren Betten geschlafen, bessere Sachen getragen, gute Mahlzeiten zu dir genommen. Wer hat die Betten gemacht, die Kleidung angefertigt, die Speisen zu-

bereitet? Du nicht. Du hast nie etwas im Schweiße deines Angesichts hergestellt. Du lebst von einem Vermögen, das dein Vater verdient hat. Du bist wie ein Fregattvogel, der auf die Tölpel herabstößt und ihnen die Fische abjagt, die sie gefangen haben. Du machst gemeinsame Sache mit einer Zusammenrottung von Menschen, die sich eine Regierung nennen und zu Herren aller anderen aufgeworfen haben, um das zu verzehren, was andere heranschaffen und nur zu gern selbst aufessen würden. Du trägst die warmen Sachen. Sie haben sie angefertigt, laufen aber selbst frierend in ihren Lumpen herum und bitten dich, den Anwalt oder den Bevollmächtigten, der dein Geld verwaltet, um Arbeit.«

»Aber das ist ein ganz anderes Thema«, stieß ich hervor.

»Ganz und gar nicht.« Er sprach jetzt schnell, und seine Augen blitzten. »Diese gierige Gefräßigkeit ist das Leben. Und welchen Sinn oder Nutzen hätte deren Unsterblichkeit? Wo liegt der Zweck? Was soll die ganze Geschichte? Du hast nichts Nahrhaftes produziert. Und doch hätte die Nahrung, die du verzehrt oder verschwendet hast, zwanzig jener Elendsgestalten das Leben retten können, die diese Nahrungsmittel gemacht, sie aber nicht gegessen haben. Welchem unsterblichen Zweck hast du gedient? Oder sie? Betrachte uns beide. Was ist die von dir gerühmte Unsterblichkeit wert, wenn dein Leben mit meinem kollidiert? Du gingst liebend gern an Land zurück, wo deine Art von Gefräßigkeit bestens aufgehoben ist. Aus einer Laune heraus behalte ich dich an Bord dieses Schiffes, wo meine Gefräßigkeit prächtig gedeiht. Und hier bleibst du! Vielleicht mache ich einen ganzen Kerl aus dir, oder ich bin dein Ruin. Mag sein, dass du heute stirbst, diese Woche oder im nächsten Monat. Ich könnte dich auf der Stelle mit einem Faustschlag umbringen, denn du bist ein jämmerlicher Schwächling. Aber wenn wir unsterblich sind, weshalb benehmen wir uns dann so? Ein Leben lang gefräßig zu sein wie du und ich, das scheint mir für Unsterbliche wohl kaum die richtige Beschäftigung. Also noch einmal, was soll das alles? Warum habe ich dich hierbehalten? –«

»Weil Sie stärker sind«, platzte ich heraus.

»Aber wieso stärker«, drehte sich das Fragekarussell weiter. »Weil ich ein größeres Stück Ferment bin als du? Verstehst du denn immer noch nicht?«

»Aber die Hoffnungslosigkeit des Ganzen«, wandte ich ein.

»Ganz meine Meinung«, antwortete er. »Also warum überhaupt Bewegung und damit Leben? Wenn wir uns nicht bewegten und Teil der Hefe würden, gäbe es diese Hoffnungslosigkeit nicht. Aber – und da haben wir die Ursache – wir wollen leben und uns regen, obwohl wir um gute Gründe verlegen sind, weil das nun einmal in der Natur des Lebens liegt. Lägen die Dinge anders, wäre das Leben ausgestorben. Und weil du diesen Lebenswillen in dir hast, träumst du von der Unsterblichkeit. Der Lebensfunke in dir will in alle Ewigkeit weiterglühen. Pah! Die Verewigung der Gefräßigkeit.«

Er machte auf dem Absatz kehrt und marschierte los. Am Ende des Achterdecks hielt er an und rief mich zu sich.

»Wieviel hat sich der Smutje übrigens unter den Nagel gerissen?«, fragte er.

»Einhundertfünfundachtzig Dollar, Sir«, gab ich zur Antwort. Er nickte. Einen Moment später, als ich die Treppe zur Kajüte hinunterstieg, um den Tisch für das Abendessen zu decken, hörte ich, wie er mittschiffs ein paar Mannschaftsmitglieder mit Flüchen überschüttete.

6. KAPITEL

Am folgenden Morgen war der Sturm gänzlich abgeflaut, und die *Ghost* rollte sacht in der ruhigen See. Ab und zu war in der Flaute immerhin ein Windhauch spürbar, und Wolf Larsen schritt unentwegt das Achterdeck ab, wobei seine Augen die See im Nordosten absuchten, von wo der Passat kommen musste.

Alle Mann waren an Deck und damit beschäftigt, die Boote für die Jagdsaison herzurichten. An Bord sind insgesamt sieben Boote, das Dingi des Kapitäns und die sechs anderen, die die Jäger benutzen. Die Bootsbesatzung besteht aus drei Leuten, dem Jäger, dem Ruderer und dem Steuermann. Die Gruppe der Ruderer und Steuerleute bildete an Bord des Schoners die Besatzung. Aber auch die Jäger wurden zu den Wachen eingeteilt und unterstanden jederzeit dem Befehl von Wolf Larsen.

All dies und mehr habe ich gelernt. Die *Ghost* gilt als der schnellste Schoner in den Flotten von San Francisco und Victoria. Schließlich war sie früher eine Privatjacht und auf Geschwindigkeit ausgelegt. Ihre Linienführung und ihre Ausstattung – Sachen, von denen ich im Übrigen nicht die geringste Ahnung habe – sprechen für sich selbst. Johnson hat mir das bei einem kurzen Schwatz, den ich gestern während der zweiten Hundewache mit ihm hielt, erzählt. Er sprach mit Begeisterung über das Schiff, und offenbar begegnet er diesem eleganten Fahrzeug mit einer Liebe, wie sie andere gegenüber Pferden empfinden. Die Reiseaussichten gefallen ihm ganz und gar nicht, und er gab mir zu verstehen, dass Wolf Larsens Ruf unter den Robbenfängerkapitänen denkbar schlecht ist. Die *Ghost* selbst hatte Johnson dazu verführt, für diesen Törn anzuheuern, aber er fing schon an, seine Entscheidung zu bedauern.

Wie er mir sagte, ist die *Ghost* ein Schoner von achtzig Bruttoregistertonnen und bemerkenswert guter Bauweise. Ihre Breite beträgt acht, ihre Länge etwas mehr als dreißig Meter. Ein Bleikiel von sagenhaftem Gewicht – genaue Zahlen kennt niemand – macht sie trotz der enormen Segelfläche sehr stabil. Vom Deck bis zum Flaggenkopf des Großmastes sind es rund dreiunddreißig Meter, während der Fockmast mit seiner Bramstenge zwei oder drei Meter kürzer ist. Ich erwähne diese Einzelheiten, damit die Ausmaße dieser schwimmenden Welt, die zweiundzwanzig Mann beherbergte, deutlich werden. Es war ein sehr kleines Zuhause, ein Stäubchen, ein Nichts, und ich kann es immer noch nicht fassen, dass Menschen sich mit einer so winzigen und zerbrechlichen Konstruktion aufs Meer hinauswagen.

Wolf Larsen steht auch in dem Ruf, rücksichtslos zu übertakeln. Ich habe mitbekommen, wie Henderson und ein anderer Jäger darüber sprachen. Vor zwei Jahren hatte er die *Ghost* während eines Sturms in der Beringsee entmastet, und daraufhin wurden die jetzigen Mastbäume installiert, die in jeder Beziehung stärker und schwerer waren. Als sie aufgestellt wurden, soll er bemerkt haben, er wolle mit seinem Boot lieber kentern, als noch einmal die Masten verlieren.

Mit Ausnahme von Johansen, der durch seine Beförderung ganz überwältigt ist, scheint jeder der Männer an Bord eine Entschuldigung fürs Anheuern auf der *Ghost* zu haben. Die Männer im Vorschiff sind vorher zur Hälfte auf Hochseeklippern gefahren und reden sich damit heraus, nichts über das Schiff und seinen Kapitän gewusst zu haben. Und die, die im Bilde waren, behaupten hinter vorgehaltener Hand, dass die Jäger zwar ihr Handwerk ausgezeichnet verstünden, aber wegen ihrer Streitsucht und ihrer Schurkereien schon so berüchtigt wären, dass sie auf keinem anständigen Schoner mehr unterkommen könnten.

Ich habe inzwischen die Bekanntschaft eines weiteren Mannschaftsmitglieds gemacht – Louis heißt er, ein rundlicher Ire aus Nova Scotia mit einem jovialen Gesicht. Er ist ein sehr geselliger Mensch und redet, solange er einen Zuhörer hat. Nachmittags, als der Koch unter Deck schlief und ich die ewigen Kartoffeln schälte, kam Louis in die Kombüse, um sein Seemannsgarn zu spinnen. Seine Entschuldigung dafür, an Bord zu sein, lautete, er sei beim Unterschreiben betrunken gewesen. Er versicherte mir wieder und wieder, dass er im nüchternen Zustande nicht im Traum so gehandelt haben würde. Anscheinend fährt er schon seit zehn oder zwölf Jahren regelmäßig zur Robbenjagd, und er gilt als einer der zwei oder drei besten Steuerleute auf den Beibooten beider Flotten.

»Ah, mein Junge«, sagte er mit einem nichts Gutes verheißenden Kopfschütteln, »dies ist der schlimmste Schoner, den du dir aussuchen konntest, und dabei warst du noch nicht einmal betrunken wie ich. Die Robbenjagd ist ein Seemannsparadies – auf allen anderen Schiffen. Der Maat war der Erste, aber, mein Wort drauf, vor dem Ende der Reise wird es noch mehr Tote geben. Unter uns gesagt, und ich hoffe, der Pfosten da kann schweigen, dieser Wolf Larsen ist ein wahrer Teufel, und die *Ghost* wird sich als der Höllenkahn erweisen, der sie immer gewesen ist, seit er sie in die Finger bekam. Ich weiß Bescheid! Und ob! Ich erinnere mich an Hakodate, wo er vor zwei Jahren Streit bekam und vier seiner eigenen Leute erschoss. War nämlich an Bord der *Emma L.* Und keine dreihundert Yards weg. Und dann hat er im selben Jahr noch jemand mit einem Faustschlag vom Leben zum Tod befördert. Yes, Sir, über den Jordan. Der Kopf muss dem zersprungen sein wie eine Eierschale. Und sind der Gouverneur der Kura-Inseln und der Polizeipräfekt, beides Japaner, nicht eines Tages als seine Gäste an

Bord gekommen samt ihren Frauen – niedliche kleine Dinger, wie man sie auf bemalten Fächern findet. Und als er in Fahrt kam, sind da nicht die liebenden Gatten wie durch ein Versehen in ihrem Sampan achternaus zurückgeblieben? Und hat man die armen Damen nicht eine Woche später auf der gegenüberliegenden Inselseite abgesetzt, sodass sie keine andere Wahl hatten, als auf ihren klitzekleinen Strohsandalen, die sich nach einer Meile auflösen, über die Berge nach Hause zu laufen? Ich weiß Bescheid. So ein Ungeheuer ist dieser Wolf Larsen – das Große Tier der Offenbarung, und es wird kein gutes Ende mit ihm nehmen. Aber ich will kein Wort gesagt haben, verstehst du. Keine Silbe ist über meine Lippen gekommen, denn der alte dicke Louis will die Reise überleben, auch wenn hier Mann und Maus untergehen.«

»Wolf Larsen!«, schnaubte er einen Augenblick später. »Hör dir den Namen nur genau an! Ein Wolf – das ist er. Er hat kein böses Herz wie manche Leute. Er hat überhaupt keins. Sein Wesen ist wölfisch, einfach wölfisch. Wundert's dich immer noch, dass sie ihn so passend getauft haben?«

»Aber wenn jedem klar ist, mit wem er es zu tun hat«, wollte ich wissen, »wieso kriegt er dann Leute dazu, bei ihm zu fahren?«

»Wie kriegt man Leute dazu, auf Gottes Erdboden oder seinen Fluten überhaupt etwas zu tun?«, fragte er mit keltischem Feuer zurück. »Wie hätte ich an Bord geraten können, wenn ich nicht sturzbetrunken gewesen wäre, als ich meinen Namen aufs Papier setzte? Da sind die, die wie die Jäger nicht mehr auf besseren Booten unterkommen, und die, die keine Ahnung haben, wie die armen Windjammerteufel im Vorschiff. Aber es wird ihnen noch aufgehen, ganz bestimmt geht es ihnen noch auf, und es wird ihnen leid tun, dass sie überhaupt auf die Welt gekommen sind. Ich würde Tränen vergießen um diese bedauernswerten Geschöpfe, könnte ich vorher nur den armen alten dicken Louis vergessen und das, was er hier alles noch durchmachen muss. Aber über meine Lippen ist nie eine Silbe gekommen, verstehst du, keine Silbe.«

»Die Jäger sind ein übles Völkchen«, brach es wieder aus ihm heraus, denn er litt unter angeborener Redewut. »Aber warte nur ab, bis die gute Laune verfliegt und sie sich in die Haare kriegen. Dann wird er es ihnen schon zeigen. Der pflanzt ihnen noch die Gottesfurcht in die rabenschwarzen Herzen. Sieh dir nur mal meinen Jäger an, Horner. ›Jock‹ Horner nennen sie ihn, und er ist so ruhig, umgänglich und freundlich wie ein Mädchen, als könne er kein Wässerchen trüben. Und doch hat er letztes Jahr seinen Steuermann umgebracht. Sie haben es als bedauernswerten Unfall hingestellt, aber ich habe seinen Ruderer in Yokohama getroffen, und der hat mir reinen Wein eingeschenkt. Und dann ist da Smoke, der kleine schwarze Satan – den haben die Russen für drei Jahre in die Salzminen von Sibirien gesteckt, weil er auf Copper Island, das ein russisches Protektorat ist, gewildert hatte. An Händen und Füßen war er mit einem Mitgefangenen zusammengeschmiedet. Dann gab es wohl eine Auseinandersetzung oder Schlägerei – denn Smoke schickte den anderen in einem Eimer den Schacht hoch, Stück für Stück, heute ein Bein, morgen einen Arm, übermorgen den Kopf und so weiter.«

»Das meinen Sie nicht ernst!«, rief ich aus, von der Furchtbarkeit des Geschehens überwältigt.

»Was soll ich gemeint haben?«, fragte er blitzschnell zurück. »Ich habe kein Sterbenswörtchen gesagt. Taub und stumm bin ich, und du solltest es genauso machen, schon wegen deines alten Mütterleins. Und wenn ich mal den Mund aufmache, so nur, um die Jäger über den grünen Klee zu loben und ihn natürlich auch, Gott verfluche seine Seele, er soll zehntausend Jahre im Fegefeuer schmoren und dann zur tiefsten und letzten Hölle fahren.«

Johnson, der mich wund massiert hatte, als ich an Bord kam, schien auf dem ganzen Schiff aus dem geradesten Holz zu sein. Und wirklich hatte er nichts Zwiespältiges an sich. Seine Direktheit und Mannhaftigkeit machten sofort Eindruck, zumal sie durch eine Bescheidenheit abgemildert wurden, die man hätte für Schüchternheit halten können. Aber schüchtern war er nicht. Vielmehr besaß er den Mut, zu seinen Überzeugungen zu stehen, und war sich seines mannhaften Wesens sicher. Diese Charaktereigenschaften ließen ihn zu Beginn unserer Bekanntschaft dagegen aufbegehren, Yonson genannt zu werden. Und auch darüber und über ihn hielt Louis mit seinen Richtersprüchen und Prophezeiungen nicht hinter dem Berg.

»'nen prima Kerl haben wir da im Vorschiff, diesen Dickschädel Johnson«, sagte er. »Der beste Seemann in der Back. Er ist mein Puller. Aber so sicher die Funken nach oben fliegen, so sicher wird er mit Wolf Larsen aneinandergeraten. Ich weiß Bescheid. Ich kann's kommen und aufziehen sehen wie einen Sturm am Himmel. Wie einen Bruder hab ich ihn bekniet, aber er sieht keinen Grund, seine Befeuerung abzustellen oder falsche Signalflaggen hochgehen zu lassen. Er murrt, wenn die Dinge nicht nach seiner Mütze gehen, und irgendein Plappermaul findet sich immer, das beim Wolf petzt. Der Wolf ist stark, und es liegt in seiner Natur, andere Stärke zu hassen. Und die wird er in Johnson entdecken – kein Zu-Kreuze-Kriechen und ›Yes, Sir, schönen Dank, Sir‹ nach einem Fluch oder Schlag. Oh, ich seh's kommen, ich seh's kommen. Weiß der Himmel, wo ich einen anderen Ruderer hernehmen soll. Warum muckt der Trottel auf, wenn der Alte ihn Yonson nennt: ›Mein Name ist Johnson, Sir‹ und buchstabiert's ihm dann auch noch vor. Das Gesicht des Alten hättest du sehen sollen! Ich dachte, er hätte ihn auf der Stelle verdroschen. Tat er nicht, holt er aber noch nach, und das wird dem Dickkopf das Rückgrat brechen – oder ich habe keine Ahnung, wie es unter Seeleuten zugeht.«

Thomas Mugridge wird unerträglich. Er zwingt mich, ihn bei jeder Gelegenheit mit Mister und Sir anzureden. Einer der Gründe dafür ist, dass Wolf Larsen ihn anscheinend ins Herz geschlossen hat. Dass ein Kapitän dick mit seinem Koch befreundet ist, war wohl noch nie da, aber genau darauf hat es Wolf Larsen offensichtlich angelegt. Zwei- oder dreimal hat er seinen Kopf in die Kombüse gesteckt und Mugridge gut gelaunt aufgezogen, und heute Nachmittag stand er sogar auf dem Absatz des Achterdecks und hat eine geschlagene Viertelstunde mit ihm geplaudert. Als es vorbei war und Mugridge wieder in der Kombüse stand, strahlte er wie frisch eingefettet und sang bei der Arbeit Lieder fliegender Händler – und das mit einer misstönenden Fistelstimme, die einem die letzten Nerven raubte.

»Mit den Offizieren komm' ich immer klar«, zog er mich ins Vertrauen. »Ich weiß, wie man's anstellt und sich 'ne Reputation erwirbt. Also, mein letzter Skipper – da war es ganz selbstverständlich, dass ich mal auf ein Schwätzchen und ein Glas unter Freunden in seine Kammer kam. ›Mugridge‹, sagte der zu mir, ›Mugridge‹, sagte der, ›du hast deinen Beruf verfehlt.‹ ›Und wie das?‹, sag ich. ›Du hättest als Gentleman auf die Welt kommen sollen und keinen Finger krumm machen müssen.‹ Ich will auf der Stelle tot umfallen, Döspaddel, wenn das nicht seine Worte waren. Und ich saß da in seiner Kammer, guter Dinge und aufs Bequemste, rauchte seine Zigarren und trank seinen Rum.«

Dieses Gequatsche brachte mich zur Raserei. Ich habe noch keine Stimme so gehasst. Sein öliger, einschmeichelnder Tonfall, sein aalglattes Lächeln, seine absurde Aufgeblasenheit gingen mir derart auf die Nerven, dass ich an allen Gliedern zitterte. Er war fraglos die widerwärtigste und abstoßendste

Person, die mir je über den Weg gelaufen war. Seine Unsauberkeit beim Kochen spottete jeder Beschreibung, und weil jedes Gericht, das an Bord gegessen wurde, aus seinen Töpfen kam, war ich gezwungen, alles, was ich zu mir nahm, mit großer Vorsicht auszusuchen, und mich nur bei seinen weniger schmuddeligen Manschereien zu bedienen.

Meine Hände, die keine Arbeit gewohnt waren, machten mir sehr zu schaffen. Die Nägel verfärbten sich und wurden schwarz, während der Schmutz sich so in der Haut festsetzte, dass nicht einmal eine Scheuerbürste dagegen half. Dann entwickelten sich schmerzhafte Blasen ohne Ende, und an meinem Unterarm hatte ich eine große Verbrennung, die daher rührte, dass ich einmal beim Rollen des Schiffes das Gleichgewicht verloren hatte und an den Kombüsenherd gestoßen war. Auch der Zustand meines Knies war noch der alte. Die Schwellung war nicht zurückgegangen, und die Kniescheibe stand immer noch hochkant. Dass ich von morgens bis abends auf dem Bein herumhumpelte, tat ihm auch nicht besonders gut. Wenn ich wieder gesund werden wollte, brauchte ich vor allem Ruhe.

Ruhe. Die wahre Bedeutung dieses Wortes war mir vorher nie aufgegangen. Ich hatte mich mein ganzes Leben lang ausgeruht und es nicht einmal bemerkt. Aber wenn ich jetzt eine halbe Stunde still sitzen konnte und nichts zu tun brauchte – nicht einmal denken –, war mir das das größte Vergnügen, das die Welt zu bieten hatte. Andererseits ist es auch eine Art Offenbarung. Das Leben der Arbeiterklasse erscheint mir jetzt in einem ganz anderen Licht. Ich wusste nicht, dass Arbeiten so schrecklich sein kann. Von morgens halb sechs bis abends um zehn bin ich jedermanns Sklave und habe keinen Augenblick für mich selbst, außer denen, die ich zum Ende der zweiten Hundewache abknapsen kann. Kaum nehme ich mir eine Minute Zeit, um das Funkeln der Sonnenstrahlen auf dem Meer zu betrachten oder einem Matrosen zuzusehen, der zum Gaffeltoppsegel hochklettert oder auf dem Bugspriet balanciert, ertönt ganz bestimmt diese verhasste Stimme: »He, du, Döspaddel, faulenz' nicht rum. Du hast meine Klüsen im Nacken.«

Im Zwischendeck gibt es Anzeichen für zunehmend dicke Luft, und es geht das Gerücht, Smoke und Henderson hätten eine handgreifliche Auseinandersetzung gehabt. Henderson scheint der anständigste der Jäger zu sein, ein behäbiger Mensch, den so schnell nichts aus der Ruhe bringt. Aber Smoke muss es doch geschafft haben, denn anschließend lief er mit einem blauen Auge herum und sah besonders gemein aus, als er zum Abendessen in die Kajüte kam.

Kurz vorher ereignete sich ein grausamer Vorfall, der die Abgestumpftheit und Animalität dieser Männer verdeutlicht. Es gibt einen Grünschnabel in der Mannschaft, Harrison mit Namen, einen unbeholfenen Jungen vom Land, der wohl von der Abenteuerlust getrieben zum ersten Mal zur See fährt. In den schwachen und umspringenden Winden hatte das Boot oft über Stag gehen müssen, wobei die Segel von einer Seite auf die andere schwenken und ein Mann nach oben muss, um das Vorgaffeltoppsegel zu bedienen. Als Harrison dabei war, klemmte irgendwie die Schot in dem Block, durch den sie am Ende der Gaffel geführt wird. Nach meinem Kenntnisstand gibt es zwei Möglichkeiten, sie wieder freizubekommen – entweder man holt das Schonersegel nieder, was relativ einfach und gefahrlos ist, oder man klettert über das Piekfall selbst bis zum Ende der Gaffel, ein äußerst risikoreiches Unterfangen.

Johansen befahl Harrison, Letzteres zu tun. Es war jedem klar, dass der Junge Angst hatte. Und das war ihm auch nicht zu verdenken, wenn er sich fünfundzwanzig Meter über dem Deck diesen dünnen und tückischen Seilen anvertrauen sollte. Bei einer stetigen Brise wäre das alles halb so schlimm gewesen, aber die *Ghost* rollte leer in einer langen Dünung, und bei jedem Hin- und Herschwingen flappte das Segel und füllte sich wieder, und die Falltaue hingen durch und wurden dann wieder zum Zerreißen gespannt. Sie konnten dabei einen Mann wegschleudern wie eine auf einer Peitschenschnur sitzende Fliege.

Harrison hörte den Befehl und verstand, was von ihm verlangt wurde, zögerte aber trotzdem. Wahrscheinlich war er zum ersten Mal in seinem Leben in den Wanten. Johansen, der sich von Larsens herrischem Wesen hatte anstecken lassen, stieß einen Schwall von Flüchen und Beleidigungen aus.

»Das reicht, Johansen«, sagte Wolf Larsen barsch, »ich erledige auf diesem Schiff das Fluchen. Wenn ich deine Hilfe brauche, sage ich Bescheid. Merk dir das!«

»Yes, Sir«, bestätigte der Maat unterwürfig.

Inzwischen hatte sich Harrison auf das Fall hinausbegeben. Ich blickte aus der Kombüsentür zu ihm hoch, und ich konnte sehen, dass er wie im Fieber am ganzen Körper zitterte. Er arbeitete sich langsam und vorsichtig vor, Zentimeter um Zentimeter. Gegen den blauen Himmel sah er aus wie eine riesige Spinne, die über die Fäden ihres Netzes vorwärtskriecht.

Es ging etwas bergauf, denn die Gaffelpiek war hoch angesetzt, und das Fall, das an der Gaffel und am Mast durch mehrere Blöcke lief, gab unabhängig voneinander seinen Händen und seinen Füßen Halt. Die Schwierigkeit lag darin, dass der Wind nicht kräftig genug war, die Segel ständig zu füllen. Als er den halben Weg hinter sich hatte, krängte die *Ghost* weit nach Luv und schwenkte dann in einem Wellental wieder zurück. Harrison stellte seine Fortbewegung ein und klammerte sich fest. Fünfundzwanzig Meter tiefer konnte ich sehen, wie sich seine Muskeln verkrampften, weil es ums nackte

Überleben ging. Das Segel flappte, und die Gaffel schwang nach mittschiffs herum. Das Fall wurde schlaff, und obwohl alles sehr schnell ging, konnte ich sehen, wie es unter seinem Körpergewicht durchsackte. Dann schwang die Gaffel ganz plötzlich wieder aus, das große Segel blähte sich mit einem Donnerschlag, und die drei Reihen von Reffbändseln prasselten wie eine Gewehrsalve gegen das Segeltuch. Harrison, der sich immer noch festhielt, fuhr auf einer schwindelerregenden Bahn durch die Luft. Dann kam die Bewegung abrupt zum Stillstand. Das Fall straffte sich augenblicklich wie eine Peitschenschnur. Es ging über seine Kräfte. Eine Hand verlor den Halt, mit der anderen klammerte er sich noch einen Moment verzweifelt fest, bevor das Tau ihm auch hier aus den Fingern schnellte. Sein Körper wurde nach hinten geschleudert, stürzte, aber irgendwie schaffte er es, sich mit den Beinen einzuhaken und sein Leben zu retten. Kopfüber hing er dort oben. Mit einem schnellen Einknicken brachte er die Hände wieder ans Tauwerk, aber er brauchte lange, um erneut in die Ausgangsstellung zu kommen, in der er verharrte – ein Bild des Jammers.

»Wetten, dass er zum Abendessen nicht den rechten Appetit mitbringt«, hörte ich Wolf Larsen hinter der Kombüsenecke sagen. »Zur Seite, Johansen. Pass auf. Gleich kommt's.«

Und wirklich war es Harrison so übel wie jemandem, der seekrank ist. Eine ganze Zeit lang klammerte er sich an seine wackelige Spiere, ohne ein Glied zu rühren. Johansen aber trieb ihn rücksichtslos an, seine Aufgabe zu erledigen.

»Eine Schande ist das«, hörte ich Johnson in seinem quälend langsamen und übergenauen Englisch brummen. Er stand neben dem Hauptrigg, einen Schritt von mir entfernt. »Der Junge gibt sich doch alle Mühe. Er lernt das schon, wenn man ihm nur Gelegenheit dazu gibt. Aber das ist –« Er machte eine kleine Pause, denn sein letztes Wort lautete »Mord«.

»Still doch«, zischelte ihm Louis zu. »Halt den Mund, wenn dir dein altes Mütterchen lieb ist.«

Aber Johnson sah weiter zu und hörte nicht auf zu murren.

»Hören Sie«, wandte sich Standish, der Jäger, an Wolf Larsen, »das ist mein Puller, und ich will ihn nicht verlieren.«

»In Ordnung, Standish«, lautete die Antwort. »Er ist dein Ruderer, wenn du ihn in deinem Boot hast, aber hier an Bord ist er mein Matrose, und hier mache ich mit ihm, was ich will, verdammt noch eins.«

»Aber das ist kein Grund …«, begann es aus Standish herauszusprudeln.

»Es langt, und immer schön ruhig«, setzte Larsen dagegen. »Ich hab dir gesagt, wie die Dinge liegen, und dabei lassen wir es bewenden. Der Mann gehört mir, und wenn mir der Sinn danach steht, koche ich Suppe aus ihm und esse sie auf.«

Die Augen des Jägers funkelten ärgerlich, aber er machte auf dem Absatz kehrt und ging zur Zwischendecktreppe, von wo aus er das weitere Geschehen verfolgte. Alles war jetzt an Deck, die Augen nach oben gerichtet, wo es um Leben oder Tod ging. Die Teilnahmslosigkeit jener Leute, denen die industrielle Zivilisation Gewalt über Menschenleben gab, war entsetzlich. Ich, der ich fern dem Mahlstrom der Welt gelebt hatte, hätte mir nie träumen lassen, dass die anfallende Arbeit auf diese Weise erledigt würde. Das Leben schien mir immer besonders heilig zu sein, aber hier zählte es nicht, war eine bloße Ziffer in kommerziellen Berechnungen. Ich muss allerdings zugestehen, dass die Matrosen selbst mitfühlend waren, wie das Verhalten Johnsons beweist. Aber die Herren (die Jäger und der Kapitän) waren von herzloser Gleichgültigkeit. Sogar der Einspruch Standishs rührte nur daher, dass er seinen Ruderer nicht verlieren wollte. Wäre es der Ruderer eines anderen Jägers gewesen, hätte er, wie sie, nur amüsiert danebengestanden.

Aber wenden wir uns wieder Harrison zu. Johansen brauchte volle zehn Minuten, um den armen Wicht mit Schmähungen und Beschimpfungen wieder in Bewegung zu bringen. Wenig später hatte er das Ende der Gaffel erreicht, wo er sich, rittlings auf dem Rundholz sitzend, besser festhalten konnte. Er löste die verklemmte Schot und hatte jetzt nur noch den leicht abschüssigen Rückweg über das Fall bis zum Mast vor sich. Aber er war mit seinen Nerven am Ende. So unsicher seine jetzige Position war, so sehr sträubte er sich dagegen, sie gegen die noch gefährlichere auf dem Fall einzutauschen.

Er besah sich den luftigen Pfad, den er hinter sich bringen musste, und blickte dann auf das Deck hinunter. Seine Augen waren weit aufgerissen und starr, und er zitterte heftig. Noch nie hatte ich ein menschliches Gesicht gesehen, das so drastisch den Stempel der Angst trug. Umsonst forderte ihn Johansen auf, herunterzusteigen. In jedem Augenblick konnte er von der Gaffel heruntergeschleudert werden, aber die Angst hatte ihn gelähmt. Wolf Larsen, der auf und ab ging und sich dabei mit Smoke unterhielt, schenkte ihm keine Beachtung mehr, obwohl er einmal dem Rudergänger schneidend zurief: »Du bist vom Kurs abgekommen, Kerl. Pass auf, oder du kriegst Ärger!«

»Aye, aye, Sir«, antwortete der Mann am Ruder und drehte es einige Spaken zurück.

Sein Vergehen war gewesen, dass er die *Ghost* ein paar Strich vom Kurs hatte abfallen lassen, damit das bisschen Wind, das überhaupt ging, das Schonersegel füllte und die Leinen straff hielt. Er hatte versucht, dem unglücklichen Harrison zu helfen, auch auf die Gefahr hin, sich Wolf Larsens Ärger zuzuziehen.

Die Zeit verging, und für mich war die Anspannung schrecklich. Thomas Mugridge dagegen fand die Angelegenheit lächerlich und steckte seinen Kopf dauernd aus der Kombüsentür, um Witzchen zu reißen. Wie ich ihn hasste! Und welch riesige Ausmaße mein Hass gegen ihn während dieser angsterfüllten Minuten erreichte! Erstmals in meinem Leben hatte ich das Verlangen zu morden – »sah rot«, wie das einige Schriftsteller in ihrer malerischen Sprache ausdrücken. Das Leben im Allgemeinen mochte schon heilig sein, aber das Leben in diesem besonderen Fall, der sich Thomas Mugridge nannte, war eine ganz und gar profane Sache geworden. Ich erschrak, als mir bewusst wurde, dass ich rot sah, und die Frage fuhr mir durch den Kopf, ob die Brutalität meiner Umgebung schon auf mich abgefärbt hatte. Auf mich, der sogar bei den schändlichsten Verbrechen die Berechtigung und Gerechtigkeit der Todesstrafe in Abrede gestellt hatte.

Eine volle halbe Stunde verstrich, und dann sah ich, dass sich Johnson und Louis stritten. Es endete damit, dass Johnson Louis' Arm zur Seite stieß, der ihn aufhalten wollte, und losmarschierte. Er überquerte das Deck, schwang sich in das Takelwerk und kletterte los. Aber schon hatte ihn Wolf Larsen gesehen.

»He, du, was hast du vor«, rief er.

Johnson unterbrach seinen Aufstieg. Er sah seinem Kapitän in die Augen und antwortete bedächtig: »Ich hol' den Jungen runter.«

»Du kommst sofort aus dem Geschirr, und zwar wie ein geölter Blitz. Verstanden? Runter da!«

Johnson zögerte, aber dann übermannten ihn die langen Jahre, in denen er den Befehlen des Schiffsherrn hatte gehorchen müssen, und verdrossen ließ er sich aufs Deck fallen und ging nach vorn.

Um halb sechs begab ich mich nach unten, um den Kajütentisch zu decken, aber ich wusste kaum, was ich tat, denn das Bild eines bleichen und zitternden Menschen, der sich, auf lächerliche Weise an einen Käfer erinnernd, an der herumschlagenden Gaffel festklammerte, wollte mir nicht aus dem Kopf. Um sechs, als ich das Abendessen auftrug und an Deck kam, um die Speisen aus der Kombüse zu holen, sah ich Harrison immer noch in derselben Position. Am Tisch drehte sich die Unterhaltung um andere Dinge. Niemand schien sich für das Leben zu interessieren, das so fahrlässig aufs Spiel gesetzt worden war. Aber als ich wenig später noch einmal zur Kombüse ging, sah ich zu meiner großen Freude, dass Harrison mit letzter Kraft vom Rigg zum Backluk wankte. Er hatte endlich den Mut gefunden, herunterzusteigen.

Bevor ich den Bericht über diesen Zwischenfall beende, muss ich noch einen Ausschnitt des Gesprächs wiedergeben, das ich in der Kajüte mit Wolf Larsen führte, während ich das Geschirr spülte.

»Du sahst heute Nachmittag etwas angegriffen aus«, begann er. »Was ist los?« Offensichtlich wusste er genau, dass mich die Sache kaum weniger mitgenommen hatte als Harrison selbst, und wollte mich aus der Reserve locken. »Es war wegen der brutalen Behandlung des Jungen«, antwortete ich.

Er lachte kurz auf. »Ist wohl wie Seekrankheit. Einige kriegen es, andere nicht.«

»O nein«, wandte ich ein.

»O doch«, fuhr er fort. »Die Erde ist so voll von Brutalität wie die See von Bewegung. Und einigen Leuten wird übel von dem ersten und anderen von dem zweiten. Das ist der einzige Grund.«

»Aber Sie, die Sie für das menschliche Leben nur Hohn und Spott übrig haben, können Sie denn überhaupt keinen Wert darin entdecken?«

»Wert? Welchen Wert?« Er sah mich an, und obwohl sein Blick fest und unverwandt war, schienen seine Augen zynisch zu lächeln. »Was für einen Wert? Wie misst man den? Wer setzt ihn fest?«

»Ich tue das«, gab ich zur Antwort.
»Was ist das Leben dann also für dich wert? Das Leben eines anderen, meine ich. Also los, was?«
Der Wert des Lebens? Wie konnte ich dem Leben so etwas wie einen handfesten Preis anheften? Ich, der um Formulierungen nie verlegen war, verlor diese Fähigkeit in Gegenwart von Wolf Larsen. Inzwischen habe ich mir überlegt, dass das teilweise auf seine Persönlichkeit zurückzuführen war, in weitaus größerem Maße aber mit seiner ganz unvereinbaren Weltanschauung zu tun hatte. Im Gegensatz zu anderen Materialisten, die mir begegnet waren und mit denen ich immerhin gewisse Prämissen teilte, gab es hier keinerlei Gemeinsamkeiten. Vielleicht war es auch die elementare Schlichtheit seines Geistes, die ihn für mich rätselhaft machte. Er kam so direkt zum Kern der Sache, entkleidete eine Frage so rigoros aller überflüssigen Details und stellte sie mit solcher Endgültigkeit, dass mir immer der Grund unter den Füßen weggezogen wurde und ich in die größten Schwierigkeiten geriet. Wert des Lebens? Wie sollte ich mir eine Antwort aus dem Ärmel schütteln? Für mich war an der Heiligkeit des Lebens nicht zu rütteln gewesen. Dass es in sich wertvoll war, galt mir als Gemeinplatz, den ich nie infrage gestellt hatte. Aber als er eben das tat, verschlug es mir die Sprache.
»Gestern haben wir darüber geredet«, sagte er. »Ich habe behauptet, dass das Leben ein Ferment ist, etwas Hefiges, das Leben verschlingt, um sich selbst am Leben zu erhalten, und dass es im Grunde auf eine erfolgreiche Gefräßigkeit hinausläuft. Wenn also an der Vorstellung von Angebot und Nachfrage überhaupt etwas dran ist, ist Leben die wertloseste Sache auf Erden. Es gibt nur einen begrenzten Vorrat an Wasser, Erde, Luft, aber das Leben hat ein grenzenloses Bedürfnis, zur Welt zu kommen. Die Natur ist verschwenderisch. Sieh dir nur die Fische mit ihren Millionen von Eiern an. Oder nimm einfach

uns beide. In unseren Lenden steckt die Möglichkeit millionenfachen Lebens. Könnten wir nur Zeit und Gelegenheit genug finden und das ungeborene Leben in uns bis zur Neige ausschöpfen, könnten wir Väter ganzer Nationen sein und Kontinente bevölkern. Leben? Pah! Es hat keinen Wert. Von allen billigen Dingen ist es das billigste. Überall geht es am Bettelstab. Die Natur teilt es mit vollen Händen aus. Wo ein Leben Platz hätte, sät sie tausend, und deshalb frisst sich das Leben selbst, bis nur die Stärksten und Unersättlichsten übrig bleiben.«

»Sie haben Darwin gelesen«, sagte ich. »Aber Sie haben ihn falsch verstanden, wenn Sie aus seinen Ausführungen schließen, dass der Kampf ums Dasein Ihre leichtfertige Zerstörung von Leben rechtfertigt.«

Er zuckte mit den Schultern. »Natürlich ist das bei dir nur auf menschliches Leben gemünzt, denn Tiere, Geflügel, Fisch zerstörst du ebenso skrupellos wie ich oder jeder andere. Und menschliches Leben unterscheidet sich in keiner Weise davon, obwohl du das gefühlsmäßig behauptest und glaubst, es zusätzlich mit Argumenten belegen zu können. Warum also sollte ich mit einem Leben geizen, das billig und wertlos ist? Es gibt mehr Matrosen, als die Schiffe aller Weltmeere fassen können, mehr Arbeiter, als sich in den Fabriken und an den Maschinen unterbringen lassen. Du lebst an Land und weißt nur zu gut, dass ihr die Armen in die Slums abschiebt, Hunger und Pest auf sie loslasst und dass trotzdem immer noch mehr Elende übrig bleiben, die eine Brotkruste und ein Stück Fleisch am Leben hielte, als ihr beschäftigen könnt. Bist du jemals Zeuge gewesen, wenn die Londoner Dockarbeiter wie wilde Tiere um Arbeit kämpfen?«

Er ging zum Niedergang, drehte aber für sein Schlusswort noch einmal den Kopf: »Weißt du, dass der einzige Wert, den das Leben hat, der ist, den es sich selbst zumisst? Und dabei überschätzt es sich natürlich, weil es notwendig für sich selbst Partei ergreift. Nimm den Mann da oben. Er klammerte sich fest, als wäre er überaus kostbar, ein Schatz, mehr wert als Diamanten und Rubine. Für dich? Nein. Für mich? Ganz und gar nicht. Für sich selbst. Ja. Aber ich schließe mich seiner Selbsteinschätzung nicht an. Sie ist jämmerlich überzogen. So viel Leben will geboren werden. Wäre er abgestürzt und sein Hirn aufs Deck getropft wie Honig aus einer Wabe, wäre das für die Welt kein Verlust gewesen. Das Angebot ist zu groß. Wertvoll war er nur für sich selbst, und wie unwirklich sogar dieser Wert ist, zeigt sich darin, dass er sich des Verlusts nicht einmal bewusst ist, sobald er tot daliegt. Nur er selbst hält sich für kostbarer als Diamanten und Rubine. Aber sie sind futsch, über Deck gespritzt, um mit einem Eimer Seewasser weggespült zu werden, und er weiß nicht einmal mehr, dass sie hin sind. Er erleidet keinen Verlust, denn das Bewusstsein, etwas verloren zu haben, verliert er im selben Moment. Verstehst du? Und was fällt dir dazu ein?«

»Dass Sie immerhin die Logik auf Ihrer Seite haben«, war alles, was ich herausbrachte; und dann spülte ich weiter.

7. KAPITEL

Endlich, nach drei Tagen wechselnder Winde, haben wir den Nordostpassat erwischt. Ich hatte trotz meines lädierten Knies eine ruhige Nacht, und als ich an Deck kam, sah ich die *Ghost* in der Gischt dahinjagen, mit Ausnahme der Fock voll aufgeheißt und mit einem kräftigen Wind von achtern in allen Segeln. Ah, das Wunder des mächtigen Passats! Den ganzen Tag über machten wir gute Fahrt, ebenso in der Nacht und am folgenden Tag und auch am übernächsten, Tag für Tag, den Wind immer von achtern, immer stetig und stark. Der Schoner segelte ganz von selbst. Es gab keine Arbeit an Schoten und Taljen, kein Übergehen der Toppsegel, und für die Matrosen blieb nichts weiter zu tun, als das Schiff auf Kurs zu halten. Wenn gegen Abend die Sonne unterging, wurden die Schoten gelockert. Sobald sie in den Morgenstunden die Feuchtigkeit des Taus ausgedunstet hatten und durchhingen, wurden sie wieder angezogen – das war auch schon alles.

Unsere Geschwindigkeit schwankt; mal sind es zehn Knoten, mal zwölf, dann wieder nur elf. Und immer weht aus Nordosten ein prächtiger Wind, der uns von einer Dämmerung zur nächsten zweihundertundfünfzig Meilen näher ans Ziel bringt. Das Tempo, mit dem wir San Francisco hinter uns lassen und den Tropen entgegeneilen, erfüllt mich mit Wehmut, aber auch mit Freude. Von Tag zu Tag wird es spürbar wärmer. Während der zweiten Hundewache kommen die Matrosen unbekleidet an Deck und übergießen sich gegenseitig mit Meerwasser. Die ersten fliegenden Fische tauchen auf, und des Nachts hört man die Wache auf der Jagd nach denen, die an Bord gelandet sind, über Deck hasten. Hat man Thomas Mugridge ausreichend geschmiert, so durchzieht am Morgen ein angenehmer Bratenduft die Kombüse. Delfinbraten für die gesamte Mannschaft gibt es immer dann, wenn es Johnson gelingt, eines jener wunderschönen Tiere von der Spitze des Bugspriets aus zu fangen.

Johnson scheint seine gesamte Freizeit entweder dort oder hoch oben in der Saling zu verbringen, von wo aus er beobachtet, wie die *Ghost* unter vollen Segeln durchs Wasser pflügt. Sein Blick ist voller Leidenschaft, ja Anbetung, und er bewegt sich an Bord in einer Art Trance, während er verzückt die geschwellten Segel und das aufschäumende Kielwasser betrachtet und verfolgt, wie das Schiff, sich hebend und senkend, die Wasserberge überwindet, die uns in majestätischer Prozession begleiten.

Die Tage und Nächte sind »ein einziges Wunder und wildes Vergnügen«, und obwohl meine eintönige Arbeit mir nur wenig Zeit lässt, stehle ich mich doch immer wieder für kurze Augenblicke davon, um mich an der unendlichen Pracht sattzusehen, von der ich nicht im Traum geglaubt hätte, dass sie auf dieser Welt existiert. Der Himmel über uns ist von makellosem Blau – genauso blau wie die See selbst, die unter der Kielspitze die Farbe und den Glanz azurner Seide besitzt. Der Horizont ist mit fahlen, flockigen Wolken gesäumt, die sich nie verändern oder bewegen und so einen silbernen Rahmen für das ebenmäßige Türkis des Himmels abgeben.

Nie werde ich jene eine Nacht vergessen, in der ich statt im Bett vorn auf der Back lag und auf das gespenstische Schaumgekräusel herabblickte, das vom Steven der *Ghost* erzeugt wurde. Es klang wie das Murmeln eines über moosbewachsene Steine dahinplätschernden Bachs in einem stillen Tal, und der leise Singsang trug mich fort, auch von mir selbst, bis ich nicht länger Döspaddel, der Steward, und auch nicht mehr van Weyden war, der Mann, der fünfunddreißig Jahre seines Lebens zwischen Büchern verträumt hatte. Doch da schreckte mich eine hinter mir ertönende Stimme auf, die unverwechselbare Stimme Wolf Larsens, deren fester Klang das unerschütterliche Selbstvertrauen dieses Mannes bezeugte, während die einfühlsame Weise, in der er die Worte vortrug, ihr zugleich einen weichen Anflug gab:

»Oh, feurig flammende Tropennacht, die das Kielwasser
glitzern und glänzen macht,
sodass Himmelsglut nicht daran reicht,
und der gurgelnde Steven zerschneidet ein Sternenzelt, das
Wellen kleidet
und sich schließt über Walen, quecksilbern und leicht,
die Beschläge, mein Schatz, strahlt die Sonne uns stumpf,
und das Takelwerk strafft uns der Tau,
denn wir brausen voran, fahrn ins Weite, der Kurs
führt nach Süden, nach Süden – ach, komm mit und schau.«

»Nun, Döspaddel? Was empfindest du dabei?«, fragte er nach einer den Worten und der Situation angemessenen Pause.
Ich sah in sein Gesicht. Es glühte wie die See, und seine Augen blitzten im Glanz der Sterne.
»Es erscheint mir, gelinde gesagt, bemerkenswert, dass Sie sich überhaupt für etwas begeistern können«, antwortete ich kühl.
»Wieso, Mensch? Das hier nenne ich lebendig, das ist das Leben«, rief er.
»Bei dem es sich um eine billige und wertlose Sache handelt«, parierte ich mit seinen eigenen Worten.
Er lachte, und zum ersten Mal war so etwas wie ungetrübte Heiterkeit in seiner Stimme.
»Ach, ich kann es dir nicht begreiflich machen, du kriegst es einfach nicht in deinen Kopf, was dieses Leben bedeutet. Natürlich ist jedes Leben wertlos, außer für sich selbst. Und ich kann dir versichern, dass mein Leben gerade jetzt ordentlich

zählt – nämlich für mich. Es ist nicht mit Gold aufzuwiegen, was, wie du zugeben musst, eine fürchterliche Übertreibung darstellt, aber ich kann's nun mal nicht ändern, denn es ist das Leben in mir, das den Preis festlegt.«

Er schien auf die Worte zu warten, die seine Gedanken am besten auszudrücken vermochten, und fuhr dann fort:

»Weißt du, ich fühle mich seltsam erhoben. Mir ist, als ob alle Zeiten in mir widerklängen, als ob ich alle Kraft der Welt besäße. Ich bin im Besitz der Wahrheit, bin in der Lage, das Gute vom Bösen und das Rechte vom Falschen zu unterscheiden. Ich kann klar und weit sehen. Beinahe könnte ich sogar an Gott glauben. Aber« – und mit einem Mal änderte sich seine Stimme, und das Leuchten verschwand aus seinem Gesicht – »in welchem Zustand befinde ich mich denn? Diese Lebensfreude? Dieser Überschwang der Gefühle? Diese Inspiration, wie man es auch nennen kann? Das stellt sich doch alles ganz von selbst ein, wenn die Verdauung stimmt, wenn der Magen vernünftig arbeitet, der richtige Appetit vorhanden ist und man keine Beschwerden hat. So besticht uns das Leben, mit diesem Champagner im Blut, diesem Aufquellen des Gärstoffes – nur daran liegt es, wenn einige Leute fromme Gedanken haben, während andere Gott sehen oder ihn sich wenigstens einbilden, wenn ihnen das misslingt. Mehr steckt nicht dahinter, die Trunkenheit der Existenz, das Kribbeln und Krabbeln der Hefe, das ewige Geplapper des Lebens, das das Bewusstsein seiner eigenen Lebendigkeit ganz närrisch macht. Und überhaupt – pah! Schon morgen werde ich dafür zu bezahlen haben wie ein Betrunkener für seinen Rausch. Denn mir wird bewusst werden, dass ich sterben muss, aller Voraussicht nach auf See, dass ich aufhören werde, aus eigener Kraft herumzukrabbeln, um dann meinerseits von den Wellen und vom Gewusel der Verwesung verschlungen zu werden; um anderen als Futter zu dienen, um als ein Stück Aas all die

Kraft und Geschmeidigkeit meiner Muskeln dafür herzugeben, dass sie sich in den Flossen, den Schuppen und dem Gedärm von Fischen wiedergebiert. Pah! Und noch einmal pah! Der Champagner schmeckt schon schal. Das Perlen und Sprudeln ist entwichen, und zurück bleibt ein fades Gesöff.« Er verließ mich so plötzlich, wie er gekommen war, indem er mit der Schwere und der Anmut eines Tigers zurück aufs Deck sprang. Die *Ghost* pflügte weiter. Das Glucksen unter dem Kiel klang wie ein Schnarchen, und während ich ihm zuhörte, verlor sich langsam der Eindruck, den Wolf Larsens jäher Sturz aus der Hochgestimmtheit in die Verzweiflung auf mich gemacht hatte. Dann klang von mittschiffs der volle Tenor eines Hochseematrosen herüber, der das »Lied vom Passat« angestimmt hatte:

»Oh, ich bin's, der Wind, den die Seefahrer loben –
Ich bin stetig und mächtig und lau;
sie folgen dem Kurs nach den Wolken dort droben,
die segeln im grundlosen, tropischen Blau.

Bei Tag und bei Nacht begleit' ich die Barken,
wie ein Hund häng' ich an ihrer Spur;
Bin mittags am stärksten, doch straff ich die Laken
mit Böen wohl rund um die Uhr.«

8. KAPITEL

Manchmal denke ich, Wolf Larsen ist verrückt, zumindest nicht ganz zurechnungsfähig, wenn man nur an seine sonderbaren Launen und Grillen denkt. Dann wiederum halte ich ihn für einen großartigen Menschen, ein Genie, das sein Ziel verfehlt hat. Und schließlich bin ich davon überzeugt, dass er das perfekte Abbild eines Primitiven darstellt, der um ein Jahrtausend oder um viele Generationen zu spät geboren wurde und in unserem hochzivilisierten Zeitalter nun ein Anachronismus ist. Ohne Zweifel handelt es sich bei ihm um einen ausgesprochenen Individualisten. Aber nicht nur das, denn er ist auch sehr einsam. Zwischen ihm und der Mannschaft besteht keinerlei Geistesverwandschaft. Seine ungeheure Manneskraft und sein Scharfsinn machen ihn zum Außenseiter. Die anderen sind für ihn eher wie Kinder, die Jäger eingeschlossen, und ebenso behandelt er sie auch, indem er sich notgedrungen auf ihr Niveau hinabbegibt und mit ihnen spielt wie ein Mensch mit Hundewelpen. Dann wiederum untersucht er sie mit der erbarmungslosen Hand des Anatomen, dringt tastend in ihre Gedankenwelt ein und legt ihre Seele bloß, als wolle er sehen, woraus ihr Innenleben gemacht ist.

Ich habe wohl einige Dutzend Mal erlebt, wie er bei Tisch diesen oder jenen Jäger beleidigt hat, mit kaltem, stechendem Blick und obendrein noch mit einem gewissen Ausdruck des Interesses, während er ihre Handlungen, Antworten oder ihr lächerliches Aufbrausen mit einer Neugier verfolgte, die mir als verständigem Beobachter fast schon komisch vorkam. Was seine eigenen Wutausbrüche betrifft, so bin ich mir sicher, dass sie nicht für bare Münze zu nehmen sind. Manchmal mag es sich dabei um eines seiner Experimente handeln, in der

Regel jedoch entspringen sie jener gewohnheitsmäßigen Pose oder Haltung, die er im Umgang mit seinen Leuten für angebracht hält. Ich weiß, dass ich ihn bis auf den Zwischenfall mit dem toten Maat nie wirklich wütend gesehen habe; und ich habe auch nicht den Wunsch, ihn jemals so außer sich zu erleben, dass er alle Kräfte mobilisiert.

Weil ich gerade bei seinen sonderbaren Einfällen bin, will ich berichten, was Thomas Mugridge in der Kajüte widerfuhr, und gleichzeitig jenen Vorfall zu Ende erzählen, auf den ich bereits ein- oder zweimal zu sprechen gekommen bin. Eines Tages, es war kurz nach dem Mittagessen und ich hatte soeben die Kajüte in Ordnung gebracht, kamen Wolf Larsen und Thomas Mugridge den Niedergang herab. Obwohl der Koch ein winziges Schlafkämmerchen hatte, das von der Kajüte aus zu betreten war, hatte er es doch nie gewagt, sich längere Zeit dort blicken zu lassen, sondern flitzte ein- oder zweimal am Tag wie ein furchtsames Gespenst durch den Raum.

»Du weißt also, wie man ›Nap‹ spielt«, hörte ich Wolf Larsen in zufriedenem Ton sagen. »Hätte ich mir denken können, dass ein Engländer was davon versteht, hab' es ja schließlich selbst auf englischen Schiffen gelernt.«

Thomas Mugridge war ganz aus dem Häuschen, vollkommen weggetreten, so sehr freute er sich über die Leutseligkeit des Kapitäns. Sein affiges Getue und der bemühte Versuch, die ungezwungene Haltung eines Mannes von Welt an den Tag zu legen, wären ekelerregend gewesen, hätten sie nicht so lächerlich gewirkt. Meine Anwesenheit wurde von ihm schlichtweg ignoriert, wobei ich ihm zugutehalten muss, dass er wohl außerstande war, mich wahrzunehmen. Seine blassen, wässrigen Augen schwammen in dem Glanz träger Sommermeere, auch wenn die paradiesischen Visionen, die sie schauten, jenseits meiner Vorstellungskraft lagen.

»Die Karten raus, Döspaddel«, befahl Wolf Larsen, als sie am

Tisch Platz nahmen. »Und bring auch die Zigarren und den Whiskey aus meiner Koje.«

Ich kam mit dem Gewünschten gerade noch rechtzeitig zurück, um zu hören, wie der Cockney sich breit darüber ausließ, dass es ein Geheimnis um seine Geburt gäbe und dass er möglicherweise der Sohn eines vornehmen Herrn sei, der sich einen Fehltritt oder irgendetwas in dieser Richtung geleistet habe. Außerdem erhalte er regelmäßig finanzielle Zuwendungen und werde dafür bezahlt, dass er England fernbleibe. »Großzügig bezahlt, Sir«, wie er sich ausdrückte, »großzügig dafür bezahlt, dass ich mich vom Acker mache und dort nicht wieder blicken lass.«

Ich hatte die üblichen Schnapsgläser hervorgeholt, doch Wolf Larsen runzelte die Stirn, schüttelte den Kopf und machte mir mit der Hand ein Zeichen, die Trinkbecher zu holen. Er füllte sie zu zwei Dritteln mit unverdünntem Whiskey – »genau das Richtige für 'nen Gentleman«, wie Thomas Mugridge bemerkte, – und dann stießen sie auf das grandiose Spiel ›Nap‹ an, entzündeten ihre Zigarren und begannen mit dem Mischen und Austeilen der Karten.

Sie spielten um Geld. Die Einsätze wuchsen. Dabei tranken sie Whiskey, pur, und ich musste neuen holen. Ich weiß nicht genau, ob Wolf Larsen schummelte oder nicht – zuzutrauen wäre es ihm gewesen –, jedenfalls gewann er ein Spiel nach dem anderen. Der Koch verschwand mehrmals in seinem Kämmerchen, um neues Geld zu holen. Und obwohl er jeden neuen Gang großsprecherisch ankündigte, brachte er doch nie mehr als ein paar Dollar auf einmal mit. Bald wurde er rührselig, auf plumpe Art vertraulich, und konnte kaum noch seine Karten erkennen oder aufrecht sitzen. Als Vorspiel zu einem weiteren Ausflug Richtung Koje hakte er seinen schmierigen Zeigefinger in Wolf Larsens Knopfloch und erklärte mehrmals mit tonloser Stimme: »Ich hab' Geld. Ich hab' Geld. Ich sag's Ihnen, ich bin der Sohn eines Gentleman.«

Wolf Larsen war vom Alkohol nichts anzumerken, obschon er ein Glas nach dem anderen trank, und seine waren eher noch voller. An ihm war keinerlei Veränderung festzustellen. Er schien sich nicht einmal über die Possen seines Tischgenossen zu amüsieren.

Zu guter Letzt hatte der Koch unter lauten Beteuerungen, dass er auch wie ein Gentleman verlieren könne, sein letztes Geld gesetzt und eingebüßt. Daraufhin schlug er die Hände vors Gesicht und begann zu heulen. Wolf Larsen betrachtete ihn zunächst neugierig, als ob er ihn ausforschen und lebendig sezieren wolle, änderte dann aber seine Meinung, als sei ihm mit einem Mal aufgegangen, dass es da nichts weiter auszuforschen gab.

»Döspaddel«, sagte er mit aufgesetzter Höflichkeit zu mir, »sei so freundlich, Mr. Mugridge unterzuhaken und ihn an Deck zu begleiten. Er fühlt sich offenbar nicht wohl.«

»Und«, fügte er nur für meine Ohren bestimmt hinzu, »sag Johnson, er soll ihm ein paar Eimer Salzwasser verpassen.«

Ich ließ Mr. Mugridge an Deck in der Hand mehrerer grinsender Seeleute zurück, die zur Ausführung des Auftrags abgestellt worden waren. Mr. Mugridge blubberte schläfrig in einem fort, dass er der Sohn eines Gentleman sei. Aber während ich den Niedergang hinabstieg, um den Tisch abzuräumen, hörte ich ihn laut aufschreien, als ihn der erste Eimer Wasser traf.

Wolf Larsen war damit beschäftigt, seinen Gewinn zu zählen. »Genau einhundertfünfundachtzig Dollar«, sagte er laut. »Grad wie ich's mir gedacht habe. Der Bettler ist ohne einen Cent an Bord gekommen.«

»Und was Sie da gewonnen haben, gehört mir«, setzte ich forsch hinzu.

Er bedachte mich mit einem spöttischen Grinsen. »Döspaddel, ich habe seinerzeit im Grammatikunterricht das eine oder andere mitbekommen, und ich glaube, du verwechselst da die

Zeitformen. ›Gehörte mir‹, muss es heißen, nicht ›gehört mir‹.«
»Das ist keine Frage der Grammatik, sondern eine Frage der Ethik«, gab ich zur Antwort.
Es dauerte wohl eine Minute, ehe er weiterredete.
»Weißt du, Döspaddel«, sagte er mit ruhigem Ernst, in den sich unmerklich eine Spur von Traurigkeit mischte, »das ist das erste Mal, dass ich das Wort ›Ethik‹ aus dem Munde eines Menschen höre. Du und ich sind die einzigen Leute auf diesem Schiff, die seine Bedeutung kennen.«
»Es gab eine Zeit in meinem Leben«, fuhr er nach einer weiteren Pause fort, »da träumte ich davon, dass ich mich eines Tages mit Leuten unterhalten würde, die so reden, dass ich mich über den mir von Geburt zugewiesenen Platz im Leben erheben, mich in Konversation üben und mit Menschen Umgang pflegen könnte, die sich mit eben solchen Dingen wie Ethik befassen. Und heute ist es das erste Mal, dass ich das Wort laut ausgesprochen höre. Was allerdings alles nichts zur Sache tut, denn du hast unrecht. Es handelt sich nämlich weder um eine Frage der Grammatik noch der Ethik, sondern um nackte Tatsachen.«
»Ich verstehe«, sagte ich, »Tatsache ist, dass Sie im Besitz des Geldes sind.«
Sein Gesicht hellte sich auf. Meine Geistesgegenwart schien ihm zu gefallen.
»Aber man drückt sich damit nur um die eigentliche Frage«, fuhr ich fort, »nämlich um die Frage nach dem Recht.«
»Aha«, stieß er hervor und verzog dabei gequält den Mund, »wie ich sehe, glaubst du immer noch an solche Dinge wie Recht und Unrecht.«
»Sie etwa nicht? Nicht im Geringsten?«, fragte ich zurück.
»Nein, ganz und gar nicht. Wer die Macht hat, ist im Recht. Mehr gibt es dazu nicht zu sagen. Der Schwächling tut unrecht, was eingestandenermaßen eine armselige Umschrei-

bung dafür ist, dass es einem selbst gut bekommt, stark zu sein, während Schwäche von Übel ist. Oder besser noch, dass es Freude macht, stark zu sein, angesichts der vielen Vorteile, die das bringt, wohingegen Schwäche schmerzt, weil sie Bestrafungen nach sich zieht. Gerade jetzt ist der Besitz dieses Geldes eine angenehme Sache. Es tut gut, es zu haben. Da ich nun einmal in der Lage bin, es zu behalten, würde ich mir selbst und dem in mir steckenden Leben unrecht tun, wenn ich es dir gäbe und mich damit um die Freude an seinem Besitz brächte.«

»Aber Sie fügen mir Unrecht zu, indem Sie es mir vorenthalten«, wandte ich ein.

»Überhaupt nicht. Ein Mensch kann gegen einen anderen Menschen gar nicht unrecht handeln. Er kann sich nur selbst ins Unrecht setzen. So wie ich die Dinge sehe, handle ich immer dann unrecht, wenn ich Rücksicht nehme auf die Interessen der anderen. Findest du nicht auch? Wie können zwei Hefepartikel einander unrecht tun, wenn sie sich gegenseitig zu verschlingen suchen? Es ist ihnen angeboren, alles daranzusetzen, um nicht selbst verschlungen zu werden. Wenn sie davon ablassen, versündigen sie sich.«

»Dann glauben Sie also nicht an Altruismus?«, fragte ich.

Er nahm das Wort auf, als besäße es für ihn einen vertrauten Klang, dachte jedoch angestrengt nach. »Lass mich überlegen, es hat etwas mit Kooperation zu tun, stimmt's?«

»Nun, in gewisser Weise besteht da schon eine Art Zusammenhang«, antwortete ich, ohne erneut von derartigen Lücken in seinem Vokabular überrascht zu werden. Seinen Wortschatz hatte er, wie sein gesamtes Wissen, mühsam als Autodidakt erworben, der von niemandem bei seinen Studien angeleitet worden war und der viel nachgedacht, aber wenig oder gar nicht geredet hatte. »Eine altruistische Handlung ist eine Handlung, die zum Wohl der anderen geschieht. Sie ist selbstlos, im Gegensatz zu einer eigennützigen Handlung, die man als selbstsüchtig bezeichnen würde.«

Er nickte mit dem Kopf. »O ja, nun fällt's mir wieder ein. Ich bin bei Spencer darauf gestoßen.«

»Spencer!«, rief ich erstaunt. »Haben Sie ihn tatsächlich gelesen?«

»Nicht gerade viel«, räumte er ein. »Von seinen *Grundprinzipien* habe ich ja noch eine Menge verstanden, aber seine *Biologie* hat mir den Wind aus den Segeln genommen, und bei seiner *Psychologie* herrschte dann in meinem Kopf tagelang Flaute. Ich konnte ehrlich gesagt nicht begreifen, worauf er eigentlich hinauswollte. Ich habe es damals auf eine geistige Blindheit meinerseits zurückgeführt, bin aber inzwischen zu dem Schluss gekommen, dass es an der fehlenden Vorbereitung lag. Ich besaß ganz einfach keine entsprechenden Vorkenntnisse. Nur Spencer und ich wissen, wie ich mich abgerackert habe. Aber seine *Grundlagen der Ethik* haben mir doch einiges gebracht. Dort stieß ich auch auf den Begriff ›Altruismus‹, und nun fällt mir auch wieder ein, wie der Begriff von ihm verwendet wurde.«

Ich fragte mich, was dieser Mensch wohl von so einem Werk gehabt haben konnte. An Spencer konnte ich mich immerhin noch gut genug erinnern, um zu wissen, dass der Altruismus ein zwingender Bestandteil seines Ideals vollendeter Lebensführung war. Wolf Larsen, so viel war offensichtlich, hatte die Lehren des großen Philosophen gesiebt und dabei entsprechend seinen Bedürfnissen und Wünschen Einzelnes verworfen, Anderes ausgesondert.

»Und worauf sind Sie sonst noch gestoßen?«, fragte ich.

Seine Brauen zogen sich unter der Anstrengung, Gedanken, die er niemals zuvor artikuliert hatte, in die richtigen Worte zu kleiden, leicht zusammen. Ich empfand ein geistiges Hochgefühl. Nun drang ich in seine Seelensubstanz ein, so wie er es sich zur Gewohnheit gemacht hatte, das Innenleben der anderen auszuforschen. Ich erkundete gänzlich unberührtes Terrain. Eine unbekannte, eine erschreckend fremdartige Region tat sich vor meinen Augen auf.

»Um es so kurz wie möglich zu machen«, hob er an, »Spencer sieht die Dinge etwa so: Erstens, der Mensch muss zu seinem eigenen Wohl handeln – ein solches Handeln ist moralisch und gut. Dann muss er für das Wohl seiner Kinder handeln. Und drittens muss er zum Wohl seiner Gattung handeln.«

»Und von der höchsten, besten und gerechtesten Form des Verhaltens«, warf ich ein, »zeugt eine Tat, die zur gleichen Zeit dem Wohl des Einzelnen, dem seiner Kinder und dem der gesamten Gattung dient.«

»Ich würde das nicht unterschreiben«, antwortete er. »Sehe keine Notwendigkeit und auch keinen vernünftigen Grund dafür. Lassen wir also die Gattung und die Kinder aus dem Spiel. Für beide würde ich keine Opfer bringen. Das ist doch alles nur frommes Gerede und Gefühlsduselei, zumindest, und das musst selbst du zugeben, für jemanden, der nicht an ein ewiges Leben glaubt. Mit der Aussicht auf Unsterblichkeit wäre der Altruismus eine gewinnbringende Kapitalanlage. Ich könnte meine Seele in alle nur erdenklichen Höhen emporläutern. Da sich aber nun vor mir nichts Ewiges außer dem ewigen Tod auftut und mir nur diese kurze Spanne des Krabbelns und hefigen Gewusels bleibt, die man Leben nennt, also, unter diesen Umständen wäre es doch unmoralisch von mir, so zu handeln, dass ich Opfer bringen müsste. Jedes Opfer, das mich auch nur um einen Moment des Krabbelns und Wuselns betrügt, ist eine Dummheit, mehr noch, es ist ein Unrecht, das ich mir selbst zufüge, und deshalb von Übel. Wenn mir daran liegt, das meiste aus dem Gärstoff herauszuholen, dann darf ich auf keine einzige Krabbel- und Wuselbewegung verzichten. Und die ewige Starre, die mich erwartet, wird mir um nichts leichter oder schwerer gemacht durch die Opferbereitschaft oder die Selbstsucht, die ich während meiner Umtriebigkeit an den Tag lege.«

»Dann sind Sie ein Individualist, ein Materialist und logischerweise auch ein Hedonist.«

»Große Worte«, sagte er lächelnd. »Aber was ist ein Hedonist?«

Auf meine Erklärung hin nickte er zustimmend.

»Aber heißt das auch«, fuhr ich fort, »dass man Ihnen selbst bei einer Bagatelle nicht vertrauen darf, wenn Sie einen persönlichen Vorteil herausschlagen könnten?«

»Langsam dämmert's bei dir«, sagte er, und seine Miene hellte sich auf.

»Sie sind also ein Mensch ohne eine Spur dessen, was landläufig Moral heißt?«

»Genau das.«

»Ein Mensch, vor dem man ständig Angst haben muss?«

»Du sagst es.«

»So wie man sich vor einer Schlange, einem Tiger oder einem Haifisch fürchtet?«

»Nun hast du mich durchschaut«, sagte er, »und du kennst mich jetzt so wie alle Welt, die mich ›Wolf‹ nennt.«

»Sie sind eine Art Monster«, setzte ich kühn hinzu, »ein Kaliban, der über Setebos nachgedacht hat und der so handelt, wie Sie es in Ihren Mußestunden tun, nach reiner Lust und Laune.«

Seine Stirn verdüsterte sich bei dieser Anspielung. Er verstand sie nicht, und ich fand schnell heraus, dass er das Gedicht nicht kannte.

»Ich lese gerade Browning«, eröffnete er mir, »kein leichtes Geschäft. Ich bin noch nicht sehr weit gediehen, und wie's aussieht, habe ich auch schon die Orientierung verloren.«

Um nicht zu weit auszuholen, berichte ich nur, dass ich das

Buch aus seiner Kabine holte und »Kaliban« laut vorlas. Er war sehr davon angetan. Das war genau jene primitive Art, sich ein Urteil zu bilden und die Dinge zu betrachten, die er voll und ganz nachvollziehen konnte. Immer wieder unterbrach er mich, um einen Kommentar einzuflechten oder Kritik zu äußern. Als ich geendet hatte, wollte er, dass ich das Gedicht ein zweites Mal vorlese, und dann noch ein drittes. Danach gerieten wir ins Diskutieren – Philosophie, Naturwissenschaften, Evolution, Religion. Seine Äußerungen verrieten die Schwachstellen des Autodidakten, aber eingestandenermaßen auch die Sicherheit und Direktheit des primitiven Denkens. Gerade in der Schlichtheit seiner Überlegungen lag ihre Stärke, und sein Materialismus war weitaus überzeugender als die vertrackte Variante eines Charley Furuseth. Nicht dass ich – ein überzeugter Idealist und, in Furuseths Worten, ohnehin so veranlagt – umzustimmen gewesen wäre; aber dieser Wolf Larsen berannte die letzten Bastionen meines Glaubens mit einer Energie, die mir Respekt abnötigte, auch wenn sie mich nicht zu überzeugen vermochte.

Die Zeit verging. Schon stand das Abendessen bevor, und der Tisch war nicht gedeckt. Ich wurde unruhig, und als Thomas Mugridge mit käsigem und wütendem Gesicht den Niedergang hinabstierte, machte ich Anstalten, meinen Pflichten nachzukommen. Aber Wolf Larsen rief zu ihm hoch:

»Smutje, heute Abend musst du dich sputen. Ich bin mit Döspaddel beschäftigt; sieh zu, dass du ohne ihn klarkommst.«

Wieder einmal war etwas bis dahin nie Dagewesenes eingetreten. In dieser Nacht saß ich mit dem Kapitän und den Jägern am Tisch, während Thomas Mugridge uns bediente und nachher das Geschirr spülte – eine plötzliche Laune, eine jener Kaliban-Stimmungen Wolf Larsens, und noch dazu eine, die mir garantiert Ärger einbringen würde. In der Zwischenzeit redeten und redeten wir, sehr zum Verdruss der Jäger, die von all dem kein einziges Wort verstanden.

9. KAPITEL

Drei Ruhetage, drei himmlische Ruhetage verbrachte ich bei Wolf Larsen, nahm meine Mahlzeiten mit ihm ein und tat nichts anderes, als über das Leben, die Literatur und das Universum zu reden, während Thomas Mugridge vor Wut schäumte und sich mit der doppelten Arbeit abplagte.

»Wenn ich dir einen Rat geben darf, mach dich auf ein Unwetter gefasst«, gab mir Louis während einer freien halben Stunde an Deck zu verstehen, als Wolf Larsen einen Streit unter den Jägern schlichten musste.

»Schwer zu sagen, was da auf dich zukommt«, antwortete Louis auf meine Bitte, sich doch deutlicher auszudrücken. »Der Kerl ist so unberechenbar wie die Strömungen in der Luft oder im Wasser. Bei dem weiß man nie, woran man ist. Kaum dass du denkst, du kennst die Richtung und liegst an, schon ist der Wind umgeschlagen, bläst dir direkt ins Gesicht und reißt sämtliche Schönwettersegel in Stücke.«

Ich war deshalb nicht völlig überrascht, als sich das von Louis prophezeite Unwetter tatsächlich entlud. Wir hatten uns die Köpfe heißgeredet – natürlich über das Leben –, und ich erdreistete mich und übte harsche Kritik an Wolf Larsen und seinem Lebenswandel. Genauer gesagt, ich trieb anatomische Studien mit ihm und arbeitete mich so einschneidend und gründlich in seine Seelensubstanz vor, wie er es selbst gewöhnlich bei anderen tat. Es mag eine meiner Schwächen sein, dass ich mit verletzender Offenheit rede, aber ich schlug nun einmal alle Mahnungen in den Wind und schnitt und schlitzte herum, bis alles an ihm knurrte. Sein sonnengebräuntes Gesicht wurde schwarz vor Zorn, und seine Augen blitzten. Die Klarheit des gesunden Menschenverstandes war aus ihnen gewichen, die furchtbare Wut des Wahnsinns an seine Stelle getreten. Ich hatte den Wolf vor mir, und obendrein noch als tobende Bestie.

Mit ersticktem Gebrüll stürzte er sich auf mich und packte meinen Arm. Ich hatte all meinen Mut zusammengenommen, um mich gegen ihn zu behaupten, obschon ich innerlich bebte; aber die übermächtige Kraft dieses Mannes war zu viel für mein Stehvermögen. Mit einer Hand umklammerte er meinen Bizeps, und als diese Zange sich schloss, machte ich schlapp und schrie laut auf. Meine Beine sackten weg. Ich war einfach außerstande, mich aufrecht zu halten und diese Qualen zu ertragen. Die Muskeln versagten ihren Dienst. Der Schmerz war zu groß. Mein Bizeps wurde zu Brei zerquetscht.

Dann schien er wieder zu sich zu kommen, denn seine Augen wurden klar, und mit einem kurzen Auflachen, das eher wie ein Knurren klang, lockerte er seinen Griff. Ich fiel zu Boden, ausgepumpt und elend, während er Platz nahm, sich eine Zigarre anzündete und mich beobachtete wie eine Katze die erbeutete Maus. Als ich mich so am Boden krümmte, bemerkte ich jene Neugier in seinen Augen, die mir schon so oft aufgefallen war, jene Verwunderung und Verwirrung, jenes Forschen und die von ihm unablässig gestellte Frage, wozu das alles wohl gut sei.

Schließlich rappelte ich mich hoch und stieg den Niedergang hinauf; die Schönwetterperiode war vorüber, und mir blieb nichts anderes übrig, als zur Kombüse zurückzukehren. Mein linker Arm war ohne Gefühl, wie gelähmt, und es vergingen Tage, ehe ich ihn wieder gebrauchen konnte, während es Wochen dauerte, bis Steifheit und Schmerz ganz aus ihm gewichen waren. Und er hatte doch nur seine Hand darumgelegt und zugedrückt. Ohne jedes Drehen, jeden Ruck. Bloß die Finger fest zusammengepresst. Was er tatsächlich hätte anrichten können, wurde mir erst tags darauf bewusst, als er seinen

Kopf in die Kombüse steckte und mich zum Zeichen seines neuerlichen Wohlwollens danach fragte, wie es meinem Arm ginge.

»Hätte schlimmer kommen können«, sagte er grinsend.

Ich saß gerade über den Kartoffeln. Er nahm eine aus der Pfanne. Sie war mittelgroß, fest und noch ungeschält. Er umschloss sie mit seiner Hand, drückte zu, und die Kartoffel spritzte breiig zwischen seinen Fingern hindurch. Den matschigen Rest ließ er in die Pfanne fallen und wandte sich ab. Ich aber konnte mir auf einmal ein genaues Bild von dem machen, was mir zugestoßen wäre, hätte das Ungeheuer seine wahren Kräfte an mir erprobt.

Aber die drei Ruhetage waren trotz alledem eine gute Sache, denn sie hatten meinem Knie die so dringend benötigte Erholungspause gewährt. Es sah schon viel besser aus, die Schwellung war deutlich zurückgegangen, und die Kniescheibe schien wieder auf den für sie bestimmten Platz zuzuwandern. Die drei Tage brachten mir jedoch auch den Ärger ein, den ich vorausgesehen hatte.

Thomas Mugridges Absicht, es mich büßen zu lassen, war ganz offensichtlich. Er behandelte mich wie einen Dreck, verfluchte mich ununterbrochen und überhäufte mich mit seinen eigenen Aufgaben. Er wagte es sogar, die Faust gegen mich zu erheben, doch befand ich mich inzwischen selbst auf dem Wege zum Tier und fauchte ihn so fürchterlich an, dass er sich erschreckt zurückzog. Es ist nicht gerade ein hübsches Bild, was da vor meinem geistigen Auge auftaucht: Humphrey van Weyden, in einer Ecke dieser widerlichen Schiffskombüse über seinem Tagewerk hockend, den Blick auf jene Kreatur gerichtet, die mir ans Leder will, die Lippen hochgezogen und knurrend wie ein Hund, in den flackernden Augen Angst,

Hilflosigkeit und der Mut der Verzweiflung, den diese beiden Gefühle freisetzen. Ich mag dieses Bild nicht. Es erinnert

mich zu sehr an eine Ratte in der Falle. Ich vergesse es lieber gleich wieder, aber wirkungsvoll war die Drohgebärde schon. Der Fausthieb jedenfalls blieb aus.
Thomas Mugridge zog sich mit Blicken, die den meinen an Hass und Heimtücke in nichts nachstanden, zurück. Wir waren zwei wilde Bestien, die man zusammengesperrt hatte und die nun ihre Zähne fletschten. Er war ein Feigling, der sich davor fürchtete, mich zu schlagen, weil ich nicht von vornherein klein beigegeben hatte; also suchte er nach einem neuen Weg, mich einzuschüchtern. Es gab nur ein einziges Kombüsenmesser, das als Messer etwas hermachte. Durch den jahrelangen Gebrauch und die Abnutzung war seine Klinge lang und dünn geworden. Dadurch sah es ungewöhnlich furchterregend aus, und anfangs hatte es mich immer geschaudert, wenn ich es benutzte. Der Koch besorgte sich von Johansen einen Stein und begann, das Messer zu schärfen. Er machte ein großes Getue darum und warf mir ständig vernichtende Blicke zu. Den ganzen Tag lang wetzte er die Klinge. In jeder freien Minute, die er hatte, holte er Messer und Stein hervor und schliff munter drauflos. Der Stahl wurde rasiermesserscharf. Er überprüfte ihn mit dem Daumenballen oder Fingernagel. Er rasierte sich Haare vom Handrücken, besah sich die Schneide mit mikroskopischer Genauigkeit und entdeckte dabei, wirklich oder vorgeblich, immer wieder eine kleine Unebenheit. Dann legte er es erneut auf den Stein und wetzte und wetzte und wetzte, dass ich laut hätte auflachen können, so furchtbar komisch schien mir das Ganze.
Nur konnte ich es nicht auf die leichte Schulter nehmen, zumal ich mitbekam, dass er sehr wohl in der Lage war, das Messer auch zu gebrauchen. Denn hinter seiner ganzen Feigheit verbarg sich ein erbärmlicher Mut, der ihn, nicht anders als bei mir, dazu anstachelte, genau das zu tun, wogegen sein ganzes Wesen sich auflehnte und wovor er große Furcht empfand.

»Smutje schärft sein Messer für Döspaddel«, flüsterten die Matrosen untereinander, und manche zogen ihn mächtig damit auf. Er nahm es gelassen hin, und es schien ihm sogar zu gefallen, denn er antwortete nur mit einem unheilschwangeren und geheimnisvollen Nicken, bis George Leach, der ehemalige Steward, ihn deshalb zu hänseln versuchte.
Leach war zufällig einer der Matrosen, die dazu abkommandiert worden waren, Mugridge nach seinem Kartenspiel mit dem Kapitän eine kalte Dusche zu verabreichen. Und Leach hatte diese Aufgabe mit einer Gründlichkeit erfüllt, die Mugridge ihm offenbar nicht verziehen hatte, denn zwischen beiden fielen böse Worte, und sie machten gegenseitig ihre Vorfahren schlecht. Mugridge drohte mit dem Messer, das er gerade wieder für mich schärfte. Leach lachte nur und überschüttete ihn weiter mit seinem Straßenjungenjargon, und noch bevor er oder ich recht begriffen hatten, was geschah, war sein rechter Arm auch schon mit einem blitzschnellen Hieb vom Ellbogen bis zum Handgelenk aufgeschlitzt. Der Koch sprang mit einem teuflischen Gesichtsausdruck zurück und streckte das Messer in Abwehrhaltung vor. Leach aber reagierte ganz gelassen, obwohl sein Blut über Deck spritzte wie Wasser aus einer Quelle.
»Ich krieg dich schon noch, Smutje«, sagte er, »und dann mach' ich dich fertig. Aber es hat keine Eile. Und ein Messer wirst du auch nicht dabeihaben, wenn ich dich erwische.«
Mit diesen Worten drehte er sich um und ging ruhig nach vorn. Mugridges Gesicht wurde bleich, weil er sich vor den Folgen seiner Tat fürchtete und vor dem Angst bekam, was früher oder später von dem Mann zu erwarten stand, den er soeben mit dem Messer angefallen hatte. Mir gegenüber nahm er sich allerdings mehr heraus denn je. Trotz seiner Angst vor der noch offenen Rechnung bemerkte er doch, dass er mir eine Lektion erteilt hatte, und wurde deshalb immer

tyrannischer und überheblicher. Außerdem regte sich in ihm auch eine an Wahnsinn grenzende Mordlust, die mit dem Anblick des Blutes, das er vergossen hatte, erwacht war. Wohin er auch schaute, überall begann er rot zu sehen. Und obwohl es sich um heillos verworrene psychologische Vorgänge handelte, konnte ich das, was in seinem Kopf vorging, doch so problemlos entziffern wie die Zeilen eines Buches.

Mehrere Tage vergingen, die *Ghost* flog immer noch vor dem Passat dahin, und ich hätte schwören können, in Thomas Mugridges Augen Zeichen zunehmender Geistesgestörtheit zu erkennen. Ich gebe offen zu, dass ich Angst bekam, sehr große Angst sogar. Wetz, wetz, wetz, es wollte einfach kein Ende nehmen. Wenn er über die scharfe Schneide strich und mich dabei ansah, war der Ausdruck seiner Augen ohne jeden Zweifel raubtierhaft. Ich hatte Angst, ihm den Rücken zuzuwenden, und verließ die Kombüse nur im Rückwärtsgang – sehr zum Vergnügen der Matrosen und Jäger, die es sich nicht nehmen ließen, diesem Schauspiel in Gruppen beizuwohnen. Die Belastung war einfach zu groß für mich. Manchmal glaubte ich, den Verstand zu verlieren, was eine durchaus angemessene Reaktion auf diesem Schiff voller Verrückter und Rohlinge gewesen wäre. Jede Stunde, jede Minute meines Daseins schwebte ich in höchster Gefahr: eine menschliche Seele in Not, und doch fand sich auf dem ganzen Schiff niemand, der genügend Mitgefühl aufbrachte, um mir zu Hilfe zu kommen. Es gab Zeiten, da wollte ich mich auf Gedeih und Verderb Wolf Larsen ausliefern, aber die Vorstellung jenes spöttischen Teufels in seinen Augen, der das Leben infrage stellte und verlachte, war jedes Mal stärker und zwang mich, von diesem Plan abzulassen. Dann wiederum zog ich den Freitod ernsthaft in Erwägung, und es bedurfte der ganzen Überzeugungskraft meines philosophischen Optimismus, mich davon abzuhalten, im Schutz der Dunkelheit einfach über Bord zu springen.

Wolf Larsen versuchte mehrere Male, mich in ein Gespräch zu verwickeln, doch ich antwortete kurz und knapp und wich ihm aus. Schließlich befahl er mir, für einige Zeit erneut am Kajütentisch Platz zu nehmen und den Koch meine Arbeit verrichten zu lassen. Da redete ich dann frei heraus und erzählte ihm, was ich wegen der drei Tage Vorzugsbehandlung von Thomas Mugridge erdulden müsse. Wolf Larsen sah mich lächelnd an.

»Du hast es also mit der Angst zu tun bekommen, was?«, höhnte er.

»Ja«, sagte ich offen und ehrlich, »ich habe Angst.«

»So ist das mit euch Typen«, rief er ein wenig aufgebracht, »quatscht dumm über die Unsterblichkeit eurer Seelen daher und habt Angst vor dem Tod. Schon der bloße Anblick eines scharfen Messers und eines feigen Cockney genügt, damit sich das Leben am Leben verkrallt und alles andere vergessen ist. Warum nur, mein Lieber, wo du doch ewig weiterexistieren wirst? Du bist ein Gott, und Gott kann bekanntlich nicht getötet werden. Smutje kann dir gar nichts tun. Denn du bist dir deiner Auferstehung doch sicher. Wovor also müsstest du Angst haben?

Das ewige Leben liegt vor dir. Du bist ein Millionär, was deine Unsterblichkeit angeht, ein Millionär, dessen Reichtümer nicht verloren gehen können und dessen Schätze weniger vergänglich sind als die Sterne und so dauerhaft wie Raum und Zeit. Es ist ganz ausgeschlossen, dass sich dein Kapital verringert. Denn die Unsterblichkeit ist eine Sache ohne Anfang und Ende. Ewigkeit ist Ewigkeit, und obwohl du hier und jetzt stirbst, wirst du doch an einem anderen Ort weiterleben. Und es ist noch dazu ganz wunderbar, dieses Abschütteln des Fleisches und das Aufsteigen der Seele aus ihrem Kerker. Smutje kann dir nicht gefährlich werden. Er kann dich nur ein Stück auf dem Weg voranschubsen, dem du bis in alle Ewigkeit folgen musst.

Wenn du aber nicht unbedingt jetzt schon weiterbefördert werden möchtest, warum tust du dann Smutje nicht den Gefallen? Deinen Vorstellungen nach muss er doch auch ein Millionär in Sachen Unsterblichkeit sein. Du kannst ihn also nicht in den Bankrott treiben. Seine Aktien notieren ohne Kursschwankungen weiter. Du kannst nicht einmal seine Lebensspanne verringern, indem du ihn tötest, denn auch seine Existenz ist ohne Anfang und Ende. Auch er muss ewig weiterleben, irgendwie, irgendwo. Also verpaß ihm einen Schubs. Stoß ihm ein Messer zwischen die Rippen und schenk seiner Seele die Freiheit. Gegenwärtig befindet sie sich in einem lausigen Zwinger, sodass du ihm nur einen Gefallen tust, wenn du die Türen aufbrichst. Und wer weiß? Vielleicht ist es sogar eine überaus schöne Seele, die sich dann aus dem hässlichen Kadaver in den blauen Himmel aufschwingen wird. Sorg für seinen Abflug, und du kriegst seinen Posten; immerhin verdient er fünfundvierzig Dollar im Monat.«

Es war klar, dass ich von Wolf Larsen keine Hilfe und kein Mitleid erwarten konnte. Was zu tun war, musste ich allein in die Hand nehmen; und so fasste ich mit dem Mut der Verzweiflung den Plan, Thomas Mugridge mit seinen eigenen Waffen zu schlagen. Von Johansen lieh ich mir einen Wetzstein. Louis, der Steuermann, hatte mich schon vorher um Kondensmilch und Zucker angebettelt. Der Proviantraum, in dem solche Delikatessen aufbewahrt wurden, befand sich unter dem Kajütenboden. Bei der nächsten Gelegenheit ließ ich fünf Dosen Milch mitgehen, und in der Nacht, als Louis an Deck Wache schieben musste, tauschte ich sie gegen einen Dolch ein, der genauso spitz und furchterregend aussah wie Thomas Mugridges Gemüsemesser. Er war rostig und stumpf, aber Louis verpasste ihm einen neuen Schliff, während ich den Wetzstein drehte. In dieser Nacht schlief ich besser als sonst.

Am nächsten Morgen, kurz nach dem Frühstück, begann Thomas Mugridge wieder mit seinem Wetzen, Wetzen, Wetzen. Ich beobachtete ihn aufmerksam, denn ich kniete gerade am Boden und räumte den Herd aus. Als ich die Asche über Bord gekippt hatte und mich wieder auf dem Weg zur Kombüse befand, sah ich ihn mit Harrison reden, dessen ehrliches Bauerntölpelgesicht Begeisterung und Erstaunen ausdrückte.

»Aber ja doch«, sagte Mugridge, »und was brummt mir Euer Gnaden auf, volle zwei Jahre in Reading. Bei Gott, als ob mich das groß gejuckt hätte. Der andere Ganove war jedenfalls hinüber. Hättest ihn sehen sollen. So ein Messer wie dies hier. Ich hab's in ihn reingeschoben wie in weiche Butter, und quieken konnte der besser als beim Zweigroschentheater.« Er warf einen Blick in meine Richtung, um zu sehen, ob ich auch alles mitbekam, und fuhr dann fort. »›Ich hab's doch nicht so gemeint, Tommy‹, heulte er rum, ›bei Gott, ich hab's nicht so gemeint!‹ – ›Dich mach ich fix und fertig‹, hab' ich gesagt und bin drangeblieben. Ich hab' ihn in Stücke zersäbelt, genau das hab' ich gemacht, und der war die ganze Zeit am Quieken. Einmal hat er das Messer mit der Hand zu fassen gekriegt und versucht, es festzuhalten. Hatte seine Finger drum, aber ich hab's rausgezogen und sie bis auf die Knochen aufgeschlitzt. O Mann, der Kerl sah aus, ich kann dir sagen!«

Ein Ruf des Steuermanns unterbrach die blutrünstige Geschichte, und Harrison ging nach achtern. Mugridge ließ sich auf der erhöhten Kombüsenschwelle nieder und nahm sein Messerschleifen wieder auf. Ich stellte die Schaufel weg und setzte mich direkt gegenüber auf den Kohlenkasten. Er bedachte mich mit einem starren und heimtückischen Blick. Immer noch ruhig, obwohl mein Herz wie rasend schlug, zog ich Louis' Dolch hervor und fing an, ihn auf dem Stein zu schleifen. Ich hatte mit einem Wutausbruch gerechnet, aber zu meiner großen Überraschung schien er mein Tun nicht einmal zu bemerken. Er fuhr fort, sein Messer zu schleifen. Ich war auch nicht faul. Geschlagene zwei Stunden saßen wir einander gegenüber und wetzten und wetzten, bis die Neuigkeit die Runde gemacht hatte und die halbe Mannschaft sich am Kombüseneingang drängelte, um diesem Schauspiel beizuwohnen.

Es fehlte nicht an aufmunternden Worten und guten Ratschlägen, und Jock Horner, der ruhige, gradlinige Jäger, der so aussah, als ob er keiner Fliege etwas zuleide tun könne, empfahl mir, nicht zwischen die Rippen zu stechen, sondern die Klinge lieber von unten ins Gedärm zu stoßen und dabei eine Bewegung zu vollführen, die er die »spanische Drehung« nannte. Leach, der seinen bandagierten Arm weithin sichtbar vor sich hertrug, bat darum, ihm wenigstens ein paar Reste des Kochs übrig zu lassen. Und selbst Wolf Larsen blieb ein- oder zweimal am Rand des Achterdecks stehen, um einen interessierten Blick auf jenes Sich-Regen und Quellen der hefigen Masse zu werfen, die er mit dem Leben gleichsetzte.

Auch ich gestehe, dass das Leben in diesem Moment für mich die nämliche Schäbigkeit besaß. Da war nichts Anziehendes, nichts Göttliches – nur zwei feige Kreaturen, die Stahl auf Stein wetzten, sowie eine Gruppe weiterer Wesen, die feige oder wie auch immer zusahen. Die Hälfte von ihnen, dessen bin ich mir sicher, wartete nur darauf, dass wir gegenseitig unser Blut vergossen. Das wäre wenigstens unterhaltsam gewesen. Und ich glaube nicht, dass auch nur einer der Anwesenden sich bei einem Kampf auf Leben und Tod dazwischen geworfen hätte.

Andererseits war die ganze Situation lächerlich und kindisch. Wetzen, wetzen, wetzen – Humphrey van Weyden wetzte sein Messer in einer Schiffskombüse und überprüfte die Schneide mit seinem Daumen! Von allen möglichen Situationen war das wohl die absurdeste. Meinesgleichen hätte sie gewiss für undenkbar gehalten. Schließlich hatte man mich nicht ohne

Grund immer nur »Waschlappen« Weyden genannt; dass aber dieser »Waschlappen« so etwas tatsächlich fertigbrachte, war eine Offenbarung für Humphrey van Weyden, der nicht so recht wusste, ob er darüber nun erfreut oder eher beschämt sein sollte.

Aber nichts geschah. Nach zwei Stunden steckte Thomas Mugridge Messer und Stein weg und streckte mir die Hand entgegen.

»Warum sollten wir beide für die Halunken hier groß Zirkus machen?«, fragte er. »Denen sind wir schnuppe, und sie wären verdammt noch mal froh, wenn wir uns gegenseitig die Kehle aufschlitzten. Bist 'n anständiger Kerl, Döspaddel! Du hast Zunder, wie ihr Yankees sagt, und du gefällst mir irgendwie. Komm, reich mir die Flosse.«

Ich mochte ein Feigling sein, aber er übertraf mich noch. Ich hatte einen klaren Sieg errungen, und ich weigerte mich, auch nur auf ein Quäntchen davon zu verzichten, indem ich seine abscheuliche Hand schüttelte.

»Also gut«, sagte er, ohne aufzubegehren, »ganz wie du willst, bist aber trotzdem in Ordnung.« Und um sein Gesicht nicht zu verlieren, fuhr er wutentbrannt die Zuschauer an: »Schiebt ab von meiner Kombüsentür, ihr elendes Gesocks!«

Dieser Order wurde mit einem Kessel kochenden Wassers Nachdruck verliehen, bei dessen Anblick die Matrosen sich eilig verdrückten. Das wiederum war nun eine Art Sieg für Thomas Mugridge; er erlaubte es ihm, die Niederlage, die ich ihm beigebracht hatte, mit Anstand wegzustecken, wobei er allerdings klug genug war, nicht auch noch die Jäger zum Gehen aufzufordern.

»Das ist Smutjes Ende«, hörte ich Smoke zu Horner sagen.

»Darauf kannst du Gift nehmen«, kam die Antwort, »von nun an gehört Döspaddel die Kombüse, und Smutje zieht die Hörner ein.«

Mugridge hatte mitgehört und warf mir einen verstohlenen Blick zu, aber ich tat so, als ob ich das Gespräch nicht mitbekommen hätte. Ich konnte einfach nicht glauben, dass mein Sieg so weitreichend und vollständig ausgefallen sein sollte, war jedoch fest entschlossen, ihn bis zum Letzten auszukosten. Im Laufe der nächsten Tage bestätigte sich Smokes Prophezeiung. Der Cockney benahm sich mir gegenüber sogar noch unterwürfiger und hündischer als gegenüber Wolf Larsen. Ich siezte ihn nicht länger, spülte keine schmierigen Töpfe und schälte auch keine Kartoffeln mehr. Ich tat meine Arbeit, keinen Handschlag darüber hinaus, und zwar wann und wie ich es für richtig hielt. Außerdem trug ich den Dolch nach Matrosenart in einer Scheide an meiner Hüfte und behielt Thomas Mugridge gegenüber eine Haltung bei, die sich zu gleichen Teilen aus Überheblichkeit, Hohn und Verachtung zusammensetzte.

10. KAPITEL

Die Vertrautheit zwischen mir und Wolf Larsen wächst – wenn man unter Vertrautheit jene Beziehung verstehen will, die zwischen Herr und Knecht besteht, oder, besser noch, zwischen König und Hofnarr. Ich bin nur ein Spielzeug in seinen Händen, und es liegt ihm auch so viel oder so wenig an mir wie einem Kind an seinen Spielsachen. Meine Aufgabe ist es, ihn zu unterhalten; solange mir das gelingt, geht alles gut. Aber kaum dass er sich langweilt oder eine seiner düsteren Stimmungen über ihn kommt, werde ich schon von der Kajüte in die Kombüse verbannt, wobei ich mich noch glücklich schätzen darf, mit dem Leben und heiler Haut davongekommen zu sein.

Die Einsamkeit dieses Menschen wird mir erst allmählich bewusst. Alle an Bord hassen oder fürchten ihn, und es gibt keinen, den er nicht verachten würde. Er scheint von einer ungeheuren Kraft, die in ihm steckt und die niemals einen angemessenen Ausdruck fand, verzehrt zu werden. Nicht anders erginge es Luzifer, würde man diesen stolzen Geist in die Gesellschaft von seelenlosen Gespenstern verfrachten, wie sie Kiplings Tomlinson verkörpert.

Diese Isolation wäre an sich schon schlimm genug, aber was die Sache noch ärger macht, ist, dass ihn die angeborene Schwermut seiner Rasse bedrückt. Seit ich ihm begegnet bin, sind mir die alten skandinavischen Mythen verständlicher geworden. Diese weißhäutigen, blonden Wilden, die sich jenes schreckliche Pantheon ausdachten, waren aus dem gleichen Holz geschnitzt. Die Unbeschwertheit romanischer Völker, die so gerne lachen, geht ihm gänzlich ab. Wenn er einmal lacht, dann aus einer wilden Aufwallung heraus. Aber er lacht selten; allzu oft ist er traurig. Dabei handelt es sich um eine Schwermut, die so tiefe Wurzeln hat, wie die Rasse, der er angehört. Das ist ihre Mitgift, diese Trübsinnigkeit, die diese Menschen umsichtig, anständig und auf fanatische Weise sittsam gemacht hat und die, gerade was den letztgenannten Punkt betrifft, in der Reformierten Kirche Englands und bei den viktorianischen Tugendaposteln ihren Höhepunkt erreicht.

Die Religion in ihren zerquälteren Formen ist in der Tat das wichtigste Ventil für diese ureigene Schwermut gewesen. Wolf Larsen jedoch bleibt der Trost einer solchen Religion versagt. Sein brachialer Materialismus lässt das nicht zu. Wenn ihn also eine seiner trüben Stimmungen befällt, bleibt ihm nichts anderes übrig, als teuflisch zu werden. Wäre er nicht eine so Furcht einflößende Gestalt, könnte ich zuweilen Mitleid mit ihm empfinden, wie zum Beispiel vor drei Tagen, als ich in seine Kabine ging, um seine Wasserflasche aufzufüllen und er nicht mit mir rechnete. Er bemerkte mich nicht einmal. Er hatte den Kopf in den Händen vergraben, und seine Schultern hoben und senkten sich krampfartig, als ob er schluchzen würde. Ein großer Kummer schien ihn zu quälen. Als ich mich leise zurückzog, hörte ich ihn »Mein Gott! Mein Gott!« stöhnen. Nicht etwa, dass er tatsächlich zu Gott flehte, es war nicht mehr als ein Fluch, aber der kam ihm aus tiefster Seele. Beim Essen fragte er die Jäger nach einem Mittel gegen Kopfschmerzen, und am Abend war dieser Kraftprotz halb blind und taumelte in der Kajüte umher.

»Ich bin mein ganzes Leben lang nicht krank gewesen, Döspaddel«, sagte er, als ich ihn in seine Kajüte brachte. »Kopfschmerzen habe ich auch nie gehabt, außer dem einen Mal, als eine Spillspake meinen Kopf fünfzehn Zentimeter lang aufgeschlitzt hatte und die Wunde verheilte.«

Drei Tage lang hielten diese rasenden Kopfschmerzen an. Er durchlitt sie, wie wilde Tiere leiden und wie man überhaupt an Bord zu leiden schien, ohne Klage, ohne Mitgefühl und ganz allein.

Als ich heute Morgen seine Kabine betrat, um das Bett zu machen, fand ich ihn jedoch wohlauf und in seine Arbeit vertieft. Tisch und Koje waren übersät mit Skizzen und Berechnungen. Er war gerade dabei, mit Kompass und Winkelmaß in der Hand etwas auf einen großen Bogen Transparentpapier zu übertragen, das wie eine Art Raster aussah.

»Hallo Döspaddel«, begrüßte er mich jovial. »Ich lege gerade letzte Hand an. Willst du wissen, wie es funktioniert?«

»Was ist es denn überhaupt?«, fragte ich.

»Eine Arbeitserleichterung für Seeleute, Navigation als Kinderspiel«, gab er aufgeräumt zur Antwort. »Von heute an wird ein Kind in der Lage sein, ein Schiff zu steuern. Keine ellenlangen Berechnungen mehr. Alles, was du brauchst, ist ein einziger Stern am bedeckten Nachthimmel, und schon weißt du, wo du dich befindest. Pass auf, ich lege dieses durchsichtige Raster so auf die Sternenkarte, dass der Drehpunkt sich über dem Nordpol befindet. Auf der Skala habe ich die Höhenkreise und die Peillinien eingezeichnet. Nun brauche ich nichts weiter zu tun, als sie auf einen Stern hin auszurichten und die Skala so weit zu drehen, bis ihr die Zahlen auf der Unterkante genau opponieren, und presto, schon haben wir die genaue Ortsbestimmung des Schiffes!«

In seiner Stimme schwang ein triumphierender Ton mit, und seine Augen, die an diesem Morgen so klar und blau wie das Meer waren, sprühten vor Licht.

»Sie müssen sich gut auf Mathematik verstehen«, sagte ich. »Wo sind Sie zur Schule gegangen?«

»Hab nie eine von innen gesehen, leider«, kam die Antwort. »Ich musste mir alles selbst zusammenklamüsern.«

»Und was meinst du, warum ich dieses Ding hier gemacht habe?«, fragte er plötzlich. »Weil ich davon träume, meine

Fußstapfen im Sand der Zeiten zu hinterlassen?« Er lachte ein furchtbares, spöttisches Lachen. »Ganz und gar nicht. Ich will es patentieren lassen, eine Menge Geld damit verdienen, die ganze Nacht freihaben und mich suhlen, während die anderen die Arbeit tun. Genau das habe ich vor. Und außerdem hat's mir auch Spaß gemacht, das Ganze auszutüfteln.«

»Schöpferfreude«, murmelte ich.

»Meinetwegen kann man es ruhig so nennen. Zumal es nur eine andere Art und Weise ist, die Verzückung des Lebens über sein eigenes Lebendigsein auszudrücken, den Sieg der Bewegung über die Materie, des Vitalen über das Tote, den Stolz der Hefe, weil sie Hefe ist und quillt.«

Mit einer hilflosen Geste versuchte ich, meiner Ablehnung seines eingefleischten Materialismus Ausdruck zu verleihen, und begann, sein Bett zu machen. Er fuhr fort, Linien und Zahlen auf das transparente Raster zu übertragen. Es war eine Aufgabe, die äußerste Sorgfalt und Genauigkeit verlangte, und ich konnte die Geschicklichkeit bewundern, mit der er seine Kräfte zügelte, um sie der subtilen Aufgabe anzupassen.

Als ich das Bett hergerichtet hatte, ertappte ich mich dabei, dass ich ihn fasziniert anstarrte. Er war ohne Frage ein ansehnlicher Mann – schön im maskulinen Sinne. Und einmal mehr bemerkte ich staunend das völlige Fehlen von Boshaftigkeit, Hinterlist oder Verderbtheit in seinem Gesicht. Es war zweifelsohne das Gesicht eines Mannes, der sich nie etwas zuschulden kommen ließ. Nicht, dass man mich hier missversteht. Ich meine damit, dass es das Gesicht eines Mannes war, der entweder nie gegen sein Gewissen handelte oder gar kein Gewissen besaß. Ich neige eher zu der zweiten Erklärung. Er war ein prachtvoller Atavismus, ein Mann von so reiner Urwüchsigkeit, dass er jenem Menschentyp entsprach, der vor der Ausprägung des Moralbewusstseins diese Welt bewohnt hat. Er war deshalb nicht unmoralisch, sondern einfach nur ohne Moral.

Wie ich schon sagte, er besaß ein im maskulinen Sinn schönes Gesicht. Glatt rasiert zeichnete sich jede Linie ab, und die Konturen traten so deutlich heraus wie bei einer Kamee, während Sonne und Meer seiner von Natur aus hellen Haut einen dunklen Bronzeton verliehen hatten, der von Kampf und Anstrengung zeugte und seine Wildheit und Schönheit gleichermaßen hervorhob. Seine Lippen waren voll, besaßen aber zugleich auch die Festigkeit, ja fast schon Strenge, die für dünne Lippen charakteristisch ist. Die Mundpartie, Kinn und Kiefer waren gleichfalls von herber Prägnanz, wobei die ganze Wildheit und Unbezwingbarkeit des männlichen Wesens hinzutrat – ebenso die Nase. Es war die Nase eines Geschöpfs, dem das Erobern und Befehlen in die Wiege gelegt waren. Sie erinnerte ganz entfernt an einen Adlerschnabel. Griechisch oder auch römisch hätte sie sein können, war jedoch für das Erste eine Spur zu wuchtig, für Letzteres ein wenig zu fein gebaut. Und während sein Gesicht insgesamt Wildheit und Stärke ausstrahlte, schien die angeborene Schwermut, unter der er litt, die Linien von Mund, Augen und Brauen zu betonen und seinem Gesicht eine Größe und Vollkommenheit zu verleihen, die ihm ansonsten gefehlt hätten.
Ich ertappte mich also dabei, wie ich untätig dastand und ihn musterte. Dabei vermag ich kaum zu sagen, wie sehr mich dieser Mann zu interessieren begonnen hatte. Wer war er? Was war er? Wie war so etwas möglich gewesen? Alle Kräfte schienen ihm zur Verfügung, alle Wege offenzustehen – warum also war dann aus ihm nicht mehr geworden als der unbekannte Kapitän eines Robbenfängers, der unter den Robbenjägern für seine grausame Härte berüchtigt war?
Meine Neugier machte sich in einem plötzlichen Wortschwall Luft.
»Warum haben Sie auf dieser Welt nichts Großes vollbracht? Mit der Ihnen verliehenen Kraft hätten Sie jedes Ziel errei-

chen können. Da Ihnen ein Gewissen oder der moralische Instinkt fehlt, hätten Sie die Welt beherrschen, sie nach Ihrem Willen formen können. Und dennoch befinden Sie sich hier, in der Blüte Ihrer Jahre, wo der Rückschritt einsetzt und das Absterben beginnt, und führen ein unscheinbares und unwürdiges Leben, jagen Meerestiere, um die Eitelkeit und die Prunksucht der Frauen zu befriedigen, und suhlen sich, um mit Ihren eigenen Worten zu reden, in einer Nichtswürdigkeit, die das Gegenteil alles Prachtvollen ist. Warum nur haben Sie bei all dieser wunderbaren Kraft nichts aus Ihrem Leben gemacht? Es gab kein Hindernis, das Ihnen im Wege stand oder Sie hätte aufhalten können. Was also stimmte nicht? Fehlte Ihnen der Ehrgeiz? Sind Sie Versuchungen erlegen? Was waren nur die Ursachen? Wo lagen die Gründe?«

Zu Beginn meines Ausbruchs hatte er zu mir aufgeschaut und mir dann gelassen zugehört, bis ich geendet hatte und nun atemlos und über mich selbst erschrocken vor ihm stand. Er wartete einen Moment, wie um nach einem Anfang zu suchen, und sagte dann:

»Döspaddel, kennst du das Gleichnis vom Sämann, der ausging zu säen? Du wirst dich vielleicht erinnern, dass ein Teil der Saat auf steinigen Boden fiel, wo es kaum Erde gab und die Saatkörner sofort aufgingen, weil sie nicht tief genug im Boden lagen. Als dann die Sonne aufstieg, verdorrten sie, und weil die Wurzeln fehlten, welkte alles dahin. Ein anderer Teil fiel unter die Dornen, und die Dornen wuchsen und erstickten ihn.«

»Schön und gut«, sagte ich.

»Schön und gut?«, fragte er leicht gereizt zurück. »Eben nicht. Ich war eines dieser Saatkörner.«

Er beugte den Kopf über das Raster und fuhr mit dem Abzeichnen fort. Ich beendete meine Arbeit und wollte gerade zur Tür hinausgehen, als er weitersprach.

»Döspaddel, wenn du dir auf der Karte von Norwegen die Westküste ansiehst, wirst du eine Einbuchtung entdecken, die den Namen Romsdal Fjord trägt. Etwa einhundert Meilen davon entfernt wurde ich geboren. Aber nicht als Norweger. Ich bin Däne. Mein Vater und meine Mutter waren Dänen, und ich weiß nicht, was sie auf dieses trostlose Stück Land an der Westküste verschlagen hatte. Sie haben es mir nie verraten. Alles Weitere jedoch ist keineswegs geheimnisvoll. Beide waren arme und ungebildete Leute wie die Generationen vor ihnen – Bauern des Meeres, die ihre Söhne auf den Wogen aussäten, wie es seit ewigen Zeiten Sitte war. Mehr gibt es dazu nicht zu sagen.«

»O doch«, wandte ich ein, »mir scheint das Ganze noch immer unverständlich.«

»Wovon soll ich erzählen?«, fragte er mit wieder aufflackernder Wildheit. »Von einer kärglichen Kindheit? Von ewigen Fischmahlzeiten und dem rauen Leben? Vom Ausfahren in den Booten, sobald ich krabbeln konnte? Von meinen Brüdern, die einer nach dem anderen fortgingen, um die Ernte des Meeres einzubringen und nie zurückkehrten? Von mir selbst, Analphabet und im reifen Alter von zehn Jahren Steward auf den Küstenschiffen meines Heimatlandes? Von der schlechten Verpflegung und der noch schlechteren Behandlung, bei der es statt Kost und Logis nur Tritte und Prügel gab und diese das Reden ersetzten, während Furcht, Hass und Schmerz meine einzige Seelennahrung waren? Ich denke nicht gern daran zurück. Sogar jetzt noch steigt eine wahnsinnige Wut in mir hoch, wenn ich es versuche. Es gab Kapitäne auf Küstenschiffen, zu denen ich zurückkehren und die ich umbringen wollte, sobald ich genügend Manneskraft besaß, nur hatte mich mein Schicksal zu dieser Zeit schon in andere Gegenden verschlagen. Vor wenigen Jahren kehrte ich dann doch zurück, aber die Kapitäne waren alle gestorben, bis auf einen, der damals Steuermann gewesen war. Als ich ihn wiedertraf, war er Kapitän, und als ich ihn verließ, ein Krüppel, der nie wieder gehen lernen würde.«

»Aber Sie haben doch Spencer und Darwin gelesen, obwohl Sie niemals eine Schule von innen gesehen haben. Wie haben Sie denn lesen und schreiben gelernt?«, fragte ich.

»In der englischen Handelsmarine. Steward mit zwölf, Schiffsjunge mit vierzehn, Leichtmatrose mit sechzehn, Vollmatrose und erster Mann in der Back mit siebzehn; grenzenloser Ehrgeiz und grenzenlose Einsamkeit. Da ich weder auf Hilfe noch Mitgefühl hoffen konnte, musste ich mir alles selbst beibringen – Navigation, Mathematik, Naturwissenschaften, Literatur und was weiß ich noch. Und was hat mir das alles genutzt? Auf der Höhe meines Lebens bin ich Kapitän und Besitzer eines Schiffes, zu einem Zeitpunkt, da, wie du sagst, der Rückschritt und das Absterben beginnen. Armselig, nicht wahr? Und als die Sonne aufging, verdorrte ich, und da ich keine Wurzeln hatte, welkte ich dahin.«

»Aber die Geschichte weiß von Sklaven, die sich eine Krone erkämpften«, sagte ich vorwurfsvoll.

»Und die Geschichte weiß auch von den günstigen Gelegenheiten, die jene gekrönten Sklaven ergriffen haben«, gab er zornig zur Antwort. »Niemand schafft sich solche Gelegenheiten selbst. Alles, was die Großen taten, war, die Chance zu erkennen, wenn sie sich bot. Der Korse erkannte sie. Ich hatte keine geringeren Träume als er. Ich hätte die Chance erkannt, aber sie kam nie. Die Dornen wucherten und erstickten mich. Und, Döspaddel, ich kann dir versichern, dass du jetzt mehr über mich weißt als jeder andere Mensch, mein Bruder ausgenommen.«

»Und was ist er? Und wo befindet er sich?«

»Er ist Kapitän auf dem Dampfschiff *Macedonia*, ein Robbenfänger«, lautete die Antwort. »Sehr wahrscheinlich werden wir uns vor der japanischen Küste begegnen. Die Männer nennen ihn ›Tod‹ Larsen.«

»Tod Larsen!«, rief ich unwillkürlich aus. »Ist er wie Sie?«

»Kaum. Er ist ein Stück Vieh ohne Verstand. Er besitzt meine … ganze … ganze …«

»Rohheit«, warf ich ein.

»Ja, vielen Dank für das Wort, meine ganze Rohheit, aber er kann kaum lesen und schreiben.«

»Und er hat auch nie über das Leben nachgedacht«, fügte ich hinzu.

»Nein«, antwortete Wolf Larsen mit einem unbeschreiblichen Anflug von Trauer. »Und er ist um so vieles glücklicher, weil er sich darum nicht schert. Er ist viel zu sehr damit beschäftigt, sein Leben zu leben, um darüber nachzudenken. Es war ein großer Fehler, dass ich meine Nase in die Bücher gesteckt habe.«

11. KAPITEL

Die *Ghost* hat den südlichsten Punkt des Bogens erreicht, den sie auf dem Pazifik beschreibt, und ist bereits nach Nordwesten abgeschwenkt, um, wie gerüchteweise zu vernehmen ist, eine einsame Insel anzusteuern, auf der die Wasserfässer gefüllt werden sollen, bevor das Schiff zur japanischen Küste aufbricht, wo die Jagdsaison begonnen hat. Die Jäger haben so lange mit ihren Büchsen und Schrotflinten herumhantiert und sich eingeschossen, bis sie zufrieden waren, und die Ruderer und Steuermänner haben Sprietsegel hergestellt und die Riemen und Riemenklampen mit Leder und Platting umwickelt, damit sie beim Anschleichen an die Seehunde keinen Lärm verursachen. Auf ihren Booten ist alles in Butter, um Leachs dem heimatlichen Herd entlehnten Ausdruck zu gebrauchen.

Sein Arm ist nebenbei bemerkt gut verheilt, obwohl er die Narbe sein Leben lang behalten wird. Thomas Mugridge lebt in ständiger Todesangst vor ihm und fürchtet sich, nach Anbruch der Dunkelheit das Deck zu betreten. Aus der Back sind zwei oder drei schwelende Auseinandersetzungen zu vermelden. Louis erzählt mir, dass das Matrosengerede nach achtern durchsickere und dass zwei der Plappermäuler von ihren Kameraden übel zugerichtet worden seien. Was die Zukunftsaussichten des Matrosen Johnson angeht, der als Ruderer mit ihm in einem Boot sitzt, so hat er dafür nur ein bedenkliches Kopfschütteln. Johnson äußere sich zu freimütig und sei auch schon zwei- oder dreimal mit Wolf Larsen wegen der Aussprache seines Namens aneinandergeraten.

Erst kürzlich habe er Johansen des Nachts mittschiffs windelweich geprügelt, und seither redet der Maat ihn richtig an.

Aber natürlich würde Johnson es nie wagen, sich auch an Wolf Larsen zu vergreifen.
Von Louis habe ich außerdem zusätzliche Informationen über Tod Larsen erhalten, die zu der kurzen Beschreibung des Kapitäns passen. Wahrscheinlich werden wir Tod Larsen vor der japanischen Küste begegnen. »Und mach dich auf Scherereien gefasst«, war Louis' Prophezeiung, »denn die zwei hassen sich wie Wölfe aus einem Wurf, was sie ja auch sind.« Tod Larsen hat das Kommando über das einzige Dampfschiff der Flotte, die *Macedonia*, die mit vierzehn Booten bestückt ist, während der Rest der Robbenfänger nur über sechs Boote verfügt. Es kursieren wilde Gerüchte über Kanonen an Bord und über geheimnisvolle Kriegs- und Beutezüge, die sie unternehmen soll, angefangen vom Opiumschmuggel in die USA und Waffenschiebereien nach China bis hin zu Sklavenhandel und offener Piraterie. Trotzdem kann ich nicht umhin, Louis Glauben zu schenken, denn er hat mich noch nie hinters Licht geführt und verfügt außerdem über ein enzyklopädisches Wissen, was die Robbenjagd und die dafür angeheuerten Mannschaften angeht.
So wie es im Vorschiff und in der Kombüse aussieht, geht es auf diesem wahren Höllenkahn auch auf dem Zwischendeck und achtern zu. Die Männer bekämpfen sich rücksichtslos und trachten einander nach dem Leben. Die Jäger spekulieren jeden Augenblick auf eine Schießerei zwischen Smoke und Henderson, deren alter Zwist immer noch fortschwelt, während Wolf Larsen unmissverständlich erklärt hat, dass er den Sieger des Zweikampfs umbringen werde, sollte es so weit kommen. Er gibt offen zu, dass er sich nicht aus moralischen Erwägungen so verhalte und dass die Jäger sich seinetwegen ruhig gegenseitig auslöschen und auffressen könnten, wenn er sie nicht lebend für die Robbenjagd benötigte. Falls sie sich nur bis zum Ende der Jagdsaison Zügel anlegten, verspreche

er ihnen ein rauschendes Fest, auf dem alle alten Rechnungen beglichen werden sollten. Anschließend könnten die Überlebenden die auf der Strecke Gebliebenen ja über Bord werfen und sich eine gute Geschichte ausdenken, warum die fehlenden Mannschaftsmitglieder auf See geblieben seien. Ich glaube, sogar die Jäger sind erschrocken über diese Kaltblütigkeit. Auch wenn es ruchlose Menschen sind, so haben sie offensichtlich große Angst vor ihm.

Thomas Mugridge legt mir gegenüber eine hündische Unterwürfigkeit an den Tag, während ich insgeheim Angst vor ihm habe. Er besitzt den Mut der Verzweiflung – eine merkwürdige Sache, die ich von mir selbst her gut kenne –, und in jedem Augenblick kann dieser Mut seine Furcht besiegen und ihn dazu treiben, mich vom Leben zum Tod zu befördern. Meinem Knie geht es viel besser, auch wenn es noch häufig und lange schmerzt, und die Steifheit meines Arms, die ich Wolf Larsens Zupacken verdanke, klingt langsam ab. Sonst bin ich in glänzender Verfassung und spüre das auch. Meine Muskeln werden härter und kräftiger. Meine Hände hingegen bieten einen traurigen Anblick. Sie sehen aus wie halb gesotten, die Nägel sind eingewachsen, abgebrochen und verfärbt, und die Nagelhaut scheint an den Rändern pilzartig zu wuchern. Außerdem leide ich unter Furunkeln, was sehr wahrscheinlich auf die einseitige Ernährung zurückzuführen ist, denn ich hatte noch nie Ärger damit.

Amüsiert war ich, als ich Wolf Larsen vor einigen Tagen abends bei der Bibellektüre antraf. Nachdem die Suche nach einem Exemplar zu Beginn der Reise fruchtlos verlaufen war, hatte sich eins in der Seemannskiste des toten Steuermanns gefunden. Ich fragte mich, was Wolf Larsen mit diesem Buch wohl anzufangen wusste, und er las mir laut aus dem Prediger Salomo vor. Während er las, schien es mir, als seien es seine eigenen Worte und Gedanken, und seine Stimme, die dunkel und klagend in der Kabine widerhallte, bezauberte und fesselte mich. Wenn er auch ohne Schulbildung ist, so versteht er es doch sehr wohl, die Bedeutung des geschriebenen Wortes auszudrücken. Ich kann ihn noch deutlich hören, so wie ich ihn immer hören werde, während er mit der urtümlichen Schwermut in seiner Stimme weiter vorlas:

»Ich sammelte mir auch Silber und Gold und von den Königen und Ländern einen Schatz; ich schaffte mir Sänger und Sängerinnen und die Wonne der Menschen, allerlei Saitenspiel;
und nahm zu über alle, die vor mir zu Jerusalem gewesen waren; auch blieb meine Weisheit bei mir;
und alles, was meine Augen wünschten, das ließ ich ihnen und wehrte meinem Herzen keine Freude, dass es fröhlich war von aller meiner Arbeit; und das hielt ich für meinen Teil von aller meiner Arbeit.
Da ich aber ansah alle meine Werke, die meine Hand getan hatte, und die Mühe, die ich gehabt hatte, siehe, da war alles eitel und Haschen nach Wind und kein Gewinn unter der Sonne.
Es begegnet dasselbe einem wie dem anderen: dem Gerechten wie dem Gottlosen, dem Guten und Reinen wie dem Unreinen, dem, der opfert, wie dem, der nicht opfert; wie es dem Guten geht, so geht's auch dem Sünder; wie es dem, der schwört, geht, so geht's auch dem, der den Eid fürchtet.
Das ist ein böses Ding unter allem, was unter der Sonne geschieht, dass es einem geht wie dem andern; daher auch das Herz der Menschen voll Arges wird, und Torheit ist in ihrem Herzen, dieweil sie leben; danach müssen sie sterben.
Denn bei allen Lebendigen ist, was man wünscht: Hoffnung; denn ein lebendiger Hund ist besser als ein toter Löwe.
Denn die Lebendigen wissen, dass sie sterben werden; die To-

ten aber wissen nichts, sie haben auch keinen Lohn mehr – denn ihr Gedächtnis ist vergessen, dass man sie nicht mehr liebt noch hasst noch neidet – und haben kein Teil mehr auf der Welt an allem, was unter der Sonne geschieht.«

»Da hast du's, Döspaddel«, sagte er, während er das Buch zuklappte, aber einen Finger zwischen den Seiten behielt und zu mir aufsah. »Der Prediger, der als König in Jerusalem über Israel herrschte, dachte so wie ich. Du schimpfst mich einen Pessimisten. Ist aber sein Pessimismus nicht noch ungleich schwärzer? – ›Alles ist eitel und Haschen nach Wind‹, ›kein Gewinn unter der Sonne‹, ›es begegnet dasselbe einem wie dem anderen‹, den Dummen wie den Weisen, den Reinen wie den Unreinen, den Sündern wie den Heiligen, und dieses Los ist der Tod, eine schlimme Sache, so sagt er. Denn der Prediger liebte das Leben und wollte nicht sterben, deshalb meint er: ›Ein lebendiger Hund ist besser als ein toter Löwe.‹ Er zog das Eitle und den Seelenkummer der ewigen Grabesstille und Totenruhe vor. Genau wie ich. Alles Herumkrabbeln bleibt eine nichtsnutzige Sache; aber nicht herumzukrabbeln, tot wie ein Lehmklumpen oder ein Stein zu sein, ist ein unerträglicher Gedanke. Er widerstrebt dem Leben, das in mir steckt und dessen wahre Essenz Bewegung ist, die Kraft, sich zu bewegen und ein Bewusstsein dieser Kraft zu besitzen. Das Leben selbst kann nicht zufriedenstellen, aber dem Tod ins Auge zu sehen ist noch weitaus unbefriedigender.«
»Sie sind noch schlimmer dran als Omar«, sagte ich. »Denn der fand, nachdem er das übliche Fegefeuer der Jugend überstanden hatte, wenigstens inneren Seelenfrieden und machte seinen Materialismus zu einer fröhlichen Angelegenheit.«
»Wer war Omar?«, fragte Wolf Larsen, und schon brauchte ich den ganzen Tag über nicht mehr zu arbeiten, ebenso wenig den nächsten und übernächsten.

Bei seiner ziellosen Lektüre war er nie auf den *Robâijjât* gestoßen, der für ihn wie die Entdeckung eines großen Schatzes war. Vieles, etwa zwei Drittel der Vierzeiler, kannte ich auswendig und konnte den Rest ohne große Schwierigkeiten ergänzen. Ganze Stunden verbrachten wir damit, über einzelne Strophen zu reden, und ich stellte fest, dass er aus ihnen ein Wehklagen und eine Auflehnung herauslas, die ich mein Lebtag nicht darin entdeckt hätte. Möglicherweise trug ich die Strophen mit einem gewissen mir eigenen heiteren Schwung vor, denn – sein Gedächtnis war gut und speicherte einen Vierzeiler nach dem zweiten, oft schon nach dem ersten Vorlesen – er rezitierte dieselben Zeilen und verlieh ihnen dabei einen Ton innerer Unruhe und leidenschaftlicher Auflehnung, der beinahe überzeugend wirkte.
Ich wollte wissen, welcher Vierzeiler ihm wohl am meisten bedeutete, und war keineswegs überrascht, als er sich für den entschied, der sein Entstehen einer vorübergehenden Gereiztheit verdankte und sich deutlich von der selbstgenügsamen Weisheit und den heiteren Lebensregeln des Persers unterschied:

»Was denn? Ganz ungebeten tauchst du auf – *woher*?
Und ohne Abschied weilst du plötzlich hier nicht mehr!
Anmaßender, nur viele Gläser vom verbotenen Wein
waschen mir die Erinnerung davon wieder rein.«

»Großartig!«, rief Wolf Larsen. »Einfach großartig! Das trifft den Kern der Sache. Anmaßung! Er hätte kein besseres Wort finden können.«
Vergebens hielt ich dagegen. Er überschwemmte und überwältigte mich mit einer Flut von Argumenten.
»Es liegt nicht in der Natur des Lebens, anders zu sein. Ein Leben, das sein Ende kommen sieht, wird sich immer dagegen

auflehnen. Es kann gar nicht anders. Der Prediger fand das Leben und alle menschlichen Taten eitel, für ihn war es eine üble und verdrießliche Sache. Den Tod aber, das Ende aller Eitelkeit und Verdrießlichkeit, betrachtete er als ein noch größeres Übel. Kapitel um Kapitel ängstigt ihn das Los, das uns alle erwartet. So ergeht es Omar, so ergeht es mir, und so ergeht es dir, ja, auch dir, denn du hast dich gegen das Sterben aufgelehnt, als Smutje sein Messer für dich wetzte. Du hattest Angst vor dem Tod; das Leben, das du spürst, das dich ausmacht und größer ist als du selbst, wollte nicht sterben. Du hast vom Vorgefühl der Unsterblichkeit gesprochen. Ich spreche vom Überlebensinstinkt, der Leben bedeutet und der über die sogenannte Unsterblichkeitsahnung triumphiert, wenn der Tod sich groß und mächtig abzeichnet. Er hat auch in dir triumphiert (das kannst du nicht leugnen), weil ein verrückter Cockney sein Messer schärfte.
Auch jetzt hast du Angst vor ihm. Und vor mir. Gib's zu. Wenn ich dich an der Kehle packe, ungefähr so«, seine Hand umklammerte meinen Hals und drückte mir den Atem ab – »und das Leben langsam aus dir herauspresse Stück für Stück, dann muss deine Unsterblichkeitsahnung verglimmen, und dein Überlebensinstinkt, der nach Leben hungert, wird auflodern, und du wirst alles daransetzen, dich zu retten. Ist es nicht so? Ich sehe Todesangst in deinen Augen. Du wirbelst mit deinen Armen in der Luft herum. Du strengst all deine mickrigen Kräfte an, um zu leben. Deine Hand greift nach meinem Arm und fühlt sich an wie ein Schmetterling, der darauf rastet. Dein Brustkorb bebt, die Zunge tritt hervor, deine Haut färbt sich dunkel, und die Augen verschwimmen. Du schreist nach ›Leben! Leben! Leben!‹ und danach, hier und jetzt zu existieren, nicht in einem fernen Jenseits. Du zweifelst an deiner Unsterblichkeit, wie? Haha! Du bist dir da nicht mehr so sicher, willst es nicht unbedingt darauf ankommen

lassen. Nur dieses Leben ist ganz bestimmt real. Ah, nun wird es schwärzer und schwärzer. Es ist die Schwärze des Todes, das Ende des Seins, des Fühlens und der Bewegung, das dich umfängt, sich herabsenkt und langsam von unten aufsteigt. Deine Augen werden starr, der Blick glasig. Meine Stimme klingt schwach und fern. Du kannst mein Gesicht nicht mehr ausmachen. Und immer noch windest du dich in meinem Griff. Du zappelst mit den Füßen. Dein Körper verknotet sich wie der einer Schlange. Deine Brust will zerspringen. Leben! Leben! Leben –«

Ich hörte nichts mehr. Mein Bewusstsein versank in jener Schwärze, die er so anschaulich beschrieben hatte, und als ich wieder zu mir kam, lag ich am Boden, während er eine Zigarre rauchte und mich nachdenklich und mit dem mir so vertrauten Glanz der Neugier in den Augen ansah.

»Nun, habe ich dich überzeugt?«, fragte er. »Hier, nimm einen Schluck. Ich möchte dir ein paar Fragen stellen.«

Ich rollte den Kopf verneinend hin und her. »Ihre Argumente sind etwas zu – uh – nachdrücklich«, stieß ich hervor, wobei meine Kehle von der Anstrengung noch heftiger schmerzte.

»In einer halben Stunde bist du wieder wohlauf«, versicherte er mir. »Und ich verspreche dir auch, dass ich von weiteren praktischen Demonstrationen absehen werde. Hoch jetzt. Setz dich auf einen Stuhl.«

Und so – denn schließlich war ich nur ein Spielzeug in den Klauen dieses Monstrums – wurde die Diskussion über Omar und den Prediger wieder aufgenommen. Die halbe Nacht blieben wir auf und redeten darüber.

12. KAPITEL

In den letzten vierundzwanzig Stunden ist ein Fest der Brutalität gefeiert worden. Anscheinend hatte sich von der Achterkajüte bis zur Back alles angesteckt. Ich weiß kaum, wo ich anfangen soll. Wolf Larsen war der eigentliche Grund. Durch Streitereien, Fehden und Missgunst waren die Beziehungen zwischen den Männern ohnehin aus dem Lot und die Nerven bis zum Zerreißen gespannt, und immer wieder flackerten verhängnisvolle Leidenschaften auf wie verdorrtes Präriegras. Thomas Mugridge ist ein Schleimer, ein Spion, ein Denunziant. Er versuchte, sich beim Kapitän lieb Kind zu machen und seine Gunst wiederzugewinnen, indem er das Geschwätz der Männer weitertrug. Er war es auch, das weiß ich genau, der Wolf Larsen Johnsons hitzige Äußerungen hinterbrachte. Johnson hatte anscheinend Ölzeug aus dem Schiffsmagazin gekauft, das wohl von reichlich schlechter Qualität war. Und damit hielt er auch keineswegs hinter dem Berg. So ein Magazin ist eine Art winziger Textilladen, der auf allen Robbenfängern anzutreffen ist und alles vorrätig hat, was Seeleute benötigen. Was immer ein Seemann dort erwirbt, wird später von dem abgezogen, was er in den Robbengründen verdient. Denn bei den Ruderern und Steuerleuten ist es nicht anders als bei den Jägern: Anstelle eines festen Gehalts erhalten sie einen »Schnitt«, einen bestimmten Anteil für jedes Fell, das ihr Boot an Bord bringt.

Von Johnsons Nörgelei wusste ich allerdings nichts, und so kam das, was ich mit ansehen musste, völlig überraschend. Ich hatte gerade die Kajüte gefegt und mich von Wolf Larsen in eine Diskussion über Hamlet, den er von allen Shakespearefiguren am meisten liebte, hineinziehen lassen, als Johansen, von Johnson gefolgt, den Niedergang herunterkam. Johnson nahm seine Mütze ab, wie es auf See üblich ist. Er hielt sich respektvoll in der Mitte der Kajüte, schwankte dabei heftig gegen das Rollen des Schoners an und sah dem Kapitän mit gemischten Gefühlen ins Gesicht.

»Schließ die Tür und schieb den Riegel vor«, sagte Wolf Larsen zu mir.

Während ich den Befehl ausführte, bemerkte ich einen ahnungsvollen Glanz in Johnsons Augen, aber den Grund dafür hätte ich nie erraten. Ich hätte mir nicht im Traum vorstellen können, was passieren würde, er aber wusste von Anfang an, was ihm bevorstand, und sah allem tapfer entgegen. Sein Verhalten widerlegte für mich Wolf Larsens Materialismus zur Gänze. Der Matrose Johnson wurde von Ideen, Prinzipien, Wahrheit und Aufrichtigkeit geleitet. Er hatte recht, wusste, dass er recht hatte, und war folglich ohne Furcht. Er würde für sein Recht sterben, wenn es notwendig sein sollte. Er würde sich selbst treu bleiben, lauter bis ins Innerste seiner Seele. Hierin zeigte sich der Sieg des Geistes über das Fleisch, die Unbeugsamkeit und moralische Größe einer Seele, die keine Fesseln kennt, die sich über Zeit, Raum und Materie mit einer Selbstgewissheit und Unbezwingbarkeit erhebt, die ihren Ursprung allein in der Ewigkeit und in der Unsterblichkeit haben kann.

Aber zurück zur Geschichte. Ich bemerkte den ahnungsvollen Glanz in Johnsons Augen, schrieb ihn aber der natürlichen Scheu und Verlegenheit des Mannes zu. Johansen, der Maat, stand seitlich etwas mehr als einen Meter von ihm entfernt. Wolf Larsen saß ihm in drei Metern Abstand in einem drehbaren Kajütstuhl gegenüber. Nachdem ich die Tür geschlossen und verriegelt hatte, trat eine spürbare Unterbrechung ein, eine Stille, die bestimmt eine volle Minute andauerte. Dann brach Wolf Larsen das Schweigen.

»Yonson«, begann er.
»Ich heiße Johnson, Sir«, berichtigte der Maat unerschrocken.
»Gut, Johnson also, verdammt noch mal! Kannst du dir denken, warum ich dich herbefohlen habe?«
»Ja und nein, Sir«, lautete die bedächtige Antwort. »Meine Arbeit ist in Ordnung. Der Maat weiß es, und Sie wissen es auch, Sir. Da kann es also keine Beschwerden geben.«
»Und ansonsten?«, fragte Wolf Larsen mit sanfter, säuselnder Stimme.
»Ich weiß, dass Sie es auf mich abgesehen haben«, fuhr Johnson unverändert langsam und schwerfällig fort. »Sie können mich nicht leiden. Sie … Sie …«
»Nur zu«, half Wolf Larsen nach. »Keine Angst, ich bin nicht zart besaitet.«
»Ich habe keine Angst«, erwiderte der Seemann, dem sein Ärger trotz des Sonnenbrands ins Gesicht stieg. »Ich spreche nicht schnell, weil ich noch nicht so lange von zu Hause fort bin wie Sie. Sie können mich nicht leiden, weil ich zu sehr Mann bin, das ist der wahre Grund, Sir.«
»Du hast mehr von einem Mann an dir, als für die Schiffsdisziplin gut ist, wenn es das ist, was du meinst, und wenn du verstehst, was ich sage«, entgegnete Wolf Larsen.
»Ich verstehe Englisch, und ich verstehe, was Sie sagen, Sir«, antwortete Johnson, und durch die Anspielung auf seine Sprachkenntnisse nahm sein Gesicht eine noch dunklere Rötung an.
»Johnson«, kam Wolf Larsen zur Sache, und zwar in einem Ton, der das Bisherige zur bloßen Vorrede herabstufte, »ich höre, dass du mit diesem Ölzeug nicht ganz zufrieden bist.«
»Nein, bin ich nicht. Es taugt nichts, Sir.«
»Und das hast du überall herumposaunt.«
»Ich sage, was ich denke, Sir«, erwiderte der Matrose fest, ohne dabei das von der Schiffsordnung geforderte »Sir« am Ende jedes Satzes zu vergessen.

In diesem Moment fiel mein Blick zufällig auf Johansen, dessen große Fäuste sich ballten und entspannten und dessen Gesicht wahrhaft teuflisch wirkte, so schadenfroh sah er Johnson an. Ich bemerkte eine leichte, schwarze, kaum noch sichtbare Verfärbung unter seinem Auge, den letzten Hinweis auf die Prügel, die er vor einigen Nächten von dem Matrosen bezogen hatte. Jetzt erst hatte ich das Gefühl, dass sich etwas Furchtbares abspielen würde – aber was, konnte ich mir beim besten Willen nicht vorstellen.

»Weißt du, was mit einem passiert, der solche Sachen über mich und mein Magazin verbreitet?«, erkundigte sich Wolf Larsen.

»Das weiß ich, Sir«, war die Antwort.

»Was?«, fragte Wolf Larsen scharf und herrisch.

»Das, was Sie und der Maat jetzt mit mir machen werden, Sir.«

»Schau ihn dir genau an, Döspaddel«, sagte Wolf Larsen zu mir, »betrachte dieses Stückchen belebten Staubs, diese Ansammlung von Materie, die sich bewegt, atmet und sich mir nicht fügt, aber felsenfest davon überzeugt ist, aus etwas Gutem zu bestehen. Man hat ihr gewisse menschliche Einbildungen mit auf den Lebensweg gegeben, Rechtschaffenheit und Ehrlichkeit. Und trotz aller damit verbundenen persönlichen Unannehmlichkeiten und Gefahren versucht sie, sich nach ihnen zu richten. Was hältst du von ihm? Was denkst du über ihn, Döspaddel?«

»Ich halte ihn für einen besseren Menschen, als Sie es sind«, antwortete ich, von dem Verlangen getrieben, etwas von dem Zorn, der sich über Johnson entladen würde, auf mich zu ziehen. »Diese menschlichen Einbildungen, wie Sie sie zu nennen belieben, machen den wahren Edelmut und die wahre Mannhaftigkeit aus. Sie haben keine Einbildungen, keine Träume, keine Ideale. Sie sind bettelarm.«

Er nickte mit barschem Entgegenkommen. »Genau richtig,

Döspaddel, genau richtig. Ich leide nicht unter den Einbildungen wahren Edelmuts und der wahren Mannhaftigkeit. Ein lebendiger Hund ist besser als ein toter Löwe, sage ich mit dem Prediger. Meine einzige Lehre ist die der Zweckdienlichkeit, und ihr geht es ums Überleben. Dieses Stückchen Ferment, das wir ›Johnson‹ nennen, wird, sobald es nicht mehr Ferment ist, sondern nur noch Staub und Asche, keinen Deut mehr Edelmut besitzen als jedes andere Staubkorn und jedes andere Stück Schlacke, während ich immer noch lebe und brülle.«

»Weißt du, was ich jetzt tun werde?«, fragte er.

Ich schüttelte den Kopf.

»Also, ich werde jetzt von meinem Recht zu brüllen Gebrauch machen und dir zeigen, wie es dem Edelmut dabei ergeht. Pass auf!«

Drei Meter saß er von Johnson entfernt. Volle drei Meter! Und doch verließ er den Stuhl mit einem Satz, ohne vorher aufzustehen. Direkt aus seiner sitzenden Haltung sprang er auf wie ein wildes Tier, wie ein Tiger, und durchmaß den Zwischenraum in Raubtiermanier. Er war eine Lawine des Zorns, die Johnson vergeblich abzuwehren versuchte. Johnson riss einen Arm nach unten, um seine Magengrube zu schützen, den anderen nach oben vor seinen Kopf. Aber Wolf Larsens Faust bohrte sich mitten zwischen den beiden Armen mit vernichtender Wucht in den Brustkorb seines Gegners. Die Luft entwich schlagartig aus Johnsons Mund, dann stockte ihm der Atem genauso plötzlich und vernehmlich wie jemandem, der mit der Axt zuschlägt. Fast wäre er hintenüber gefallen, und er wankte von einer Seite zur anderen, während er sein Gleichgewicht wiederzufinden suchte.

Ich kann die Einzelheiten der schrecklichen Szene, die folgte, nicht wiedergeben. Es war zu widerwärtig. Mir wird jetzt noch übel, wenn ich daran denke. Johnson schlug sich tapfer, aber er war Wolf Larsen nicht gewachsen, und noch weniger Wolf Larsen und dem Maat. Es war fürchterlich. Ich hätte nicht gedacht, dass ein Mensch so viel aushalten, überleben und trotzdem weiterkämpfen könnte. Und wie Johnson kämpfte! Natürlich hatte er keine Chance, und das wusste er so gut wie ich, aber die Mannhaftigkeit, die in ihm steckte, ließ ihm keine Wahl; ihretwegen konnte er nicht aufgeben.

Schon das Zuschauen war zu viel für mich. Ich glaubte, wahnsinnig zu werden, und rannte den Niedergang hinauf, um die Tür zu öffnen und auf Deck zu entkommen. Aber Wolf Larsen ließ für einen Moment von seinem Opfer ab, war mit einem seiner großen Sätze an meiner Seite und warf mich in die hinterste Ecke der Kajüte.

»Das Phänomen des Lebens, Döspaddel«, rief er mir höhnisch zu. »Hiergeblieben und Augen auf! Hier kannst du vielleicht Daten über die Unsterblichkeit sammeln. Außerdem weißt du ja, dass wir Johnsons Seele kein Leid antun können. Nur die vergängliche Hülle können wir auseinandernehmen.«

Die Prügelei schien ewig weiterzugehen, auch wenn wahrscheinlich kaum mehr als zehn Minuten vergingen. Wolf Larsen und Johansen bearbeiteten den armen Kerl von allen Seiten. Sie malträtierten ihn mit den Fäusten, traten ihn mit ihren schweren Schuhen, schlugen ihn nieder und zogen ihn wieder hoch, um die Prozedur zu wiederholen. Johnsons Augen waren zugequollen, sodass er nichts mehr sehen konnte, und das Blut, das ihm aus Ohren, Nase und Mund drang, verwandelte die Kajüte in ein Schlachthaus. Selbst als er schon nicht mehr aufstehen konnte, wurde er am Boden weiter geschlagen und getreten.

»Lass gut sein, Johansen, das reicht jetzt«, sagte Wolf Larsen schließlich.

Aber das Tier im Maat war los, sodass Wolf Larsen gezwungen war, ihn mit einer Armbewegung beiseitezuschieben. Obwohl er dabei offenbar große Zurückhaltung übte, warf es

Johansen wie ein Stück Kork nach hinten, wo sein Kopf krachend gegen die Wand stieß. Er fiel zu Boden, war für einen Moment fast betäubt, atmete heftig und zwinkerte wie verrückt mit den Augen.

»Mach die Türen los, Döspaddel«, wurde ich angewiesen.

Ich tat wie befohlen, und die zwei Unmenschen hoben den besinnungslosen Mann wie einen Müllsack hoch, trugen ihn den Niedergang herauf und durch die enge Tür hinaus an Deck. Blut ergoss sich in einem roten Strom aus seiner Nase über die Schuhe des Rudergängers, der kein anderer war als Louis aus seinem Boot. Aber Louis drehte das Steuerrad eine Spake weiter und eine zurück und blickte unbewegt auf das Kompassgehäuse.

Ganz anders fiel die Reaktion von George Leach aus, dem ehemaligen Schiffsjungen. Vom Bug bis zum Heck hätte uns nichts mehr überraschen können als sein jetziges Verhalten. Er kam ohne Befehl aufs Hüttendeck und zog Johnson nach vorn, wo er begann, seine Wunden, so gut es ging, zu versorgen, und es ihm so bequem wie möglich zu machen. Johnson war nicht wiederzuerkennen: Sein Gesicht hatte in den wenigen Minuten, die zwischen dem Beginn der Schlägerei und dem Abtransport des Körpers vergangen waren, alle menschlichen Züge verloren, so sehr war es aufgequollen und blau verfärbt.

Aber zurück zu Leachs Verhalten. Bis ich mit der Reinigung der Kajüte fertig war, hatte er Johnson verarztet. Ich war an Deck gekommen, um etwas frische Luft zu schnappen und um meine strapazierten Nerven zu beruhigen. Wolf Larsen rauchte eine Zigarre und kontrollierte das Patentlog, das wir normalerweise im Schlepp hatten, das aber jetzt aus irgendeinem Grund eingeholt worden war. Plötzlich hörte ich Leachs Stimme. Sie klang angespannt und heiser vor überschäumender Wut. Ich drehte mich um und sah ihn direkt unter dem

Hüttendeck stehen, auf der Steuerbordseite der Kombüse. Sein Gesicht war wutverzerrt und kreideweiß, seine Augen sprühten Feuer, und er schwang die Fäuste über dem Kopf.
»Der Teufel soll deine Seele holen, Wolf Larsen, aber die Hölle ist noch zu gut für dich, du Feigling, du Mörder, du Schwein!«, waren seine ersten Worte.
Ich war wie vom Donner gerührt. Ich erwartete seine sofortige Auslöschung. Aber Wolf Larsen war nicht danach, ihn zu vertilgen. Er schlenderte langsam bis zum vorderen Rand des Hüttendecks, stützte sich mit seinem Ellbogen an der Kajütenecke ab und sah neugierig und aufmerksam auf den aufgeregten Jungen herunter.
Der klagte Wolf Larsen an, wie er noch nie angeklagt worden war. Die Matrosen versammelten sich ängstlich direkt vor dem Backluk, um zuzusehen und zuzuhören. Die Jäger quollen in wildem Durcheinander aus dem Zwischendeck, aber während Leach weiterschimpfte, bemerkte ich, dass ihre Gesichter keinerlei Heiterkeit zeigten. Sogar sie hatten Angst, nicht vor den wüsten Tiraden des Jungen, sondern aufgrund seiner schrecklichen Verwegenheit. Es schien undenkbar, dass irgendein lebendiges Wesen Wolf Larsen solche Dinge ins Gesicht schleudern könnte. Ich für meinen Teil war jedenfalls gleichermaßen schockiert wie von Bewunderung für den Jungen erfüllt. In ihm erkannte ich die herrliche und unbezwingbare Unsterblichkeit, die sich über das Fleisch und sein Zittern erhebt und wie bei den alten Propheten das Unrecht verurteilt und verdammt.
Und welches Verdammungsurteil wurde hier gesprochen! Er entblößte Wolf Larsens Seele ganz und gar und überließ sie der Verachtung der Menschen. Er überschüttete sie mit Flüchen Gottes und der himmlischen Mächte, ließ sie unter Schmähungen verdorren, die an einen mittelalterlichen Kirchenbann gemahnten. Er erschöpfte das gesamte Repertoire

der Verunglimpfungen, erhob sich in Höhen des Zorns, die hehr und nahezu göttlich waren, und sank dann vor Erschöpfung wieder auf das Niveau gemeinster und unanständigster Verwünschungen zurück.

Er war wahnsinnig vor Wut. Auf seinen Lippen stand seifiger Schaum, und manchmal verschluckte er sich, gurgelte und brachte nur noch unverständliches Zeug hervor. Die ganze Zeit aber verharrte Wolf Larsen ruhig und bewegungslos, stützte sich auf seinen Ellbogen, blickte herunter und schien völlig in seiner Neugier aufzugehen. Dieses ungestüme Aufquellen der Lebenshefe, dieses fürchterliche Aufbegehren, diese Widerspenstigkeit der belebten Materie erstaunten und beschäftigten ihn.

Jeden Augenblick erwartete ich, wie auch die anderen Zuschauer, dass er auf den Jungen zuspringen und ihn vernichten würde. Aber dazu war er nicht in der Stimmung. Seine Zigarre erlosch, und trotzdem schaute er weiter hinunter, ruhig und neugierig.

Leach hatte sich in eine Ekstase ohnmächtiger Wut hineingesteigert.

»Schwein! Schwein! Schwein!«, schrie er sich die Lunge aus dem Leibe. »Warum kommst du nicht herunter und bringst mich um, du Mörder? Das kannst du doch! Ich habe keine Angst! Keiner wird dich hindern! Es ist verdammt besser, tot und aus deiner Reichweite zu sein, als hier lebendig in deinen Klauen. Komm her, du Feigling! Bring mich um! Schlag mich tot! Schlag mich doch tot!«

An diesem Punkt betrat Mugridge auf Geheiß seiner wankelmütigen Seele den Schauplatz. Er hatte hinter der Tür der Kombüse gelauscht, kam aber jetzt heraus, scheinbar, um Abfälle über Bord zu werfen, in Wirklichkeit aber, um dem Mord und Totschlag beizuwohnen, der zweifelsohne bevorstand. Er grinste schleimig nach oben, wo Wolf Larsen stand,

der ihn aber nicht zu sehen schien. Doch den Cockney ritt offenbar der Teufel. Er wandte sich Leach zu und sagte:
»Solche Ausdrücke! Igitt!«
Leachs Wut war nicht länger ohnmächtig. Jetzt geriet endlich etwas in greifbare Nähe. Und zum ersten Mal seit der Messerstecherei war der Koch ohne Waffen aus der Kombüse herausgekommen. Er hatte die Worte kaum ausgesprochen, da hatte Leach ihn auch schon niedergeschlagen. Dreimal rappelte er sich hoch und versuchte, die Kombüse zu erreichen, jedes Mal aber ging er unter Leachs Fäusten wieder zu Boden.
»Mein Gott«, schrie er. »Hilfe! Hilfe! Haltet ihn fest! So haltet ihn doch fest!«
Die Jäger lachten vor lauter Erleichterung. Die Tragödie war abgewendet, die Farce hatte begonnen. Die Matrosen drängten sich jetzt unerschrocken, grinsend und schlurfend nach achtern, um mitzuerleben, wie der verhasste Cockney zurechtgestutzt wurde. Sogar ich spürte freudige Erwartung in mir aufwallen. Ich muss zugeben, dass mir die Prügel, die Thomas Mugridge bezog, Vergnügen bereiteten, obwohl sie fast so schrecklich waren wie die, die Johnson Mugridges Petzerei zu verdanken hatte. Der Gesichtsausdruck von Wolf Larsen änderte sich jedoch nicht. Er stand immer noch am gleichen Platz und schaute mit großer Neugier zu. Trotz all seiner tatkräftigen Selbstsicherheit schien es, als beobachte er das Spiel und die Bewegungen des Lebens in der Hoffnung, etwas mehr darüber in Erfahrung zu bringen und in seinen verrücktesten Zuckungen etwas zu entdecken, das ihm bisher entgangen war – den Schlüssel zu seinem Geheimnis, der alles aufklären und offenbaren würde.
Aber diese Prügelei! Sie lief kaum anders ab als die, deren Zeuge ich in der Kajüte geworden war. Der Cockney versuchte vergeblich, sich vor dem wütenden Jungen zu schützen. Vergeblich waren auch seine Versuche, in die Sicherheit

seiner Kombüse zu entkommen. Er rollte auf sie zu, kroch auf sie zu, fiel auf sie zu, wenn er niedergeschlagen wurde, aber die Schläge prasselten in unglaublichem Tempo auf ihn nieder. Er flog umher wie ein Federball, bis er schließlich, wie Johnson hilflos auf Deck liegend, weiter getreten und geschlagen wurde. Niemand griff ein. Leach hätte ihn umbringen können, aber da das Maß seiner Rache offensichtlich voll war, zog er sich von seinem niedergestreckten Gegner zurück, der wie ein Welpe winselte und wimmerte, und ging nach vorn.

Diese Zwischenfälle eröffneten allerdings erst das Programm des Tages. Am Nachmittag gerieten Smoke und Henderson aneinander, und eine Salve von Schüssen drang aus dem Zwischendeck nach oben, gefolgt vom Getrampel der vier anderen Jäger, die von unten heraufstürzten. Eine Säule dicken, beißenden Rauchs, wie Schwarzpulver ihn immer entwickelt, quoll aus dem offenen Niedergang herauf, und durch ihn hindurch sprang Wolf Larsen nach unten. Dann drangen Schläge und Kampfgeräusche an unsere Ohren. Beide Männer waren verwundet, aber er prügelte sie trotzdem durch, weil sie seine Befehle missachtet und sich vor Anbruch der Jagdsaison außer Gefecht gesetzt hatten. Sie waren so schwer verletzt, dass er nach den Schlägen begann, sie auf höchst unsanfte Art und Weise chirurgisch zu behandeln und ihre Wunden zu versorgen. Ich ging ihm als Assistent zur Hand, während er die Einschussbahnen auskratzte und säuberte, und erlebte, wie die beiden Männer seine groben Eingriffe ohne Betäubungsmittel und nur von einem großen Glas Whiskey benebelt durchstanden.

Dann, während der ersten Hundewache, brach in der Back Streit aus. Er entstand aus dem Tratsch und den Klatschgeschichten, die schon Johnson Prügel eingebracht hatten. Das, was wir hören konnten, und die Verletzungen der Männer, die am nächsten Morgen zu sehen waren, ließen den Schluss zu, dass die eine Hälfte der Back die andere windelweich geprügelt hatte.

Die zweite Hundewache und der ganze Tag endeten mit einer Auseinandersetzung zwischen Johansen und Latimer, dem schmächtigen, wie ein Yankee aussehenden Jäger. Anlass waren Bemerkungen Latimers über die Geräusche, die der Maat im Schlaf von sich gab, aber obwohl Johansen Schläge einstecken musste, hielt er das Zwischendeck für den Rest der Nacht wach, indem er, tief und fest schlafend, den Kampf wieder und wieder durchlebte.

Ich selbst wurde von Albträumen gequält. Auch der Tag war schließlich wie ein böser Traum gewesen. Eine Brutalität war der anderen gefolgt; Gefühlsausbrüche und kaltblütige Grausamkeit hatten Männer dazu gebracht, sich gegenseitig nach dem Leben zu trachten, sich zu verletzen, zu verkrüppeln, zu vernichten. Es war ein Schock für meine Nerven, der auch meinen Geist nicht verschonte. Mein bisheriges Leben hatte ich in fast vollkommener Unkenntnis der animalischen Seite des Menschen verbracht. Denn de facto waren mir nur seine geistigen Höhenflüge vertraut. Brutalität kannte ich zwar, aber dabei handelte es sich um die Brutalität des Intellekts, den schneidigen Sarkasmus von Charley Furuseth, die erbarmungslosen Epigramme und den gelegentlich beißenden Witz der Mitglieder des Bibelot-Clubs oder aber die zynischen Bemerkungen einiger Professoren in meinen ersten Jahren an der Universität.

Das war alles. Aber dass Männer ihren Zorn an anderen ausließen, indem sie sie körperlich misshandelten und blutig schlugen, das war mir fremd und schrecklich neu. Nicht umsonst hatte man mich Waschlappen Weyden genannt, dachte ich, während ich mich zwischen zwei Albträumen ruhelos in meiner Koje hin und her wälzte. Es schien mir, als sei meine Blauäugigkeit in der Tat vollkommen gewesen. Ich lachte voller

Bitterkeit in mich hinein und konnte mich des Eindrucks nicht erwehren, in Wolf Larsens abstoßender Philosophie eine bessere Erklärung des Lebens zu finden als in meiner eigenen.

Als ich die Richtung erkannte, die meine Gedanken genommen hatten, erschrak ich. Die ständige Brutalität um mich herum hatte eine verderbliche Wirkung. Sie war imstande, alles zu zerstören, was mir als das Beste und Schönste im Leben galt. Mein Verstand sagte mir, dass die Prügel, die Thomas Mugridge bezogen hatte, etwas Böses waren, aber nichts auf der Welt konnte meine Seele davon abhalten, Freude darüber zu empfinden. Selbst während mich die Ungeheuerlichkeit meiner Verfehlung niederdrückte – denn um nichts anderes handelte es sich –, lachte mein Herz in irrwitzigem Vergnügen. Ich war nicht mehr Humphrey van Weyden; ich war Döspaddel, Schiffsjunge auf dem Schoner *Ghost*. Wolf Larsen war mein Kapitän, Thomas Mugridge und die anderen waren meine Gefährten, und derselbe Stempel hinterließ seine Abdrücke auf mir, der auch sie geprägt hatte.

13. KAPITEL

Drei Tage lang verrichtete ich zusätzlich zu meiner Arbeit die von Thomas Mugridge, und ich schmeichle mir, dass ich seine Aufgabe gut erledigte. Wolf Larsen jedenfalls reagierte mit Anerkennung, während die Seeleute in der kurzen Zeit meines Regiments vor Zufriedenheit strahlten.

»Der erste saubere Bissen, seit ich an Bord bin«, sagte Harrison an der Kombüsentür zu mir, als er die Töpfe und Pfannen vom Abendessen aus der Back zurückbrachte. »Irgendwie schmeckte Tommys Fraß immer nach Fett, ranzigem Fett, und ich glaube, dass er seit Frisco sein Hemd nicht mehr gewechselt hat.«

»Hat er nicht, so viel ist sicher«, antwortete ich.

»Und ich möchte wetten, er schläft auch drin«, fügte Harrison hinzu.

»Die Wette hast du schon gewonnen«, pflichtete ich ihm bei. »Ein und dasselbe Hemd, und er hat es die ganze Zeit kein einziges Mal ausgezogen.«

Aber Wolf Larsen gestand ihm zur Erholung von den Nachwirkungen der Prügel nicht mehr als drei Tage zu. Am vierten Tag wurde er, noch lahm, mit schmerzenden Gliedern und derart verquollenen Augen, dass er kaum etwas sehen konnte, am Kragen aus seiner Koje herausbefördert und an seinen Platz gestellt. Er wimmerte und heulte, aber Wolf Larsen war erbarmungslos.

»Und pass ja auf, dass du kein Spülwasser mehr auftischst«, herrschte er ihn zum Schluss an. »Kein Geschmiere und keinen Dreck mehr und hin und wieder ein frisches Hemd, sonst gehst du über Bord, und wir nehmen dich ein Stück in Schlepp. Verstanden?«

Thomas Mugridge schlurfte geschwächt durch die Kombüse,

als ein Schlingern der *Ghost* ihn aus dem Gleichgewicht brachte. Er versuchte, sich irgendwo festzuhalten, und griff nach dem Geländer, das den Herd umschloss und die Töpfe und Pfannen vor dem Herunterrutschen bewahrte. Aber er verfehlte die Stange und landete, vom Körpergewicht vorwärtsgeschoben, mit der ganzen Handfläche auf der heißen Herdplatte. Es zischte. Der Geruch von versengtem Fleisch breitete sich aus, und ein durchdringender Schmerzensschrei war zu hören.

»Ogottogottogott, was hab' ich nur verbrochen?«, heulte er, ließ sich auf den Kohlenkasten sinken und versuchte, den neuen Schmerz zu lindern, indem er hin- und herschaukelte. »Womit hab' ich das alles verdient? Macht mich richtig krank, ehrlich, und ich geb' mir doch solche Mühe, ohne anzuecken durchs Leben zu kommen und tu' niemandem was zuleide.«

Tränen rannen über die geschwollenen und verfärbten Wangen, sein Gesicht war schmerzentstellt, und ein Anflug von Wildheit huschte darüber hin.

»Oh, wie ich ihn hasse! Oh, wie ich ihn hasse!«, stieß er hervor.

»Wen?«, fragte ich, aber der arme Kerl beweinte schon wieder sein Unglück. Dabei war es einfacher zu erraten, wen er hasste, als in Erfahrung zu bringen, wen er nicht hasste. Denn ich vermutete einen bösartigen Teufel in ihm, der ihn dazu zwang, die ganze Welt zu verabscheuen. Oft glaubte ich, er hasse sogar sich selbst, auf so groteske und monströse Weise war das Leben mit ihm umgesprungen. In solchen Augenblicken überströmte mich tiefes Mitgefühl, und ich schämte mich, angesichts seines Missgeschicks und seiner Schmerzen jemals Schadenfreude empfunden zu haben. Das Leben hatte ihn schlecht behandelt. Es hatte ihm einen üblen Streich gespielt, als es ihn zu dem machte, was er war, und seitdem hatte es ihn immer wieder böse hereingelegt. Welche Möglichkeit hatte er gehabt, sich anders zu entwickeln? Als hätte er meine Gedanken erraten, jammerte er:

»Nie hat man mir eine Chance gegeben, nicht mal 'ne halbe! Keiner da, der mich in die Schule geschickt oder mir meinen hungrigen Bauch gefüllt oder mir meine Schnoddernase geputzt hätte, als ich klein war! Wer hat irgendwas für mich getan, eh? Wer, frag ich?«

»Mach dir nichts draus, Tommy«, sagte ich, und legte ihm beruhigend meine Hand auf die Schulter. »Kopf hoch. Das wird schon noch. Du hast noch viele Jahre vor dir, und du kannst noch alles aus dir machen, was du willst.«

»Das ist gelogen! Eine verdammte Lüge!«, schrie er mir ins Gesicht und schüttelte meine Hand ab. »Das ist eine Lüge, und du weißt es. An mir ist nichts mehr zu ändern. Ich bestehe nur aus Resten und Abfällen. Für dich ist das was anderes, Döspaddel. Du bist als Gentleman auf die Welt gekommen, du weißt nicht, was es heißt, hungrig zu sein, sich in den Schlaf zu weinen, wenn dein kleiner Bauch an dir nagt und frisst wie eine Ratte. Nichts wird werden. Wenn ich morgen Präsident der Vereinigten Staaten würde, könnte das nachträglich meinen leeren Kinderbauch füllen?

Ach was, sag' ich. Ich bin für Leid und Tränen geschaffen. Ich hab' mehr durchlitten als zehn Männer, jawohl. Die Hälfte meines Lebens habe ich im Lazarett verbracht. Ich hatte Fieber in Aspinwall, in Havanna, in New Orleans. An Skorbut bin ich fast verreckt; hab' damit sechs Monate in Barbados gefault. Pocken in Honolulu, beidseitiger Beinbruch in Schanghai, Lungenentzündung in Unalaska, drei kaputte Rippen und darunter ein großes Kuddelmuddel in Frisco. Und jetzt bin ich hier. Sieh mich an! Sieh mich nur an! Wieder haben sie mir die Rippen vom Rückgrat getreten. Vor acht Glasen werde ich wieder Blut spucken. Wie kann das alles an mir wiedergutgemacht werden, eh, das möchte ich mal wissen?

Wer soll's mir vergelten? Gott? Der muss mich verdammt gehasst haben, als er mich zur großen Fahrt in dieser seiner verdammten Welt anheuerte!«

Seine Tirade gegen das Schicksal zog sich über mehr als eine Stunde hin. Dann machte er sich an seine Arbeit, humpelnd und stöhnend und den Hass auf die ganze Schöpfung in seinen Augen. Seine Diagnose erwies sich allerdings als zutreffend, denn er hatte ab und zu Anfälle, bei denen er Blut spuckte und große Schmerzen litt. Nur schien ihn Gott, wie er selbst sagte, zu sehr zu hassen, um ihn sterben zu lassen, denn schließlich und endlich erholte er sich langsam, wurde aber noch heimtückischer als zuvor.

Es dauerte noch etliche Tage, bis Johnson an Deck auftauchte und halbherzig seine Arbeit wieder aufnahm. Er war immer noch krank, und mehr als einmal konnte ich beobachten, wie er sich unter Schmerzen zu einem Toppsegel hinaufkämpfte oder zusammengesackt am Ruder stand. Schlimmer aber war, dass sein Geist gebrochen schien. Wolf Larsen begegnete er mit Unterwürfigkeit und kroch beinahe vor Johansen. Ganz anders verhielt sich da Leach. Er lief auf Deck umher wie ein junger Tiger und warf Wolf Larsen und Johansen in aller Offenheit hasserfüllte Blicke zu.

»Dir werd' ich's noch zeigen, plattfüßiger Schwede«, hörte ich ihn eines Nachts an Deck zu Johansen sagen.

Der Maat verfluchte ihn im Dunkeln, und im nächsten Moment hörte ich ein Wurfgeschoss hart auf die Kombüsenwand prallen. Ich vernahm weitere Flüche und ein höhnisches Lachen. Als alles ruhig war, stahl ich mich nach draußen und fand ein schweres Messer, das drei Zentimeter tief im massiven Holz steckte. Einige Minuten später hörte ich den Maat umhergehen und danach tasten. Am folgenden Tag gab ich es heimlich Leach zurück. Er griente, als ich es ihm überreichte. Und doch war es ein Lächeln, das mehr aufrichtige Dank-

barkeit enthielt als das ganze blumige Geschwätz, das in meiner Gesellschaftsschicht verbreitet ist.
Im Gegensatz zu allen anderen an Bord lag ich jetzt mit keinem im Streit, sondern hatte zu allen ein gutes Verhältnis. Die Jäger duldeten mich wohl bloß, aber immerhin gab es keinen unter ihnen, der mich nicht leiden konnte. Smoke und Henderson, die sich unter dem Sonnensegel erholten und Tag und Nacht in ihren Hängematten schaukelten, versicherten mir sogar, dass ich besser wäre als jede Krankenschwester und dass sie mich am Ende der Fahrt, am Zahltag, nicht vergessen würden. (Als ob ich ihr Geld nötig gehabt hätte! Ich, der sie mit Sack und Pack ein Dutzend Mal hätte aufkaufen können, und den Schoner mit vollständiger Ausrüstung dazu!) Aber da mir die Aufgabe zugefallen war, ihre Verletzungen zu pflegen und sie durchzubringen, tat ich mein Bestes.
Wolf Larsen hatte eine weitere schwere Kopfschmerzattacke, die zwei Tage andauerte. Es musste dieses Mal besonders schlimm sein, denn er rief mich zu sich und folgte meinen Anweisungen wie ein krankes Kind. Ich konnte ihm jedoch nicht helfen. Auf meinen Rat hin gab er allerdings das Rauchen und das Trinken auf. Dass aber so ein prachtvolles Tier wie er überhaupt Kopfschmerzen haben sollte, wunderte mich.
»Das ist die Hand Gottes, glaub' mir«, lautete die Erklärung aus Louis' Blickwinkel. »Das ist die Heimsuchung für die Taten seiner schwarzen Seele, und es wird noch schlimmer kommen, oder …«
»Oder?«, hakte ich nach.
»… Gott schläft und tut seine Pflicht nicht, obwohl es mir nicht zukommt, so was zu sagen.«
Ich habe mich geirrt, als ich behauptete, zu allen ein gutes Verhältnis zu haben. Nicht nur hasst mich Thomas Mugridge nach wie vor, er hat sogar einen neuen Grund dafür gefunden. Es dauerte etwas, bis ich es mir zusammengereimt hatte, aber

schließlich wurde mir klar, dass er mir nachtrug, unter glücklicheren Umständen auf die Welt gekommen zu sein als er, war ich doch als »Gentleman geboren«, wie er sich ausdrückte.

»Immer noch keine neuen Toten«, zog ich Louis auf, als Smoke und Henderson gemeinsam und sich freundschaftlich unterhaltend ihren ersten Spaziergang an Deck unternahmen.

Louis betrachtete mich mit seinen klugen grauen Augen und schüttelte bedeutungsvoll den Kopf. »Es kommt noch über uns, ich sag's dir, dann fliegen uns Segel und Tauwerk um die Ohren, dann heißt's ›Alle Mann an Deck‹, wenn's zu heulen anfängt. Ich spür's schon lange in den Knochen, und jetzt spür ich's so deutlich, wie ich die Takelage im Dunkeln fühlen kann. Es ist nah, es ist nah.«

»Wer ist zuerst dran?«, wollte ich wissen.

»Der fette, alte Louis jedenfalls nicht, das kann ich dir versprechen«, lachte er. »Denn ich hab's in den Knochen, nächstes Jahr um diese Zeit schaue ich meiner Mutter in die Augen, die müde sind vom Rausstarren auf die See, der sie fünf Söhne gegeben hat.«

»Was hat er dir erzählt?«, fragte mich Thomas Mugridge einen Augenblick später.

»Dass er eines Tages nach Hause fährt, um seine Mutter wiederzusehen«, antwortete ich diplomatisch.

»Hab' nie eine gehabt«, gab der Cockney zurück und blickte mich mit stumpfen, hoffnungslosen Augen an.

14. KAPITEL

Mir ist bewusst geworden, dass ich den Wert weiblicher Gesellschaft nie richtig zu schätzen wusste. Obwohl ich, soweit ich das beurteilen kann, kein Schürzenjäger bin, war ich bisher immer von Frauen umgeben. Meine Mutter und meine Schwestern waren unablässig um mich, und ich versuchte ständig, ihnen zu entkommen, denn ihre Sorgen um meine Gesundheit brachten mich ebenso zur Raserei wie ihre regelmäßigen Vorstöße in meine Höhle, bei denen sie jedes Mal mein ordentliches Durcheinander, auf das ich stolz war, in ein noch größeres Chaos mit noch weniger System verwandelten, obwohl anschließend alles aufgeräumt wirkte. Wenn sie verschwunden waren, konnte ich überhaupt nichts mehr wiederfinden. Jetzt aber wäre mir das Gefühl ihrer Gegenwart höchst willkommen gewesen, sogar das Rauschen und Knistern ihrer Kleider, das ich aus tiefster Seele verabscheut hatte. Ich bin sicher, wenn ich jemals wieder nach Hause kommen sollte, werde ich nie wieder gereizt reagieren. Sie können mich morgens, mittags und abends mit Arzneien vollstopfen und an mir herumdoktern, jeden Tag in meiner Höhle Staub wischen, putzen, aufräumen und herumstöbern, ich werde mich nur zurücklehnen, zusehen und dafür dankbar sein, dass ich eine Mutter und einige Schwestern besitze.

Und das hat mich nachdenklich gemacht. Wo sind die Mütter der rund zwanzig Männer der *Ghost*? Es scheint mir gegen die Natur und ungesund, dass Männerhorden ganz ohne weibliche Gesellschaft allein auf dieser Welt umherziehen. Grobheit und Brutalität sind die unausweichlichen Folgen. Diese Männer auf dem Boot sollten Ehefrauen, Schwestern und Töchter haben, dann wären sie auch zu Weichherzigkeit, Zärtlichkeit und

Mitleid fähig. So wie die Dinge stehen, ist aber keiner von ihnen verheiratet. Seit vielen, vielen Jahren hat hier niemand mehr mit einer anständigen Frau zu tun gehabt, war keiner dem erlösenden Einfluss ausgesetzt, den ein solches Geschöpf in unwiderstehlicher Weise ausstrahlt. Es gibt kein Gegengewicht in ihrem Leben. Ihre Männlichkeit, an sich schon animalisch, ist überentwickelt. Die andere, geistige Seite ihres Wesens ist zwergwüchsig – verkümmert, um genau zu sein.

Sie leben in einer Gemeinschaft von Zölibatären, geraten ständig hart aneinander und werden folglich, was ihre Gefühle angeht, immer abgestumpfter. Oft scheint es mir undenkbar, dass sie alle Mütter hatten. Für mich sah es aus, als wären sie halb Tier, halb Mensch, eine eigene Rasse, in der es keine Geschlechter gab, als würden sie entweder von der Sonne ausgebrütet wie die Eier der Meeresschildkröten oder als werde ihnen das Leben zumindest auf ähnlich schäbige Weise eingehaucht, als sei ihre ganze Existenz von Brutalität und Bosheit zerfressen, bis sie zuletzt so unschön zu Tode kamen, wie sie gelebt hatten.

Diese ungewohnten Gedankengänge weckten Neugier in mir, und so unterhielt ich mich letzte Nacht mit Johansen – die ersten nicht notwendigen Worte, mit denen er mich seit Beginn der Reise beehrte. Er hat Schweden verlassen, als er achtzehn war, ist jetzt achtunddreißig und in all der Zeit nicht einmal zu Hause gewesen. Vor einigen Jahren hat er in einem Matrosenheim in Chile einen Mann aus seiner Heimatstadt getroffen und erfahren, dass seine Mutter noch lebt.

»Sie muss schon eine ziemlich alte Frau sein«, sagte er und blickte nachdenklich auf den Kompass. Dann warf er Harrison, der einen Grad vom Kurs abgewichen war, einen scharfen Blick zu.

»Wann haben Sie ihr zuletzt geschrieben?«

Er rechnete laut nach. »'81, nein, '82, oder war es '83? Ja, '83.

Vor zehn Jahren. Aus einem kleinen Hafen in Madagaskar. Ich war auf großer Fahrt damals.«

»Weißt du«, fuhr er fort, als würde er um den halben Erdball herum mit seiner vernachlässigten Mutter sprechen, »jedes Jahr wollte ich nach Hause kommen. Wozu also schreiben? War doch immer nur noch ein Jahr. Und jedes Jahr passierte was, und ich konnte nicht fahren. Aber jetzt bin ich Maat, und wenn ich in Frisco ausbezahlt werde, vielleicht mit fünfhundert Dollar, werd' ich auf einem Windjammer anheuern, der um Kap Hoorn nach Liverpool segelt, da verdien' ich noch mehr. Und dann kann ich meine Heimfahrt bezahlen. Dann braucht sie nicht mehr zu arbeiten.«

»Aber arbeitet sie denn noch? Immer noch? Wie alt ist sie denn?«

»Um die siebzig«, entgegnete er und fügte stolz hinzu, »in meinem Land arbeiten wir von unserer Geburt an, bis wir sterben. Darum leben wir so lange. Ich will leben, bis ich hundert Jahre alt bin.«

Ich werde diese Unterhaltung nie vergessen. Es waren die letzten Worte, die ich je von ihm hörte. Vielleicht waren es überhaupt die letzten, die über seine Lippen kamen. Auf dem Weg in meine Kajüte entschloss ich mich, draußen zu schlafen, denn unter Deck war es zu stickig. Es war eine ruhige Nacht. Wir befanden uns nicht mehr in der Passatzone, und die *Ghost* machte kaum einen Knoten Fahrt. Also stopfte ich mir eine Decke und ein Kissen unter den Arm und ging hoch an Deck. Als ich zwischen Harrison und dem auf dem Dach der Kajüte eingebauten Kompass hindurchging, bemerkte ich, dass er diesmal volle drei Grad abgefallen war. Ich glaubte, er wäre eingeschlafen, und da ich ihm Ärger oder Schlimmeres ersparen wollte, sprach ich ihn an. Er schlief aber nicht. Seine Augen waren weit aufgerissen und starrten nach vorne. Er schien sehr verstört und nicht in der Lage, mir zu antworten.

»Was ist los mit dir?«, fragte ich. »Bist du krank?«
Er schüttelte den Kopf und holte mit einem tiefen Seufzer Luft, als wäre er gerade aufgewacht.
»Dann solltest du besser Kurs halten«, ermahnte ich ihn.
Er drehte das Steuerrad einige Spaken weiter, und ich sah, dass die Kompassnadel langsam auf NNW vorrückte und sich dort einpendelte.
Ich nahm mein Bettzeug wieder fest unter den Arm und wollte gerade weitergehen, als eine Bewegung meine Aufmerksamkeit erregte. Ich blickte nach achtern. Eine sehnige, triefnasse Hand umfasste die Reling. Eine zweite Hand tauchte in der Dunkelheit daneben auf. Ich sah fasziniert zu. Welch sonderbaren Besuch aus den düsteren Tiefen würde ich zu Gesicht bekommen? Was immer es war, es kletterte offensichtlich an der Leine des Patentlogs an Bord. Ich sah einen Kopf mit nassem, glattem Haar Gestalt annehmen und dann die unverkennbaren Augen und das Gesicht Wolf Larsens. Seine rechte Wange war rot vom Blut, das aus einer Kopfwunde rann.
Er zog sich mit einem Ruck an Bord und stand auf. Dabei warf er dem Rudergänger einen kurzen Blick zu, als wolle er sich vergewissern, wer dort stand und dass ihm von dieser Person keine Gefahr drohe. Das Salzwasser floss in Strömen an ihm herab und machte leise glucksende Geräusche, die mich ablenkten. Als er auf mich zukam, wich ich instinktiv zurück, denn ich sah Verderben in seinen Augen.
»Also, Döspaddel«, sagte er leise, »wo ist der Maat?«
Ich schüttelte den Kopf.
»Johansen!«, rief er sanft. »Johansen!«
»Wo steckt er?«, wollte er von Harrison wissen.
Der junge Mann schien seine Fassung wiedererlangt zu haben, denn er antwortete ganz ruhig: »Ich weiß nicht, Sir. Ich habe ihn vor einer Weile nach vorn gehen sehen.«
»Genau wie mich, aber du hast doch sicher bemerkt, dass ich

nicht auf dem gleichen Weg zurückgekommen bin. Kannst du dir das erklären?«
»Sie müssen über Bord gegangen sein, Sir.«
»Soll ich ihn im Zwischendeck suchen, Sir?«, fragte ich.
Wolf Larsen schüttelte den Kopf. »Du würdest ihn nicht finden, Döspaddel. Aber du kommst mir gerade recht. Los! Kümmere dich nicht um dein Bettzeug, lass es einfach da liegen.«
Ich folgte ihm auf den Fersen. Mittschiffs regte sich nichts.
»Diese verfluchten Jäger«, bemerkte er. »Zu faul und zu fett, um eine vierstündige Wache durchzustehen.«
Aber vorn auf der Back fanden wir drei schlafende Matrosen. Er drehte sie um und blickte ihnen ins Gesicht. Es war die Deckwache. Es war Brauch an Bord, die Wachen bei gutem Wetter schlafen zu lassen, mit Ausnahme des Offiziers, des Rudergängers und des Ausgucks.
»Wer ist Ausguck?«, wollte er wissen.
»Ich, Sir«, antwortete Holyoak, einer der Hochseematrosen mit leichtem Zittern in der Stimme. »Mir sind vor einer Minute die Augen zugefallen, Sir. Entschuldigung, Sir. Es wird nicht wieder vorkommen.«
»Hast du irgendetwas an Deck gehört oder gesehen?«
»Nein, Sir, ich …«
Aber Wolf Larsen hatte sich mit einem angewiderten Schnauben abgewandt und ließ einen Matrosen zurück, der sich, erstaunt darüber, mit heiler Haut davongekommen zu sein, die Augen rieb.
»Jetzt ganz leise«, warnte mich Wolf Larsen flüsternd, als er sich bückte, um den Backniedergang hinunterzusteigen.
Ich folgte ihm mit Herzklopfen. Ich wusste ebenso wenig, was geschehen würde, wie ich wusste, was geschehen war. Aber Blut war geflossen, und es sah nicht so aus, als wäre Wolf Larsen freiwillig mit einer klaffenden Kopfwunde über Bord gegangen. Außerdem war Johansen verschwunden.

Es war mein erster Abstieg in die Back, und ich werde den Eindruck, der sich mir am Fuß der Leiter bot, nicht so schnell vergessen. Die Back war direkt in die Spitze des Schoners hineingebaut und hatte die Form eines Dreiecks. An allen drei Seiten standen Kojen, je zwei übereinander, insgesamt zwölf Stück. Sie war nicht größer als die kleinste Schlafkammer eines ärmlichen Hauses, dennoch waren in diesem Raum zwölf Männer zusammengepfercht, die ihn als Schlaf-, Ess- und Wohnzimmer benutzten. Mein Schlafzimmer zu Hause war nicht besonders groß, aber es hätte ein Dutzend solcher Backs in sich aufnehmen können, und wenn man die Höhe mitrechnete, sogar mindestens zwanzig.
Es roch muffig und sauer, und im schwachen Licht der schwingenden Schiffslaterne sah ich, dass jedes freie Stückchen Wand mit mehreren Lagen von Seestiefeln, Ölzeug und schmutziger wie sauberer Kleidung aller Art vollgehängt war. Diese Sachen schwangen allesamt mit jedem Rollen des Schiffs hin und her und gaben ein fegendes Geräusch von sich wie Bäume, deren Äste über ein Dach oder über eine Wand streichen. Irgendwo polterte ein Stiefel laut und unregelmäßig gegen die Wand. Und obwohl es eine ruhige Nacht auf See war, ertönte ununterbrochen ein Chor von ächzenden Balken, Schotten und jenen abgründigen Geräuschen, die durch die Dielen heraufdrangen.
Den Schlafenden machte es nichts aus. Es waren die acht Mann der beiden Freiwachen. Die Luft war stickig von ihrer Körperwärme und dem Geruch ihres Atems. Und in den Ohren hatte ich ihr Schnarchen, ihre Seufzer und ihr gedämpftes Stöhnen, alles unverkennbare Merkmale ruhender Menschentiere. Aber schliefen sie wirklich? Alle? Oder hatten sie geschlafen? Das wollte Wolf Larsen offenbar herausfinden. Welche Männer taten nur, als würden sie schlafen, welche schliefen nicht, und welche waren noch kürzlich hellwach ge-

wesen? Wolf Larson ging das auf eine Art und Weise an, die mir eine Geschichte Boccaccios in Erinnerung rief.

Er nahm die Schiffslaterne aus ihrer schwingenden Halterung und gab sie mir. Den Anfang machte er mit den ersten Kojen vorne auf der Steuerbordseite. In der oberen lag Oofty-Oofty, der Kanake, ein hervorragender Matrose, der von seinen Kameraden so getauft worden war. Er lag auf dem Rücken und atmete gleichmäßig und ruhig wie eine Frau. Einen Arm hatte er unter dem Kopf, der andere lag auf der Decke. Wolf Larsen legte Daumen und Zeigefinger um sein Handgelenk und maß den Puls. Dabei wurde der Kanake wach. Er erwachte so sanft, wie er geschlafen hatte. Sein Körper rührte sich überhaupt nicht, nur seine Augen bewegten sich. Sie öffneten sich plötzlich weit, groß und schwarz, und starrten, ohne zu blinzeln, in unsere Gesichter. Wolf Larsen legte zum Zeichen des Schweigens einen Finger auf seine Lippen, und Ooftys Augen schlossen sich wieder.

In der unteren Koje lag Louis, ekelig fett, warm und verschwitzt – unruhig, aber ohne Zweifel tief schlafend. Während Wolf Larsen sein Handgelenk hielt, regte er sich, spannte seinen Körper an, sodass er für einen Moment nur auf Schultern und Fersen lag. Seine Lippen bewegten sich und formulierten rätselhafte Sätze:

»Ein Schilling ist einen Vierteldollar wert, aber halte deine Klüsen auf bei Dreipennystücken, sonst werden sie dir von den Wirten als Sechspennystücke angedreht.«

Dann wälzte er sich mit einem tiefen, seufzenden Schluchzer herum und sagte:

»Sechspence heißen Tanner, und Schilling nennt man Bob; aber was ein Pony ist, weiß ich nicht.«

Wolf Larsen hatte sich von der Echtheit des Schlafs der beiden überzeugt und ging zu den nächsten beiden Kojen der Steuerbordseite, die, wie wir im Schein der Schiffslaterne sehen konnten, oben von Leach und unten von Johnson belegt waren.

Als Wolf Larsen sich zur unteren Koje herabbeugte, um Johnsons Puls zu fühlen, sah ich, aufrecht stehend und die Lampe haltend, wie Leach vorsichtig seinen Kopf anhob und über die Kante der Koje nach unten spähte, um zu sehen, was vorging. Er musste Wolf Larsens Trick durchschaut und erkannt haben, dass er unvermeidlich entdeckt werden würde, denn im selben Augenblick wurde mir die Lampe aus der Hand geschlagen, und die Back war auf einmal stockfinster. Gleichzeitig hatte er sich wohl direkt auf Wolf Larsen gestürzt.

Die ersten Geräusche erinnerten an einen Zusammenstoß zwischen einem Bullen und einem Wolf. Ich hörte Wolf Larsen ein lautes, wütendes Schnauben hervorstoßen, und von Leach kam ein verzweifeltes Knurren, das einem das Blut in den Adern gefrieren ließ. Johnson muss ihm sofort zur Hilfe geeilt sein. Sein niedergedrücktes und kriecherisches Verhalten während der vergangenen Tage war offenbar nur ein Täuschungsmanöver gewesen.

Ich war durch diesen Kampf im Dunkeln so gelähmt, dass ich mich zitternd an die Leiter klammerte und nicht fähig war, sie hinaufzuklettern. Wieder hatte ich jenes flaue Gefühl in der Magengrube, das der Anblick von roher Gewalt stets bei mir auslöst. In diesem Fall konnte ich zwar nichts sehen, aber ich hörte den Aufprall der Schläge, das zermalmende Geräusch, das entsteht, wenn Fleisch und Fleisch gewaltsam aufeinandertreffen. Dann hörte ich den wiederholten Aufprall der verkeilten Körper, das gequälte Atmen, die kurzen, keuchenden Schmerzenslaute.

Es müssen aber noch andere Männer an der Verschwörung gegen den Kapitän und den Maat beteiligt gewesen sein, denn den Geräuschen entnahm ich, dass Leach und Johnson schnell Verstärkung von ihren Kameraden erhielten.

»Holt mir doch ein Messer!«, schrie Leach.
»Schlagt ihm auf den Kopf! Quetscht sein Gehirn raus!«, tönte Johnsons Schlachtruf.
Nach seinem ersten Schnauben gab Wolf Larsen keinen Ton mehr von sich. Er kämpfte lautlos und verbissen um sein Leben und war in arger Bedrängnis. Gleich zu Anfang war er niedergeworfen worden und schaffte es nicht, wieder auf die Beine zu kommen. Ich war davon überzeugt, dass es trotz seiner enormen Kraft kein Entrinnen für ihn gab.
Die Gewalt des Kampfes blieb mir lebhaft in Erinnerung, denn im Hin- und Hergewoge der Körper ging ich zu Boden und holte mir etliche Prellungen. Doch gelang es mir, in eine leere Koje zu kriechen und so dem Getümmel zu entkommen.
»Alle herhören! Wir haben ihn! Wir haben ihn!«, hörte ich Leach rufen.
»Wen?«, wollten die wissen, die wirklich geschlafen hatten und nicht wussten, wie ihnen geschah.
»Es ist der verdammte Maat!«, war Leachs listige Antwort, die er ganz erstickt hervorbrachte.
Dies wurde mit Freudenrufen quittiert, und von da an hatte Wolf Larsen sieben starke Männer über sich. Nur Louis, glaube ich, griff nicht ein. Die Back glich einem aufgeregten Bienenschwarm, der sich gegen einen Eindringling wehrt.
»Was ist los? Was ist los da unten?«, hörte ich Latimer den Niedergang herunterrufen. Aber er war zu vorsichtig, um sich in das Inferno der Leidenschaften herabzuwagen, das dort unten in der Dunkelheit tobte.
»Gebt mir doch schon ein Messer! Wer, zum Teufel, gibt mir endlich ein Messer?«, flehte Leach im ersten relativ ruhigen Moment.
Die große Zahl der Angreifer führte zu einer heillosen Verwirrung. Sie behinderten sich gegenseitig, während Wolf Larsen nur ein Ziel vor Augen hatte und es auch erreichte. Krie-

chend kämpfte er sich zur Leiter vor. Trotz der Finsternis konnte ich hören, wie er sich voranarbeitete. Nur ein Gigant hätte es ihm in dem gleichtun können, was er fertigbrachte, als er den Fuß der Leiter erreicht hatte. Obwohl die ganze Meute an ihm hing und ihn zurückzuzerren versuchte, zog er sich allein mit den Armen Sprosse um Sprosse hoch, bis er aufrecht stand. Dann kämpfte er sich langsam mit Händen und Füßen und wieder Sprosse um Sprosse die Leiter hinauf. Die allerletzte, die er erklomm, konnte ich sogar sehen, da Latimer endlich mit einer Laterne zurückgekommen war und herunterleuchtete. Wolf Larsen war fast oben. Ich nahm aber nur die vielen Männer wahr, die an ihm hingen. Sie umgaben ihn wie eine riesige, vielbeinige Spinne und schwangen mit dem gleichmäßigen Rollen des Schiffes hin und her. Trotzdem stieg dieser Menschenklumpen Sprosse um Sprosse weiter empor. Einmal verlor er beinahe das Gleichgewicht und wäre fast zurückgestürzt; aber da gewann er auch schon wieder festen Halt und kletterte weiter.

»Wen habt ihr da?«, schrie Latimer.

Im Laternenschein sah ich sein ratloses Gesicht hinunterspähen.

»Larsen«, hörte ich eine dumpfe Stimme aus der Masse sagen.

Latimer streckte seine freie Hand herunter. Ich sah eine andere Hand hochschießen, die seine ergriff. Latimer zog, und die nächsten Sprossen waren im Nu erklommen. Dann erschien Wolf Larsens Linke und schloss sich um den Rand des Luks. Das Menschenknäuel schwang von der Leiter weg, doch die Männer klammerten sich immer noch an ihr entfliehendes Opfer. Dann aber mussten die Ersten loslassen, an der scharfkantigen Eckplanke abgestreift oder von kräftigen Tritten getroffen, die die Beine jetzt austeilten. Leach war der Letzte; er fiel von der Leiterspitze rückwärts und prallte mit Kopf und Schultern auf seine am Boden ausgestreckten Kumpane. Wolf Larsen und die Laterne verschwanden. Wir blieben im Dunkeln zurück.

15. KAPITEL

Unter Fluchen und Stöhnen kamen die Männer am Fuße der Leiter wieder auf die Beine.

»Mach doch einer Licht, mein Daumen ist ausgekugelt«, rief einer der Männer. Es war Parsons, der dunkelhäutige, finstere Steuermann aus Standishs Boot, in dem Harrison Ruderer war.

»Das wird sich schon wieder einrenken«, antwortete Leach und setzte sich auf die Kante der Koje, in der ich versteckt war.

Im Dunkeln wurden Streichhölzer gesucht und angerissen, dann flackerte die Sturmlaterne auf, schwach und rußend. In ihrem gespenstischen Licht sah ich Männer mit nackten Beinen umhergehen, ihre Verletzungen versorgen und die Prellungen behandeln. Oofty-Oofty griff sich Parsons' Daumen, zog mit einem kräftigen Ruck daran und ließ ihn dann zurückschnappen. Gleichzeitig sah ich, dass die Haut über den Knöcheln des Kanaken aufgeplatzt war. Er grinste, und man konnte seine ebenmäßigen weißen Zähne sehen, während er seine Verletzungen herumzeigte und erklärte, die Wunde rühre daher, dass er Wolf Larsen eins aufs Maul gegeben habe.

»Du warst das also, was, du schwarzer Nichtsnutz?«, wollte jemand wutschnaubend wissen. Es war Kelly, ein Amerikaner irischer Abstammung, ehemaliger Hafenarbeiter, der zum ersten Mal zur See fuhr und Kerfoots Ruderer war.

Mit der Frage spuckte er einen Mundvoll Blut und Zähne aus und rückte Oofty-Oofty mit kampfeslüsterner Miene auf den Leib. Der Kanake war mit einem Satz an seiner Koje und ebenso schnell mit einem langen Messer zurück, mit dem er herumfuchtelte.

»Hört auf, ihr geht mir auf die Nerven«, schritt Leach ein. Trotz seiner Jugend und Unerfahrenheit hatte er offensichtlich das Sagen in der Back. »Mach schon, Kelly! Lass Oofty in Ruhe! Wie zum Teufel sollte er im Dunkeln sehen, dass du es warst?«

Kelly gab murrend nach, und der Kanake entblößte seine weißen Zähne zu einem dankbaren Lächeln. Er war ein ansehnlicher Mensch mit gefälligen und beinahe weiblichen Körperformen und weichen, verträumten Augen, die zu seinem wohlverdienten Ruf als Draufgänger und Mann der Tat nicht zu passen schienen.

»Wie konnte er uns nur entkommen?«, fragte Johnson.

Er saß am Rand seiner Koje, und seine Körperhaltung verriet abgrundtiefe Niedergeschlagenheit und Verzweiflung. Nach der Anstrengung des Kampfes flog sein Atem immer noch. Sein Hemd war in dem Getümmel völlig zerrissen. Blut floss aus einer Platzwunde in der Wange über seine nackte Brust, hinterließ eine rote Spur auf seinem weißen Oberschenkel und tropfte auf den Boden.

»Weil er der Teufel ist, ich hab's euch ja gesagt«, antwortete Leach. Er sprang auf und machte wütend und mit Tränen in den Augen seiner Enttäuschung Luft.

»Und keiner von euch wollte mir ein Messer geben!«, beklagte er sich immer wieder.

Die anderen aber hatten höllische Angst vor den Folgen, die das alles noch nach sich ziehen würde, und schenkten ihm keine Beachtung.

»Woher soll er wissen, wer hier was gemacht hat«, fragte Kelly und blickte alle mordlustig an, während er fortfuhr, »wenn uns nicht jemand verrät?«

»Er weiß Bescheid, sobald er nur ein Auge auf uns wirft«, antwortete Parsons. »Er braucht dich nur anzusehen, das reicht völlig!«

»Sag ihm einfach, das Deck wäre hochgehüpft und hätte dir die Zähne aus dem Kiefer gerammt«, grinste Louis. Er war der Einzige, der noch in seiner Koje lag und heilfroh, weil er keine Verletzungen hatte, die seine Teilnahme am Kampf dieser Nacht hätten bezeugen können. »Wartet's nur ab, bis er morgen früh eure Visagen sieht«, gluckste er, »die von der ganzen Bande.«

»Wir sagen einfach, wir dachten, es wäre der Maat«, meinte einer, und ein anderer: »Ich weiß, was ich sage – dass ich einen Krawall gehört habe, aus der Koje gesprungen bin, für meine Mühe ordentlich einen auf die Nuss bekommen und dann fleißig mitgemischt hätte. Wusste auch nicht, wen oder was ich da im Dunklen traf, sondern schwang meine Fäuste aufs Geratewohl.«

»Und mich hast du dabei erwischt, klar, eh?«, spann Kelly den Faden weiter, und seine Züge hellten sich einen Moment lang auf.

Leach und Johnson nahmen an diesem Gespräch nicht teil. Von ihren Kumpanen wurden sie offenbar für hoffnungslose Fälle gehalten, die auf das Schlimmste gefasst sein mussten, für Männer, die rettungslos verloren und schon so gut wie tot waren. Leach ertrug ihre Angst und ihre Vorhaltungen eine Zeit lang, dann aber brach es aus ihm heraus:

»Ihr geht mir auf die Nerven! Ein schöner Haufen von Stümpern seid ihr! Wenn ihr weniger reden und dafür öfter zupacken würdet, wär' der schon längst erledigt. Warum konnte nicht einer von euch mir ein Messer zustecken, als ich danach gerufen habe. Ihr macht mich krank! Heult und lamentiert, als würd' der euch umbringen, wenn er euch in die Finger kriegt! Ihr wisst verdammt gut, dass er's nicht macht. Kann der sich auch gar nicht leisten! Hier gibt's keine Schiffsagenten und herumlungerndes Pack – und der braucht euch fürs Geschäft! Dringend braucht er euch! Wer rudert und steuert, wer segelt das Schiff, wenn ihr's nicht tut? Nur für mich und Johnson ist's zappenduster. Verdrückt euch in die Kojen und haltet die Fresse. Ich will pennen.«

»Ist ja schon gut, ist schon gut«, sagte Parsons daraufhin. »Vielleicht schont er uns, aber glaubt mir, die Hölle wird von jetzt an ein Eisklotz sein im Vergleich zu diesem Schiff hier.«
Die ganze Zeit über hatte ich meine eigene missliche Lage nicht vergessen. Was würde mit mir passieren, wenn die Männer meine Anwesenheit bemerkten? Ich konnte mir niemals den Weg freikämpfen, wie es Wolf Larsen getan hatte. In diesem Augenblick rief Latimer herunter:
»Döspaddel! Der Alte will dich sehen!«
»Der ist nicht hier!«, gab Parsons zurück.
»Doch, ist er«, sagte ich, rutschte aus der Koje heraus und versuchte nach Kräften, meiner Stimme einen mutig-festen Klang zu geben. Die Matrosen sahen mich verdutzt an. Furcht stand ihnen im Gesicht geschrieben, aber auch die Teufelei, die aus solcher Furcht entsteht.
»Ich komme!«, schrie ich zu Latimer hoch.
»Tust du nicht!«, tönte Kelly und trat zwischen mich und die Leiter. Seine rechte Hand wurde zur veritablen Würgerklaue. »Du verdammter Schnüffler! Ich stopf dir das Maul.«
»Lass ihn gehen«, befahl Leach.
»Nicht ums Verrecken«, kam es ärgerlich zurück.
Leach rührte sich nicht von der Kante seiner Koje. »Lass ihn in Ruhe, sage ich«, wiederholte er, aber diesmal mit scharfer, metallener Stimme.
Der Ire wurde unsicher, und als ich einen Schritt auf ihn zu machte, trat er beiseite. Nachdem ich die Leiter erreicht hatte, wandte ich mich zu dem Kreis brutaler und heimtückischer Gesichter um, die mich aus dem Halbdunkel anstarrten. Ein plötzliches und tiefes Mitleid ergriff mich. Ich erinnerte mich an die Worte des Cockney. Wie Gott sie gehasst haben musste, um sie derartigen Torturen auszusetzen!
»Ich habe nichts gesehen und nichts gehört, das könnt ihr mir glauben«, sagte ich ruhig.

»Ich sag's euch, der ist in Ordnung«, hörte ich Leach sagen, als ich die Leiter hinaufstieg. »Der kann den Alten genauso wenig leiden wie du oder ich.«

Ich fand Wolf Larsen in der Kajüte, entkleidet und blutig. Er hatte mich erwartet und begrüßte mich mit einem spöttischen Lächeln.

»Los, ran an die Arbeit, Doktor. Es sieht ganz so aus, als gäbe es auf dieser Fahrt reichlich Gelegenheit zu praktizieren. Ich weiß nicht, was ohne dich aus der *Ghost* hätte werden sollen. Wenn ich solch' noble Gefühle nur zu hegen wüsste, könnte ich dir von der tiefen Dankbarkeit ihres Schiffsführers berichten.«

Der Inhalt des schlichten Arzneischranks der *Ghost* war mir vertraut. Und während ich auf dem Kajütenofen Wasser abkochte und das Verbandszeug zusammensuchte, ging er umher, lachte, plauderte und taxierte seine Blessuren. Nie zuvor hatte ich ihn unbekleidet gesehen, und sein Körperbau verschlug mir den Atem. Die Vergötterung des Leibes gehörte nie zu meinen Schwächen, ganz im Gegenteil, aber ich habe genug Künstlerblut in mir, um Wunderbares auch hier nicht zu übersehen.

Ich muss gestehen, dass mich die perfekten Proportionen von Wolf Larsens Figur in ihrer schrecklichen Schönheit faszinierten. Ich hatte die Männer in der Back betrachtet. Obwohl einige von ihnen sehr muskulös waren, hatten ihre Körper Makel, die die Symmetrie zerstörten. Hier war etwas zu schwach entwickelt, dort zu stark, Verkrümmungen und Missbildungen traten auf, zu kurze oder zu lange Beine, zu sehniger oder zu knochiger Körperbau oder eine gewisse Schwammigkeit. Nur Oofty-Oofty war von tadelloser Statur, jedoch wirkten seine Formen meiner Meinung nach nur insoweit gefällig, als sie feminin waren.

Wolf Larsen hingegen war der männliche, der maskuline Typ und von nahezu göttlicher Vollkommenheit. Wenn er umherging oder seine Arme hob, spielten unter seiner seidenglatten Haut mächtige Muskeln. Ich vergaß zu sagen, dass nur sein Gesicht braun gebrannt war. Der Rest des Körpers war wie bei seinen skandinavischen Vorfahren so weiß wie der der hellhäutigsten Frau. Ich weiß noch, wie er seine Hand hob, um die Verletzung am Kopf zu betasten, und wie ich seinen Bizeps betrachtete, der sich wie ein lebendiges Wesen unter seiner weißen Hülle bewegte. Dieser Muskel hatte mir einmal fast das Leben geraubt und unter meinen Augen schon viele Verderben bringende Schläge ausgeteilt. Ich konnte die Augen nicht von ihm wenden. Ich stand bewegungslos da, während sich die antiseptische Binde in meiner Hand abspulte und über den Boden verteilte.

Plötzlich bemerkte er, dass ich ihn anstarrte.

»Gott hat Sie gut gebaut«, sagte ich.

»Hat er!«, gab er zurück. »Hab' ich auch schon oft gedacht und mich gefragt, warum.«

»Höhere Absicht …«, begann ich.

»Reine Zweckmäßigkeit«, unterbrach er mich. »Dieser Körper wurde zum Gebrauch geschaffen. Seine Muskeln sind zum Greifen und zum Zerreißen da, und um alle Lebewesen zu vernichten, die sich zwischen mich und das Leben stellen. Das ist auch bei anderen Geschöpfen so, auch sie haben auf die eine oder andere Art Muskeln zum Greifen, Zerreißen und Vernichten. Wenn sie sich aber zwischen mich und das Leben stellen, dann greife ich fester zu und zerreiße mehr und vernichte schneller als sie. Höhere Absicht liefert keine Erklärung dafür, reine Zweckmäßigkeit wohl.«

»Die ist nicht schön«, wandte ich ein.

»Du meinst, das Leben ist nicht schön.« Er lächelte. »Und doch sagst du, dass ich gut gebaut bin. Schau her!«

Er spannte Beine und Füße an und drückte seine Zehen so fest auf den Kajütenboden, als wolle er sich dort festklam-

mern. Muskelknoten, -kämme und -wälle warfen sich unter seiner Haut auf und bebten.
»Greif hin«, befahl er.
Seine Muskeln waren hart wie Stahl. Außerdem sah ich, dass sich sein ganzer Körper unbewusst gespannt hatte, wie zum Sprung bereit. Die muskulösen Schwellungen nahmen um die Hüften herum Gestalt an und wanderten dann sacht über den Rücken und die beiden Schultern hinauf. Seine Arme waren leicht angehoben, und auch ihre Muskeln waren gespannt, sodass die Finger sich nach innen bogen und die Hände wie Klauen aussahen. Sogar seine Augen hatten einen anderen Ausdruck angenommen und wirkten wachsam, abwägend und kampfbereit.
»Stabilität, Gleichgewicht«, sagte er, entspannte seinen Körper plötzlich und ließ ihn in die Ruhehaltung zurücksinken. »Füße, mit denen man Wurzeln schlägt, Beine, auf denen man sicher stehen und widerstehen kann, während man mit Armen und Händen, Zähnen und Nägeln darum kämpft, zu töten und nicht getötet zu werden. Absicht? Zweckmäßigkeit ist das bessere Wort.«
Ich bestritt es nicht. Ich hatte die Mechanik der primitiven, ums Überleben kämpfenden Kreatur gesehen, und ich war so beeindruckt, als hätte ich die Maschinen eines großen Schlachtschiffs oder Ozeanriesen vor mir.
Nach dem verbissenen Kampf in der Back wunderte es mich, dass er nur leichtere Verletzungen davongetragen hatte, und ich bilde mir ein, sie geschickt verbunden zu haben. Bis auf ein paar tiefere Blessuren gab es nur starke Prellungen und Fleischwunden. Lediglich der Schlag auf den Kopf, den er erhalten hatte, bevor er über Bord ging, hatte seine Kopfhaut über mehrere Zentimeter aufplatzen lassen. Unter seiner Anleitung reinigte ich die Stelle, rasierte die Wundränder und vernähte sie. Außerdem war seine Wade so übel zugerichtet,

als wäre sie von einer Bulldogge zerfleischt worden. Wie er mir sagte, hatte ein Matrose sie zu Beginn des Kampfes mit den Zähnen zu packen gekriegt, sich verbissen und erst losgelassen, als er ihm oben auf der Leiter einen Tritt versetzte.

»Ach, übrigens, Döspaddel, wie ich schon sagte, bist du gut zu gebrauchen«, begann Wolf Larsen, als ich mit der Arbeit fertig war. »Wie du weißt, fehlt uns ein Maat. Von jetzt an wirst du also auch Wache schieben, fünfundsiebzig Dollar im Monat erhalten und bist von allen, Mannschaften und Offizieren, mit ›Herr van Weyden‹ anzusprechen.«

»Ich … ich weiß doch überhaupt nichts von Navigation«, stotterte ich.

»Völlig unnötig.«

»Außerdem liegt mir nichts an exponierten Stellungen«, wandte ich ein. »Selbst meine gegenwärtige bescheidene Position an Bord macht mir das Leben sauer genug. Ich habe doch gar keine Erfahrung. Das Mittelmaß hat eben auch seine guten Seiten.«

Er lächelte, als wäre alles längst abgemacht.

»Auf diesem Höllenschiff werde ich nicht Maat!«, rief ich trotzig.

Ich sah seine Gesichtszüge hart werden und ein gnadenloses Glitzern in seinen Augen erscheinen. Er ging zur Tür seiner Kajüte und sagte:

»Nun denn, gute Nacht, Herr van Weyden.«

»Gute Nacht, Herr Larsen«, antwortete ich kleinlaut.

16. KAPITEL

Die erfreulichste Seite meiner Beförderung bestand darin, dass ich nun kein Geschirr mehr zu spülen brauchte. Von den Aufgaben eines Steuermanns hatte ich nicht die geringste Ahnung und wäre übel dran gewesen, wenn die Matrosen nicht mitgespielt hätten. Ich wusste nicht, worauf es beim Tauwerk und bei der Takelung ankam und was beim Trimmen und Setzen der Segel im Einzelnen zu beachten war. Aber die Matrosen gaben sich große Mühe, mir alles beizubringen – Louis erwies sich dabei als besonders talentiert –, und mit meinen Untergebenen hatte ich so gut wie keine Probleme.

Bei den Jägern lagen die Dinge anders. Sie waren alle mehr oder weniger mit der See vertraut und betrachteten mich als eine Art Witz. Offen gestanden kam es mir selbst wie ein schlechter Scherz vor, dass ausgerechnet ich, die reinste Landratte, den Posten eines Maats bekleiden sollte; dass aber andere dasselbe dachten, machte sehr wohl einen Unterschied. Ich beklagte mich nicht, doch Wolf Larsen bestand in meinem Fall auf der peinlichsten Einhaltung der an Bord üblichen Umgangsformen, und zwar bis zu einem Grad, der dem armen Johansen nie zugebilligt worden war. Und mithilfe mehrerer Schlägereien, offener Drohungen und ständiger Unmutsbekundungen machte er die Jäger gefügig. Für die gesamte Mannschaft war ich nur »Mr. van Weyden«, und selbst Wolf Larsen sprach mich nur noch privat mit »Döspaddel« an.

Das Ganze war schon komisch. Hatte sich beispielsweise beim Mittagessen die Windrichtung geringfügig geändert, sagte er, wenn ich vom Tisch aufstand: »Mr. van Weyden, würden Sie jetzt bitte über Steuerbordbug segeln.« Daraufhin ging ich an Deck, holte Louis zu mir und ließ mir erklären, was zu tun war. Und wenn ich dann nach einigen Minuten seine Anweisungen begriffen hatte und das Manöver in allen Einzelheiten beherrschte, begann ich, meine Befehle zu erteilen. Ich erinnere mich noch genau an einen jener frühen Auftritte, bei dem Wolf Larsen gerade in dem Augenblick die Szene betrat, als ich Order zu geben begann. Er rauchte seine Zigarre und sah schweigend zu, bis alles ausgeführt war. Dann ging er mit mir an Luv das Achterdeck entlang.

»Döspaddel«, begann er, »Verzeihung, Mr. van Weyden, meinen aufrichtigen Glückwunsch. Ich denke, Sie können die Beine Ihres Vaters zurück in sein Grab verfrachten. Sie haben Ihre eigenen entdeckt und gelernt, sicher darauf zu stehen. Noch ein wenig Spleißen, Segelmachen und Bekanntschaft mit Stürmen und Ähnlichem – und am Ende der Reise können Sie auf jedem Küstenschiff anheuern.«

Während dieser Zeit, zwischen Johansens Tod und der Ankunft in den Robbengründen, verbrachte ich meine schönsten Stunden an Bord der *Ghost*. Wolf Larsen verhielt sich ungewöhnlich rücksichtsvoll, die Matrosen kamen mir entgegen, und ich musste auch nicht mehr die quälende Nähe Thomas Mugridges erdulden. Ich gestehe sogar ein, dass ich allmählich und insgeheim einen gewissen Stolz entwickelte. So aberwitzig die Situation war – eine Landratte als zweiter Mann an Bord –, meine Sache machte ich gut. In diesem kurzen Intervall war ich stolz auf mich, und ich lernte das Eintauchen und Schlingern der *Ghost* unter meinen Füßen lieben, während sie nordwestwärts durch die tropische See pflügte, jenem Eiland entgegen, auf dem wir unsere Wasserkanister füllen wollten.

Aber mein Glück war nicht ungetrübt. Es handelte sich lediglich um eine Phase vergleichsweise geringen Elends, eingezwängt zwischen einer durch und durch elenden Vergangenheit und einer ebenso elenden Zukunft. Denn für die Mannschaft war die *Ghost* ein Höllenkahn der übelsten Sorte.

Die Matrosen fanden niemals Ruhe und Frieden. Wolf Larsen hatte den Anschlag auf sein Leben und die Prügel, die er in der Back bezogen hatte, nicht vergessen. Und von morgens bis abends, ja selbst nachts widmete er sich der Aufgabe, ihnen das Leben unerträglich zu machen.

Er kannte sich in der Psychologie der kleinen Schikanen bestens aus, und es waren gerade die Nichtigkeiten, mit denen er die Mannschaft an den Rand des Wahnsinns trieb. Ich selbst habe miterlebt, wie Harrison aus seiner Koje geholt wurde, weil er einen herumliegenden Pinsel wegräumen sollte, und dazu wurden noch die beiden Freiwachen aus ihrem wohlverdienten Schlaf gerissen, um alles mit anzusehen. Selbstverständlich eine Lappalie, aber man braucht sie nur mit den tausend anderen Sticheleien zu multiplizieren und erhält einen ungefähren Eindruck von der geistigen Verfassung der Männer in der Back.

Natürlich wurde viel gemurrt, und kleinere Ausbrüche waren an der Tagesordnung. Schläge wurden ausgeteilt, und immer kurierten zwei oder drei der Männer irgendwelche Verletzungen aus, die ihnen von der unmenschlichen Bestie, die über sie herrschte, zugefügt worden waren. Ein gemeinsames Vorgehen war angesichts der großen Waffenbestände im Zwischendeck und in der Kajüte unmöglich. Leach und Johnson hatten unter den teuflischen Launen Wolf Larsens besonders zu leiden, und mir blutete das Herz, wenn ich den Ausdruck tiefer Schwermut auf Johnsons Gesicht und in seinem Blick sah.

Bei Leach, dieser animalischen Kämpfernatur, war es anders. Eine unstillbare Wut erstickte jeden Kummer. Seine Lippen verzerrte ein unablässiges Knurren, das schon beim bloßen Anblick Wolf Larsens grässlich und drohend aus ihm hervorbrach, wobei er sich dessen wohl nicht einmal bewusst war. Ich habe ihn dabei beobachtet, wie er Wolf Larsen mit den

Blicken verfolgte, mit denen ein gefangenes Tier seinen Wärter fixiert, während das animalische Knurren tief in seiner Kehle ertönte und als dumpfes Vibrieren zwischen den Zähnen entwich.

Ich erinnere mich daran, dass ich ihm einmal am helllichten Tag an Deck auf die Schulter tippte, um ihm einen Befehl zu erteilen. Er stand mit dem Rücken zu mir, und sobald er meine Hand spürte, machte er einen riesigen Satz nach vorn, wobei er laut knurrte und mir noch in der Luft den Kopf zuwandte. Er hatte mich versehentlich für den Mann gehalten, den er hasste.

Er oder auch Johnson hätten Wolf Larsen bei jeder sich bietenden Gelegenheit getötet, aber sie kam nie. Wolf Larsen war viel zu gerissen, und außerdem fehlten ihnen die richtigen Waffen. Allein mit den Fäusten konnten sie nichts ausrichten. Immer wieder stellte Larsen sich zum Kampf, wobei Leach wie eine Wildkatze mit Zähnen, Nägeln oder Fäusten auf ihn losstürzte, bis er erschöpft oder bewusstlos auf Deck lag. Aber er ging deshalb der nächsten Auseinandersetzung nicht aus dem Weg. Der Teufel in ihm forderte den Teufel in Wolf Larsen heraus. Sie brauchten nur gleichzeitig an Deck zu kommen, und schon fielen sie fluchend, knurrend und schlagend übereinander her, und ich habe mit eigenen Augen gesehen, wie Leach Wolf Larsen ohne jede Vorwarnung und ohne Anlass attackierte. Einmal schleuderte er sein schweres Seemannsmesser nach ihm, und es verfehlte Wolf Larsens Kehle nur um Zentimeter. Ein anderes Mal ließ er einen stählernen Marlspieker von der Besamsaling herabfallen. Auf einem rollenden Schiff ist das Zielen schwierig, aber die scharfe Spitze des Spiekers schoss pfeifend fünfundzwanzig Meter durch die Luft, verfehlte Wolf Larsens Kopf nur knapp, als dieser aus dem Kajütenaufgang auftauchte, und bohrte sich fünf Zentimeter oder tiefer in die harten Deckplanken. Beim dritten

Mal schließlich schlich er ins Zwischendeck, griff eine geladene Flinte und wollte damit an Deck stürzen, bevor er von Kerfoot gestellt und entwaffnet wurde.

Ich fragte mich oft, warum Wolf Larsen ihn nicht tötete und der Sache ein Ende machte. Aber er lachte nur und schien Gefallen daran zu finden. Er liebte wohl den Nervenkitzel wie jene Männer, die sich damit vergnügen, wilde Tiere handzahm zu machen.

»Es elektrisiert«, erklärte er mir, »wenn man ein Leben in der Hand hat. Der Mensch ist ein geborener Spieler und das Leben sein höchster Einsatz. Je höher das Risiko, desto höher der Kitzel. Warum sollte ich mir das Vergnügen versagen, Leachs Seele in fiebernde Erregung zu versetzen? Ich tue ihm doch nur einen Gefallen damit. Die emotionale Hochspannung erleben beide Seiten. Er lebt königlicher als jeder andere in der Back, obwohl er es nicht weiß. Denn er hat etwas, das den anderen fehlt – einen festen Vorsatz, der ihn beschäftigt und den er unbedingt ausführen muss, ein ihn ganz beanspruchendes Ziel, den Wunsch, mich zu töten, und die Hoffnung, dass ihm das gelingt. Wirklich, Döspaddel, er lebt mit jeder Faser. Ich wage zu bezweifeln, dass er jemals so atemlos und leidenschaftlich existiert hat, und manchmal beneide ich ihn sogar, wenn ich ihn auf der Höhe seiner Leidenschaften und Gefühle wüten sehe.«

»Ja, aber es ist feige, einfach feige«, rief ich, »denn Sie sind eindeutig im Vorteil.«

»Wer von uns beiden, du oder ich, ist denn hier der größere Feigling?«, fragte er ernst. »Dir gefällt die Situation nicht? Warum schließt du dann einen faulen Kompromiss mit deinem Gewissen und arrangierst dich? Wenn du wirklich Mut hättest, dir gegenüber ehrlich wärst, würdest du dich auf die Seite von Leach und Johnson schlagen. Aber du hast Angst, einfach Angst. Du willst leben. Das Leben in dir schreit danach weiterzuexistieren, koste es, was es wolle. Und so lebst du schmählich dahin, wirst deinen träumerischen Idealen untreu, versündigst dich an all deinen erbärmlichen Lebensregeln und schicktest deine Seele geradewegs zur Hölle, wenn es eine gäbe. Pah! Da bin ich doch weniger feige. Ich versündige mich nicht, denn ich gehorche meinen unmittelbaren Regungen. Und deshalb bin ich – im Gegensatz zu dir – zumindest mit meiner Seele im Reinen.«

Seine Worte hatten mich getroffen. Vielleicht spielte ich wirklich die Rolle des Feiglings. Je länger ich darüber nachdachte, desto unabweisbarer schien mir die Verpflichtung, seinem Ratschlag zu folgen, mich Johnson und Leach anzuschließen und auf seinen Tod hinzuarbeiten. Genau in diesem Punkt kam wohl das strenge Gewissen meiner puritanischen Vorfahren ins Spiel, das mich zu finsteren Taten trieb und sogar den gerechten Mord billigte. Ich dachte weiter darüber nach. Es wäre doch eine höchst moralische Tat, die Welt von einem solchen Ungeheuer zu befreien. Die Menschheit würde dadurch besser und glücklicher und das Leben schöner und angenehmer.

Ich grübelte lange nach, verbrachte schlaflose Nächte in meiner Koje und ließ mir alles wieder und wieder durch den Kopf gehen. Während der Nachtwachen, wenn Wolf Larsen sich unten aufhielt, redete ich mit Johnson und Leach. Beide hatten alle Hoffnung aufgegeben – Johnson, weil er ohnehin zur Verzagtheit neigte, und Leach, weil er sich in dem aussichtslosen Kampf völlig verausgabt hatte. Aber eines Nachts nahm er meine Hand, drückte sie heftig und sagte:

»Ich glaube, Sie sind in Ordnung, Mr. van Weyden. Aber bleiben Sie bloß dort, wo Sie sind, und halten Sie lieber den Mund. Sie haben nichts gesehen und nichts gehört. Wir beide sind so gut wie tot, das weiß ich. Sie aber könnten uns vielleicht noch einmal einen Gefallen tun, wenn wir es bitter nötig haben.«

Schon am folgenden Tag, als die Insel Wainwright querab in Luv auftauchte, tat Wolf Larsen eine Prophezeiung. Er hatte Johnson angegriffen, war selbst von Leach attackiert worden und hatte dann beide verprügelt.

»Leach«, sagte er, »du weißt, dass ich dich früher oder später umbringen werde, oder?«

Ein Knurren war die Antwort.

»Und was dich betrifft, Johnson – noch bevor ich mit dir fertig bin, wirst du das Leben so satthaben, dass du freiwillig über Bord gehst. Wart's ab.«

»Das ist ein Vorschlag zur Güte«, fügte er, nur für meine Ohren bestimmt, hinzu. »Ich wette mit dir einen ganzen Monatslohn, dass er darauf eingeht.«

Ich hatte gehofft, seine Opfer würden beim Auffüllen der Wasserfässer fliehen können, aber Wolf Larsen hatte die Stelle gut gewählt. Die *Ghost* lag an einem einsamen Strand eine halbe Meile vor der Brandungslinie. Hier mündete eine tiefe Schlucht mit steil aufragenden Wänden aus Vulkangestein, die kein Mensch erklettern konnte. Und genau an dieser Stelle und unter seiner persönlichen Aufsicht – denn er war selbst an Land gegangen – füllten Leach und Johnson die Wasserfässchen und rollten sie zum Strand hinab. So hatten sie nicht die geringste Chance, mit einem der Boote einen Fluchtversuch zu unternehmen.

Harrison und Kelly jedoch wagten es. Sie bildeten eine der Bootsmannschaften, deren Aufgabe darin bestand, zwischen dem Schiff und der Küste hin und her zu pendeln und jedes Mal ein Fass mitzunehmen. Kurz vor dem Mittagessen, als sie gerade mit einem leeren Fass auf dem Rückweg zum Strand waren, änderten sie plötzlich ihren Kurs und hielten nach links, um das Kap, das sie von der Freiheit trennte, zu umrunden. Hinter den Kliffs, an denen sich die Wellen brachen, lagen die einladenden Dörfer der japanischen Siedler und lieb-

liche Täler, die sich weit ins Landesinnere erstreckten. Hatten die beiden Männer dort erst Unterschlupf gefunden, so waren sie vor Wolf Larsen sicher.
Schon den ganzen Morgen über hatte ich Henderson und Smoke an Deck herumlungern sehen, und nun erfuhr ich auch den Grund dafür. Sie holten ihre Gewehre und eröffneten in aller Seelenruhe das Feuer auf die beiden Flüchtenden. Das Ganze war eine kaltblütige Vorführung ihrer Schießkunst. Zuerst zischten die Kugeln noch harmlos über die Wasserfläche und links und rechts am Boot vorbei. Als aber die Männer kräftig weiterruderten, schlugen die Projektile in immer größerer Nähe ein.
»Nun passt auf, wie ich Kellys rechtes Ruder abschieße«, sagte Smoke, während er sorgfältiger zielte.
Ich hatte gerade das Fernglas vor Augen und sah, wie nach dem Schuss das Ruderblatt zersplitterte. Henderson machte es ihm nach, indem er Harrisons rechtes Ruder demolierte. Das Boot schwenkte herum, und die beiden linken Ruder gingen genauso schnell in Stücke. Die beiden Männer versuchten mit den Überresten weiterzukommen, doch auch die schoss man ihnen aus den Händen. Kelly riss eine Bodenplanke los und begann damit zu paddeln, ließ sie aber mit einem Aufschrei fallen, als sich die Holzsplitter in seine Hand bohrten. Danach gaben sie auf und ließen ihr Boot treiben, bis ein zweites Boot, das Wolf Larsen vom Strand aus losgeschickt hatte, sie in Schlepp nahm und an Bord zurückbrachte.
Am späten Nachmittag lichteten wir die Anker und segelten davon. Vor uns lag nichts als die drei oder vier Jagdmonate in den Robbengründen. Wahrhaft düstere Aussichten. Schweren Herzens ging ich meiner Arbeit nach. Eine Art Beerdigungsstimmung schien sich auf die *Ghost* herabgesenkt zu haben. Wolf Larsen hatte sich mit einem seiner merkwürdigen Migräneanfälle in seine Koje zurückgezogen. Harrison stand

apathisch am Ruder, auf das er sich stützte, als ob ihm schon das Gewicht seines eigenen Körpers zu viel sei. Der Rest der Mannschaft war missmutig und schweigsam. Ich stieß auf Kelly, der auf der Leeseite des Backluks kauerte, die Stirn auf den Knien und die Arme über dem Kopf, in einer Haltung unsäglicher Niedergeschlagenheit.

Johnson lag ausgestreckt vorn auf der Back, wo er in das Gebrodel am Steven starrte, und ich erinnerte mich mit Schrecken an den Vorschlag, den Wolf Larsen gemacht hatte. Er schien seine Wirkung nicht zu verfehlen. Ich versuchte, die düsteren Gedanken des Mannes zu verscheuchen, indem ich ihn zu mir rief, aber er lächelte mir nur traurig zu und kam der Aufforderung nicht nach.

Auf dem Weg nach achtern trat Leach an mich heran.

»Ich möchte Sie um einen Gefallen bitten, Mr. van Weyden«, sagte er. »Wenn Sie glücklich wieder nach Frisco zurückkommen sollten, würden Sie dann Matt McCarthy aufsuchen? Das ist mein alter Herr. Er wohnt auf dem Hügel hinter der Mayfair-Bäckerei. Er betreibt dort eine Schusterwerkstatt, die jeder kennt, sodass Sie ihn mühelos finden werden. Sagen Sie ihm, dass ich den Kummer, den ich ihm gemacht habe, bereue und die Dummheiten, die ich angestellt habe, auch, und – dass ich ihm Gottes Segen wünsche.«

Ich nickte, sagte aber dann: »Wir werden alle nach San Francisco zurückkehren, Leach, und du wirst dabei sein, wenn ich Matt McCarthy besuche.«

»Das möchte ich liebend gern glauben«, erwiderte er und schüttelte mir die Hand, »aber ich kann nicht. Wolf Larsen wird mich umbringen, ich weiß es; und ich kann nur hoffen, dass das Ende bald kommt.«

Und als er mich verließ, spürte ich in meinem Innersten denselben Wunsch. Wenn es schon anstand, dann sollte man es auch hinter sich bringen. Die allgemeine Grabesstimmung hatte auch mich in ihren Bann geschlagen. Das Schlimmste schien unvermeidlich; und während ich Stunde um Stunde über Deck wanderte, merkte ich, dass mich Wolf Larsens widerwärtige Ideen angesteckt hatten. Wozu war das alles gut? Wo war die Erhabenheit des Lebens, wenn es diese mutwillige seelische Verwüstung zuließ? Letztlich war dieses Leben doch eine billige und schäbige Sache, und je früher es vorüber war, desto besser. Schluss und aus! So lehnte ich mich über die Reling, starrte sehnsüchtig ins Meer, und die Gewissheit überkam mich, früher oder später selbst tiefer und tiefer hinabsinken zu müssen in die kühlen grünen Abgründe seines Vergessens.

17. KAPITEL

So seltsam es klingen mag, trotz all dieser dunklen Vorahnungen geschah auf der *Ghost* nichts Besonderes. Wir segelten weiter nach Nordwesten, bis die japanische Küste in Sicht kam und wir auf die große Robbenherde stießen. Aus dem grenzenlosen Pazifik kommend zogen sie auf ihrer jährlichen Wanderschaft nordwärts zu den Sommerquartieren in der Beringsee. Und wir begleiteten sie, mordeten und vernichteten, warfen die abgezogenen Kadaver den Haien vor und salzten die Felle ein, damit sie später einmal die zarten Schultern der Städterinnen zieren konnten.

Es war ein hemmungsloses Abschlachten, und alles nur für die Damenwelt. Kein Mensch aß von dem Robbenfleisch oder trank den Tran. Nach einem guten Schlachttag waren unsere Decks mit Häuten und Kadavern bedeckt, glitschig von Fett und Blut, während sich aus den Speigatts rote Ströme ergossen; Masten, Tauwerk und die Reling waren mit Blut bespritzt, und die Männer, wie Fleischer ihrem Handwerk nachgehend, mit nackten, roten Armen und Händen, schwangen unermüdlich ihre Trenn- und Flensmesser, um den edlen Meeresgeschöpfen, die sie erlegt hatten, das Fell abzuziehen.

Meine Aufgabe bestand darin, eine Strichliste über die Felle zu führen, die von den Booten angeliefert wurden, das Abhäuten und anschließende Saubermachen der Decks zu überwachen und darauf zu achten, dass alles wieder blitzblank war. Das war keine angenehme Arbeit. Meine Seele revoltierte, und mein Magen drehte sich um, und doch war es in gewisser Weise gut für mich, den Männern Anweisungen und Befehle geben zu müssen. Die begrenzten Führungsqualitäten, die ich besaß, entfalteten sich dadurch, und ich spürte, dass ich an Härte und Entschlossenheit gewann, was für den Waschlappen van Weyden nur von Vorteil sein konnte.

Dass es kein Zurück zu meinem früheren Leben mehr gab, wurde mir immer deutlicher. Denn auch wenn mein hoffnungsvoller Glaube an den Wert menschlichen Lebens der vernichtenden Kritik Wolf Larsens standgehalten hatte, so wurde sie doch Auslöser für etliche weniger grundsätzliche Meinungsänderungen. Er hatte mir eine Wirklichkeit erschlossen, von der ich so gut wie nichts wusste und vor der ich zuvor stets zurückgeschreckt war. Ich hatte gelernt, das Leben illusionsloser zu betrachten, anzuerkennen, dass es so etwas wie unumstößliche Fakten gab, aus der Welt des Geistes und der Ideen hinauszutreten und den handgreiflichen und objektiven Seinsbereichen einen gewissen Wert zuzugestehen.

Wolf Larsen sah ich öfter denn je, nachdem wir die Jagdgründe erreicht hatten. Denn wenn das Wetter gut war und wir uns inmitten der Herde befanden, waren alle mit den Booten unterwegs, und an Bord blieben nur er, ich und Thomas Mugridge zurück, der ohnehin nicht zählte. Aber für Kurzweil blieb keine Zeit. Die sechs Boote, die sich fächerförmig vom Schiff aus verteilten, bis die beiden äußeren Fahrzeuge zwischen zehn und zwanzig Meilen voneinander entfernt waren, hielten schnurgerade ihren Kurs, solange die Dämmerung oder schlechtes Wetter sie nicht zurücktrieb. Wir hatten die Aufgabe, die *Ghost* so weit in Lee des letzten Leebootes zu halten, dass alle Beiboote uns bei plötzlichen Böen oder aufziehendem Unwetter leicht erreichen konnten.

Es ist keine Kleinigkeit für zwei Männer, insbesondere wenn ein kräftiger Wind geht, ein Schiff wie die *Ghost* zu bedienen, Kurs zu halten, die Boote nicht aus den Augen zu verlieren und Segel zu setzen oder einzuholen. Ich musste also hinzulernen, und das möglichst schnell. Das Steuern begriff ich ohne große Mühe, aber in den Wanten bis zur Saling zu klettern und mein ganzes Körpergewicht nur mit der Armmuskulatur herumzuschwingen, wenn ich die Webeleinen verließ, um noch höher zu steigen, das war weitaus schwieriger. Aber auch das meisterte ich schnell, denn irgendwie verspürte ich den brennenden Wunsch, mich in Wolf Larsens Augen zu bewähren, mein Lebensrecht nicht nur auf geistigem Gebiet unter Beweis zu stellen. Ja, es kam die Zeit, wo es mir Spaß machte, mit dem Masttopp hin und her zu pendeln und mich mit den Beinen in schwindelnder Höhe festzuklammern, während ich mit dem Fernglas die See nach den Booten absuchte.

Ich erinnere mich an einen schönen Tag, an dem die Boote früh ausgelaufen waren und das Schießen immer schwächer und leiser wurde, bis es gar nicht mehr zu hören war und sich die Boote in der Weite verloren. Von Westen her ging ein laues Lüftchen. Aber auch damit war es vorbei, kaum dass wir es geschafft hatten, unsere Lee-Position zu erreichen. Vom Masttopp aus beobachtete ich, wie die sechs Boote eins nach dem anderen hinter der Erdkrümmung verschwanden, während sie den Robben nach Westen folgten. Wir lagen beinahe unbeweglich auf der ruhigen See und waren außerstande, ihnen nachzusetzen. Wolf Larsen machte sich Sorgen. Das Barometer war gefallen, und der Himmel im Osten beunruhigte ihn. Er beobachtete ihn mit gespannter Aufmerksamkeit.

»Wenn es von dort richtigt aufbrist«, sagte er, »und uns mit einem Mal ins Luv der Boote drückt, dann wird's vermutlich leere Kojen im Zwischendeck und in der Back geben.«

Gegen elf Uhr war die See spiegelglatt. Zur Mittagszeit herrschte beklemmende Hitze, obwohl wir uns weit in nördlichen Breitengraden befanden. Die Luft war zum Schneiden, stickig und drückend und erinnerte mich an das, was alte Kalifornier »Erdbebenwetter« nennen. Es lag etwas Unheilvolles darin, und man hatte das unbestimmte Gefühl, dass das Schlimmste bevorstünde. Im Osten zog sich der Himmel langsam mit Wolken zu, die sich wie die dunklen Gebirgszüge einer Höllenlandschaft über uns auftürmten. Schluchten, Schlünde und verschattete Abgründe waren so deutlich auszumachen, dass man unwillkürlich nach der weißen Brandungslinie und den Höhlen Ausschau hielt, in denen die See brüllend gegen das Land anrannte. Aber immer noch schaukelten wir sanft, und kein Windhauch war zu spüren.

»Das ist keine Böe«, bemerkte Wolf Larsen. »Die gute Mutter Natur wird sich auf die Hinterbeine stellen und sich richtig austoben. Wir werden uns ordentlich tummeln müssen, Döspaddel, wenn wir auch nur die Hälfte der Boote retten wollen. Du enterst besser mal auf und gibst den Toppsegeln Lose.«

»Aber wenn es über uns hereinbricht, und wir sind nur zu zweit an Bord?«, versuchte ich einzuwenden.

»Wir müssen einfach das Beste aus den ersten Windstößen machen und zu unseren Booten kommen, bevor es uns die Segel zerfetzt. Was danach geschieht, kümmert mich nicht. Die Masten werden's schon überstehen, und du und ich müssen genauso durchhalten, auch wenn es knüppeldick kommt.«

Die Windstille dauerte an. Wir aßen zu Mittag, für mich eine hastige und bedrückende Mahlzeit, da sich doch achtzehn Männer draußen auf See und hinter dem Horizont befanden und sich das Wolkengebirge langsam auf uns zuschob. Wolf Larsen schien davon unberührt, obwohl ich nach unserer Rückkehr an Deck ein leichtes Zittern seiner Nasenflügel und eine spürbare Beschleunigung seiner Bewegungen bemerkte. Sein Gesicht war ernst, die Züge hatten sich verhärtet, und doch lag in seinen Augen, die an diesem Tag hellblau strahlten, ein seltsamer Glanz, ein funkelndes Licht. Ich hatte den Eindruck, dass er sich auf eine wilde und unbändige Art freute, dass er den bevorstehenden Kampf begrüßte und dass ihn das Wissen elektrisierte, einer der großen Augenblicke des

Lebens, in denen der Lebensstrom zur Flut anschwillt, stehe unmittelbar bevor.

Einmal lachte er selbstvergessen, spöttisch und trotzig dem herannahenden Unwetter ins Gesicht. Ich sehe ihn noch vor mir stehen, wie ein Zwerg aus Tausendundeiner Nacht vor dem riesigen Antlitz irgendeines bösen Geistes. Er forderte das Schicksal heraus, und er kannte keine Furcht.

Er ging zur Kombüse. »Smutje, wenn du mit den Töpfen und Pfannen fertig bist, wirst du an Deck gebraucht. Halte dich also bereit.«

»Döspaddel«, sagte er, als er den faszinierten Blick bemerkte, mit dem ich ihn anstarrte, »das hier ist besser als Whiskey und etwas, das deinem Omar abgeht. Ich glaube, er hat doch nur zur Hälfte gelebt.«

Die westliche Himmelshälfte hatte sich inzwischen zugezogen. Die Sonne war immer blasser geworden und schließlich ganz verschwunden. Es war erst zwei Uhr nachmittags, aber ein gespenstisches Zwielicht, in dem es hier und da purpurn aufleuchtete, umfing uns. In diesem Licht glühte auch Wolf Larsens Gesicht, und meine erregte Fantasie umgab ihn mit einem Heiligenschein. Wir lagen mitten in einer unirdischen Stille, während sich überall um uns herum die ominösen Vorzeichen des heraufziehenden Unwetters verdichteten. Die drückende Hitze war nicht mehr auszuhalten. Der Schweiß stand mir auf der Stirn, und ich spürte, wie er über die Nase herunterrann. Mir war, als würde ich ohnmächtig, und Halt suchend griff ich nach der Reling.

In diesem Moment strich ein kaum merkliches Lüftchen vorbei. Es kam aus dem Osten und war nur ein leises Flüstern. Die schlaffen Segel bewegten sich nicht, und doch hatte mein Gesicht den kühlen Luftzug gespürt.

»Smutje«, rief Wolf Larsen gedämpft. Thomas Mugridge drehte sich mit einem jämmerlichen und verängstigten Gesichtsausdruck um. »Wirf den Schonerbaum los, und sobald das Segel übergeht, holst du ordentlich wieder an. Und wenn du die Leinen durcheinanderbringst, ist das das letzte Kuddelmuddel deines Lebens. Verstanden?«

»Mr. van Weyden, halten Sie sich bereit, die Vorschoten zu bedienen. Dann ran an die Toppsegel, und machen Sie sie klar, so schnell Sie können – je flinker Sie sind, desto leichter geht's von der Hand. Und wenn Smutje pennt, geben Sie ihm eins zwischen die Augen.«

Ich hatte das Kompliment mitbekommen und freute mich, dass die Anweisungen bei mir nicht von einer Drohung begleitet wurden. Wir lagen mit dem Bug nach Nordwesten, und seine Absicht war es, mit dem ersten Windstoß zu halsen.

»Wir kriegen einen Vierungswind«, erklärte er mir. »Nach den letzten Schüssen zu urteilen, sind die Boote in leicht südwestlicher Richtung zu finden.«

Er machte kehrt und ging nach hinten ans Ruder. Ich lief nach vorn und nahm meinen Platz an der Fock ein. Ein zweiter Windhauch und direkt danach noch einer strichen vorbei. Das Segeltuch flappte träge.

»Gott sei Dank kommt nicht alles auf einmal, Mr. van Weyden«, stieß der Cockney erleichtert hervor.

Auch ich war dankbar, denn ich hatte inzwischen genug gelernt, um zu wissen, welches Unheil in diesem Fall über ein Schiff unter Vollzeug hereinbrechen würde. Aus dem leisen Flüstern wurden Windstöße, die Segel blähten sich, und die *Ghost* geriet in Bewegung. Wolf Larsen legte das Ruder hart an Backbord, und wir begannen uns zu drehen. Der Wind kam nun direkt von achtern, immer stärker auffrischend, und meine Vorsegel flatterten kräftig. Ich konnte nicht sehen, was anderswo vor sich ging, doch ich spürte das heftige Schlingern und Krängen des Schoners, als der Winddruck wechselte und das Schoner- und Großsegel umschwenkte. Ich hatte mit dem

Außenklüver, der Fock und dem Stagsegel alle Hände voll zu tun. Und als ich diesen Teil meiner Aufgabe erledigt hatte, schoss die *Ghost* bereits vor dem Vierungswind nach Südwesten, und sämtliche Segel standen auf dem anderen Bug. Ohne Atem zu schöpfen und obgleich mein Herz vor Anstrengung wie ein Schmiedehammer raste, sprang ich zu den Toppsegeln, und bevor der Wind zu stark geworden war, hatten wir sie ordentlich gesetzt und rollten die Taue zusammen. Danach ging ich nach achtern, um neue Befehle entgegenzunehmen.

Wolf Larsen nickte anerkennend und übergab mir das Ruder. Der Wind nahm ständig an Stärke zu, und die See wurde bewegter. Eine Stunde lang steuerte ich, was mit jedem Augenblick schwieriger wurde. Ich war noch nicht erfahren genug, um bei unserem Tempo und bei Backstagwind Kurs zu halten.

»Nun mit dem Fernglas nach oben und versuch, einige unserer Boote zu entdecken. Wir haben bestimmt zehn Knoten gemacht und liegen im Augenblick bei zwölf oder dreizehn. Das alte Mädchen weiß, wie man vorankommt.«

Ich begnügte mich mit der unteren Saling, etwa fünfundzwanzig Meter über Deck. Während ich die leere Wasseroberfläche absuchte, begriff ich, dass Eile nottat, wenn wir noch irgendjemanden bergen wollten. Beim Blick auf die aufgewühlte See, durch die wir dahinjagten, stiegen in mir Zweifel auf, ob da draußen überhaupt noch Boote schwammen. Es schien unmöglich, dass derart zerbrechliche Fahrzeuge einem solchen Ansturm von Wind und Wellen standhalten konnten.

Die volle Stärke des Windes wurde nicht spürbar, denn wir bewegten uns mit ihm, aber von meinem luftigen Ausguck aus blickte ich auf die *Ghost* herab, als befände ich mich nicht mehr an Bord, und sah ihre Umrisse, die sich scharf gegen die schäumende See abzeichneten, während sie wie ein lebendiges Tier vorwärtshetzte. Manchmal hob sie sich aus dem Wasser und durchschnitt eine mächtige Woge, die ihre Steuerbordreling verschluckte und ihr Deck bis zu den Luken unter dem Gebrodel des Ozeans verschwinden ließ. In solchen Momenten, wenn das Schiff nach Luv krängte, wurde ich in schwindelerregendem Tempo durch die Luft gewirbelt, als ob ich mich am Ende eines riesigen kopfstehenden Pendels befände, das in größeren Wellentälern über zwanzig Meter weit ausschlug. Einmal übermannte mich die Angst vor dieser wirbelnden Drehung, und eine Weile klammerte ich mich mit Händen und Füßen fest, hilflos zitternd und außerstande, die See weiter nach den vermissten Booten abzusuchen oder etwas anderes wahrzunehmen als den Hexenkessel unter mir, der die *Ghost* zu verschlingen suchte.

Aber der Gedanke an die Männer da draußen gab mir neue Kraft, und über der Suche nach ihnen vergaß ich mich selbst. Mehr als eine Stunde lang sah ich nichts als die leere, trostlose See. Plötzlich aber erblickte ich dort, wo ein umherirrender Lichtstrahl aufs Meer fiel und seine Oberfläche in aufgewühltes Silber verwandelte, einen winzigen schwarzen Fleck, der für einen kurzen Moment himmelwärts geschleudert und dann wieder verschluckt wurde. Geduldig wartete ich. Und wieder hob sich der kleine dunkle Punkt backbord voraus gegen das zornige Leuchten ab. Ich versuchte erst gar nicht zu rufen, sondern teilte Wolf Larsen die Neuigkeit gestikulierend mit. Er änderte den Kurs, und ich gab ein Zeichen, als sich der Fleck genau vor uns zeigte.

Er wurde größer, und zwar so schnell, dass ich zum ersten Mal eine Vorstellung von unserem Tempo bekam. Wolf Larsen winkte mich herunter, und als ich neben ihm am Ruder stand, gab er mir Anweisungen fürs Beidrehen.

»Gleich bricht die Hölle los«, warnte er mich, »aber kümmere dich nicht darum. Tu deine Arbeit und sorge dafür, dass Smutje an der Fockschot bleibt.«

Mir gelang es, mich nach vorn durchzukämpfen, obwohl es keinen Unterschied machte, auf welcher Seite man ging, da die Luvreling ebenso oft untertauchte wie die Reling an Lee. Nachdem ich Thomas Mugridge instruiert hatte, kletterte ich mühsam ein Stück weit in die Takelage. Das Boot war jetzt ganz nah, und ich konnte deutlich ausmachen, dass es frontal zu Wind und Wellen trieb und an Mast und Segel zerrte, die man als Treibanker über Bord geworfen hatte. Die drei Männer schöpften. Jeder heranrollende Wellenberg entzog sie den Blicken, und ich wartete mit einer krankmachenden Ungeduld, weil ich fürchtete, sie würden niemals wieder auftauchen. Dann wieder schoss das Boot urplötzlich durch den schäumenden Wellenkamm, den Bug gen Himmel gerichtet und seinen ganzen schwarz glänzenden Boden entblößend, bis es senkrecht in der Luft zu stehen schien. Für einen kurzen Moment konnte man die drei Männer in panischer Hast schöpfen sehen, bevor das Boot vornüber kippte und in das gähnende Tal stürzte, wobei es wiederum fast senkrecht stand und nun sein gesamtes Inneres darbot. Und jedes Mal war es ein Wunder, dass es wieder auftauchte.

Plötzlich änderte die *Ghost* ihren Kurs und drehte ab, und der schockierende Gedanke durchzuckte mich, dass Wolf Larsen die Bergung für unmöglich hielt und aufgegeben hatte. Doch dann wurde mir klar, dass er versuchte beizudrehen, und ich sprang zurück aufs Deck, um bereit zu sein. Der Wind kam nun genau von hinten, das Boot war weit entfernt und mit uns auf gleicher Höhe. Ich spürte, wie sich der Schoner schlagartig beruhigte, wie das Arbeiten des Schiffskörpers einen Augenblick lang fast ganz aufhörte und er gleichzeitig zügig Fahrt aufnahm. Die *Ghost* drehte sich um ihre eigene Achse. Als sie querab zum Seegang lag, packte uns der Wind (den wir bislang im Rücken gehabt hatten) mit voller Wucht. Ahnungslos, wie ich war, bot ich ihm meine volle Körperfläche.

Er erdrückte mich wie eine Wand und füllte meine Lungen mit Luft, die ich nicht wieder herauspressen konnte. Während ich mit dem Ersticken kämpfte und die *Ghost* für einen Moment schlingerte und sich, ihre Breitseite zum Wind, krängend herumwälzte, sah ich eine riesige Welle hoch über mir. Ich drehte mich weg, holte tief Luft und sah wieder hin. Die Welle überragte die *Ghost*, und ich starrte nach oben direkt in sie hinein. Ein Sonnenstrahl fuhr über den sich kräuselnden Kamm, und für Augenblicke sah ich sein durchscheinendes, niederstürzendes Grün vor dem Hintergrund einer milchigen Gischtwolke.

Dann prasselte es herab, die Hölle brach los, und alles passierte auf einmal. Ich erhielt einen wuchtigen, betäubenden Schlag, der mich an keiner bestimmten Stelle und doch überall zugleich traf. Ich konnte mich nicht festhalten, befand mich unter Wasser, und der Gedanke blitzte auf, dass ich jetzt genau wie in den schrecklichen Erzählungen von Bord gespült würde. Mein herumgeschleuderter Körper erhielt Stöße und Schläge, während ich mich hilflos überschlug, und als ich die Luft nicht länger anhalten konnte, atmete ich das stechende Salzwasser ein. Die ganze Zeit aber klammerte ich mich an den einen Gedanken: »*Du musst die Fock nach Luv umlegen.*« Ich hatte keine Angst vor dem Tod. Zweifellos würde ich durchkommen. Und während diese Vorstellung, Wolf Larsens Befehl ausführen zu müssen, sich hartnäckig in meinem benommenen Hirn behauptete, glaubte ich ihn inmitten dieses Tumults am Ruder stehen zu sehen, seinen Willen mit dem des Sturmes messend und ihm trotzig die Stirn bietend.

Ich schlug heftig gegen etwas, das ich für die Reling hielt, und bekam wieder Luft in die Lungen. Als ich aufzustehen versuchte, stieß ich mir jedoch den Kopf und landete erneut auf Händen und Füßen. Durch eine Laune der Strömung war ich direkt in die Spitze der Back und zwischen die Klüsen gespült worden. Wie ich auf allen vieren herauskroch, stieß ich auf Thomas Mugridge, der sich wimmernd am Boden krümmte. Für eine genaue Untersuchung war jedoch keine Zeit. Ich musste die Fock umlegen.

An Deck schien sich ein Weltuntergang abzuspielen. Um mich herum brach und barst Holz, Stahl und Leinwand. Die *Ghost* wurde zerlegt und in Stücke gerissen. Das Schonersegel und das vordere Toppsegel, die durch unser Manöver aus dem Wind genommen und von niemandem rechtzeitig geborgen worden waren, gingen in Fetzen, und der schwere Mastbaum schlug von einer Reling zur anderen und zersplitterte. Die Luft war voller fliegender Wrackteile; abgerissene Seile und Stagen zischten und tanzten wie Schlangen, und auf das alles krachte mit einem Mal die Gaffel des Schonersegels herunter. Das Rundholz konnte mich nur um wenige Zentimeter verfehlt haben, aber es spornte mich zum Handeln an. Vielleicht gab es doch noch eine Rettung. Ich erinnerte mich an die Warnung Wolf Larsens. Er hatte ein Höllenspektakel erwartet, und es hatte stattgefunden. Wo aber steckte er? Ich bekam mit, wie er sich an der Großschot abschuftete und sie mit seiner ungeheuren Muskelkraft anholte, während sich das Heck des Schiffes hoch in die Luft hob und seine Gestalt sich gegen das Weiß einer vorbeischäumenden Sturzsee abzeichnete. All das und noch vieles mehr – eine ganze Welt des Chaos und des Ruins – hatte ich in kaum fünfzehn Sekunden mit Augen und Ohren registriert und geistig erfasst.

Ich versuchte nicht herauszufinden, was aus dem kleinen Boot geworden war, sondern sprang sofort zum Focksegel. Die Fock selbst begann hin und her zu schlagen, wobei sie sich unter lautem Knallen teilweise blähte und wieder zusammenfiel. Aber unter Aufbietung all meiner Kräfte gelang es mir schließlich doch noch, das Segel backzusetzen. Und eines weiß ich: Ich gab mein Bestes. Ich zog, dass mir alle Finger-

kuppen aufplatzten, und noch während ich mich mühte, zerfetzte es donnernd den Außenklüver und das Stagsegel.
Aber ich holte weiter an und sicherte das Stückchen, das ich jeweils schaffte, mit einer doppelten Seilwindung, bis die Schot beim nächsten Schlagen abermals nachgab. Schließlich ging es leichter, und Wolf Larsen nahm mir den Rest ab, während ich mich um die Lose kümmerte.
»Mach fest!«, rief er. »Und komm!«
Als ich ihm folgte, fiel mir auf, dass auf dem Trümmerfeld doch noch eine grobe Ordnung herrschte. Die *Ghost* hatte beigedreht. Sie war immer noch manövrierfähig und seetüchtig. Die restlichen Segel hatte es weggerissen, aber die nach Luv übergegangene Fock und das niedergeholte Großsegel hielten und konnten den Bug des Schiffes leicht gegen die wütende See ausrichten.
Ich suchte das Boot, und während Wolf Larsen die Bootstaljen klarmachte, entdeckte ich es in Lee, von einer riesigen Welle emporgehoben und keine zehn Meter von uns entfernt. Er hatte alles so genau berechnet, dass wir direkt darauf zutrieben und nichts weiter zu tun blieb, als die Taljen an beiden Enden einzuhaken und es an Bord zu hieven. Was sich leicht hinschreibt, aber schwierig auszuführen war.
Kerfoot saß im Bug, Oofty-Oofty im Heck und Kelly mittschiffs. Als wir näherkamen, wurde das Boot von einer Welle emporgehoben, während wir in das Wellental sanken, bis ich die Köpfe der beiden Männer beinahe direkt über mir sah, die ihren Hals über den Bootsrand reckten und zu uns hinabblickten. Im nächsten Augenblick wurden wir dann hochgehoben und emporgewuchtet, während sie in die Tiefe sanken. Die nächste Welle, hätte man glauben mögen, würde die winzige Eierschale unter die *Ghost* geraten lassen.
Doch im richtigen Moment warf ich dem Kanaken die Talje zu, und Wolf Larsen machte vorn dasselbe mit Kerfoot. Bei-

de Taljen waren im Handumdrehen eingehakt, und die drei Männer passten geschickt die nächste Welle ab und sprangen mit einem Satz an Bord. Als die *Ghost* aus dem Wasser krängte, wurde das Boot eng an den Schiffsrumpf gedrängt, und noch bevor die Gegenbewegung einsetzte, hatten wir es an Bord gehievt und kieloben auf dem Deck abgesetzt. Ich bemerkte, dass Kerfoots linke Hand stark blutete. Irgendwie war sein Mittelfinger zu Brei zerquetscht worden. Aber er ließ keinen Schmerz erkennen, sondern half uns mit seiner unversehrten rechten Hand, das Boot an seinem Platz festzuzurren.

»Oofty, halt dich bereit, die Fock umzulegen!«, befahl Wolf Larsen, kaum dass wir mit dem Boot fertig waren. »Kelly, komm mit nach hinten und fier die Großschot auf! Du, Kerfoot, gehst nach vorn und siehst nach, was Smutje macht. Und Sie, Mr. van Weyden, entern wieder auf und schneiden unterwegs das zerrissene Zeug weg!«

Nach diesen Anweisungen eilte er mit seinen eigenartigen Tigersprüngen nach hinten ans Ruder. Während ich mich die Fockwanten hinaufkämpfte, drehte sich die *Ghost* langsam wieder in den Wind. Als wir jedoch diesmal in das Gebläse gerieten und überflutet wurden, konnten keine Segel mehr weggerissen werden. Auf halbem Weg zur Saling wurde ich von der vollen Kraft des Windes flach ans Takelwerk gepresst, sodass ich unmöglich hätte fallen können. Die *Ghost* befand sich in extremer Schräglage, und ihre Masten standen parallel zum Wasser, sodass ich nicht auf das Deck hinuntersah, sondern es waagerecht neben mir hatte. Aber da war kein Deck, denn eine wilde Sturzflut hatte es meinen Blicken entzogen. Nur die zwei Masten ragten aus dem Wasser, mehr nicht. Für einen Moment war die *Ghost* unter der See begraben. Aber als sie mehr und mehr abdrehte und so dem Seitendruck entkam, richtete sie sich wieder auf, und ihr Deck stieß wie der Rücken eines Wals durch die Oberfläche des Ozeans.

Dann schossen wir über die wilde See, während ich wie eine Fliege an der Saling hing und nach den übrigen Booten Ausschau hielt. Nach einer halben Stunde erblickte ich Nummer zwei, vollgelaufen und kieloben treibend, und Jock Horner, der dicke Louis und Johnson klammerten sich verzweifelt daran fest. Diesmal blieb ich, wo ich war, und Wolf Larsen gelang es beizudrehen, ohne dass wir in eine Sturzsee gerieten. Wie beim ersten Mal ließen wir uns auf das Boot zutreiben. Taljen wurden festgemacht und den Männern Seile zugeworfen, an denen sie wie Affen an Bord kletterten. Das Boot selbst zerschellte beim Bergungsversuch an der Schiffswand. Aber das Wrack wurde dennoch sicher vertäut, denn es konnte ausgebessert und wieder flottgemacht werden.

Wieder wurde die *Ghost* vom Sturm unter Wasser gedrückt und tauchte diesmal so tief ein, dass ich sekundenlang dachte, sie würde nie wieder zum Vorschein kommen. Sogar das Steuerrad, das sich ein ganzes Stück über dem Mitteldeck befand, wurde wieder und wieder überspült. In solchen Momenten fühlte ich mich seltsam allein mit Gott, allein mit ihm und dem Chaos seines Zorns. Aber dann tauchte das Ruder wieder auf und mit ihm Wolf Larsens breite Schultern, während seine Hände die Spaken umklammerten und den Schoner auf Kurs hielten; er selbst war ein irdischer Gott, der den Sturm bezwang, das herabstürzende Wasser abschüttelte und sich Wind und Wellen untertan machte. Und was für ein Wunder! Was für ein Wunder! Dass winzige Menschenwesen hier leben, atmen und arbeiten und eine so zerbrechliche Konstruktion aus Holz und Segeltuch heil durch das ungeheure Toben der Elemente lenken konnten!

Wie zuvor schwang die *Ghost* herum, reckte ihr Deck erneut aus der See und eilte vor dem heulenden Sturm dahin. Inzwischen war es halb sechs, und eine halbe Stunde später, als der Tag in trübem und flackerndem Zwielicht endete, sichtete ich ein drittes Boot. Es trieb kieloben, und von seiner Mannschaft fehlte jede Spur. Wolf Larsen wiederholte sein Manöver, indem er verlangsamte, in Luv abdrehte und sich auf das Boot zutreiben ließ. Aber diesmal verfehlte er es um etwa fünfzehn Meter, und das Boot driftete achteraus an uns vorbei.

»Boot Nummer vier!«, schrie Oofty-Oofty, der die Zahl mit seinen Adleraugen in der einen Sekunde las, als sie kopfstehend aus der Gischt auftauchte.

Es war Hendersons Boot, und mit ihm hatten wir Holyoak und Williams, einen unserer Hochseematrosen, verloren. Die Männer waren zweifellos ertrunken, aber das Boot war noch da, und Wolf Larsen unternahm einen weiteren waghalsigen Versuch, um es zu bergen. Ich war an Deck hinuntergestiegen und sah, wie Horner und Kerfoot vergebens dagegen protestierten.

»Bei Gott, ich werde mir von keinem Sturm, den die Hölle losgelassen hat, eines meiner Boote wegnehmen lassen!«, brüllte er, und obwohl wir vier die Köpfe zusammengesteckt hatten, um besser verstehen zu können, klang seine Stimme schwach und dünn, als käme sie aus weiter Ferne.

»Mr. van Weyden!«, schrie er durch das Getöse, und die Worte erreichten mich als leises Flüstern. »Halten Sie sich mit Johnson und Oofty an der Fock bereit! Der Rest sieht zu, dass er nach hinten an die Großschot kommt! Und zwar etwas plötzlich! Oder ich segle euch alle in die himmlische Herrlichkeit! Verstanden?«

Und als er dann das Steuer hart umlegte und der Bug der *Ghost* herumschwenkte, konnten die Jäger gar nicht umhin, zu gehorchen und das Beste aus der riskanten Situation zu machen. Wie groß dieses Risiko war, begriff ich erst, als die aufgewühlte See erneut über mir zusammenschlug und ich mich unten an der Nagelbank des Fockmastes festklammerte wie am lieben Leben. Doch meine Finger wurden losgerissen, ich driftete seitlings ab und wurde über Bord gespült. Ich konnte nicht schwimmen, doch bevor ich untersank, schleuderte mich die See auch schon zurück. Eine starke Hand hielt mich fest, und als die *Ghost* schließlich auftauchte, wurde mir klar, dass ich Johnson mein Leben verdankte. Er blickte sich besorgt um, und ich bemerkte, dass Kelly, der im letzten Moment nach vorn gekommen war, fehlte.

Da wir uns nach dem gescheiterten Bergungsversuch in einer anderen Position als sonst befanden, war Wolf Larsen gezwungen, auch anders zu manövrieren. Zunächst lief er mit allen Segeln über Steuerbord vor dem Wind, stoppte dann auf und kam hart am Wind mit Backbordhalsen zurück.

»Großartig!«, schrie Johnson mir ins Ohr, nachdem wir die dieses Manöver begleitende Sintflut überstanden hatten, und ich wusste, er meinte damit nicht Wolf Larsens Seemannskünste, sondern das Verhalten der *Ghost* selbst.

Es war mittlerweile so dunkel geworden, dass das Boot nicht mehr auszumachen war. Wolf Larsen aber steuerte wie von einem unfehlbaren Instinkt geleitet durch das fürchterliche Unwetter. Obwohl das Schiff nach wie vor ständig überflutet wurde, gerieten wir diesmal zumindest nicht in ein Wellental und trieben genau auf das gekenterte Boot zu, das beim Einholen arg ramponiert wurde.

Dann folgten zwei Stunden der Schinderei, in denen wir alle zusammen – zwei Jäger, drei Matrosen, Wolf Larsen und ich – nacheinander Fock- und Großsegel refften. Unter der nur noch spärlichen Beseglung drehte das Schiff bei, und unsere Decks wurden nur noch selten überspült, während die *Ghost* auf den Brechern wie ein Korken auf und nieder tanzte.

Ich hatte mir gleich zu Beginn die Fingerkuppen aufgerissen, und beim Reffen waren mir vor Schmerz Tränen über die Wangen gelaufen. Als aber alles vorüber war, ließ ich mich wie eine Frau gehen und in qualvoller Erschöpfung aufs Deck fallen.

Unterdessen zog man Thomas Mugridge wie eine abgesoffene Ratte aus der Backspitze, wo er sich feige verkrochen hatte. Ich sah, wie er nach achtern zur Kajüte geschleppt wurde, und bemerkte zu meiner Überraschung, dass die Kombüse verschwunden war. Nur ein leeres Stück Deck bezeugte, wo sie gestanden hatte.

In der Kajüte waren alle versammelt, einschließlich der Matrosen, und während auf dem kleinen Ofen Kaffee gekocht wurde, tranken wir Whiskey und kauten Schiffszwieback. Nie in meinem Leben war ich für Essbares so dankbar gewesen. Und noch nie hatte heißer Kaffee so gut geschmeckt. Die *Ghost* stampfte und schlingerte so stark, dass sich selbst die Matrosen ständig irgendwo festhalten mussten, und mehrere Male rief jemand: »Jetzt erwischt sie's!« Und wir wurden auf der Wand der Backbordkabinen durcheinandergewürfelt, als wäre sie das Deck.

»Zum Teufel mit dem Ausguck«, hörte ich Wolf Larsen sagen, nachdem wir gegessen und einen ordentlichen Schluck genommen hatten. »Auf Deck ist nichts weiter zu tun. Wenn uns etwas rammen sollte, können wir ihm ohnehin nicht ausweichen. Also alle Mann in die Kojen und nehmt eine ordentliche Prise Schlaf.«

Die Matrosen gingen nach vorn und zündeten unterwegs die Seitenlichter an, während die beiden Jäger zum Schlafen in der Kajüte blieben, da es nicht sehr ratsam schien, das Niedergangsluk zum Zwischendeck zu öffnen. Wolf Larsen und ich schnitten gemeinsam Kerfoots zerquetschten Finger ab und vernähten den Stumpf. Mugridge, der die ganze Zeit über dazu verdonnert gewesen war, Kaffee zu kochen, uns zu bedienen und das Feuer in Gang zu halten, und der dabei über Schmerzen im Brustraum geklagt hatte, schwor nun, dass ein oder zwei Rippen gebrochen seien. Bei einer Untersuchung stellten wir fest, dass es drei waren. Aber die Behandlung wurde auf den nächsten Tag verschoben, hauptsächlich deswegen, weil ich nichts über Rippenbrüche wusste und mir die Dinge erst anlesen musste.

»Ich glaube nicht, dass es die Sache wert war«, sagte ich zu Wolf Larsen, »ein kaputtes Boot für Kellys Leben.«

»Aber Kelly war auch nicht viel wert«, lautete die Antwort. »Gute Nacht.«

Nach all dem, was geschehen war, mit den unerträglichen Schmerzen in den Fingerkuppen und drei vermissten Booten, von den wilden Bocksprüngen, die die *Ghost* vollführte, ganz zu schweigen, war eigentlich an Schlaf nicht zu denken. Aber meine Augen müssen in dem Moment zugefallen sein, als mein Kopf das Kissen berührte, und völlig erschöpft schlief ich die ganze Nacht, während die *Ghost* sich einsam und führerlos durch den Sturm kämpfte.

18. KAPITEL

Am nächsten Tag, während sich der Sturm austobte, paukten Wolf Larsen und ich Anatomie und Chirurgie und bogen Mugridges Rippen wieder hin. Als die Windstärke dann nachgelassen hatte, kreuzte Wolf Larsen auf dem Teil des Ozeans hin und her, wo wir in das Unwetter hineingeraten waren, und auch etwas weiter westlich davon, während die Boote repariert und neue Segel angefertigt und angereiht wurden. Ein Robbenfänger nach dem anderen kam in Sicht, und wir gingen jeweils an Bord, da die meisten sich auf der Suche nach vermissten Booten befanden und selbst fremde Boote und Besatzungsmitglieder geborgen und aufgenommen hatten. Der Großteil der Flotte hatte sich westlich von uns befunden, und die weit verstreuten Boote hatten in panischer Flucht den nächstbesten Schoner angesteuert, der Schutz gewährte.

Zwei unserer Boote mitsamt ihrer Mannschaft übernahmen wir von der Cisco, und zu Wolf Larsens großer Freude und meinem Kummer sammelte er auch Smoke, Nilson und Leach auf der San Diego ein. Somit hatten wir nach fünf Tagen insgesamt nur vier Mann verloren – Henderson, Holyoak, Williams und Kelly – und jagten wieder an der Flanke der Herde. Ihr nach Norden folgend, trafen wir auf die gefürchteten Seenebel. Tag für Tag wurden die Boote ausgesetzt und waren beinahe schon im Dunst verschwunden, bevor sie noch das Wasser berührten, während wir an Bord in regelmäßigen Abständen das Horn ertönen ließen und alle fünfzehn Minuten die Signalkanone abfeuerten. Ständig gingen Boote verloren und wurden wiedergefunden, wobei es üblich war, dass ein Boot mit einer entsprechenden Gewinnbeteiligung auf dem Schiff mitjagte, das es aufgelesen hatte, bis der eigene Schoner seine Leute wieder aufnahm. Wolf Larsen aber griff, wie bei ihm nicht anders zu erwarten, das erste verirrte Boot auf, zwang dessen Mannschaft, mit der *Ghost* zu jagen, und erlaubte es den Männern nicht, zu ihrem eigenen Schiff zurückzukehren, als wir es sichteten. Ich erinnere mich, wie er dem Jäger und den beiden Matrosen das Gewehr vor die Brust hielt und sie nach unten drängte, während der Kapitän des anderen Schiffes keinen Steinwurf entfernt an uns vorbeisegelte und uns anrief.

Thomas Mugridge, der sich so sonderbar zäh ans Leben klammerte, humpelte schon bald wieder umher und erfüllte seine doppelten Pflichten als Koch und Steward. Johnson und Leach wurden wie zuvor schikaniert und geschlagen und erwarteten, dass es mit dem Ende der Jagdsaison auch mit ihnen aus sein würde, während der Rest der Mannschaft ein Hundeleben führte und die Leute von ihrem erbarmungslosen Herrn auch wie Köter behandelt wurden. Was Wolf Larsen und mich betrifft, so kamen wir ziemlich gut miteinander aus, obwohl ich mich nie ganz von dem Gedanken freimachen konnte, dass ich recht handeln würde, wenn ich ihn umbrachte. Ich war von ihm über alle Maßen fasziniert, und ich fürchtete ihn nicht weniger. Und doch konnte ich ihn mir nicht als hingestreckten Leichnam vorstellen. Er besaß etwas Unverwüstliches, eine Art ewige Jugend, die sich vor dieses Bild schob und es auslöschte. Vor meinem inneren Auge war er unsterblich, der geborene Sieger, der kämpfte und zerstörte und dabei stets mit heiler Haut davonkam.

Wenn wir uns mitten in der Herde befanden und die See zu rau war, um die Boote auszusetzen, vertrieb er sich die Zeit damit, selbst in ein Boot zu steigen und mit zwei Ruderern und einem Steuermann loszufahren. Er war ein guter Schütze und brachte unter Wetterbedingungen, die die Jäger als unmöglich bezeichneten, viele Felle an Bord. Sein Leben in eigenen Hän-

den zu halten und gegen ungeheure Widerstände anzukämpfen, das schien er zu brauchen wie die Luft zum Atmen.
Das Seemannshandwerk lernte ich immer besser. Und an einem klaren Tag, wie wir ihn nur noch selten erlebten, hatte ich die Genugtuung, die *Ghost* alleine zu führen und auch die Boote einzusammeln. Wolf Larsen litt wieder einmal unter seinen Kopfschmerzen, und ich stand den ganzen Tag am Ruder, segelte hinter dem letzten Leeboot her, drehte dann bei und nahm es ebenso wie die anderen fünf Boote an Bord, ohne einen Befehl oder Hinweis von ihm zu erhalten.
Hin und wieder gerieten wir in Stürme, denn wir befanden uns in einer rauen, windigen Gegend, und Mitte Juni brach ein Taifun über uns herein, der meine Zukunft veränderte und für mich deshalb unvergesslich und überaus bedeutsam wurde. Wir müssen uns ziemlich im Zentrum des Wirbelsturms befunden haben, und Wolf Larsen versuchte, nach Süden zu entkommen, zuerst mit doppelt gerefftem Focksegel und am Ende vor Topp und Takel. Nie hätte ich mir einen so gewaltigen Seegang vorstellen können. Wie leises Gekräusel erschienen mir die Wellen, denen wir vorher begegnet waren, gegenüber diesen Kaventsmännern, die sich von Wellenkamm zu Wellenkamm über eine halbe Meile erstreckten und, dessen bin ich sicher, unseren Mastbaum weit überragten. Die See war so aufgepeitscht, dass selbst Wolf Larsen nicht beizudrehen wagte, obwohl er weit nach Süden abgetrieben und von der Robbenherde getrennt wurde.
Wir mussten uns schon zwischen den Routen der Transpazifikdampfer befinden, als der Taifun sich legte und wir uns zur Überraschung der Jäger von Robben umringt sahen – eine zweite Herde oder eine Art Nachhut, wie sie erklärten, eine ganz ungewöhnliche Sache. Doch dann hieß es »Boote zu Wasser!«, und der ganze lange Tag war angefüllt von Gewehrschüssen und einem erbarmungswürdigen Hinschlachten.

Damals kam Leach zu mir. Ich hatte soeben die Felle des zuletzt an Bord genommenen Bootes durchgezählt, als er sich in der Dunkelheit neben mich stellte und mit leiser Stimme flüsterte:

»Können Sie mir sagen, Mr. van Weyden, wie weit wir von der Küste entfernt sind und in welcher Richtung Yokohama liegt?«

Mein Herz machte einen Freudensprung, denn ich wusste, was er vorhatte, und ich gab ihm die genaue Peilung – Westnordwest und fünfhundert Meilen entfernt.

»Vielen Dank, Sir«, war alles, was er sagte, als er in der Dunkelheit verschwand.

Am nächsten Morgen fehlten Boot Nummer drei, Johnson und Leach. Die Wasserfässchen und Proviantkisten sämtlicher anderen Boote waren ebenfalls verschwunden wie auch das Bettzeug und die Seesäcke der beiden Männer. Wolf Larsen tobte. Er ließ Segel setzen und nahm Kurs in Richtung Westnordwest, während zwei Jäger vom Masttopp mit ihren Gläsern das Meer absuchten und er wie ein wütender Löwe an Deck hin und her lief. Er kannte meine Sympathie für die Ausreißer viel zu gut, um mich als Ausguck nach oben zu schicken.

Der Wind war günstig, aber unbeständig, und der Versuch, das winzige Boot in der blauen Unendlichkeit aufzutreiben, glich der Suche nach einer Nadel im Heuhaufen. Aber er holte alles aus der *Ghost* heraus, um zwischen die Flüchtenden und das Festland zu gelangen. Nachdem er dies erreicht hatte, kreuzte er in dem Gebiet, durch das ihr Kurs sie führen musste.

Am Morgen des dritten Tages, kurz nach acht Glasen, rief Smoke vom Ausguck, dass er das Boot gesichtet habe. Alle Männer versammelten sich an der Reling. Von Westen her wehte eine steife Brise, die noch stärkeren Wind versprach.

Und dort, in Lee, im flirrenden Silber der aufgehenden Sonne, konnte man einen schwarzen Fleck auftauchen und wieder verschwinden sehen.
Wir änderten den Kurs und hielten auf ihn zu. Mein Herz war bleischwer. Ich spürte, wie mir schon im Vorhinein schlecht wurde. Und als ich das triumphierende Leuchten in Wolf Larsens Augen sah, verschwamm seine Gestalt vor mir, und ich spürte einen nahezu unwiderstehlichen Zwang, mich auf ihn zu stürzen. Der Gedanke an die rohe Gewalt, die Leach und Johnson erwartete, raubte mir die letzten Nerven und den Verstand. Ich weiß nur noch, dass ich wie benommen nach unten ins Zwischendeck schlich und dass ich mich gerade mit einer geladenen Flinte auf dem Weg nach oben befand, als ich den erstaunten Ausruf hörte:
»Da sind ja fünf Mann im Boot!«
Ich hielt mich schwach und zitternd am Niedergang fest, während die Beobachtung durch andere Bemerkungen bestätigt wurde. Dann gaben meine Knie nach, und ich sank zu Boden, wieder ich selbst, jedoch überwältigt vom Erschrecken über die beinahe begangene Tat. Außerdem spürte ich ein Gefühl großer Dankbarkeit, als ich das Gewehr weglegte und zurück an Deck schlüpfte.
Niemand hatte meine Abwesenheit bemerkt. Wir waren nun nahe genug, um festzustellen, dass das Gefährt größer als jedes Robbenboot und auch anders gebaut war. Als die Entfernung noch weiter schrumpfte, wurde das Segel eingeholt und der Mast flachgelegt. Die Ruder wurden ins Boot gezogen, und die Insassen warteten, dass wir beidrehten und sie an Bord nahmen.
Smoke, der herabgestiegen war und nun neben mir stand, begann vielsagend zu kichern. Ich sah ihn fragend an.
»Da haben wir uns ja was Schönes eingehandelt!«, flachste er.
»Was ist denn los?«, wollte ich wissen.

Wieder musste er lachen.
»Sehen Sie denn nicht, dort unter dem Heckschot, am Boden. Ich will nie wieder eine Robbe vor die Flinte kriegen, wenn das keine Frau ist!«
Ich sah genauer hin, war mir aber nicht sicher, bis von allen Seiten das Geschrei losging. Im Boot waren vier Männer, und das fünfte Besatzungsmitglied war zweifellos eine Frau. Wir waren alle ganz außer uns, bis auf Wolf Larsen, dem die Enttäuschung allzu deutlich anzusehen war, dass es sich nicht um sein Boot mit den beiden Opfern seiner Rachsucht handelte.
Wir refften den Außenklüver, ließen die Fock nach Luv übergehen, holten das Großsegel an und gingen in den Wind. Die Ruder tauchten ins Wasser, und nach wenigen Schlägen lag das Boot längsseits. Erst jetzt konnte ich einen genaueren Blick auf die Frau werfen. Sie war in einen langen Ulstermantel gehüllt, denn der Morgen war frisch. So konnte ich nichts weiter sehen als ihr Gesicht und einen Schwall hellbrauner Haare, der unter der Seemannsmütze auf ihrem Kopf hervorquoll. Ihre Augen waren groß, braun und strahlten, sie hatte einen reizenden und gefühlvollen Mund, und ihr Gesicht selbst glich einem feinen Oval, obwohl die Sonne und der salzige Wind es scharlachrot gefärbt hatten.
Sie erschien mir wie ein Wesen aus einer anderen Welt. Ich spürte gieriges Verlangen – wie das eines Hungernden nach Brot. Immerhin hatte ich seit Wochen keine Frau mehr zu Gesicht bekommen. Ich weiß noch, dass ich in ein großes Staunen verfiel, beinahe in einen Stupor – dies also war eine Frau? –, sodass ich mich selbst und meine Pflichten als Maat vergaß und keinen Finger rührte, um den Neuankömmlingen an Bord zu helfen. Denn als einer der Matrosen sie in Wolf Larsens ausgestreckte Arme hob, sah sie in unsere neugierigen Gesichter und lächelte amüsiert und reizend, wie nur eine Frau lächeln kann und wie ich schon lange niemanden mehr

hatte lächeln sehen. Dass es so etwas tatsächlich gab, war mir ganz entfallen.

»Mr. van Weyden!«

Wolf Larsens Stimme holte mich schlagartig in die Realität zurück.

»Würden Sie die Dame nach unten bringen und für ihre Bequemlichkeit sorgen? Richten Sie ihr die freie Backbordkabine her. Lassen Sie Smutje alles in Ordnung bringen. Und sehen Sie zu, was Sie für ihr Gesicht tun können. Es ist böse verbrannt.«

Er wandte sich brüsk von uns ab und begann, die Neuankömmlinge auszufragen. Das Boot war von Wind und Wellen abgetrieben worden, was einer von ihnen eine verfluchte Schande nannte, wo doch Yokohama so nahe läge.

Ich hatte auf sonderbare Weise Angst vor dieser Frau, die ich nach achtern geleitete. Und außerdem war ich verlegen. Mir schien es, als begriffe ich zum ersten Mal, was für ein zartes und zerbrechliches Wesen eine Frau doch ist. Und als ich ihren Arm ergriff, um ihr den Niedergang hinabzuhelfen, war ich überrascht, wie schmal und weich er war. Tatsächlich war sie nicht schwächlicher oder graziler als andere Frauen auch, aber sie kam mir so ätherisch und zart vor, dass ich schon fast meinte, ihr Arm würde meinem Griff nicht standhalten. Dies alles sage ich hier ganz frei heraus, um nach langer Entwöhnung meinen ersten Eindruck von Frauen im Allgemeinen und von Maud Brewster im Besonderen wiederzugeben.

»Machen Sie meinetwegen keine Umstände«, protestierte sie, als ich sie in Wolf Larsens Lehnstuhl setzte, den ich eiligst aus seiner Kabine herangeschafft hatte. »Die Männer erwarteten heute Morgen jeden Augenblick, Land zu sehen, und das Schiff müsste gegen Abend den Hafen erreichen, meinen Sie nicht auch?«

Ihr naiver Glaube an das unmittelbar Bevorstehende verblüffte mich. Wie konnte ich ihr die Situation begreiflich machen, diesen seltsamen Mann, der wie das Schicksal selbst die Meere unsicher machte, all das, was ich erst nach Monaten gelernt hatte? Doch ich antwortete aufrichtig:

»Unter jedem anderen Kapitän würde ich sagen, dass Sie morgen in Yokohama an Land gehen könnten. Aber unser Kapitän ist ein sehr eigenwilliger Mensch, und ich möchte Sie bitten, auf alles gefasst zu sein – Sie verstehen? –, wirklich auf alles.«

»Ich – ich muss zugeben, dass ich nicht ganz begreife«, sagte sie zögernd, mit verwirrtem, wenn auch nicht angstvollem Blick. »Oder handelt es sich um einen Irrtum meinerseits, dass Schiffbrüchigen jede erdenkliche Rücksichtnahme zuteil wird? Sehen Sie, es ist doch nur eine Kleinigkeit. Wir sind so nahe am Land.«

»Offen gesagt, ich kann es nicht absehen«, versuchte ich sie zu beruhigen. »Ich wollte sie nur auf das Schlimmste vorbereiten, wenn es denn wirklich eintreten sollte. Dieser Mensch, unser Kapitän, ist ein Tier, ein Dämon, und man kann nie wissen, welche Eskapaden ihm als Nächstes in den Sinn kommen.«

In mir wuchs die Erregung, aber sie unterbrach mich mit einem »Oh, ich verstehe«, und ihre Stimme klang müde. Das Nachdenken bereitete ihr sichtlich Mühe. Sie war ohne Zweifel am Rande des physischen Zusammenbruchs.

Sie stellte keine weiteren Fragen, und ich machte keine neuen Bemerkungen, sondern hielt mich streng an Wolf Larsens Befehl, es ihr bequem zu machen. Ich begann fast schon nach Hausfrauenart herumzuhantieren, besorgte eine lindernde Creme für ihren Sonnenbrand, durchwühlte Wolf Larsens private Vorräte nach der Flasche Port, die doch irgendwo stecken musste, und überwachte Thomas Mugridge beim Herrichten der freien Schlafkabine.

Der Wind frischte zügig auf, die *Ghost* krängte mehr und mehr, und als ihre Unterkunft bereit war, jagte das Schiff mit flottem Tempo durchs Wasser. Ich hatte die Existenz von Leach und Johnson beinahe vergessen, als plötzlich wie ein Donnerschlag »Boot in Sicht!« durch den offenen Niedergang tönte. Es war die unverwechselbare Stimme Smokes, die oben aus dem Ausguck kam. Ich warf einen kurzen Blick auf die Frau, aber sie hatte sich völlig erschöpft in den Sessel zurückgelehnt und hielt die Augen geschlossen. Ich bezweifelte, dass sie etwas gehört hatte, und beschloss, ihr den Anblick der Brutalität zu ersparen, die der Gefangennahme der Deserteure folgen musste. Sie war erschöpft. Nun gut. Sie sollte schlafen.

An Deck ertönten eilige Kommandos, Fußgetrappel und das Prasseln der Reffbändsel waren zu hören, als die *Ghost* durch den Wind auf den anderen Bug ging. Sobald die Segel dann wieder voll standen und sie überholte, begann der Sessel über den Kajütenboden zu rutschen, und ich sprang gerade noch rechtzeitig hinzu, um zu verhindern, dass die Gerettete hinausgeschleudert wurde.

Ihre Augen waren zu schwer und konnten die schläfrige Überraschung nur eben andeuten, als sie zu mir aufblickte. Sie stolperte und schwankte, während ich sie zu ihrer Kabine führte. Mugridge grinste mich vieldeutig an, aber ich schob ihn zur Tür hinaus und schickte ihn in die Kombüse an seine Arbeit zurück; er rächte sich, indem er den Jägern in den glühendsten Farben schilderte, wie vorzüglich ich mich doch zur Kammerzofe eigne.

Sie stützte sich mit ihrem ganzen Gewicht auf mich, und ich glaube, sie war auf dem Weg vom Lehnstuhl zur Kabine erneut eingeschlafen. Das aber ging mir erst auf, als sie bei einem plötzlichen Schlingern des Schiffs beinahe in die Koje stürzte. Sie wachte auf, lächelte schlaftrunken und war auch schon wieder weggetreten. Und so verließ ich sie, eingehüllt in zwei schwere Seemannsdecken und den Kopf auf ein Kissen gebettet, das ich aus Wolf Larsens Kabine entwendet hatte.

19. KAPITEL

Als ich an Deck kam, sah ich die *Ghost* über Steuerbordbug segeln und luvwärts auf ein vertrautes Sprietsegel zuhalten, das sich hart am Wind vor uns in die gleiche Richtung bewegte. Alle Mann standen an Deck, denn sie wussten, dass einiges bevorstand, wenn Leach und Johnson an Bord gezerrt wurden.

Es war vier Glasen. Louis kam nach hinten, um das Steuer zu übernehmen. Die Luft war feucht, und ich bemerkte, dass er sein Ölzeug trug.

»Was steht an?«, fragte ich ihn.

»Dem Lüftchen nach zu urteilen ein noch nicht ausgewachsener Sturm, Sir«, antwortete er, »mit ein paar Spritzern Regen, die gerade mal zum Kiemenbefeuchten reichen.«

»Schade, dass wir sie entdeckt haben«, sagte ich, als der Bug der *Ghost* von einer großen Welle einen Strich aus dem Kurs gedrückt wurde und das Boot für einen Moment hinter dem Klüver auftauchte und in unser Gesichtsfeld geriet.

Louis ließ eine Spake nach und suchte Zeit zu gewinnen. »Ich glaube, Sir, sie hätten es niemals bis zur Küste geschafft.«

»Meinst du?«, fragte ich zurück.

»Allerdings, Sir. Spüren Sie das?« (Ein Windstoß hatte den Schoner getroffen, und er musste das Rad schnell herumdrehen, um ihn am Wind zu halten.) »In einer Stunde hält sich bei dem Seegang keine Eierschale mehr über Wasser, und die beiden können von Glück reden, dass wir hier sind, um sie aufzufischen.«

Wolf Larsen kam von mittschiffs, wo er sich mit den Geretteten unterhalten hatte. Die katzenhafte Elastizität seiner Schritte war ein wenig ausgeprägter als sonst, und seine Augen strahlten lebhaft.

»Ein vierter Maschinist und drei Heizer«, sagte er zur Begrüßung. »Aber wir werden schon Matrosen aus ihnen machen oder zumindest Ruderer. Nun, wie geht's der Dame?«
Ich weiß nicht warum, aber ich spürte einen schneidenden Schmerz wie von einem Messerstich, als er sie erwähnte. Ich hielt es für eine Albernheit meinerseits, aber das Gefühl war nicht loszuwerden, und ich antwortete nur mit einem Schulterzucken.
Wolf Larsen verzog die Lippen zu einem langen, spöttischen Pfiff.
»Darf man fragen, wie sie heißt?«, wollte er wissen.
»Keine Ahnung«, gab ich zur Antwort. »Sie schläft. Sie war sehr erschöpft. Eigentlich sind Sie dran mit den Neuigkeiten. Was für ein Schiff war es?«
»Ein Postdampfer«, antwortete er knapp. »Die *City of Tokio*, von Frisco nach Yokohama. Im Taifun havariert. Alter Kahn. Wurde oben und unten undicht wie ein Sieb. Vier Tage sind sie getrieben. Und du weißt nicht mal, wer oder was sie ist, wie? – Fräulein, Frau oder Witwe? Nun gut.«
Er wiegte scherzhaft den Kopf und zwinkerte mir zu.
»Haben Sie –«, setzte ich an. Die Frage lag mir auf der Zunge, ob er die Schiffbrüchigen nach Yokohama bringen werde.
»Was habe ich?«, fragte er.
»Was passiert mit Leach und Johnson?«
Er schüttelte den Kopf. »Ehrlich gesagt, Döspaddel, da bin ich überfragt. Dank der Neuzugänge ist die Mannschaft eigentlich komplett.«
»Die beiden dürften vom Ausbüchsen so ziemlich die Nase voll haben«, sagte ich. »Wie wäre es also zur Abwechslung mit einer anderen Behandlung? Nehmen Sie sie an Bord und packen Sie sie nicht mehr so grob an. Was immer sie verbrochen haben, man hat sie dazu getrieben.«
»Wer? Ich etwa?«

»Ja, Sie«, antwortete ich fest. »Und ich warne Sie, Wolf Larsen, der Wunsch, Sie zu töten, könnte stärker werden als meine Eigenliebe, wenn Sie bei diesen beiden armen Kreaturen zu weit gingen.«
»Bravo!«, rief er. »Ich bin stolz auf dich, Döspaddel. Und wie du gelernt hast, auf eigenen Beinen zu stehen! Du bist ein ganzer Kerl. Du hast nur das Pech gehabt, dein Leben im Wohlstand zu verbringen, aber du machst dich, und du gefällst mir immer besser.«
Seine Stimme und sein Ausdruck veränderten sich. Seine Züge wurden ernst. »Glaubst du an Versprechen?«, fragte er. »Sind sie dir heilig?«
»Selbstverständlich«, antwortete ich.
»Dann schlage ich dir einen Vertrag vor«, schauspielerte er weiter. »Wenn ich versichere, mich nicht an Leach und Johnson zu vergreifen, versprichst du mir dann, keine Mordanschläge mehr zu planen?«
»Oh, nicht dass ich mich vor dir fürchtete, nicht dass ich Angst hätte«, fügte er hastig hinzu.
Ich traute meinen Ohren nicht. Was war in diesen Mann gefahren?
»Also abgemacht?«, fragte er ungeduldig.
»Abgemacht«, erwiderte ich.
Er reichte mir die Hand, und während ich sie kräftig drückte, hätte ich schwören können, teuflischen Spott in seinen Augen aufblitzen zu sehen.
Wir gingen über das Hüttendeck nach Lee. Das Boot war nun ganz nah und befand sich in einer schlimmen Lage. Johnson steuerte, Leach schöpfte Wasser. Wir überholten sie langsam. Wolf Larsen gab Louis ein Zeichen, leicht abzufallen, und wir kreuzten keine zwanzig Fuß vor dem Boot nach Luv. Die *Ghost* nahm ihm den Wind aus den Segeln. Das Sprietsegel flatterte, das Boot richtete sich langsam auf und zwang die bei-

den Männer, eilig Gegenmaßnahmen zu ergreifen. Ihr Boot verlor an Fahrt, und als wir von einer großen Woge emporgehoben wurden, kippte es vornüber und sank in das Wellental. Genau in diesem Moment schauten Leach und Johnson hinauf in die Gesichter ihrer Mannschaftskameraden, die mittschiffs an der Reling standen. Niemand grüßte. In den Augen ihrer Gefährten waren sie tot, und zwischen ihnen lag der Abgrund, der die Lebenden und die Toten trennt.

In der nächsten Sekunde befanden sie sich querab vom Hüttendeck, auf dem Wolf Larsen und ich standen. Nun sanken wir in das Wellental, während die Woge sie nach oben hievte. Johnson blickte mich an, und sein Gesicht wirkte erschöpft und abgehärmt. Ich winkte ihm, und er erwiderte den Gruß, aber die Geste war voller Hoffnungslosigkeit und Verzweiflung. Es war, als ob er Lebewohl sagte. Leach konnte ich nicht in die Augen sehen, denn sein Blick war fest auf Wolf Larsen geheftet, und das alte, unversöhnliche und hasserfüllte Zähnefletschen verzerrte sein Gesicht.

Dann waren sie achtern hinter dem Hüttendeck zurückgeblieben. Das Sprietsegel füllte sich ganz plötzlich und ließ das zerbrechliche offene Fahrzeug so stark krängen, dass es aussah, als müsse es unweigerlich kentern. Eine Welle brach sich über ihm und begrub es in schneeweißer Gischt. Dann tauchte das Boot halb vollgelaufen wieder auf, und Leach öste, während sich Johnson mit bleichem und verängstigtem Gesicht ans Ruder klammerte.

Wolf Larsen lachte bellend in mein Ohr und ging hinüber zur Luvseite des Hüttendecks. Ich nahm an, er werde Befehl zum Beidrehen der *Ghost* geben, aber sie setzte ihre Fahrt fort, und er gab keine Anweisungen. Louis stand unbewegt am Ruder, aber ich bemerkte, dass die vorne versammelten Matrosen besorgt zu uns herübersahen. Immer noch jagte die *Ghost* dahin, bis das Boot zu einem winzigen Punkt geschrumpft war; da endlich ertönte Wolf Larsens Kommando, über Backbordbug zu gehen.

Wir segelten zwei Meilen oder auch mehr in Luv zurück zu der kämpfenden Nussschale, bevor der Außenklüver eingeholt wurde und der Schoner beidrehte. Die Robbenboote sind nicht dafür gebaut, gegen den Wind zu segeln. Ihre einzige Chance liegt darin, sich in Luvposition zu halten, sodass sie, wenn der Wind auffrischt, auf das Mutterschiff zulaufen können. Aber in dieser ganzen aufgepeitschten Wasserwüste gab es für Leach und Johnson keine andere Zuflucht als die *Ghost*, und entschlossen begannen sie damit, sich gegen den Wind vorzuarbeiten. Es war ein mühseliges Unterfangen in der rauen See. In jedem Moment konnten sie von einem der zischenden Brecher überrollt werden. Wieder und wieder mussten wir mit ansehen, wie das Boot in die schäumenden Wogenkämme hineinsteuerte, an Fahrt verlor und wie ein Korken zurückgeschleudert wurde.

Johnson war ein ausgezeichneter Seemann, der von kleinen Booten ebenso viel verstand wie von Schiffen. Nach anderthalb Stunden war er fast längsseits, erreichte mit dem letzten Schlag die Höhe unseres Hecks, um nach der nächsten Wende direkt auf uns zuzukreuzen.

»So, so, ihr habt's euch also anders überlegt«, hörte ich Wolf Larsen murmeln, halb zu sich selbst, halb an ihre Adresse, als ob sie ihn verstehen könnten. »Wollt wieder an Bord, was? Na, dann kommt nur.«

»Ruder hart Backbord!«, befahl er Oofty-Oofty, dem Kanaken, der Louis inzwischen abgelöst hatte.

Befehl folgte auf Befehl. Während das Schiff abdrehte, wurden die Fock- und Großschot aufgefiert. Und dann segelten wir wieder vor dem Wind und schossen davon, während Johnson, um der Gefahr des Kenterns zu entgehen, seinem Segel mehr Lose gab und dreißig Meter entfernt unser Kielwasser passierte. Wieder lachte Wolf Larsen und winkte ihnen gleichzeitig, nachzukommen. Er wollte offenbar Katz und Maus mit den beiden spielen und ihnen, wie ich vermutete, anstelle der Prügel eine Lektion erteilen, wenn es auch ein überaus gefährlicher Denkzettel war, denn das zerbrechliche Gefährt drohte jederzeit unterzugehen.

Johnson brasste unverzüglich an und fuhr uns hinterher. Es blieb ihm nichts anderes übrig. Überall lauerte der Tod, und es war nur eine Frage der Zeit, wann eine der vielen Sturzseen das Boot erfassen, einfach darüber hinwegschwappen und weiterrollen würde.

»Die Todesangst sitzt denen im Nacken«, murmelte Louis mir ins Ohr, als ich nach vorn ging, um den Außenklüver und das Stagsegel einholen zu lassen.

»Oh, er wird schon beidrehen und sie an Bord nehmen«, antwortete ich frohgemut. »Er ist nur versessen darauf, ihnen eine Lektion zu erteilen, mehr nicht.«

Louis sah mich durchtrieben an. »Meinen Sie?«, fragte er.

»Klar«, anwortete ich. »Was denkst du denn?«

»Ich denke in diesen Tagen nur an meine eigene Haut«, lautete seine Antwort. »Und ich muss mich sehr darüber wundern, wie die Dinge sich entwickeln. Der Whiskey in Frisco hat mich in einen schönen Schlamassel gebracht, aber in einen noch größeren werden Sie durch diese Frau da achtern geraten. Ach was, ich weiß ja, was für ein verdammter Trottel Sie sind.«

»Was meinst du damit?«, wollte ich wissen; denn kaum dass er seinen Pfeil abgeschossen hatte, wandte er sich zum Gehen.

»Was ich meine?«, rief er. »Und das fragen Sie mich! Es geht nicht darum, was ich meine, sondern was der Wolf meint. Der Wolf, habe ich gesagt, der Wolf!«

»Wenn's Ärger gibt, können wir dann auf dich zählen?«, fragte ich ohne Umschweife, denn er hatte meine eigenen Befürchtungen in Worte gekleidet.

»Mit mir rechnen? Dem dicken alten Louis halte ich die Stange, und Ärger satt wird's geben. Wir befinden uns am Anfang, ich sag's Ihnen, gerade erst am Anfang.«

»Ich hätte nicht gedacht, dass du so ein Feigling bist«, bemerkte ich höhnisch.

Er bedachte mich mit einem abschätzigen Blick. »Wenn ich schon keinen Finger für diesen armen Dummkopf da draußen gerührt habe« – und er wies nach achtern auf das winzige Segel – »glauben Sie, ich bin dann scharf darauf, mir wegen einer Frau, die mir vorher nie unter die Augen gekommen ist, den Schädel einschlagen zu lassen?«

Ich machte voller Verachtung kehrt und ging nach achtern.

»Sie geien besser die Toppsegel auf, Mr. van Weyden«, sagte Wolf Larsen, als ich auf das Hüttendeck kam.

Ich spürte Erleichterung, zumindest was die beiden Männer betraf. Es war klar, dass er sich nicht zu weit von ihnen entfernen wollte. Der Gedanke machte mir Hoffnung, und ich beeilte mich, die Order auszuführen. Ich hatte kaum die Lippen geöffnet, um die nötigen Befehle zu erteilen, da sprangen die Männer auch schon zu den Falltauen und Niederholern, während andere aufenterten. Wolf Larsen betrachtete diesen Eifer mit einem grimmigen Lächeln.

Immer noch vergrößerten wir unseren Vorsprung, und als das Boot mehrere Meilen hinter uns zurückgeblieben war, drehten wir bei und warteten. Alle Augen beobachteten, wie es näherkam, sogar die Wolf Larsens. Aber er war der Einzige an Bord, der keine Unruhe zeigte. Louis starrte unverwandt achteraus, aber sein Gesicht verriet eine Besorgnis, die er nicht völlig verbergen konnte.

Das Boot kam näher und näher, kämpfte sich wie ein lebendiges Wesen durch das brodelnde Grün, wurde von riesigen Wellenbergen emporgehoben und in die Luft geschleudert, oder es verschwand dahinter, um im nächsten Moment wieder hervorzuschnellen und gen Himmel zu schießen. Es schien ausgeschlossen, dass es sich weiter halten konnte, und doch vollbrachte es mit jeder schwindelerregenden Pendelbewegung das Unmögliche. Eine Regenböe zog vorbei, und durch den triefenden Vorhang tauchte das Boot plötzlich direkt hinter uns auf.

»Hart Ruder!«, rief Wolf Larsen, dabei selbst ans Ruder springend und es herumwirbelnd.

Wieder hetzte die *Ghost* davon und jagte vor dem Wind dahin, und zwei weitere Stunden folgten uns Johnson und Leach. Wir drehten bei und jagten davon, drehten bei und jagten davon, und die ganze Zeit über sah man achtern ein kämpfendes Stück Segel gen Himmel fliegen oder in sich fortwälzende Wellentäler hinabstürzen. Es war ungefähr noch eine halbe Meile entfernt, als eine dichte Regenböe es den Blicken entzog. Es tauchte nie wieder auf. Der Wind sorgte erneut für klare Sicht, aber kein Segel stand über der aufgewühlten Wasserfläche. Einen Moment lang glaubte ich, die schwarze Unterseite des Bootes in einem sich brechenden Wellenkamm zu erkennen. Das war aber auch schon alles. Für Johnson und Leach war der Kampf ums Dasein beendet.

Die Männer standen immer noch mittschiffs zusammen. Keiner war nach unten gegangen, und niemand sagte ein Wort. Nicht einmal Blicke wurden getauscht. Sie alle schienen wie betäubt – tief in Gedanken versunken, so als müssten sie sich erst darüber klar werden, was eigentlich geschehen war. Wolf Larsen ließ ihnen nicht viel Zeit zum Nachdenken. Sofort brachte er die *Ghost* wieder auf Kurs – einen Kurs, der auf die Verfolgung der Robbenherde und nicht auf den Hafen von Yokohama ausgerichtet war. Aber die Männer zeigten nun keinen Eifer mehr beim Ein- und Aufholen, und ich hörte sie Flüche ausstoßen, die gepresst über ihre Lippen kamen und so niedergedrückt und leblos wie ihre Urheber waren. Bei den

Jägern standen die Dinge anders. Der unverwüstliche Smoke erzählte eine Geschichte, und sie stiegen unter dröhnendem Gelächter zum Zwischendeck hinab.
Als ich auf meinem Weg nach achtern an der Luvseite der Kombüse vorbeiging, trat der gerettete Maschinist auf mich zu. Sein Gesicht war bleich, und seine Lippen zitterten.
»Gütiger Gott, Sir, auf was für einem Schiff sind wir hier gelandet?«, rief er.
»Sie haben doch Augen im Kopf und müssen es gesehen haben«, antwortete ich ohne große Rücksichtnahme und voller Angst und Schmerz.
»Ihr Versprechen?«, sagte ich zu Wolf Larsen.
»Ich habe nicht daran gedacht, sie an Bord zu nehmen, als ich dieses Versprechen gab«, antwortete er. »Und außerdem musst du mir zugeben, dass ich mich nicht an ihnen vergriffen habe.«
»Ganz im Gegenteil, ganz im Gegenteil«, lachte er einen Moment später.
Ich gab keine Antwort. Es hatte mir die Sprache verschlagen, und in meinem Kopf ging es drunter und drüber. Ich brauchte Zeit zum Nachdenken. Für diese Frau, die immer noch in der unbelegten Kabine schlief, trug ich eine Verantwortung, die ich in Betracht ziehen musste, und der einzige vernünftige Gedanke, den ich fassen konnte, sagte mir, dass ich nichts überstürzen durfte, wenn ich ihr, wie auch immer, behilflich sein wollte.

20. KAPITEL

Der Rest des Tages verlief ohne weitere Zwischenfälle. Nachdem er uns die Kiemen befeuchtet hatte, flaute der mäßige Sturm ab. Der vierte Maschinist und die drei Heizer erhielten nach einer hitzigen Unterredung mit Wolf Larsen ihre Ausrüstung aus dem Magazin, wurden den Jägern in den einzelnen Booten und den Wachen zugeteilt und nach vorn in die Back verfrachtet. Protestierend zogen sie ab, aber ihre Stimmen blieben gedämpft. Sie waren eingeschüchtert durch das, was sie von Wolf Larsens Charakter bereits mitbekommen hatten, und das Lamento, das sie in der Back empfing, trieb ihnen auch noch den letzten Rest von Aufsässigkeit aus.

Miss Brewster – den Namen hatten wir von dem Maschinisten erfahren – schlief und schlief. Beim Abendessen bat ich die Jäger, sich leise zu unterhalten, damit sie nicht gestört würde. Und erst am nächsten Morgen ließ sie sich blicken. Ich hatte vorgehabt, ihr die Mahlzeiten getrennt servieren zu lassen, aber Wolf Larsen war entschieden dagegen. Ob sie etwa zu gut für den Kajütentisch und die dort versammelte Runde sei, wollte er von mir wissen.

Ihr Erscheinen bei Tisch hatte jedoch auch eine komische Seite. Die Jäger waren mit einem Mal stumm wie Fische. Nur Jock Horner und Smoke waren so unverfroren, hin und wieder einen verstohlenen Blick zu riskieren und sogar am Gespräch teilzunehmen. Die anderen vier Männer klebten mit ihren Blicken am Teller und kauten gleichmäßig und mit nachdenklicher Gründlichkeit, wobei ihre Ohren sich im Gleichtakt mit den Kinnladen bewegten und wackelten wie bei so vielen Tieren.

Wolf Larsen wusste zunächst wenig zu sagen und gab nur Antwort, wenn er angesprochen wurde. Nicht dass er verlegen gewesen wäre. Weit gefehlt. Diese Frau war ein neuer Menschentyp für ihn, ein anderer Schlag, als er ihn bisher kennengelernt hatte, und er war neugierig. Er musterte sie genau, und wenn seine Augen überhaupt einmal von ihrem Gesicht abließen, dann nur, um den Bewegungen ihrer Hände und Schultern zu folgen. Auch ich beobachtete sie genau, und obwohl ich die Unterhaltung in Gang hielt, erinnere ich mich doch, dass ich ein wenig schüchtern und nicht ganz ich selbst war. Er dagegen befand sich völlig im Lot und strahlte ein Selbstvertrauen aus, das durch nichts zu erschüttern war. Vor einer Frau hatte er ebenso wenig Angst wie vor einem Sturm oder einem Kampf.

»Und wann werden wir in Yokohama eintreffen?«, fragte sie, an ihn gewandt, und sah ihm direkt in die Augen.

Da war die Frage, klipp und klar formuliert. Die Kinnladen hörten auf zu mahlen, die Ohren standen still, und obwohl die Blicke weiterhin am Teller klebten, wartete jeder gespannt auf die Antwort.

»In vier Monaten, vielleicht auch in drei, wenn die Saison früh zu Ende geht«, sagte Wolf Larsen.

Sie rang nach Luft und stammelte: »Ich – ich dachte –, man hat mir erklärt, dass Yokohama nur eine Tagesreise entfernt sei. Es –« Hier unterbrach sie sich und blickte in die Runde teilnahmsloser Gesichter, die verbissen auf ihre Teller starrten. »Das ist nicht recht«, schloss sie.

»Das ist eine Frage, die Sie mit Mr. van Weyden klären müssen«, antwortete er, indem er mir mit einem schadenfrohen Zwinkern zunickte. »Mr. van Weyden kann man getrost als Autorität in Fragen des Rechts bezeichnen. Ich bin nur ein Seemann und würde die Situation ein wenig anders sehen. Für Sie mag es möglicherweise bedauerlich sein, bei uns mitsegeln zu müssen, aber für uns ist es zweifellos ein Gewinn.«

Er lächelte. Ihre Augen senkten sich unter seinem Blick, doch dann hob sie sie erneut und funkelte mich trotzig an. In ihren Pupillen konnte ich die unausgesprochene Frage lesen: War es recht? Aber ich hatte mich für die Rolle des Unparteiischen entschieden und gab keine Antwort.

»Was denken Sie darüber?«, fragte sie.

»Eine bedauerliche Situation, insbesondere dann, wenn Sie im Verlauf der nächsten Monate irgendwelche Verpflichtungen haben sollten. Da Sie aber sagten, dass Sie aus Gesundheitsgründen nach Japan gereist sind, kann ich Ihnen versichern, dass Sie sich nirgends so gut erholen werden wie an Bord der *Ghost.*«

Ich sah, wie ihre Augen entrüstet aufblitzten, und diesmal war ich es, der den Blick senkte, während ich spürte, dass mein Gesicht rot anlief. Es war feige, aber was sonst hätte ich tun können?

»Mr. van Weyden spricht als Fachmann«, lachte Larsen.

Ich nickte, und sie wartete gespannt, nachdem sie ihre Fassung wiedergewonnen hatte.

»Nicht dass er besonders vorzeigbar wäre«, fuhr Wolf Larsen fort, »aber er hat doch prächtige Fortschritte gemacht. Sie hätten ihn sehen sollen, als er an Bord kam. Ein schmächtigeres und jämmerlicheres menschliches Wesen hätte man sich schwerlich vorstellen können. Ist es nicht so, Kerfoot?«

Kerfoot erschrak über diese direkte Anrede so sehr, dass er sein Messer auf den Boden fallen ließ, aber er brachte immerhin noch ein zustimmendes Grunzen über die Lippen.

»Das Kartoffelschälen und Geschirrspülen hat ihn mächtig aufgebaut, stimmt's, Kerfoot?«

Wieder grunzte der gute Mann.

»Sehen Sie sich ihn jetzt an. Zugegeben, er ist nicht das, was man ein Muskelpaket nennen würde, aber er hat Kraft, und das ist mehr, als er beim Anheuern vorweisen konnte. Und dann hat er zwei Beine, die er zu gebrauchen weiß. Sie werden es nicht für möglich halten, wenn Sie ihn hier so sehen, aber zu Anfang war er völlig unfähig, auf eigenen Füßen zu stehen.«

Die Jäger kicherten, aber sie sah mich mit einem mitfühlenden Blick an, der mich für Wolf Larsens Niedertracht mehr als entschädigte. In Wahrheit hatte ich schon so lange keine Sympathie mehr zu spüren bekommen, dass mir das Herz aufging und ich von da an und mit Freuden ihr ergebener Sklave wurde. Aber ich war wütend auf Wolf Larsen. Er forderte mit seinen Verunglimpfungen meine Männlichkeit heraus und stellte damit eben jene Beine infrage, auf die er mich gebracht haben wollte.

»Ich mag gelernt haben, auf eigenen Beinen zu stehen«, gab ich zurück. »Aber dass ich damit auf anderen herumtrample, das steht noch aus.«

Er warf mir einen unverschämten Blick zu. »Also ist Ihre Erziehung erst zur Hälfte abgeschlossen«, sagte er trocken und wandte sich dann wieder Miss Brewster zu.

»Wir sind sehr gastfreundlich auf der *Ghost*, Mr. van Weyden hat es selbst erlebt. Wir tun alles, damit sich unsere Gäste wie zu Hause fühlen, stimmt's, Mr. van Weyden?«

»Einschließlich Kartoffelschälen und Geschirrspülen«, antwortete ich, »um vom Halsumdrehen aus purer Freundschaft erst gar nicht zu reden.«

»Bitte lassen Sie sich von Mr. van Weyden nichts Nachteiliges über uns einreden«, warf er mit gespielter Besorgnis ein. »Sie werden bemerkt haben, Miss Brewster, dass er einen Dolch am Gürtel trägt, was – hm – was für einen Schiffsoffizier äußerst ungewöhnlich ist. Einerseits überaus ehrenwert, ist Mr. van Weyden doch manchmal – nun, wie soll ich sagen – streitsüchtig, und da sind harte Maßnahmen angezeigt. In seinen ruhigen Momenten ist er ganz vernünftig und umgänglich, und da er gerade friedlich ist, wird er nicht abstreiten, dass er mir erst gestern mit Mord und Totschlag gedroht hat.«

Ich erstickte beinahe, bestimmt glühten meine Augen. Er lenkte die Aufmerksamkeit auf mich.

»Sehen Sie ihn nur an. Er kann sich trotz Ihrer Gegenwart kaum noch zusammenreißen. Nun ist er die Anwesenheit von Damen auch nicht gewohnt. Ich werde mich wohl erst bewaffnen müssen, bevor ich es wagen kann, mit ihm an Deck zu gehen.«

Er schüttelte bekümmert den Kopf und murmelte: »Schlimm, schlimm«, während die Jäger sich vor Lachen ausschütteten. Das aus den Seemannskehlen dieser Männer aufsteigende Gelächter, das durch die enge Kabine dröhnte, hatte einen grotesken Effekt. Die ganze Situation war grotesk, und während ich die fremde Frau ansah und mir vergegenwärtigte, wie fehl am Platze sie hier war, wurde mir zum ersten Mal bewusst, wie sehr ich selbst Teil dieses Ganzen geworden war. Ich kannte diese Männer und ihre Gedanken, war selbst einer von ihnen, lebte das Leben eines Robbenfängers, aß die Robbenfängerkost und dachte meistenteils wie sie. Für mich hatten die grobe Kleidung, die rohen Gesichter, das wilde Gelächter sowie die schwankenden Kajütenwände und die schaukelnden Schiffslampen nichts Befremdliches mehr.

Als ich mir eine Scheibe Brot mit Butter bestrich, fiel mein Blick zufällig auf meine Hand. Die Knöchel waren blank gescheuert und über die ganze Handbreite entzündet, die Finger geschwollen, die Nägel schwarz gerändert. An meinem Hals spürte ich einen verfilzten Bart und wusste auch, dass mein Rockärmel aufgerissen war und dass am Kragen des blauen Hemdes, das ich trug, ein Knopf fehlte. Der von Wolf Larsen erwähnte Dolch steckte in seiner Scheide an meiner Hüfte. Es war ganz selbstverständlich, dass er sich dort befand – wie selbstverständlich, ging mir erst jetzt auf, da ich ihn mit ihren Augen sah und bemerkte, wie seltsam er und alles andere auf sie wirken musste.

Aber sie hörte den Spott aus Wolf Larsens Worten heraus und bedachte mich erneut mit einem mitfühlenden Blick. In ihren Augen stand aber auch die Verblüffung. Der spöttische Ton machte die Situation für sie noch verwirrender.

»Vielleicht kann mich ein vorbeifahrendes Schiff mitnehmen«, schlug sie vor.

»Es werden keine Schiffe vorbeifahren, außer anderen Robbenfängern«, gab Wolf Larsen zur Antwort.

»Ich habe keine Kleider, nichts«, wandte sie ein. »Sie scheinen kaum zu begreifen, Sir, dass ich kein Mann bin und dass ich das unstete und unbekümmerte Leben, das Sie und Ihre Männer offenbar führen, nicht gewohnt bin.«

»Je früher Sie sich umstellen, desto besser«, sagte er.

»Ich werde Ihnen Stoff, Nadel und Faden zur Verfügung stellen«, fügte er hinzu. »Es wird Ihnen hoffentlich keine allzu große Mühe bereiten, sich ein oder zwei Kleider zu nähen.«

Sie verzog gequält ihren Mund, als ob sie so ihre Unkenntnis des Schneiderhandwerks kundtun wolle. Mir war völlig klar, dass sie verängstigt und verstört war und dass sie das tapfer zu überspielen suchte.

»Ich nehme an, Sie sind wie Mr. van Weyden dort daran gewöhnt, dass man die Dinge für Sie erledigt. Nun, ich denke, Sie werden sich schon nicht die Glieder verrenken, wenn Sie einiges selbst in die Hand nehmen. Nebenbei gefragt, womit verdienen Sie eigentlich Ihren Lebensunterhalt?«

Sie sah ihn mit unverhülltem Erstaunen an.

»Ich möchte Sie nicht beleidigen, glauben Sie mir. Die Menschen wollen essen, also müssen sie das dazu Nötige auftreiben. Diese Männer hier schießen Robben, um zu leben; aus keinem anderen Grund kommandiere ich dieses Schiff; und Mr. van Weyden verdient sich, im Moment jedenfalls, sein salziges Brot, indem er mir dabei hilft. Was also tun Sie?«

Sie zuckte mit den Achseln.

»Ernähren Sie sich selbst? Oder werden Sie von jemand anderem durchgefüttert?«

»Ich fürchte, die meiste Zeit meines Lebens bin ich von jemand anderem ernährt worden«, lachte sie, wobei sie tapfer versuchte, auf seine ironische Ausfragerei einzugehen, obwohl ich in ihren Augen Entsetzen aufkeimen sah, während sie Wolf Larsen beobachtete.

»Und ich nehme mal an, dass ein anderer für Sie das Bett macht?«

»Ich habe schon Betten gemacht«, antwortete sie.

»Schon oft?«

Sie schüttelte mit gespielter Bekümmertheit den Kopf.

»Wissen Sie, was sie in den Staaten mit armen Leuten machen, die wie Sie nicht für den eigenen Lebensunterhalt aufkommen?«

»Ich bin ganz ahnungslos«, verteidigte sie sich. »Was machen sie mit den armen Leuten, die so sind wie ich?«

»Sie stecken sie ins Gefängnis. Das Verbrechen, nicht für den eigenen Lebensunterhalt aufzukommen, wird in jenem Fall Landstreicherei genannt. Wenn ich Mr. van Weyden wäre, der ständig auf der alten Leier von Recht und Unrecht herumklimpert, dann würde ich fragen, mit welchem Recht leben Sie, da Sie nichts dafür tun?«

»Da Sie nun aber nicht Mr. van Weyden sind, brauche ich Ihre Frage wohl auch nicht zu beantworten, oder?«

Sie sah ihn mit ihren schreckensweiten Augen an, und zwar so ergreifend, dass es mir ins Herz schnitt. Ich musste auf irgendeine Weise dazwischengehen und das Gespräch in andere Bahnen lenken.

»Haben Sie jemals auch nur einen Dollar selbst verdient?«, fragte er mit triumphierender Rachsucht in der Stimme, weil er von vornherein wusste, was sie erwidern würde.

»Ja, das habe ich«, sagte sie langsam, und ich hätte beim Anblick seines enttäuschten Gesichts laut auflachen können. »Ich erinnere mich, dass mein Vater mir einmal einen Dollar gab, als ich noch ein kleines Mädchen war, weil ich mich fünf Minuten lang absolut still verhalten hatte.«

Er lächelte nachsichtig.

»Aber das ist lange her«, fuhr sie fort, »und Sie werden kaum von einem neunjährigen Mädchen verlangen, dass es sich sein Brot selbst verdienen soll.«

»Gegenwärtig allerdings«, sagte sie nach einer weiteren kurzen Pause, »verdiene ich etwa achtzehnhundert Dollar im Jahr.«

Wie auf Kommando hoben sich alle Augen von den Tellern und richteten sich auf sie. Eine Frau, die achtzehnhundert Dollar im Jahr verdiente, war schon einen Blick wert. Wolf Larsen konnte seine Verwunderung gleichfalls nicht verbergen.

»Gehalt oder Stücklohn?«, fragte er.

»Stücklohn«, gab sie prompt zur Antwort.

»Achtzehnhundert«, rechnete er. »Das sind einhundertundfünfzig Dollar im Monat. Nun, Miss Brewster, auf der *Ghost* gibt's keine Kleinkrämerei. Ich zahle denselben Betrag, und Sie können sich für die Zeit, die Sie mit uns verbringen, als fest angestellt betrachten.«

Sie reagierte nicht darauf. Die Launen dieses Mannes waren ihr noch zu fremd, als dass sie sie mit Gleichmut hätte hinnehmen können.

»Ich vergaß zu fragen«, fuhr er verbindlich fort, »um welche Art von Arbeit es sich handelt. Welche Waren stellen Sie her? Welche Werkzeuge und Materialien benötigen Sie?«

»Papier und Tinte«, lachte sie. »Und, ja, auch eine Schreibmaschine.«

»Sie sind Maud Brewster«, sagte ich langsam und bestimmt, fast so, als ob ich ihr ein Verbrechen zur Last legen wollte.

Ihre Augen blickten verwundert zu mir auf. »Woher wissen Sie das?«

»Sind Sie es etwa nicht?«, fragte ich zurück.
Mit einem Nicken bestätigte sie ihre Identität. Nun war es an Wolf Larsen, verwirrt zu sein. Der Name und seine magische Wirkung sagten ihm nichts. Ich aber war stolz darauf, dass er mir etwas bedeutete, und zum ersten Mal auf dieser endlosen Reise war ich Wolf Larsen unzweifelhaft überlegen.
»Ich erinnere mich, einmal eine Besprechung eines schmalen Bändchens geschrieben zu haben …«, hob ich unbedacht an, als sie mich auch schon unterbrach.
»Sie!«, rief sie. »Sie sind …«
Jetzt starrte sie mich mit großen verwunderten Augen an.
Und nunmehr nickte ich meinerseits.
»Humphrey van Weyden«, schloss sie. Und dann fügte sie mit einem Seufzer der Erleichterung und ohne zu merken, dass sie sich damit Wolf Larsen gegenüber eine Blöße gab, hinzu: »Da bin ich aber froh.«
»Ich erinnere mich an die Besprechung«, fuhr sie hastig fort, nachdem sie sich der Deplatziertheit ihrer Bemerkung bewusst geworden war, »an diese viel zu wohlwollende, viel zu schmeichelhafte Rezension.«
»Ganz und gar nicht«, widersprach ich tapfer. »Sie stellen mein Urteilsvermögen infrage und entwerten meine kritischen Maßstäbe. Und außerdem waren alle Kollegen mit mir einer Meinung. Hat nicht Lang Ihren ›Geduldeten Kuss‹ zu den vier größten Sonetten gezählt, die je von Frauen in englischer Sprache geschrieben wurden?«
»Aber Sie haben mich die amerikanische Mrs. Meynell genannt!«
»Und, stimmte das etwa nicht?«, fragte ich.
»Nein, darum geht es nicht«, antwortete sie. »Ich habe mich dadurch verletzt gefühlt.«
»Wir können das Unbekannte nur am Bekannten messen«, antwortete ich in meiner feinsten akademischen Manier. »Als

Kritiker war ich dazu verpflichtet, Sie einzuordnen. Nun sind Sie selbst zum Maßstab geworden. Auf meinem Bücherbrett stehen sieben Ihrer schmalen Bändchen. Und daneben stehen zwei dickere Bücher, die Essays, die, Sie werden verzeihen, wenn ich das sage, Ihren Gedichten ebenbürtig sind, wobei ich nicht weiß, ob das für Ihre Prosa oder Ihre Verse schmeichelhafter ist. Der Tag ist nicht mehr fern, da wird in England eine Unbekannte auf sich aufmerksam machen, und die Kritiker werden sie die englische Maud Brewster nennen.«

»Sie sind wirklich sehr freundlich«, murmelte sie, und gerade das Konventionelle ihres Tons und ihrer Worte mit der davon ausgelösten Flut von Anklängen an das alte Leben auf der anderen Seite des Globus ließen in mir Gefühle aufwallen, die gesättigt waren mit Erinnerungen, aber auch durchdrungen von schmerzhaftem Heimweh.

»Sie also sind Maud Brewster«, sagte ich feierlich und blickte zu ihr hinüber.

»Und Sie sind Humphrey van Weyden«, sagte sie, während sie mich nicht weniger feierlich und ehrfurchtsvoll ansah. »Wie außergewöhnlich! Ich kann es kaum begreifen. Aber wir dürfen doch bestimmt keine wildromantische Seefahrergeschichte aus Ihrer Feder erwarten?«

»Nein, nein, ich sammle kein Material, ganz bestimmt nicht«, lautete meine Antwort. »Ich habe weder den Hang noch das Talent, einen Roman zu schreiben.«

»Sagen Sie, warum haben Sie sich immer in Kalifornien vergraben?«, fragte sie dann. »Das war nicht sehr nett. Wir im Osten haben so wenig von Ihnen zu sehen bekommen – viel zu wenig vom zweiten Kritikerpapst der amerikanischen Literatur.«

Ich dankte mit einer Verbeugung für das Kompliment, wies es aber zugleich zurück. »Fast wären wir uns einmal in Philadelphia begegnet, eine Browning-Geschichte oder etwas Ähnliches. Sie sollten einen Vortrag halten, erinnern Sie sich? Mein Zug hatte vier Stunden Verspätung.«

Und dann vergaßen wir völlig, wo wir uns befanden, und Wolf Larsen saß wortlos inmitten unserer geschwätzigen Unterhaltung auf dem Trockenen. Die Jäger standen vom Tisch auf und gingen an Deck, und wir redeten immer weiter. Nur Wolf Larsen blieb zurück. Plötzlich bemerkte ich, wie er zurückgelehnt am Tisch saß und neugierig den fremdartigen Reden lauschte, die aus einer Welt kamen, die er nicht kannte.

Ich hielt mitten im Satz inne. Die Gegenwart mit all ihren Gefahren und Nöten überfiel mich mit niederschmetternder Wucht. Auch Miss Brewster wurde davon erfasst, und eine unbestimmte und namenlose Angst trat in ihre Augen, als sie Wolf Larsen betrachtete.

Er stand auf und lachte verlegen. Es klang wie Metall.

»Oh, nehmen Sie auf mich keine Rücksicht«, sagte er mit einer auf sich selbst gemünzten abschätzigen Gebärde. »Ich zähle doch nicht. Nur zu, nur zu, ich bitte Sie.«

Aber die Tore unserer Unterhaltung waren zugeschlagen, und so erhoben auch wir uns mit verlegenem Lachen vom Tisch.

21. KAPITEL

Wolf Larsens Ärger darüber, dass er während der Unterhaltung von Maud Brewster und mir übergangen worden war, musste sich irgendwie Luft machen, und es traf Thomas Mugridge. Weder an seinem Benehmen noch an seinem Hemd hatte sich etwas geändert, obwohl er das behauptete. Das Kleidungsstück selbst strafte ihn Lügen, und auch die Fettrückstände auf Ofen, Töpfen und Pfannen stellten der Sauberkeit der Kombüse ein schlechtes Zeugnis aus.

»Ich habe dich gewarnt, Smutje«, sagte Wolf Larsen, »und nun musst du deine Medizin schlucken.«

Mugridges Gesicht erbleichte unter der Rußschicht, und als Wolf Larsen nach einem Seil und ein paar Männern rief, floh der elende Cockney in wilder Hast aus der Kombüse und sauste Haken schlagend und sich wegduckend über Deck, die feixende Mannschaft ihm dicht auf den Fersen. Kaum etwas hätte mehr nach ihrem Geschmack sein können, als ihn ins Schlepptau zu nehmen, hatte er doch als Verpflegung einen Fraß der übelsten Sorte in die Back geschickt. Die äußeren Umstände begünstigten das Vorhaben. Die *Ghost* machte nicht mehr als drei Meilen Fahrt in der Stunde, und die See war ziemlich ruhig. Aber Thomas Mugridge verspürte wenig Lust auf ein Bad. Vermutlich hatte er die Prozedur bereits bei anderen miterlebt. Außerdem war das Wasser fürchterlich kalt, und er besaß alles andere als eine robuste Konstitution.

Wie üblich kamen die Freiwachen und die Jäger an Deck, weil sie sich Unterhaltung versprachen. Mugridge schien panische Angst vor dem Wasser zu haben und legte eine Gewandtheit und Geschwindigkeit an den Tag, die wir ihm nicht im Traum zugetraut hätten. Im rechten Winkel zwischen Hüttendeck und Kombüse in die Enge getrieben, sprang er wie eine Katze auf das Dach der Kajüte und hastete nach achtern. Da ihm seine Verfolger aber den Weg abschnitten, machte er kehrt und hastete über die Kajüte zurück, überquerte die Kombüse und gelangte über das Zwischendeckluk an Deck. Dort rannte er schnurstracks geradeaus, den Ruderer Harrison im Rücken. Als dieser ihn fast eingeholt hatte, machte Mugridge plötzlich einen Satz und packte die Klüverbaumdirk. Es geschah in Sekundenschnelle. Während er sich mit den Armen festhielt, klappte er den Körper in Hüfthöhe ein und ließ dann beide Füße nach vorn schnellen. Der heranstürmende Harrison bekam den Tritt genau in die Magengrube, stöhnte unwillkürlich auf, brach zusammen und fiel rücklings aufs Deck.

Mit Händeklatschen und dröhnendem Gelächter feierten die Jäger die Heldentat, während Mugridge, der am Fockmast der einen Hälfte seiner Verfolger entwischen konnte, wie beim Football quer durch die restliche Verfolgermeute nach achtern stürmte. Er hielt zuerst direkt auf das Hüttendeck zu, dann aufs Heck. Dabei flitzte er so schnell um die Kajüte, dass er ausrutschte und hinfiel. Nilson stand am Ruder, und der Cockney prallte ihm genau gegen die Beine. Beide gingen zu Boden, aber nur Mugridge stand wieder auf. Durch eine bizarre Hebelwirkung hatte sein schmächtiger Körper das Bein dieses kräftigen Mannes wie einen Pfeifenstiel brechen lassen.

Parsons übernahm das Ruder, und die Jagd ging weiter. Eine Runde nach der anderen hetzten sie über die Decks, Mugridge krank vor Angst, während die Matrosen grölten und sich gegenseitig Anweisungen zuriefen und die Jäger Anfeuerungen und Gelächter hinterherschickten. Beim Vorderluk wurde Mugridge von drei Männern zu Boden gerissen; aber er wand sich wie ein Aal zwischen den Körpern heraus, am Mund blutend und das anstößige Hemd in Fetzen, und hastete zur

Hauptrigg. Dort enterte er auf, immer höher, über die Webeleinen hinaus direkt bis zum Ausguck.
Ein halbes Dutzend Matrosen schwärmte ihm hinterher, sammelte sich auf der Saling und wartete, während zwei von ihnen, Oofty-Oofty und Black (der Latimers Steuermann war), über die dünnen Stahlstegen weiterkletterten und sich mit den Armen höher und höher hinaufzogen.
Es war ein gefährliches Unterfangen, denn da sie sich in einer Höhe von mehr als dreißig Metern über Deck mit den Händen festhalten mussten, konnten sie sich nur schwer vor Mugridges Tritten schützen. Und Mugridge trat wild um sich, bis der Kanake, sich nur mit einer Hand anklammernd, mit der anderen den Fuß des Cockney erwischte. Black wiederholte dieses Kunststück kurze Zeit später mit dem anderen Fuß. Dann verknäuelten sich die drei zu einem schaukelnden Bündel, das zappelte, rutschte und direkt in die Arme der Kameraden auf der Saling fiel.
Der Luftkampf war vorüber, und Thomas Mugridge wurde winselnd und stammelnd und mit blutigem Schaum vor dem Mund nach unten an Deck geschafft. Wolf Larsen nahm ein Tau, machte einen Palstek in das eine Ende und schob es ihm unter die Achseln. Dann wurde er nach achtern gebracht und in die See geworfen. Zehn, fünfzehn, zwanzig Meter Leine wurden gegeben, bis Wolf Larsen »Festmachen!« rief. Oofty-Oofty legte das Seil um den Poller, es straffte sich, und die nach vorn schießende *Ghost* riss den Koch an die Oberfläche.
Es war ein mitleiderregendes Schauspiel. Obwohl er nicht ertrinken konnte und überdies neun Leben hatte wie eine Katze, durchlitt er doch all die Qualen des nicht eintretenden nassen Todes. Die *Ghost* segelte sehr langsam, und wenn ihr Heck von einer Welle gehoben wurde und sie nach vorn glitt, wurde der arme Teufel an die Oberfläche gezogen und konnte für einen Moment Luft schnappen. Aber zwischen jeder Woge

senkte sich das Heck, und während der Bug gemächlich den nächsten Wellenberg emporkletterte, hing das Seil durch, und er sank unter.

Maud Brewster war mir ganz entfallen, aber ich erinnerte mich mit einem Schlag, als sie leichten Schritts zu mir trat. Nach ihrer Ankunft an Bord kam sie zum ersten Mal an Deck. Totenstille begleitete ihr Erscheinen.

»Warum haben die Leute solchen Spaß?«, fragte sie.

»Fragen Sie Kapitän Larsen«, sagte ich ruhig und kühl, obwohl mein Blut bei dem Gedanken kochte, dass sie Zeuge einer derartigen Grausamkeit werden sollte.

Sie folgte meinem Rat und wandte sich gerade ab, um ihn in die Tat umzusetzen, als ihr Blick auf Oofty-Oofty fiel, der direkt vor ihr stand und mit gespannter Aufmerksamkeit und Eleganz das um den Poller gelegte Seil hielt.

»Fischen Sie?«, fragte sie ihn.

Er gab keine Antwort. Und dann blitzten plötzlich seine Augen auf, die auf die Wasserfläche achteraus gerichtet waren.

»Hai in Sicht, Sir«, rief er.

»Einholen! Aber flott! Alle Mann ans Seil!«, kommandierte Wolf Larsen und sprang noch vor dem Ersten an das Tau.

Mugridge hatte den Warnruf des Kanaken gehört und schrie wie am Spieß. Ich sah eine schwarze Finne das Wasser durchschneiden und sich schneller auf ihn zubewegen, als er an Bord gezogen wurde. Es war völlig offen, ob wir oder der Hai ihn bekommen würden, und es ging dabei um Sekunden. Als Mugridge sich genau unter uns befand, glitt das Heck gerade in ein Wellental, und der Hai war im Vorteil. Die Flosse tauchte ab, und der weiße Bauch blitzte auf, als das Tier zustieß. Beinahe gleich schnell war Wolf Larsen, aber eben nicht ganz. Er legte seine ganze Kraft in einen gewaltigen Ruck. Der Körper des Cockney tauchte aus dem Wasser, zum Teil gefolgt von dem des Hais. Mugridge zog die Beine an, und die menschenfressende

Bestie schien seinen Fuß nur eben berührt zu haben, um dann mit einem Aufplatschen ins Wasser zurückzufallen. Aber in dem Moment der gegenseitigen Berührung schrie Mugridge laut auf. Und dann kam er an Bord wie ein frisch gefangener Fisch an der Angelschnur; in hohem Bogen flog er über die Reling, landete auf allen vieren und rollte zur Seite.

Doch eine Blutfontäne spritzte über Deck. Der rechte Fuß fehlte, sauber am Knöchel abgetrennt. Ich sah sofort zu Maud Brewster hinüber. Ihr Gesicht war weiß, ihre Augen vor Schreck weit aufgerissen. Sie starrte aber nicht Thomas Mugridge an, sondern Wolf Larsen. Und er war sich dessen bewusst, denn er sagte mit dem gewohnten kurzen Auflachen:

»Männerspiele, Miss Brewster. Ein wenig rauer zweifellos als das, was Sie gewohnt sind, aber eben – Männerspiele. Der Hai war nicht eingeplant. Es –«

Aber in diesem Augenblick kam Mugridge, der seinen Kopf gehoben und das Ausmaß seines Verlustes festgestellt hatte, übers Deck gekrochen und schlug seine Zähne in Wolf Larsens Bein. Der bückte sich ohne Hast zu dem Cockney hinunter und drückte mit Daumen und Zeigefinger am Ende des Kiefers unterhalb der Ohren zu. Die Beißwerkzeuge öffneten sich widerstrebend, und Wolf Larsen war wieder frei.

»Wie ich schon sagte«, fuhr er fort, als ob nichts geschehen wäre, »der Hai war nicht mit eingeplant. Es war – tja – wie soll man sagen, Vorsehung?«

Sie ließ nicht erkennen, ob sie ihn verstanden hatte, obwohl aus ihren Augen abgrundtiefer Ekel sprach, als sie sich abwandte. Sie kam jedoch nicht weit, denn sie schwankte und taumelte und streckte ihre Hand kraftlos nach der meinen aus. Ich erreichte sie noch rechtzeitig, um sie vor dem Hinstürzen zu bewahren und half ihr dabei, sich auf dem Achterdeck niederzulassen. Ich dachte, sie werde auf der Stelle in Ohnmacht fallen, aber sie fasste sich wieder.

»Würden Sie eine Aderpresse besorgen, Mr. van Weyden«, rief mir Wolf Larsen zu.

Ich zögerte. Ihre Lippen zuckten, und obwohl sie kein Wort herausbrachte, trug sie mir mit ihren Augen nicht weniger unmissverständlich auf, dem unglücklichen Mann zu Hilfe zu kommen.

»Bitte«, flüsterte sie, und ich musste gehorchen.

Inzwischen operierte ich schon so geschickt, dass Wolf Larsen mir nach einigen Ratschlägen und mit ein paar Matrosen als Helfern die Sache ganz und gar selbst überließ. Seine eigene Aufgabe sah er darin, Rache an dem Hai zu nehmen. Ein schwerer Drehhaken mit fettem Pökelfleisch als Köder wurde über Bord geworfen, und gerade als ich die durchtrennten Venen und Arterien abgebunden hatte, hievten die lärmenden Matrosen das verhasste Monstrum an Bord. Ich selbst habe es nicht mitbekommen, aber meine Gehilfen verließen mich einer nach dem anderen für kurze Zeit, um nach mittschiffs zu laufen und mit anzusehen, was dort vor sich ging. Der Hai, ein Tier von fünf Metern Länge, wurde an der Hauptrigg hochgezogen. Dann hebelte man ihm die Kiefer auf, und ein kräftiger, an beiden Enden zugespitzter Pflock wurde so eingesetzt, dass die beiden aufgerissenen Kieferhälften nach Entfernung der Hebelstangen darauf festsaßen. Nachdem das erledigt war, wurde der Haken herausgeschnitten. Der Hai fiel zurück in die See, hilflos und doch im Vollbesitz seiner Kräfte, zu einem qualvollen Hungertod verdammt – einem Dahinsiechen, das er weniger verdient hatte als der Mann, dem diese Art der Bestrafung in den Sinn gekommen war.

22. KAPITEL

Ich wusste Bescheid, als sie auf mich zukam, denn ich hatte sie zehn Minuten lang eindringlich mit dem Maschinisten reden sehen. Ich gab ihr ein Zeichen zu schweigen und zog sie aus der Hörweite des Rudergängers. Ihr Gesicht war bleich und versteinert. Mit ihren ausdrucksvollen Augen, die durch ihre Entschlossenheit noch größer wirkten als sonst, sah sie mich durchdringend an. Ich war unsicher und fühlte mich nicht wohl in meiner Haut, denn sie war gekommen, um Humphrey van Weydens Seele auszuforschen – und Humphrey van Weyden hatte seit seiner Ankunft auf der *Ghost* nichts vorzuweisen, auf das er besonders stolz hätte sein können.

Wir gingen bis zum Rand des Hüttendecks, wo sie sich umwandte und mich ansah. Ich musterte die Umgebung, um sicher zu sein, dass uns niemand belauschte.

»Was gibt's?«, fragte ich behutsam, aber der entschlossene Ausdruck wich nicht aus ihrem Gesicht.

»Ich kann ja verstehen«, begann sie, »dass der Vorfall heute Morgen mehr oder weniger ein Unfall war, aber ich habe mit Mr. Haskins gesprochen. Er sagte mir, dass am Tag unserer Rettung, während ich in der Kabine schlief, zwei Männer umkamen, vorsätzlich ertränkt wurden – ermordet also.«

Ihre Stimme hatte einen fragenden Ton, dabei blickte sie mich so vorwurfsvoll an, als ob ich selbst der Tat oder zumindest der Beihilfe schuldig wäre.

»Die Information stimmt genau«, antwortete ich. »Die beiden Männer wurden ermordet.«

»Und Sie haben es zugelassen!«, rief sie aus.

»Es stand nicht in meiner Macht, es zu verhindern, würde ich sagen«, entgegnete ich ruhig.

»Aber Sie haben es versucht?« Die Betonung lag auf »versucht«, und ein flehender Ton war unverkennbar.
»Ach, nicht einmal das«, fuhr sie fort und nahm damit meine Antwort vorweg. »Aber warum nicht?«
Ich zuckte mit den Schultern. »Wissen Sie, Miss Brewster, Sie sind ein neuer Bewohner dieser kleinen Welt und kennen die Gesetze, die hier gelten, noch nicht. Sie bringen gewisse hohe Ideale wie Menschlichkeit, Mannhaftigkeit, gepflegte Umgangsformen und so weiter mit an Bord. Die aber sind hier ganz fehl am Platz. Wie ich selbst erleben musste«, fügte ich mit einem unfreiwilligen Seufzer hinzu.
Sie schüttelte ungläubig den Kopf.
»Was würden Sie mir denn raten?«, fragte ich. »Dass ich ein Messer, eine Axt oder einen Revolver nehmen und diesen Mann umbringen soll?«
Sie schrak zurück.
»Nein, das nicht!«
»Was soll ich dann tun? Mich selbst umbringen?«
»Sie denken rein materialistisch«, wandte sie ein. »Man kann auch moralisch kämpfen. Mut ist nie wirkungslos.«
»So?«, lächelte ich. »Sie raten mir damit, weder ihn noch mich umzubringen, sondern mich von ihm umbringen zu lassen.« Ich hob die Hand, als sie antworten wollte. »Denn auch Mut ist auf dieser schwimmenden Welt wertlos. Leach, einer der Männer, die ermordet wurden, war ungewöhnlich couragiert – und Johnson, der andere, auch. Das hat ihnen nicht nur nichts genutzt, es hat sie letztendlich umgebracht. Mir würde es nicht anders ergehen, wenn ich das bisschen Mut einsetzen würde, das ich möglicherweise besitze.
Eins müssen Sie klar und deutlich sehen, Miss Brewster, dieser Mann ist ein Monster. Er hat kein Gewissen. Nichts ist ihm heilig. Nichts ist so schrecklich für ihn, dass er es nicht tun würde. Ich verdanke es einer Laune, dass ich an Bord blei-

ben durfte, dass ich noch am Leben bin. Ich tue nichts, kann nichts tun, weil ich Sklave dieses Monsters bin, weil ich, wie Sie, am Leben hänge und weil ich ihn ebenso wenig bekämpfen und besiegen kann wie Sie.«

Sie wartete darauf, dass ich fortfuhr.

»Was bleibt mir übrig? Ich spiele die Rolle des Schwachen. Ich halte still und nehme die Schmach auf mich, so wie Sie es tun werden. Und das ist gut so. Es ist das Beste, was wir tun können, wenn wir überleben wollen. Der Kampf wird nicht immer von den Starken gewonnen. Wir haben nicht die Kraft, diesen Mann zu besiegen; wir müssen uns verstellen und, wenn möglich, durch Verschlagenheit gewinnen. Wenn Ihnen an meinem Rat etwas liegt, tun Sie dasselbe. Ich weiß, dass meine Lage gefährlich ist, aber Ihre ist, ehrlich gesagt, noch gefährlicher. Wir müssen zusammenhalten, insgeheim, ohne dass es offensichtlich wird. Ich werde mich nicht offen auf Ihre Seite stellen können, und – gleich welche Demütigungen mir zuteil werden – Sie müssen ebenfalls schweigen. Wir dürfen diesen Mann nicht provozieren, dürfen seinen Willen nicht durchkreuzen. Wir müssen ihn anlächeln und freundlich zu ihm sein, egal wie widerwärtig uns das vorkommen mag.«

Mit der Hand strich sie sich verwirrt über die Stirn und sagte: »Ich verstehe immer noch nicht.«

»Sie müssen tun, was ich sage«, unterbrach ich streng, denn ich sah, dass Wolf Larsen, der mittschiffs mit Latimer auf und ab ging, uns einen Blick zuwarf. »Tun Sie, was ich sage, und Sie werden mir in Kürze recht geben.«

»Was soll ich denn tun?«, fragte sie, als sie den besorgten Blick bemerkte, den ich dem Gegenstand unserer Unterhaltung zugeworfen hatte, und, wie ich mir schmeichle, unter dem Eindruck der Ernsthaftigkeit meiner Worte.

»Halten Sie mit Ihrem Mut hinter dem Berg, so gut es geht«, sagte ich knapp. »Machen Sie sich diesen Mann auf keinen Fall zum Feind. Behandeln Sie ihn freundlich, reden Sie mit ihm, diskutieren Sie mit ihm über Literatur und Kunst – diese Dinge mag er. Sie werden in ihm einen interessierten Zuhörer finden und keinen Dummkopf. Und machen Sie sich um Himmels willen nicht zum Zeugen der Brutalitäten auf diesem Schiff, soweit sich das vermeiden lässt. Dann können Sie Ihre Rolle leichter spielen.«

»Ich soll lügen«, sagte sie in festem, rebellischem Ton, »in Wort und Tat lügen.«

Wolf Larsen hatte sich von Latimer getrennt und kam zu uns herüber. Ich war verzweifelt.

»Bitte, bitte, verstehen Sie mich«, sagte ich schnell und senkte meine Stimme. »All Ihre Erfahrungen mit Menschen und Dingen sind hier wertlos. Sie müssen neu anfangen. Ich weiß – und sehe es ja –, Sie haben unter anderem gelernt, Menschen mit den Augen zu beeinflussen und Ihren Mut durch sie sprechen zu lassen. Sie haben auch mich schon mit ihren Augen im Griff und mir Befehle erteilt. Aber versuchen Sie das nicht mit Wolf Larsen. Sie könnten genauso gut versuchen, einen Löwen im Zaum zu halten, der mit seinem Opfer spielt. Er würde … Ich war immer stolz darauf, ihn entdeckt zu haben«, sagte ich und wechselte abrupt das Thema, als Wolf Larsen, der aufs Hüttendeck gestiegen war, zu uns trat. »Die Herausgeber hatten Angst, und die Verleger retournierten seine Manuskripte. Aber ich habe es gewusst, und sein Genius und mein Urteil fanden ihre Bestätigung, als ihm mit ›Die Schmiede‹ der große Wurf gelang.«

»Dabei war es ein Zeitungsgedicht«, antwortete sie schlagfertig.

»Zufällig erschien es tatsächlich in einer Zeitung«, erwiderte ich, »aber nicht, weil es den Herausgebern der Zeitschriften vorenthalten worden wäre.«

»Wir sprechen über Harris«, sagte ich zu Wolf Larsen.

»Ach ja«, bemerkte er. »Ich erinnere mich an ›Die Schmiede‹. Strotzend von schönen Gefühlen und dem unerschütterlichen Glauben an menschliche Einbildungen. Ach übrigens, Mr. van Weyden, Sie sehen besser mal nach dem Smutje. Er stöhnt und ist unruhig.«

So wurde ich unmissverständlich des Hüttendecks verwiesen, denn Mugridge, dem ich Morphium gegeben hatte, fand ich in tiefem Schlaf. Ich ließ mir also Zeit, bis ich wieder an Deck erschien, und war froh, dass Miss Brewster sich jetzt mit Wolf Larsen unterhielt. Wie gesagt, der Anblick freute mich. Sie folgte meinem Rat. Trotzdem schockierte oder verletzte es mich ein wenig, dass sie zu der Verstellung fähig war, um die ich sie gebeten und die doch offenbar ihren Widerwillen erregt hatte.

23. KAPITEL

Stetige Winde trieben die *Ghost* nordwärts auf die Robbenherde zu. Wir fanden sie in Höhe des vierundvierzigsten Breitengrades in rauer, stürmischer See, über die der Wind ständig Nebelbänke vor sich herjagte. Manchmal bekamen wir die Sonne tagelang nicht zu Gesicht und konnten keine Peilung vornehmen. Doch irgendwann fegte der Wind alles so blitzblank, dass die gekräuselten Wellen funkelten, und wir wussten wieder, wo wir waren. Ein klarer Tag folgte, manchmal auch drei oder vier. Dann aber senkte sich der Nebel von neuem herab, scheinbar dichter als je zuvor.

Die Jagd war gefährlich. Die Boote, die Tag für Tag zu Wasser gelassen und von dem grauen Nichts verschluckt wurden, blieben bis zum Einbruch der Nacht – und oft darüber hinaus – verschwunden, dann aber tauchten sie, eins nach dem anderen, wie Seeungeheuer wieder aus dem Nebel auf. Wainwright, der Jäger, den Wolf Larsen mit Boot und Besatzung gestohlen hatte, nutzte die schlechte Sicht, um sich davonzumachen. Er verschwand eines Morgens mit seinen beiden Männern hinter der Nebelwand, und wir sahen sie nie wieder. Aber nach einigen Tagen erfuhren wir, dass er von Schoner zu Schoner gewandert war, bis er zuletzt zu seinem Schiff zurückgefunden hatte.

Eine solche Flucht hatte ich mir auch vorgenommen, jedoch ergab sich nie eine Gelegenheit dazu. Es gehörte nicht zu den Aufgaben des Maats, in den Booten auf Jagd zu gehen, und obwohl ich auf jede erdenkliche Art darauf hinarbeitete, gestattete es Wolf Larsen nie. In diesem Fall hätte ich schon einen Weg gefunden, Maud Brewster mitzunehmen. Unterdessen spitzte sich die Situation an Bord weiter zu und näherte sich einem Punkt, den ich mir nicht ausmalen wollte. Unbewusst verdrängte ich immer wieder jeden Gedanken daran, doch wie ein Schreckgespenst stand mir die Vorstellung ständig vor Augen.

Früher hatte ich Abenteuerromane gelesen, in denen selbstverständlich auch eine einsame Frau auf einem Schiff voller Männer auftauchte. Aber erst jetzt begriff ich, dass mir die tiefere Bedeutung einer Situation, die von den Schriftstellern endlos ausgewalzt und ausgeschlachtet schien, immer entgangen war. Jetzt steckte ich nämlich selbst mittendrin. Und damit es mir richtig unter die Haut ging, musste die Frau, die mich jetzt durch ihre Person ebenso gefangen nahm wie vorher durch ihre Arbeiten, nur Maud Brewster heißen.

Man kann sich nichts Deplatzierteres vorstellen. Sie war ein zartes, vergeistigtes Geschöpf, schlank und von graziler Anmut. Ich hatte nie den Eindruck, als ginge sie; zumindest aber ging sie nicht wie gewöhnliche Sterbliche. Sie bewegte sich mit größter Geschmeidigkeit, und ihr Schritt hatte etwas undefinierbar Luftiges, sie schwebte heran wie eine Daune oder wie ein Vogel auf lautlosen Schwingen.

Sie schien aus Meißener Porzellan gemacht, und immer wieder beeindruckte mich ihre Zerbrechlichkeit. Wie zu Anfang, als ich ihren Arm ergriff, um sie unter Deck zu geleiten, war ich ständig darauf gefasst, dass ein Stoß oder eine rohe Behandlung sie zerbrechen könnten. Noch nie hatte ich Körper und Geist in so vollkommenem Einklang gesehen. Beschreibt man ihre Gedichte, die von Kritikern als ätherisch und jeder Erdenschwere bar bezeichnet wurden, so hat man ihren Körper beschrieben. Dieser schien Ausdruck ihrer Seele zu sein, die mit ihm im Einklang stand und durch ihn auf zarteste Weise mit dem Leben verbunden schien. Sie berührte den Boden kaum, und ihre Konstitution wies nur wenig robusten Lehm auf.

Somit unterschied sie sich auf das nachdrücklichste von Wolf Larsen. Jeder war das Gegenteil des anderen, und sie hatten nichts miteinander gemein. Ich sah sie eines Morgens auf Deck herumspazieren und verglich sie mit den Extremen der menschlichen Evolutionsleiter – er der Gipfel aller Barbarei, sie das vollkommene Endprodukt höchster Zivilisation. Natürlich besaß Wolf Larsen ungewöhnlich viel Verstand; da er ihn aber nur zur Befriedigung seiner bestialischen Instinkte einsetzte, machte ihn das nur zu einem noch schrecklicheren Wilden. Er war sehr muskulös, von kräftigem Körperbau und bewegte sich mit der Sicherheit und Zielstrebigkeit des rein physischen Menschen, jedoch niemals schwerfällig. Die Art und Weise, wie er ausschritt und auftrat, verrieten immer noch den Dschungel und die Wildnis. Er hatte die Leichtfüßigkeit und das Geschmeidige einer Katze und war stark, sehr stark. Ich verglich ihn mit einem großen Tiger, einem verwegenen Raubtier. Er hielt dem Vergleich stand, und das durchdringende Strahlen seiner Augen, das man hin und wieder bei ihm beobachten konnte, hatte ich schon einmal in den Augen gefangener Leoparden und anderer wilder Tiere gesehen.
An jenem Tag aber, an dem ich ihrem Spaziergang zusah, war sie es, die die Unterhaltung beendete. Beide kamen auf den Niedergang zu, an dessen oberem Ende ich stand. Obwohl sie sich äußerlich nichts anmerken ließ, hatte ich das Gefühl, dass sie sehr verstört war. Sie sah mich an, machte ein paar beiläufige Bemerkungen und lachte scheinbar unbeschwert, aber ich sah ihre Augen fasziniert und wie gebannt zu seinen zurückkehren. Dann schaute sie fort, aber nicht schnell genug, um die aufwallende Angst zu verbergen, die darin geschrieben stand.
In seinen Pupillen erblickte ich den Grund ihrer Verstörung. Normalerweise grau, kalt und hart, leuchteten sie jetzt weich, warm und golden, und darin tanzten lauter kleine Lichter, die

glitzerten und verblassten oder so an Helligkeit zunahmen, bis seine Augen schließlich ganz von ihrem Glanz überströmt waren. Vielleicht erklärte das die goldene Färbung; jedenfalls strahlten seine Augen wie Gold, verführerisch und herrisch, gleichzeitig verlockend und unwiderstehlich, und aus ihnen sprach ein Verlangen und Tosen des Blutes, das keine Frau missverstehen konnte, und schon gar nicht Maud Brewster.

Ihre Furcht übertrug sich auf mich, und in diesem Moment der Angst, der schrecklichsten Angst, die ein Mann empfinden kann, wusste ich, dass sie mir teurer war, als Worte ausdrücken können. Das Wissen um meine Liebe zu ihr überwältigte mich mit dieser Furcht. Gleichzeitig erfassten beide Empfindungen mein Herz, ließen mein Blut gefrieren und aufbrausen. Ich fühlte mich von einer äußeren, über mir stehenden Macht ergriffen und bemerkte, dass ich abermals unwillkürlich in Wolf Larsens Augen starrte. Aber er hatte seine Selbstbeherrschung wiedergewonnen. Das goldene Leuchten und die tanzenden Lichter waren verschwunden. Seine Augen waren kalt und grau und blitzten, als er sich abrupt verbeugte und ging.

»Ich habe Angst«, flüsterte Maud Brewster schaudernd. »Ich habe solche Angst.«

Auch ich hatte Angst, und durch die Entdeckung meiner Liebe zu ihr war mein Kopf völlig durcheinander; dennoch gelang es mir, ziemlich gelassen zu antworten:

»Es wird alles gut, Miss Brewster. Glauben Sie mir, es wird alles gut.«

Sie antwortete mit einem dankbaren Lächeln, das mein Herz höher schlagen ließ, und begann, den Niedergang hinabzusteigen.

Ich blieb noch lange an der Stelle stehen, wo sie mich verlassen hatte. Ich musste mich dringend neu orientieren, die Bedeutung der veränderten Umstände in Rechnung stellen. Sie war endlich gekommen, die Liebe, zu einer Zeit, wo ich am wenigsten damit gerechnet hatte, und unter den widrigsten Umständen. Meine Philosophie hatte natürlich schon immer die Unvermeidlichkeit ihres Anrufs erkannt, aber die Jahre inmitten stummer Bücher hatten mich zerstreut und unachtsam werden lassen.

Jetzt aber war sie gekommen! Maud Brewster! Ich erinnerte mich plötzlich an jenes erste schmale Büchlein auf meinem Tisch und sah die Reihe der dünnen Bände in meinem Bücherregal leibhaftig vor mir. Wie ich sie einzeln willkommen geheißen hatte! Jedes Jahr war einer erschienen, und jedes Mal war es für mich eine Art Weihnachtsgeschenk. Seelen- und geistesverwandt hatten sie zu mir gesprochen und waren zu trauten Weggefährten geworden. Jetzt aber hatten sie ihren Platz in meinem Herzen gefunden.

In meinem Herzen? Meine Gefühle standen plötzlich kopf. Es schien mir, als würde ich mich mit ungläubigem Staunen von außen betrachten. Maud Brewster! Humphrey van Weyden, der »kaltblütige Fisch«, das »Monster ohne Gefühl«, der »analytische Dämon«, wie Charley Furuseth mich getauft hatte, war verliebt! Dann aber erinnerte sich mein ewig skeptischer Kopf zusammenhanglos an eine biografische Notiz im rot eingebundenen *Who's Who*: »Sie wurde in Cambridge (Mass.) geboren und ist siebenundzwanzig Jahre alt.« Und ich fragte mich: »Siebenundzwanzig Jahre alt – unverheiratet und auch noch zu haben?« Aber woher sollte ich das wissen? Da packte mich die neugeborene Eifersucht und verscheuchte jeden Zweifel. Ich war eifersüchtig, daran war nicht zu rütteln, also liebte ich. Und die Frau, die ich liebte, hieß Maud Brewster.

Ich, Humphrey van Weyden, verliebt! Ich konnte es nicht glauben. Nicht, dass ich mich davor fürchtete oder etwa Bedenken hegte. Ganz im Gegenteil, als ausgesprochener Idealist hatte meine Philosophie die Liebe schon immer als das höchste Gut auf Erden gewürdigt, als Ziel und Höhepunkt allen Lebens, als des Daseins auserlesenste Wonne – etwas, das es willkommen zu heißen und ins Herz zu schließen galt. Aber jetzt, da sie zu mir gekommen war, konnte ich mein Glück kaum fassen. Es war zu schön, um wahr zu sein. Symons' Zeilen kamen mir in den Sinn:

»Jahr um Jahr durchwandert' ich
Die Welt der Frau'n und suchte dich.«

Und schließlich hatte ich es aufgegeben. Das Größte auf Erden war mir eben nicht beschieden, hatte ich mir gesagt. Furuseth hatte recht. Ich war nicht normal, ein gefühlloses Monster, ein seltsamer Bücherwurm, der sich nur den Freuden des Geistes hingeben konnte. Obwohl ich ständig von Frauen umgeben gewesen war, hatte ich sie nur als ästhetische Phänomene betrachtet – und als sonst nichts. Manchmal hatte ich mich für einen hoffnungslosen Außenseiter gehalten, für einen literarischen Mönch, dem die unsterblichen und die vergänglichen Leidenschaften, die er bei anderen erlebt und so gut versteht, verschlossen bleiben. Aber jetzt war sie da! Was ich mir nie erträumt hatte, war ohne Warnung über mich gekommen. In einem Zustand, den man nur als ekstatisch bezeichnen kann, verließ ich meinen Posten am Niedergangsluk und murmelte Mrs. Brownings wunderbare Zeilen vor mich hin:

»Visionen lud ich jahrelang zu mir,
bat keinen Gast aus Fleisch und Blut,
behaglich war's, sie musizierten gut,
ich glaubte nicht an höhere Daseinszier.«

Aber eine süßere Musik erklang jetzt in meinen Ohren und machte mich blind und taub für meine Umgebung. Die scharfe Stimme Wolf Larsens schreckte mich auf.

»Was zum Teufel haben Sie vor?«, rief er.
Ich war nach vorn gegangen, wo einige Matrosen einen neuen Anstrich auftrugen, und kam erst zu mir, als ich im Begriff war, einen Kübel Farbe umzustoßen.
»Schlafwandeln Sie oder haben Sie einen Sonnenstich, eh?«, bellte er.
»Nein, Verdauungsstörungen«, gab ich zurück und ging weiter, als wäre nichts geschehen.

24. KAPITEL

Die Geschehnisse auf der *Ghost* in den vierzig Stunden nach der Entdeckung meiner Liebe zu Maud Brewster gehören zu meinen lebhaftesten Erinnerungen. Ich hatte mein ganzes Leben in Beschaulichkeit zugebracht, nur um dann mit fünfunddreißig Jahren in ein verrückteres Abenteuer hineinzugeraten, als ich mir je hatte träumen lassen, und jetzt verdichteten sich die Ereignisse auf unerhörte Weise. Auch kann ich nach diesen vierzig aufregenden Stunden meine Ohren nicht ganz vor den Einflüsterungen des Stolzes verschließen, die mir bedeuten, dass ich dabei alles in allem gar keine so schlechte Figur gemacht habe.

Zunächst setzte Wolf Larsen beim Mittagstisch die Jäger davon in Kenntnis, dass sie von nun an im Zwischendeck essen würden. So etwas war auf einem Robbenschoner, wo Jäger üblicherweise wie Offiziere behandelt werden, noch nie da gewesen. Er begründete seine Entscheidung nicht, aber das Motiv war mehr als offensichtlich. Horner und Smoke hatten Maud Brewster gegenüber eine Artigkeit an den Tag gelegt, die lächerlich genug und für sie nicht störend war. Er hingegen fand sie offenbar geschmacklos.

Die Ankündigung wurde mit finsterem Schweigen aufgenommen, und die vier Jäger warfen den beiden für die Verbannung Verantwortlichen vielsagende Blicke zu. Ruhig, wie er war, ließ Horner keine Reaktion erkennen, aber Smokes Stirn lief dunkelrot an, und er öffnete den Mund, als ob er etwas sagen wolle. Larsen beobachtete ihn und wartete mit stählernem Glitzern in den Augen auf seinen Einspruch, aber Smoke schloss unverrichteter Dinge wieder den Mund.

»Gibt's was?«, fragte sein Gegenüber angriffslustig. Es war eine deutliche Herausforderung, aber Smoke weigerte sich, sie anzunehmen.

»Was soll's geben?«, erwiderte er so unschuldig, dass Wolf Larsen verunsichert war und die anderen grinsten.

»Ach, nichts«, sagte Wolf Larsen lahm. »Ich dachte nur, Sie wollten sich beschweren.«

»Worüber?«, fragte Smoke unbewegt.

Das Grinsen der anderen Jäger wurde noch breiter. Sein Kapitän hätte ihn umbringen können, und ich habe keinen Zweifel, dass ohne Maud Brewster Blut geflossen wäre. Andererseits war es ihre Gegenwart, die Smokes Verhalten möglich machte. Er war ein zu gewitzter und vorsichtiger Mann, um sich Wolf Larsens Zorn zuzuziehen, wenn er sich dafür drastischere Konsequenzen als ein paar böse Worte eingehandelt hätte. Ich fürchtete schon, dass sich trotzdem etwas anbahnte, als ein Ruf des Rudergängers die Situation entspannte.

»Rauch in Sicht!«, tönte es den offenen Niedergang herunter.

»Welche Peilung?«, rief Wolf Larsen hinauf.

»Achteraus, Sir.«

»Vielleicht ist's ein Russe«, bemerkte Latimer.

Seine Worte sorgten bei den anderen Jägern für verängstigte Gesichter. Ein Russe konnte nur eines bedeuten – einen Kreuzer. Die Jäger, die immer nur vage ahnten, wo sich der Schoner befand, wussten natürlich, dass wir verbotenen Gewässern nahe waren und dass Wolf Larsen der Ruf eines Wilderers vorauseilte. Alle Augen ruhten auf ihm.

»Todsicher sind wir auf der richtigen Seite«, beruhigte er sie lachend. »Diesmal reicht's nicht für die Salzminen, Smoke. Aber ich glaube – ich wette fünf zu eins, dass das die *Macedonia* ist.« Keiner nahm seine Wette an, und so fuhr er fort: »Und dann setze ich zehn gegen eins, dass sich Ärger zusammenbraut.«

»Nein, danke«, entgegnete Latimer. »Es macht mir nichts aus, mein Geld zu verlieren, aber es muss schon ein gewisser Reiz dabei sein. Das hat's noch nie gegeben, dass es ohne Ärger abging, wenn Sie und Ihr Bruder sich begegneten. Da wette ich zwanzig zu eins.«

Es folgte allgemeine Heiterkeit, in die auch Wolf Larsen einstimmte, und der Rest der Mahlzeit verlief ruhig. Das war nicht zuletzt mein Verdienst, denn er zog über mich her, verspottete mich und behandelte mich so von oben herab, dass ich schließlich vor unterdrückter Wut zitterte. Aber ich wusste, dass ich mich um Maud Brewsters willen beherrschen musste, und ich erhielt meinen Lohn, als sich unsere Augen für einen kurzen Moment begegneten und ihr Blick mir so deutlich wie mit Worten zu verstehen gab: »Seien Sie tapfer, halten Sie aus.«

Wir erhoben uns, um an Deck zu gehen, denn der Dampfer war eine willkommene Unterbrechung der Monotonie, wobei die Vermutung, dass es sich um Tod Larsen und die *Macedonia* handelte, die Aufregung noch steigerte. Die steife Brise und die starke Dünung, die am vorhergehenden Nachmittag aufgekommen waren, hatten sich seit dem Morgen abgeschwächt, sodass wir jetzt die Boote für die Nachmittagsjagd absetzen konnten. Es sah vielversprechend aus. Seit Tagesanbruch waren wir keiner einzigen Robbe begegnet, jetzt aber segelten wir in die Herde hinein.

Die Rauchsäule war noch Meilen hinter uns, holte uns aber schnell ein, während wir die Boote zu Wasser ließen. Diese verteilten sich in nördlicher Richtung über den Ozean. Hier und da konnten wir sehen, dass ein Segel eingeholt wurde, hörten Schüsse und sahen dann, wie das Segel wieder aufgezogen wurde. Die Robbenherde war dicht, und der Wind flaute weiter ab. Alles sprach für einen guten Fang. Während wir unsere Position in Lee des letzten Leebootes ansteuerten, sahen wir, dass das Meer von einem Teppich schlafender Robben bedeckt war. Sie umgaben uns von allen Seiten, in einer Dichte, wie ich sie nie zuvor gesehen hatte. Ausgestreckt la-

gen sie in Zweier- und Dreiergruppen im Wasser, wo sie der Welt entrückt wie junge Hunde schliefen.
Unter dem herannahenden Rauch wurden Rumpf und Aufbauten eines Dampfers allmählich größer. Es war die *Macedonia*. Ich las ihren Namen durch das Fernglas, als sie uns in weniger als einer Meile Abstand steuerbords passierte.
Wolf Larsen starrte das Schiff wütend an, während Maud Brewster neugierig hinüberschaute.
»Wo ist jetzt der Ärger, den Sie mit Sicherheit heraufziehen sahen, Kapitän Larsen?«, fragte sie fröhlich.
Er sah sie amüsiert an, und für einen Moment entspannten sich seine Züge.
»Was haben Sie erwartet? Dass die an Bord kommen und uns die Kehlen durchschneiden?«
»So etwas Ähnliches«, gestand sie. »Wissen Sie, Robbenjäger sind mir so völlig neu und fremd, dass ich auf alles gefasst bin.«
Er nickte. »Und zu Recht, zu Recht. Ihr Fehler ist, dass Sie nicht das Schlimmste erwartet haben.«
»Wie, was kann denn schlimmer sein als eine durchschnittene Kehle?«, fragte sie in naivem Erstaunen.
»Beutelschneiderei«, antwortete er. »Der Mensch von heute ist so geschaffen, dass seine Lebensfähigkeit davon abhängt, wie viel Geld er besitzt.«
»Wer meinen Geldbeutel stiehlt, der stiehlt nur Flöhe«, zitierte sie.
»Wer meinen Geldbeutel stiehlt, der stiehlt mein Recht auf Leben«, lautete seine Antwort, »auch wenn Sprichwörter das Gegenteil behaupten. Denn er stiehlt mein Brot, mein Fleisch und mein Bett und gefährdet so meine Existenz. Es gibt nicht genug Suppenküchen und Almosen für alle, wie Sie wissen, und wenn man nichts mehr in der Tasche hat, stirbt man normalerweise einen erbärmlichen Tod – es sei denn, man kann seine Taschen schnell genug wieder füllen.«

»Aber es gibt keine Anzeichen, dass der Dampfer es auf Ihren Geldbeutel abgesehen hat.«
»Warten Sie's nur ab; Sie werden's schon sehen«, entgegnete er grimmig.
Wir brauchten nicht lange warten. Nachdem die *Macedonia* unsere Boote um einige Meilen hinter sich gelassen hatte, begann sie, ihre eigenen Boote zu Wasser zu lassen. Wir wussten, dass sie uns mit vierzehn zu fünf Booten überlegen war (durch den Verlust von Wainwrights Boot hatten wir eins weniger). Sie setzte ihre ersten Boote weit leewärts von unserem letzten Boot aus und ließ die anderen dwars zu unserem Kurs ab, sodass das letzte weit in Luv unseres Wetterboots ablegte. Uns war damit die Jagd verdorben. Hinter uns gab es keine Robben mehr, und vor uns fegte die Linie der vierzehn Boote die Robbenherde wie mit einem großen Besen zusammen.
Unsere Boote jagten noch die zwei oder drei Meilen leer, die zwischen ihnen und der Linie lagen, auf der die *Macedonia* ihre Boote abgesetzt hatte. Dann kehrten sie zum Mutterschiff zurück. Der Wind war inzwischen fast vollkommen eingeschlafen und das Meer immer ruhiger geworden. Bei einer so großen Herde wären es ideale Jagdbedingungen gewesen – einer der zwei oder drei derartigen Tage, die man sich mit etwas Glück in einer guten Saison erhoffen durfte. Bitterböse Mannschaften, Ruderer, Steuerleute und Jäger, kletterten an Bord. Jedermann fühlte sich beraubt, und die Boote wurden unter Flüchen an Deck gehievt, die, könnten Flüche überhaupt etwas ausrichten, Tod Larsen für immer und ewig im Orkus hätten verschwinden lassen. »Tot und verdammt für ein Dutzend Ewigkeiten«, kommentierte Louis, nachdem er sein Boot vertäut hatte, und blinzelte zu mir herüber.
»Hören Sie sich die Männer an, und es wird Ihnen nicht schwerfallen, ihr seelisches Zentrum auszumachen«, sagte Wolf

Larsen. »Glaube? Und Liebe? Und hohe Ideale? Das Gute? Das Schöne? Das Wahre?«

»Ihr angeborener Gerechtigkeitssinn ist verletzt worden«, mischte sich Maud Brewster in die Unterhaltung ein.

Sie stand ein paar Meter abseits, ihre Hand ruhte auf dem Hauptwanttau, und ihr Körper pendelte leicht mit dem schwachen Rollen des Schiffes. Sie hatte nicht laut gesprochen, und doch hallte der glockenklare Ton ihrer Stimme in mir nach. Oh, es klang süß in meinen Ohren! Aus Angst, mich zu verraten, traute ich mich kaum, sie in diesem Moment anzusehen. Auf dem Kopf hatte sie die Mütze eines Schiffsjungen. Darunter fiel ihr hellbraunes Haar offen und voll herab, und die sich darin spiegelnde Sonne schien ihr zartes, ovales Gesicht wie mit einer Aureole zu umgeben. Sie war wirklich bezaubernd und von einer Vergeistigung, die fast heilig zu nennen war. All meine ursprüngliche Bewunderung für das Leben kehrte bei diesem Anblick seiner grandiosesten Manifestation zurück. Wolf Larsens kalte Erklärung des Daseins und seiner Bedeutung war schlichtweg absurd und lächerlich.

»Ein ebenso sentimentales Gemüt wie Mr. van Weyden«, spottete er. »Diese Männer fluchen, weil ihre Begierden durchkreuzt worden sind. Das ist alles. Welche Begierden? Sie wollen den guten Fraß und die weichen Betten an Land, die ein anständiger Zahltag ihnen sichert, die Frauen und den Suff, das Fressen und die Viechereien – das macht diese Kerle aus, das ist das Beste, was in ihnen steckt, und so heißen ihre höchsten Ziele, ihre Ideale, wenn sie so wollen. Die Art und Weise, wie sie ihre Gefühle zum Ausdruck bringen, nimmt einen nicht besonders für sie ein, aber das zeigt nur, wie tief sie getroffen sind, wie tief jemand in ihren Geldbeutel gelangt hat. Denn wer sich an ihrem Geldbeutel vergreift, vergreift sich an ihren Seelen.«

»Ihnen scheint es aber nichts auszumachen, geschröpft zu werden«, entgegnete sie lächelnd.

»Dann benehme ich mich eben anders als die Mannschaft, denn bei mir ist beides, Geldbeutel und Seele, in Mitleidenschaft gezogen worden. Beim derzeitigen Preis auf dem Londoner Markt hat die *Ghost* nach einer groben Schätzung des Nachmittagsfangs, der uns durch die *Macedonia* entgangen ist, Felle im Wert von etwa eintausendfünfhundert Dollar verloren.«

»Sie sagen das so ruhig …«, begann sie.

»Aber ich fühle mich nicht so. Ich könnte den Kerl umbringen, der mich beraubt hat«, unterbrach er sie. »Ja, ja, ich weiß, dieser Mann ist mein Bruder – nichts als sentimentaler Quatsch! Pah!«

Seine Gesichtszüge veränderten sich plötzlich. Seine Stimme wurde weniger barsch und klang vollkommen ehrlich, als er fortfuhr:

»Ihr müsst glücklich sein, ihr gefühlsseligen Menschen, wirklich und wahrhaft glücklich, wenn ihr vom Guten träumt. Denn wenn ihr etwas Gutes entdeckt, fühlt ihr euch selbst auch gut. Nun, ihr beiden, heraus mit der Sprache, findet ihr mich gut?«

»Sie sind ansehnlich – in gewisser Hinsicht«, schränkte ich ein.

»Alle Anlagen zum Guten sind in Ihnen vorhanden«, antwortete Maud Brewster.

»Da haben wir's wieder!«, fuhr er sie halb verärgert an. »Ihre Worte klingen für mich inhaltsleer. Der Gedanke, den Sie ausgedrückt haben, hat nichts Klares, Deutliches oder Definitives. Man kann ihn nicht in die Hand nehmen und betrachten. In Wirklichkeit handelt es sich nämlich überhaupt nicht um einen Gedanken, sondern um ein Gefühl, um reine Sentimentalität, etwas, das sich auf Illusionen gründet und gar keine Verstandesleistung voraussetzt.«

Während er dies sagte, wurde seine Stimme wieder sanft und nahm einen vertraulichen Ton an. »Wissen Sie, manchmal ertappe ich mich selbst bei dem Wunsch, blind für die Fakten des Lebens zu sein und nur Hirngespinste und Illusionen zu kennen. Die sind natürlich verlogen, vollkommen verlogen und wider alle Vernunft. Dennoch sagt mir mein Verstand – Verlogenheit hin, Verlogenheit her –, dass träumen und in Illusionen dahinzuleben mehr Freude macht. Und Freude ist der Lohn des Lebens. Ohne Freude ist das Leben wertlos. Sich mit dem Leben herumzuschlagen und nichts davon zu haben ist schlimmer als der Tod. Derjenige, der am frohsinnigsten lebt, lebt am besten – und eure Träume und Phantasmen irritieren euch weniger und bereiten euch mehr Freude als mir meine Fakten.«

Er schüttelte langsam und nachdenklich den Kopf.

»Ich zweifle oft, sehr oft, am Wert des Verstandes. Träume müssen viel substanzieller und befriedigender sein. Emotionale Freude ist erfüllender und dauerhafter als intellektuelle Freude. Außerdem bezahlt man für die Momente intellektuellen Vergnügens mit Depressionen. Emotionales Vergnügen aber führt nur zu einer Ermattung, von der man sich schnellstens wieder erholt. Ich beneide euch, ich beneide euch.«

Er hielt abrupt inne, und auf seinen Lippen erschien dieses seltsam spöttische Lächeln, als er hinzufügte:

»Mit meinem Kopf beneide ich euch, wohlgemerkt, aber nicht mit meinem Herzen. Mein Verstand zwingt mich dazu. Neid ist ein Produkt des Intellekts. Ich bin wie ein nüchterner Mann, der Betrunkenen zuschaut und sich in seinem Überdruss sehnlichst wünscht, ebenfalls betrunken zu sein.«

»Oder wie ein Weiser, der Idioten zuschaut und sich wünscht, selbst ein Idiot zu sein«, lachte ich.

»Genau richtig«, sagte er. »Ihr seid ein Paar begnadeter, bankrotter Idioten. Ihr habt keine Fakten in euren Brieftaschen.«

»Und doch geben wir das, was wir haben, so großzügig aus wie Sie«, versetzte Maud Brewster.

»Noch großzügiger, weil es euch nichts kostet.«

»Weil wir vom Konto der Ewigkeit zehren«, gab sie zurück.
»Ob ihr das wirklich tut oder es nur glaubt, bleibt sich gleich. Ihr gebt aus, was ihr nicht besitzt, und dafür erhaltet ihr auch noch einen höheren Gegenwert als ich, wenn ich ausgebe, was ich im Schweiße meines Angesichts erworben habe.«
»Warum ändern Sie dann nicht einfach Ihr Währungssystem?«, fragte sie spöttisch.
Er sah sie schnell und mit aufkeimender Hoffnung an, sagte dann aber voller Bedauern: »Zu spät. Ich möchte, vielleicht, aber ich kann nicht. Meine Brieftasche ist voll harter Altwährung. Es ist wie verhext. Ich kann mich einfach nicht dazu durchringen, etwas anderes als wertvoll zu akzeptieren.«
Er verstummte. Sein Blick wanderte abwesend an ihr vorbei und verlor sich auf der ruhigen See. Die alte, tief sitzende Melancholie hatte wieder Besitz von ihm ergriffen und ließ ihn erschaudern. Er hatte sich in eine seiner Depressionen hineinargumentiert, und in ein paar Stunden würde der Teufel in ihm Wiederauferstehung feiern. Ich erinnerte mich an Charley Furuseth und erkannte, dass die Traurigkeit dieses Mannes die Strafe war, mit der ein Materialist immer für seinen Materialismus wird büßen müssen.

25. KAPITEL

»Sie sind an Deck gewesen, Mr. van Weyden«, sagte Wolf Larsen am nächsten Morgen beim Frühstück zu mir. »Wie sieht's draußen aus?«

»Ganz gut«, antwortete ich mit Blick auf den Sonnenschein, der durch den offenen Niedergang fiel. »Leichte westliche Brise, die auffrischen wird, wenn Louis' Vorhersage stimmt.«

Er nickte zufrieden. »Irgendwelche Anzeichen von Nebel?«

»Dichte Bänke im Norden und Nordwesten.«

Er nickte wieder, offenbar noch zufriedener als zuvor.

»Was macht die *Macedonia*?«

»Nicht zu sehen«, antwortete ich.

Ich hätte schwören können, dass er bei dieser Nachricht ein langes Gesicht zog, aber ich konnte mir nicht erklären, warum.

Allerdings sollte ich es bald erfahren. »Rauch in Sicht!«, erklang der Ruf an Deck, und seine Miene hellte sich auf.

»Gut!«, rief er, verließ den Tisch sofort, um nach oben zu eilen, und verschwand im Zwischendeck, wo die Jäger das erste Frühstück in der Verbannung einnahmen.

Maud Brewster und ich ließen das Essen fast unberührt. In angespannter Stille sahen wir einander an und lauschten Wolf Larsens Stimme, die durch das Schott hindurch in der Kajüte zu hören war. Er sprach einige Zeit, und das Ende seiner Rede wurde mit wildem Jubel aufgenommen. Das Schott war allerdings so dicht, dass man nicht verstehen konnte, was er sagte, aber was immer es war, es erregte die Jäger sehr, denn dem Jubel folgten Hochrufe und Freudengejohle.

Den Geräuschen entnahm ich, dass die Matrosen zusammengetrommelt worden waren und die Boote klarmachten. Maud

Brewster begleitete mich nach oben, aber ich ließ sie am Rand des Hüttendecks zurück, von wo sie alles beobachten konnte, ohne involviert zu sein. Auch die Matrosen waren offenbar eingeweiht. Der Mumm und Elan, mit dem sie bei der Arbeit waren, verrieten ihre Begeisterung. An Deck versammelten sich die Jäger mit Schrotflinten, Munitionskisten und – seltsamerweise – auch mit ihren Gewehren. Diese wurden fast nie mit in die Boote genommen, denn eine Robbe, die man auf große Entfernung mit dem Gewehr erlegt, ist normalerweise längst untergegangen, bevor man sie erreicht. Dennoch hatte an diesem Tag jeder der Jäger sein Gewehr und einen größeren Munitionsvorrat dabei. Mir fiel auf, dass sie zufrieden grinsten, wann immer sie die Rauchsäule der *Macedonia* erblickten, die höher und höher stieg, während sich der Dampfer von Westen her näherte.

Die fünf Boote waren im Nu abgelassen und verteilten sich fächerförmig mit nördlichem Kurs über das Meer, wie sie es auch am vorangegangenen Nachmittag getan hatten, und wieder würden wir ihnen folgen. Ich beobachtete sie einige Zeit neugierig, aber sie benahmen sich nicht außergewöhnlich. Sie holten ihre Segel ein, schossen Robben, zogen ihre Segel wieder auf und setzten die Jagd fort, so wie ich es schon oft gesehen hatte. Die *Macedonia* wiederholte ihr Manöver vom Vortag und graste alles ab, indem sie ihre Boote vor unseren und quer zu unserem Kurs absetzte. Vierzehn Boote benötigen ein ziemlich großes Jagdgebiet, wenn sie sich nicht gegenseitig in die Quere kommen wollen, sodass die *Macedonia* weiter über das Ende unserer Linie hinaus nach Nordosten lief, um weitere Boote abzusetzen.

»Was ist los?«, fragte ich Wolf Larsen, als ich meine Neugier nicht mehr zügeln konnte.

»Wirst schon sehen, was passiert«, entgegnete er schroff. »Und es wird keine Ewigkeit dauern, bis es so weit ist. Aber du kannst schon mal für eine ordentliche Mütze voll Wind beten.

»Ach was, ich kann's dir auch gleich sagen«, meinte er im nächsten Augenblick. »Ich werde meinem Brüderchen etwas von seiner eigenen Medizin verabreichen. Kurz gesagt, ich werde jetzt absahnen, und nicht nur für einen Tag, sondern für den Rest der Saison – wenn wir etwas Glück haben.«

»Und wenn wir keins haben?«, wollte ich wissen.

»Ausgeschlossen«, lachte er. »Wir müssen einfach Glück haben, sonst ist's aus und vorbei.«

Er stand gerade am Ruder, und so ging ich nach vorn zu meiner Krankenstation in der Back, wo die beiden Verletzten lagen, Nilson und Thomas Mugridge. Nilson war den Umständen entsprechend gut gelaunt, denn sein Knochenbruch verheilte problemlos, aber der Cockney war melancholisch bis zur Verzweiflung, und ich spürte tiefes Mitgefühl für dieses unglückliche Geschöpf in mir aufsteigen. Es war ein Wunder, dass er noch lebte und sich so ans Leben klammerte. Die Jahre unmenschlicher Behandlung hatten seinen mageren Körper in ein zersplittertes Wrack verwandelt, aber dennoch brannte der Lebensfunke in ihm mit unverminderter Stärke.

»Mit einer Fußprothese – und es gibt jetzt hervorragende – wirst du noch bis in alle Ewigkeit in den Kombüsen herumstapfen«, versicherte ich ihm aufmunternd.

Aber seine Antwort war ernst, ja feierlich. »Ich weiß nicht, ob Sie recht haben, Mr. van Weyden, aber eines weiß ich, ich finde keine Ruhe, wenn ich den Höllenhund nicht verrecken sehe. Der darf mich nicht überleben. Er hat kein Recht dazu. Wie sagt die Bibel noch: ›Er ist dem Tode geweiht.‹ Und ich sag Amen dazu und ›hoffentlich verdammt bald!‹«

Als ich an Deck zurückkehrte, sah ich, dass Wolf Larsen nur mit einer Hand steuerte. In der anderen hielt er das Fernglas, mit dem er die Boote beobachtete und insbesondere die Position der *Macedonia*. Die einzige Veränderung, die ich bei unseren Booten bemerkte, war, dass sie härter am Wind segelten und Kurs Nordnordwest steuerten. Die Bedeutung dieses Manövers leuchtete mir nicht ein, denn zwischen ihnen und der freien See befanden sich immer noch die luvseitigen Boote der *Macedonia*, die jetzt ebenfalls härter am Wind segelten. So gerieten sie langsam immer weiter nach Westen und entfernten sich von den übrigen Booten ihrer Linie. In unseren Booten wurde jetzt zusätzlich sogar gerudert. Selbst die Jäger legten sich ins Zeug, und mit drei Paar Rudern im Wasser überholten sie schnell diejenigen, die ich jetzt unumwunden als Feinde bezeichnen kann.

Die Rauchfahne der *Macedonia* war zu einem winzigen Punkt am nordöstlichen Horizont geschrumpft. Den Dampfer selbst konnte man nicht mehr sehen. Wir hatten bisher herumgetrödelt, unsere Segel schlugen die meiste Zeit und killten den Wind. Zweimal hatten wir sogar beigedreht. Das hatte jetzt ein Ende. Die Segel wurden getrimmt, und Wolf Larsen holte alles aus der *Ghost* heraus. Wir ließen die Linie unserer Boote hinter uns und hielten auf das erste Luvboot der gegnerischen Linie zu.

»Außenklüver einholen, Mr. van Weyden«, kommandierte Wolf Larsen, »und zum Backholen der Fock bereithalten.«

Ich rannte nach vorn und hatte den Niederholer des Außenklüvers angeholt und festgemacht, als wir das Boot etwa vierzig Meter leewärts passierten. Die drei Männer äugten misstrauisch zu uns herüber. Sie hatten abgegrast und kannten Wolf Larsen, zumindest aber seinen Ruf. Ich sah, dass der Jäger, ein hünenhafter Skandinavier, der im Bug saß, sein Gewehr, das normalerweise in der Halterung hing, griffbereit auf den Knien hatte. Als sie genau querab zum Heck lagen, winkte Larsen grüßend hinüber und rief: »Kommt an Bord auf einen Schnack.«

»Ein Schnack« bedeutet auf Segelschonern so viel wie »besuchen« und »einen Schwatz halten«. Es ist der Ausdruck für Klatschsucht auf See und eine stets willkommene Unterbrechung der Monotonie an Bord.

Die *Ghost* drehte wieder in den Wind, und ich war mit meinen Aufgaben vorn rechtzeitig fertig, um noch nach achtern zu laufen und an der Großschot mit Hand anzulegen.

»Sie bleiben bitte an Deck, Miss Brewster», sagte Wolf Larsen, während er nach vorn ging, um seine Gäste zu begrüßen. »Und Sie auch, Mr. van Weyden.«

Das Boot hatte sein Segel eingeholt und kam längsseits. Der Jäger, mit goldenem Bart wie ein Seegott, kletterte über die Reling und sprang an Deck. Selbst mit seiner hünenhaften Statur konnte er seine Nervosität nicht überspielen. Zweifel und Misstrauen standen ihm im Gesicht geschrieben. Trotz des Bartes war es wie ein offenes Buch, und sofort war ihm die Erleichterung anzusehen, als er von Wolf Larsen zu mir herüberschaute und bemerkte, dass nur wir beide an Bord waren. Dann warf er einen Blick auf die beiden Männer, die ihm folgten. Zweifellos hatte er wenig Grund, sich zu fürchten. Er überragte Wolf Larsen wie ein Goliath, maß wohl über zwei Meter, vielleicht zwei Meter zehn, und wog, wie ich später erfuhr, zweihundertvierzig Pfund. Dabei hatte er kein Gramm Fett am Leib. Er bestand nur aus Knochen und Muskeln.

Sein Argwohn kehrte zurück, als Wolf Larsen ihn in die Kajüte bat. Aber er blickte auf seinen Gastgeber herunter und beruhigte sich wieder – obwohl Larsen selbst ein stattlicher Mann war, wirkte er neben diesem Giganten eher wie ein Zwerg. Der Jäger zögerte nicht länger, und die beiden stiegen die Stufen des Niedergangs hinunter. In der Zwischenzeit waren seine beiden Männer, wie es bei Matrosen üblich ist, in die Back gegangen, um dort ihrerseits einen Plausch zu halten.

Plötzlich ertönte aus der Kabine ein lautes, abgewürgtes Gebrüll, dem wilde Kampfgeräusche folgten. Ein Leopard und ein Löwe kämpften, und der Löwe sorgte für den Lärm. Wolf Larsen aber war der Leopard.

»Da sehen Sie, wie heilig ihm die Gastfreundschaft ist«, sagte ich bitter zu Maud Brewster.

Ihr Kopfnicken deutete an, dass sie mich verstanden hatte, und ich erkannte in ihrem Gesicht die Anzeichen der gleichen von Gewaltausbrüchen hervorgerufenen Übelkeit, unter der auch ich während meiner ersten Wochen an Bord der *Ghost* so sehr zu leiden hatte.

»Wäre es nicht besser, wenn sie nach vorn gingen und sich am Niedergang zum Zwischendeck aufhielten, bis alles vorüber ist?«, schlug ich vor. Sie schüttelte den Kopf und sah mich mitfühlend an. Sie hatte zwar keine Angst, war aber entsetzt über die Bestialität dieses Menschen.

»Sie müssen verstehen«, erklärte ich bei dieser Gelegenheit, »welche Rolle ich auch immer spiele oder in Zukunft spielen werde, ich musste sie übernehmen, wenn – Sie und ich jemals mit heiler Haut hier herauskommen wollen.«

»Es ist wirklich kein Vergnügen für mich«, fügte ich hinzu.

»Ich weiß«, sagte sie mit schwacher Stimme wie von fern, und ihre Augen bedeuteten mir, dass sie wirklich verstanden hatte.

Die Geräusche von unten verstummten bald, und Wolf Larsen erschien allein an Deck. Seine sonnengebräunte Haut war etwas gerötet, aber sonst wies er keinerlei Kampfesspuren auf.

»Schicken Sie die beiden Männer nach achtern, Mr. van Weyden«, sagte er.

Ich führte seinen Befehl aus, und ein oder zwei Minuten später standen sie vor ihm.

»Hievt euer Boot an Deck«, sagte er zu ihnen. »Euer Jäger hat sich entschlossen, etwas länger an Bord zu bleiben, und will nicht, dass es dauernd gegen den Rumpf schlägt.«

»Hievt euer Boot an Deck, hab' ich gesagt«, wiederholte er, diesmal in schärferem Ton, als sie zögerten.

»Wer weiß? Vielleicht müsst ihr ja eine Weile bei mir mitfahren«, sagte er ganz ruhig, während sie sich missmutig an die Arbeit machten, und mit einem drohenden Unterton in der Stimme, der seine Sanftheit Lügen strafte, »und wir sollten in gegenseitigem Einvernehmen beginnen. Zügig also! Tod Larsen hat euch sicher ganz anders Beine gemacht, oder wollt ihr das bestreiten?«

Unter seiner Anleitung ging es jetzt merklich flotter, und als das Boot an Bord schwang, wurde ich nach vorn geschickt, um die Fockschot loszuwerfen. Wolf Larsen stand am Ruder und steuerte die *Ghost* auf das zweite luvseitige Boot der *Macedonia* zu. Auf dem Weg dorthin hatte ich nichts zu tun und hielt nach den anderen Booten Ausschau. Das dritte Wetterboot der *Macedonia* wurde von zwei der unsrigen angegriffen, das vierte von unseren restlichen drei. Das fünfte hatte gewendet und kam seinem Nachbarn zu Hilfe. Der Kampf hatte schon auf weite Entfernung begonnen, und ständiges Gewehrfeuer war zu vernehmen. Der Wind hatte eine kurze, harte Dünung entstehen lassen, die das genaue Zielen erschwerte. Als wir uns näherten, konnten wir hier und da eine Kugel von Welle zu Welle springen sehen.

Das von uns verfolgte Boot hatte abgedreht und brasste an, um uns zu entkommen und sich unterwegs am Zurückschlagen des Angriffs unserer Boote zu beteiligen.

Ich war jetzt so mit Taljen und Schoten beschäftigt, dass ich kaum Zeit fand, dem Geschehen zu folgen, aber ich war zufällig auf dem Hüttendeck, als Wolf Larsen die beiden fremden Matrosen nach vorn in die Back schickte. Sie gingen unwillig, aber sie gingen. Als Nächstes wies er Miss Brewster an, sich unter Deck zu begeben, und lächelte über das plötzliche Erschrecken in ihren Augen.

»Es erwartet Sie dort kein grausiger Anblick«, sagte er, »nur ein unverletzter, an die Ringbolzen gefesselter Mann. Hier werden ein paar Kugeln herumstreichen, und ich möchte, dass Sie am Leben bleiben, verstehen Sie.«

Noch während er sprach, prallte eine Kugel von einer messingbeschlagenen Spake des Ruders, das er in der Hand hielt, ab und verschwand als kreischender Querschläger in Luv.

»Sehen Sie«, sagte er zu ihr, und dann an mich gerichtet: »Mr. van Weyden, übernehmen Sie das Ruder.«

Maud Brewster stand im Niedergang, sodass nur noch ihr Kopf zu sehen war. Wolf Larsen hatte sich ein Gewehr besorgt und schob eine Patrone in den Lauf. Ich bat Maud Brewster mit den Augen, unter Deck zu gehen, aber sie lächelte und sagte:

»Vielleicht sind wir schwache Landratten auf wackligen Beinen, aber wir können Kapitän Larsen doch beweisen, dass wir mindestens so viel Mut haben wie er.«

Er warf ihr einen kurzen bewundernden Blick zu.

»Damit verdoppelt sich meine Wertschätzung«, sagte er. »Bücher, Grips und Mut. Sie haben Format, ein Blaustrumpf, der würdig ist, Frau eines Piratenkapitäns zu sein. Ah – darüber sprechen wir später«, lächelte er, als eine Kugel in das Holz der Kajütenwand einschlug.

Ich sah das goldene Blitzen in seinen Augen, während er sprach, und bemerkte die aufsteigende Panik in ihren.

»Wir sind viel mutiger«, beeilte ich mich zu sagen. »Zumindest ich kann von mir behaupten, dass ich mutiger bin als Kapitän Larsen.«

Jetzt blickte er kurz zu mir herüber. Er war sich nicht sicher, ob ich es ernst meinte. Ich drehte das Ruder drei oder vier Spaken weiter, um zu verhindern, dass die *Ghost* ausscherte, und richtete sie dann wieder aus. Wolf Larsen wartete immer noch auf eine Erklärung, und ich zeigte auf meine Knie.

»Dort kann man ein leichtes Zittern beobachten«, sagte ich. »Weil ich Angst habe. Das Fleisch fürchtet sich, und auch mein Kopf ängstigt sich, denn ich will nicht sterben. Aber mein Geist triumphiert über das zitternde Fleisch und die Skrupel. Ich habe mehr als Mut, ich bin tapfer. Ihr Fleisch hat keine Angst, und Sie auch nicht. Zum einen macht es Ihnen nichts aus, der Gefahr ins Auge zu sehen, und zum anderen finden Sie sogar Gefallen daran. Sie vergnügen sich dabei. Sie mögen ohne Furcht sein, Mr. Larsen, aber Sie müssen mir zugeben, dass ich die Tapferkeit beanspruchen darf.«

»Sie haben recht«, gab er sofort zu. »So habe ich das noch nie gesehen. Aber ist der Umkehrschluss auch erlaubt? Wenn Sie mehr Mut haben als ich, bin ich dann der größere Feigling?«

Wir lachten beide über diese Absurdität. Er sprang auf das Deck herunter und legte sein Gewehr auf der Reling an. Die Kugeln, die wir abbekommen hatten, waren fast eine Meile geflogen, aber inzwischen hatte sich der Abstand halbiert. Er zielte sorgfältig und gab drei Schüsse ab. Der erste schlug knapp zwanzig Meter neben dem Boot ein, der zweite pfiff längsseits vorbei, und beim dritten ließ der Steuermann die Pinne los und sackte auf dem Boden des Bootes zusammen.

»Die sind bedient«, sagte Wolf Larsen und erhob sich wieder. »Ich konnte es mir nicht leisten, den Jäger zu treffen, und vermute, dass der Ruderer nichts vom Steuern versteht. In diesem Fall kann der Jäger nicht gleichzeitig schießen und steuern.«

Seine Überlegung erwies sich als richtig, denn das Boot drehte sofort in den Wind, und der Jäger sprang nach hinten auf den Platz des Steuermanns. Bei uns wurde nicht mehr geschossen. Lebhaftes Feuer war allerdings noch von den anderen Booten zu hören.

Der Jäger hatte das Boot wieder an den Wind gebracht, aber für jeden Knoten Fahrt, den er machte, machten wir zwei, und so holten wir ihn schnell ein. Als wir uns auf hundert Meter angenähert hatten, sah ich, dass der Ruderer dem Jäger sein Gewehr reichte. Wolf Larsen begab sich nach mittschiffs und nahm das aufgewickelte Ende des Klaufalls vom Haken. Dann blickte er, Gewehr im Anschlag, über die Reling. Zweimal sah ich den Jäger eine Hand vom Ruder nehmen, nach seinem Gewehr greifen und zögern. Wir waren jetzt längsseits und rauschten vorbei.

»He, du!«, rief Wolf Larsen plötzlich dem Ruderer zu. »Festmachen!«

Gleichzeitig warf er ihm das aufgerollte Klaufall zu. Es traf genau und warf den Mann beinahe um, aber er folgte der Anweisung nicht. Stattdessen wartete er auf die Befehle seines Jägers. Der seinerseits war in einem Dilemma. Er hatte sein Gewehr zwischen den Knien, aber ließ er die Pinne los, um zu schießen, würde das Boot in den Wind drehen und mit dem Schoner kollidieren. Zudem sah er Wolf Larsens Gewehr auf sich gerichtet und wusste, dass er unter Beschuss geraten würde, bevor er seine Waffe einsetzen konnte.

»Festmachen«, sagte er leise zum Ruderer.

Dieser führte die Anweisung aus, machte an der vorderen Ducht fest und fierte die Leine, als sie sich mit einem Ruck straffte. Das Boot scherte aus und schnellte nach vorn, aber der Jäger steuerte gegen und hielt einen Parallelkurs zur *Ghost* im Abstand von etwa zehn Metern.

»Jetzt holt das Segel ein und kommt längsseits!«, befahl Wolf Larsen.

Er hatte sein Gewehr nicht aus der Hand gelegt und sogar die Läufer mit einer Hand bedient. Als sie mit Vorder- und Achterleine festgemacht hatten und die unverletzten Männer an Bord kommen wollten, griff der Jäger nach seinem Gewehr, als wolle er es sicher verstauen.

»Fallen lassen!«, rief Wolf Larsen, und der Jäger ließ das Gewehr los, als hätte er sich an dem glühenden Metall die Hände verbrannt.

Als sie an Bord waren, hievten die Gefangenen ihr Boot an Deck und trugen den verletzten Steuermann unter Wolf Larsens Aufsicht in die Back.

»Wenn unsere fünf Boote so erfolgreich sind wie wir, wird die Besatzung bald wieder ziemlich vollständig sein«, sagte Wolf Larsen zu mir.

»Der Mann, auf den Sie geschossen haben, ist … hoffentlich …«, begann Maud Brewster mit zitternder Stimme.

»Schulterschuss«, antwortete er. »Nichts Schlimmes. Mr. van Weyden wird ihn in drei oder vier Wochen wiederhergestellt haben.«

»Aber die Jungs da hinten wird auch er nicht wieder auf die Beine bringen, wie's aussieht«, fügte er hinzu und deutete auf das dritte Boot der *Macedonia*, auf das ich zugehalten hatte und das jetzt fast auf gleicher Höhe lag. »Das haben Horner und Smoke auf dem Gewissen. Dabei hatte ich ihnen doch eingeschärft, dass ich die Männer lebend wollte und nicht als Leichen. Aber das Vergnügen an Blattschüssen wird zur Sucht, sobald man's einmal richtig raus hat. Haben Sie das auch schon mal erlebt, Mr. van Weyden?«

Ich schüttelte den Kopf und betrachtete ihr Werk. Wahrhaftig ein Blutbad; aber Horner und Smoke hatten inzwischen ihren Kurs geändert und sich unseren drei Booten angeschlossen, die die beiden verbliebenen gegnerischen Gefährte bedrängten. Das verlassene Boot tauchte in die Wellentäler und wälzte sich trunken über jeden Brecher. Sein loses Sprietsegel stand quer, flatterte und schlug im Wind. Der Jäger und der Ruderer lagen verkrümmt auf den Planken, der Steuermann aber hing über dem Dollbord, halb drinnen und halb draußen, sodass seine Arme durchs Wasser schleiften und sein Kopf hin und her rollte.

»Schauen Sie um Gottes willen weg, Miss Brewster«, bat ich sie und war froh, dass sie der Aufforderung nachkam, sodass ihr der Anblick erspart blieb.

»Halten Sie genau auf die Gruppe zu, Mr. van Weyden«, befahl Wolf Larsen.

Als wir näher kamen, wurde das Gewehrfeuer eingestellt. Der Kampf war vorüber. Die restlichen beiden Boote waren von unseren fünf überwältigt worden. So lagen jetzt sieben Boote beisammen und warteten darauf, aufgenommen zu werden.

»Sehen Sie dort!«, entfuhr es mir, und meine Hand deutete auch schon in Richtung Nordosten.

Die Rauchfahne, die die Position der *Macedonia* verriet, war wieder aufgetaucht.

»Ja, ich habe sie die ganze Zeit beobachtet«, erwiderte Wolf Larsen gelassen. Er schätzte die Entfernung bis zur Nebelbank ab und hielt einen Augenblick lang inne, um den Winddruck auf seinem Gesicht zu prüfen. »Wir werden's schaffen, glaube ich. Aber Sie können Gift darauf nehmen, mein herzallerliebster Bruder hat unser kleines Spielchen durchschaut und ist stinksauer auf uns. Na, seht euch das an!«

Die Rauchsäule war plötzlich größer und noch dazu pechschwarz geworden.

»Ich werde dich trotzdem austricksen, Brüderchen«, gluckste er. »Austricksen werd' ich dich, und wünsche dir, dass du deine alte Maschine dabei auch noch in einen Schrotthaufen verwandelst.«

Als wir beidrehten, herrschte ein hastiges und doch geordnetes Durcheinander. Die Boote kamen von allen Seiten gleichzeitig an Bord. Sobald die Gefangenen über die Reling geklettert waren, wurden sie von den Jägern in die Back verfrachtet, während unsere Matrosen sich um die Boote kümmerten, die sie kreuz und quer auf Deck abstellten, ohne auch nur ans Festmachen zu denken. Alle Segel waren bereits gesetzt, getrimmt und für Wind querein aufgefiert, und wir nahmen schon Fahrt auf, als das letzte Boot aus dem Wasser gehoben wurde und noch in den Taljen hing.

Eile war geboten. Die *Macedonia* stürmte bedrohlich von Nordosten heran, und dabei quoll schwärzester Rauch aus ihrem Schornstein. Sie kümmerte sich nicht um die Boote, die ihr geblieben waren, und hatte ihren Kurs geändert, um uns aufzubringen. Sie hielt nicht direkt auf uns zu, sondern steuerte weit vor unseren Bug. Unsere Kurse liefen aufeinander zu wie die Seiten eines Dreiecks, dessen Spitze am Rand der Nebelbank lag. Dort und nur dort konnte die *Macedonia* hoffen, uns abzufangen. Und die *Ghost* hatte nur eine Chance zu entkommen, wenn sie diesen Punkt vor der *Macedonia* erreichte.

Wolf Larsen stand am Ruder, seine Augen glitzerten und blitzten, während er jede Einzelheit der Verfolgungsjagd in sich aufsog. Jetzt suchte er die See in Luv nach Anzeichen nachlassenden oder auffrischenden Windes ab, im nächsten Moment blickte er zur *Macedonia*. Dann wieder glitten seine Augen über jedes Segel, und er gab Befehl, hier ein wenig aufzufieren, dort etwas mehr dichtzuholen, bis er alles an Fahrt aus der *Ghost* herausgeholt hatte. Aller Hader, aller Streit waren vergessen, und mich überraschte der Eifer, mit dem jene, die so lange unter seiner Brutalität gelitten hatten, jetzt seine Befehle ausführten. Während wir auf und ab stampften und krängend voranstürmten, musste ich unwillkürlich an den unglücklichen Johnson denken und bedauerte aufrichtig, dass er nicht mehr lebte und dabei sein konnte – er, der die *Ghost* so geliebt und so viel Freude an ihrer Seetüchtigkeit gehabt hatte.

»Ihr holt besser eure Gewehre, Jungs«, rief Wolf Larsen den Jägern zu. Die fünf Männer nahmen mit dem Gewehr in der Hand an der Leereling Aufstellung und warteten.

Die *Macedonia* war jetzt weniger als eine Meile entfernt. Der schwarze Rauch strömte im rechten Winkel aus ihrem Schornstein, so schnell lief sie. Sie durchpflügte die See mit siebzehn Knoten – »himmelstürmend durch die Wogen«, zitierte Wolf Larsen, während er sie betrachtete. Wir machten nicht mehr als neun Knoten, aber die Nebelbank war sehr nah.

Eine Rauchwolke stieg vom Deck der *Macedonia* auf, wir hörten einen lauten Knall, und ein rundes Loch bildete sich im straffen Tuch unseres Großsegels. Sie beschossen uns mit der kleinen Kanone, die sie, Gerüchten zufolge, an Bord mitführten. Unsere Männer hatten sich mittschiffs versammelt, schwenkten ihre Mützen und brachen in höhnische Beifallsrufe aus. Wieder gab es eine Rauchwolke und einen lauten Knall. Diesmal schlug die Kanonenkugel etwas mehr als sechs Meter achteraus auf und sprang noch zweimal von Welle zu Welle, bevor sie luvseitig versank.

Aber es gab kein Gewehrfeuer, denn alle ihre Jäger waren entweder noch in ihren Booten oder unsere Gefangenen. Als die beiden Schiffe nur noch eine halbe Meile auseinander waren, riss ein dritter Schuss ein weiteres Loch in unser Großsegel. Dann verschluckte uns der Nebel. Er umgab uns, verschleierte und verhüllte alles mit seiner dichten, feuchten Gaze.

Der plötzliche Wechsel war verblüffend. Eben noch glitten wir durch den Sonnenschein, blauer Himmel über uns, die offene See bis zum Horizont in Bewegung, und ein Schiff, das Feuer, Rauch und Geschosse ausspie, lief wie verrückt auf uns zu. Und plötzlich, von einem Augenblick zum anderen, verblasste die Sonne, verschwand der Himmel, sogar die Mastspitzen wurden unsichtbar, und der Horizont verwischte sich, als würde man ihn durch tränenblinde Augen sehen. Graue Nebelfetzen wehten an uns vorbei wie Regenschleier. Jede Wollfaser unserer Kleidung, jedes Haar auf unseren Köpfen und Gesichtern war von winzigen Kristallkugeln übersät. Das Tuch war im Nu klatschnass, und es regnete aus der Takelage. An den Unterseiten der Bäume formten sich lange

Reihen von Wassertropfen, die abfielen und wie kleine Schauer auf Deck niederprasselten, sobald der Schoner von einer Welle hochgedrückt wurde. Ich konnte mich des Gefühls erstickender Beengung nicht erwehren. Wie die Geräusche des Schiffs, das sich durch die Wellen vorankämpfte, vom Nebel zurückgeworfen wurden, so auch unsere eigenen Gedanken. Der Geist scheute geradezu vor der Betrachtung jener Welt zurück, die hinter dem feuchten Vorhang lag, der uns umgab. Dies war die Welt, unser Universum, dessen Grenzen einem so nahe kamen, dass man sich genötigt fühlte, seine Arme auszustrecken, um sie zurückzuschieben. Es war undenkbar, dass alles Übrige hinter diesen grauen Wänden liegen sollte. Dieser Rest war ein Traum, kaum mehr als die Erinnerung an einen Traum.

Es war höchst seltsam, geradezu unheimlich. Ich sah Maud Brewster an und wusste, dass sie genauso fühlte. Dann blickte ich zu Wolf Larsen hinüber, aber er zeigte keinerlei subjektive Regungen. Seine ganze Aufmerksamkeit gehörte der unmittelbaren objektiven Gegenwart. Er stand immer noch am Ruder, und ich spürte, dass er die Zeit maß, die Minuten zählte, die mit jedem Vorwärtsstürzen und leewärtigem Rollen der *Ghost* vergingen.

»Gehen Sie nach vorn und machen Sie alles klar zum Wenden, aber ohne jedes Geräusch«, sagte er mit leiser Stimme zu mir. »Geien Sie erst die Toppsegel auf. Dann alle Mann an die Schoten. Aber kein Gepolter mit den Blocks, keine lauten Stimmen. Keinen Ton, verstehen Sie, keinen Ton.«

Als wir klar waren, wurde das Kommando »Ree« von Mann zu Mann nach vorn weitergegeben, und die *Ghost* ging praktisch geräuschlos über Stag. Das wenige, was zu hören war – das Schlagen einiger Reffs, das Knarren von einer oder zwei Scheiben in ihren Blöcken –, klang geisterhaft unter dem geblähten, echoerfüllten Leichentuch, das uns einhüllte.

Die Segel hatten sich gerade wieder gestrafft, so schien es, als der Nebel sich abrupt lichtete, wir uns wieder im Sonnenschein befanden, und das wogende Meer sich erneut bis zum Horizont erstreckte. Aber der Ozean war leer. Keine rachsüchtige *Macedonia* schwamm darauf oder schwärzte den Himmel mit ihrem Rauch.

Wolf Larsen brasste sofort an und segelte am Rand der Nebelbank entlang. Sein Trick war klar. Er war auf der Luvseite des Dampfers in den Nebel hineingelaufen, und während der Dampfer blind hinterhergestampft war, um ihn vielleicht doch noch zu erwischen, hatte Wolf Larsen gewendet und war wieder aus seinem Versteck hervorgekommen. Jetzt lief er ein Stück, um leewärts wieder einzutauchen. Wenn ihm dies gelang, war der alte Vergleich von der Stecknadel im Heuhaufen noch zu schwach für die Chance seines Bruders, ihn zu finden.

Wolf Larsen hielt sich nicht lange draußen auf. Er halste mit Schoner- und Großsegel, setzte die Toppsegel und steuerte von Neuem in die Nebelbank hinein. Als sie uns verschluckte, hätte ich schwören können, dass ich die vagen Umrisse der *Macedonia* luvwärts auftauchen sah. Ich schaute schnell zu Wolf Larsen hinüber. Wir waren schon eingehüllt, aber er nickte. Er hatte sie auch bemerkt – die *Macedonia* hatte sein Manöver erahnt und war nur einen Augenblick zu spät gekommen, um es zu durchkreuzen. Fraglos waren wir unerkannt entwischt.

»Er kann unmöglich so weitermachen«, sagte Wolf Larsen. »Er muss zurück, um seine restlichen Boote aufzunehmen. Schicken Sie einen Mann ans Ruder, und halten Sie fürs Erste den anliegenden Kurs. Und teilen Sie die Wachen ein, denn wir werden diese Nacht nicht vertrödeln.«

»Aber ich würde fünfhundert Dollar geben«, fügte er hinzu, »um nur für fünf Minuten an Bord der *Macedonia* sein zu können und die Flüche meines Bruders zu hören.«

»Und nun, Mr. van Weyden«, sagte er zu mir, nachdem er als Rudergänger abgelöst worden war, »müssen wir unsere Neuankömmlinge willkommen heißen. Geben Sie reichlich Whiskey an die Jäger aus, und sorgen Sie dafür, dass auch ein paar Flaschen nach vorne kommen. Ich wette, dass jeder der Kerle morgen in die Boote steigt und genauso gern für Wolf Larsen jagt, wie er es bisher für Tod Larsen getan hat.«

»Aber werden sie nicht flüchten wie Wainwright?«, fragte ich.

Er lachte verschmitzt. »Nicht, solange unsere alten Jäger ein Wörtchen dabei mitzureden haben. Sie teilen sich einen Dollar für jedes Fell, das die neuen schießen. Mindestens die Hälfte ihrer heutigen Begeisterung stammte daher. O nein, niemand wird entkommen, wenn unsere Jäger es verhindern können. Und jetzt gehen Sie besser in die Back und kommen Ihren ärztlichen Pflichten nach. Ein volles Krankenzimmer dürfte auf Sie warten.«

26. KAPITEL

Wolf Larsen nahm mir die Verteilung ab. Während ich in der Back die frisch Verwundeten versorgte, tauchten immer neue Flaschen auf. Ich war schon oft dabei gewesen, wenn im Klub Whiskey mit Soda getrunken wurde. Jedoch war mir neu, wie diese Männer tranken, aus Blechtassen und Bechern oder direkt aus der Flasche, in großen, vollen Zügen, jeder Schluck ein Gelage für sich. Aber sie sprachen dem Alkohol nicht nur ein- oder zweimal zu. Sie tranken und tranken, und ständig wurden weitere Flaschen nach vorn gereicht und geleert.

Alle tranken. Die Verletzten tranken. Oofty-Oofty, mein Helfer, trank. Nur Louis hielt sich zurück und nippte bloß an seinem Glas, stürzte sich aber mit der gleichen Ausgelassenheit in den Trubel wie die anderen. Es waren Saturnalien. Prahlend erzählten sie von den Kämpfen des Tages, stritten über Einzelheiten oder wurden rührselig und verbrüderten sich mit den Männern, die vor Kurzem noch ihre Feinde gewesen waren. Gefangene und Wächter kämpften in freundschaftlicher Umarmung den Schluckauf nieder und schworen hoch und heilig, dass sie nur Hochachtung und Respekt füreinander empfänden. Sie beweinten das Elend, das hinter ihnen lag, und die schlimmen Zeiten, die ihnen unter Wolf Larsens eiserner Faust noch bevorstanden. Alle verfluchten ihn und erzählten Schauergeschichten über seine Brutalität.

Es war ein seltsames, Furcht einflößendes Schauspiel in diesem engen, von Kojen eingefassten Raum, dessen Boden und Wände sich wild hoben und senkten; das Zwielicht, die schwankenden Schatten, die ins Monströse wuchsen und wieder zusammenschrumpften, die von Rauch und Körperausdünstungen geschwängerte, von Jodtinktur verpestete Luft und die erhitzten Gesichter der Männer, die ich eigentlich Halbmenschen nennen sollte. Ich sah Oofty-Oofty an, der eine Bandage hielt und die Szene betrachtete. Seine samtenen, klaren Augen glitzerten im Licht wie die eines Rehs, und doch wusste ich, dass eine Bestie in seiner Brust schlummerte, die die fast weibliche Weichheit und Zartheit seines Gesichts und seines Körpers Lügen strafte. Dann erblickte ich Harrisons jungenhafte Züge. Sein Gesicht hatte einmal gut ausgesehen, war aber jetzt zur Dämonenfratze verzerrt und von der Leidenschaft entstellt, mit der er Wolf Larsen lauthals verfluchte und den Neuankömmlingen von dem Höllenschiff erzählte, auf dem sie sich nunmehr befanden.

Immer ging es um Wolf Larsen, Sklavenhalter und Quälgeist dieser Männer, die männliche Circe dieser Schweine, dieser leidgeprüften Bestien, die vor ihm krochen und nur heimlich oder im Rausch gegen ihn aufbegehrten. Und war nicht auch ich eines seiner Schweine, kam mir in den Sinn. Und Maud Brewster? Nein! In entschlossener Wut biss ich die Zähne aufeinander, bis der Mann, den ich behandelte, zusammenzuckte und Oofty-Oofty mich verwundert ansah. Ich fühlte mich plötzlich von neuer Kraft erfüllt. Meine junge Liebe machte mich zum Riesen. Ich fürchtete nichts. Ich würde mich schon durchbeißen, trotz Wolf Larsen und meiner fünfunddreißig Jahre als Bücherwurm. Alles würde gut enden. Ich würde dafür sorgen. In dieser überschwänglichen Stimmung, getragen von einem Gefühl der Macht, kehrte ich dem fürchterlichen Inferno den Rücken und stieg an Deck, wo der Nebel geisterhaft durch die Nacht trieb und die Luft weich, rein und still war.

Im Zwischendeck, dem Aufenthaltsort der beiden verletzten Jäger, sah es aus wie in der Back, nur dass hier nicht über Wolf Larsen geflucht wurde. Erleichtert trat ich schließlich wieder an Deck und ging nach achtern zur Kajüte. Das Abendessen war fertig, und Wolf Larsen und Maud Brewster erwarteten mich.

Während sich das ganze Schiff in Windeseile betrank, blieb Larsen nüchtern, nahm keinen Tropfen zu sich. Er konnte sich das unter den gegebenen Umständen auch nicht leisten, denn außer Louis und mir – und Louis stand im Moment am Ruder – war auf niemanden Verlass. Wir segelten durch den Nebel, ohne Ausguck und ohne Positionslichter. Es wunderte mich, dass Larsen den Männern so freigebig Alkohol ausschenkte, aber er kannte ihre seelische Verfassung und die beste Methode, das Blutvergießen in Herzlichkeit umschlagen zu lassen und die Mannschaft zusammenzuschweißen.

Sein Sieg über Tod Larsen schien eine bemerkenswerte Wirkung auf ihn auszuüben. Noch am Vorabend hatte er sich in Depressionen hineinargumentiert, und ich hatte jeden Moment mit einem seiner Ausbrüche gerechnet. Aber nichts war geschehen, und jetzt war er bester Laune. Vielleicht hatte sein Erfolg, die vielen zusätzlichen Boote und Jäger, die übliche Reaktion verhindert. Auf jeden Fall war die Niedergeschlagenheit verschwunden, und die Teufel der Melancholie waren nicht erschienen. Das wenigstens glaubte ich damals. Ach, wie schlecht ich ihn kannte, und wie wenig ich ahnte, dass er möglicherweise gerade in diesem Moment über einem Ausbruch brütete, der schrecklicher ausfallen sollte als alles, was ich bisher erlebt hatte!

Wie gesagt, er fühlte sich offenbar hervorragend, als ich die Kajüte betrat. Er hatte seit Wochen keine Kopfschmerzen gehabt, seine Augen waren klar und himmelblau, seine Haut war braun, und er strotzte vor Gesundheit. Machtvoll durchströmte das Leben seine Adern. Während er auf mich wartete, hatte er Maud Brewster in eine angeregte Diskussion verwickelt. Sie sprachen über Versuchung, und den wenigen Worten, die ich mitbekam, entnahm ich, dass er behauptete,

Versuchung liege nur dann vor, wenn jemand ihr nachgebe und erliege.

»Meiner Ansicht nach«, sagte er, »tut ein Mann Dinge aus Begierde. Er hat viele Begierden. Er mag begehren, keine Schmerzen zu haben oder sich dem Vergnügen hinzugeben. Aber was immer er tut, tut er, weil ihn die Begierde dazu treibt.«

»Aber gesetzt den Fall, er begehrt zwei gegensätzliche Dinge, von denen jedes das andere ausschließt?«, unterbrach Maud Brewster.

»Darauf wollte ich gerade eingehen«, sagte er.

»Und genau in diesem Zwiespalt offenbart sich die Seele eines Menschen«, fuhr sie fort. »Wenn es eine gute Seele ist, wird sie das Gute begehren und das Gute tun. Bei einer bösen Seele ist es umgekehrt. Aber die Seele entscheidet.«

»Völliger Blödsinn!«, rief er ungehalten. »Die Begierde gibt den Ausschlag. Da ist ein Mann, der sich, sagen wir, betrinken will. Gleichzeitig will er es aber auch nicht. Was tut er? Wie tut er es? Er ist eine Marionette. Er ist das Geschöpf seiner Begierden, und vor die Wahl gestellt, folgt er der stärkeren. Das ist alles. Seine Seele hat damit überhaupt nichts zu tun. Wie kann er versucht sein, sich zu betrinken, und es dann doch nicht tun? Wenn die Begierde, nüchtern zu bleiben, die Oberhand behält, dann, weil sie die stärkere Begierde ist. Versuchung spielt da keine Rolle, es sei denn …« Er hielt einen Moment inne, um den neuen Gedanken, der ihm gekommen war, in Worte zu kleiden: »Es sei denn, er ist in Versuchung, nüchtern zu bleiben.«

»Ha! Ha!«, lachte er. »Was denken Sie, Mr. van Weyden?«

»Dass Sie beide Haarspalterei betreiben!«, sagte ich. »Die Seele eines Menschen ist sein Begehren. Oder, wenn Sie so wollen, die Summe seines Begehrens macht seine Seele aus. Somit haben Sie beide unrecht. Sie betonen das Begehren und vernachlässigen die Seele, Miss Brewster hebt die Seele hervor und vergisst die Begehrlichkeit. Dabei sind Begehren und Seele ein und dasselbe.«

»Allerdings«, fuhr ich fort, »hat Miss Brewster recht, wenn sie behauptet, dass Versuchung Versuchung bleibt, unabhängig davon, ob jemand ihr widersteht oder ihr erliegt. Feuer wird vom Wind angefacht, bis die Flammen hochschlagen. Versuchung ist wie Feuer. Sie wird durch den Anblick des Begehrten oder durch seine neuerliche, verführerische Beschreibung oder Vorstellung gleichsam geschürt. Versuchung ist der Wind, der das Begehren anfacht, bis es alles überwältigt. Das ist die Versuchung. Vielleicht gelingt es ihr nicht, das Begehren übermächtig werden zu lassen, aber solange sie es anfacht, reden wir von Versuchung. Und wie Sie schon sagten, kann Gutes oder Böses dabei herauskommen.«

Ich war stolz auf mich, als wir uns an den Tisch setzten. Meine Stellungnahme hatte die Frage entschieden oder zumindest die Diskussion beendet.

Aber Wolf Larsen war redselig an jenem Abend, so mitteilungsbedürftig, wie ich ihn noch nie erlebt hatte. Er platzte schier vor angestauter Energie. Fast sofort eröffnete er eine neue Debatte, diesmal über die Liebe. Wie üblich argumentierte er rein materialistisch und Maud Brewster rein idealistisch. Bis auf einige Anregungen oder Richtigstellungen nahm ich selbst kaum am Gespräch teil.

Er war brillant, aber Maud Brewster stand ihm nicht nach, und eine Zeit lang verlor ich den Faden, weil ich ihr Gesicht studierte, während sie sprach. Normalerweise wirkte es eher blass, aber heute Abend war es lebhaft und gerötet. Sie ließ ihrem Geist freien Lauf und genoss das Wortgefecht nicht weniger als Wolf Larsen, der sich königlich amüsierte. Ich wusste längst nicht mehr, worum es ging, so vertieft war ich in die Betrachtung einer vorwitzigen braunen Locke von Mauds

Haar, als er aus irgendeinem Grund aus *Isolde in Tintagel* zitierte, wo diese sagt:

»Seliger denn jedes Weib bin ich darin,
Dass über mein Geschlecht mich mein Vergeh'n erhebt,
Und noch vollkommen ich in Sünde bin.«

So wie er Pessimismus in Omar hineingelesen hatte, ließ er jetzt in Swinburnes Zeilen Triumph, wehmütigen Triumph und Jubel erklingen. Aber er las richtig, und er las gut. Kaum hatte er das letzte Wort gesprochen, lugte Louis den Niedergang herunter und flüsterte:

»Ruhig doch! Der Nebel hat sich gelichtet, und das Backbordlicht eines Dampfers kreuzt gerade unseren Bug.«

Wolf Larsen sprang so schnell an Deck, dass er den trunkenen Lärm aus dem Zwischendeck mit dem Schiebeluk abgeschottet hatte und schon auf dem Weg zum Backluk war, bevor wir ihm folgen konnten. Der Nebel hatte sich zwar gehoben, er verdeckte aber nach wie vor die Sterne, sodass die Nacht pechschwarz war. Direkt vor uns konnte ich ein rotes und ein weißes Licht sehen und das Stampfen der Maschine hören. Ohne Zweifel war es die *Macedonia*.

Wolf Larsen kehrte zum Hüttendeck zurück, wo wir schweigend zusammenstanden und zusahen, wie die Lichter schnell vor unserem Bug vorüberglitten.

»Zum Glück hat er keinen Suchscheinwerfer«, sagte Wolf Larsen.

»Was passiert, wenn ich laut rufe?«, fragte ich flüsternd.

»Dann wäre alles vorbei«, antwortete er. »Aber haben Sie auch bedacht, was vorher passieren würde?«

Bevor ich Gelegenheit hatte, meine Wissbegier zu bekunden, packte er auch schon meine Kehle mit seinem Gorillagriff, und mit einem schwachen Zucken seiner Muskeln – andeutungsweise sozusagen – ließ er mich den Ruck ahnen, mit dem er mir ohne Zweifel das Genick gebrochen hätte. Im nächsten Augenblick ließ er wieder los, und wir blickten weiter auf die Lichter der *Macedonia*.

»Was wäre, wenn ich aufschreien würde?«, fragte Maud.

»Ich mag Sie zu sehr, um Ihnen wehzutun«, sagte er leise – dabei lag eine Art Zärtlichkeit und Sanftmut in seiner Stimme, die mich zusammenfahren ließ. »Aber tun Sie es trotzdem nicht, sonst drehe ich Mr. van Weyden den Hals um.«

»Dann hat sie mein Einverständnis, hinüberzurufen«, sagte ich trotzig.

»Ich kann nicht glauben, dass Sie den ›zweiten Kritikerpapst der amerikanischen Literatur‹ opfern wollen«, spottete er.

Wir schwiegen, aber da wir uns inzwischen gut kannten, war die Stille nicht peinlich. Als das rote und das weiße Licht verschwunden waren, kehrten wir in die Kajüte zurück, um unser unterbrochenes Abendessen zu beenden.

Wieder wurde viel zitiert, und Maud trug Dowsons »Impenitentia Ultima« vor. Sie sprach es wunderschön, aber ich beobachtete nicht sie, sondern Wolf Larsen und war fasziniert von dem gebannten Blick, mit dem er Maud betrachtete. Er wirkte entrückt, und ich stellte fest, dass seine Lippen unwillkürlich die Worte mitformten, die sie sprach. Er unterbrach sie, als sie sagte:

»Und ihre Augen spenden Licht mir, wenn die Sonne stirbt,
Und die Viola ihrer Stimme dringt als Letztes an mein Ohr.«

»Ihre Stimme ist auch eine Viola», sagte er sehr direkt, und in seinen Augen blitzte das goldene Feuer.

Ich hätte vor Freude über ihre Beherrschung jubeln können. Sie beendete ihren Vortrag, ohne zu pausieren, und lenkte die Unterhaltung dann behutsam auf weniger verfängliche Themen. Die ganze Zeit saß ich wie benommen da. Der Lärm des Saufgelages im Zwischendeck drang durch das Schott, während der Mann, den ich fürchtete, und die Frau, die ich liebte, endlos redeten. Der Tisch wurde nicht abgedeckt. Der Matrose, der Mugridges Platz eingenommen hatte, war offenbar bei seinen Kameraden in der Back.

Wenn Wolf Larsen jemals den Höhepunkt des Lebens erreicht hat, muss es hier und jetzt gewesen sein. Ich hing meinen Gedanken nach, aber von Zeit zu Zeit tauchte ich auf und hörte ihm erstaunt zu, für einen Moment von seinem bemerkenswerten Intellekt in den Bann geschlagen und gefesselt von der Leidenschaft, mit der er die Revolte predigte. Es war nicht zu vermeiden, dass Miltons Luzifer erwähnt wurde, und das Einfühlungsvermögen, mit dem Wolf Larsen diesen Charakter beschrieb und analysierte, offenbarte sein verschüttetes Genie. Er erinnerte mich an Taine, aber ich wusste, dass er noch nie von diesem brillanten, wenn auch gefährlichen Denker gehört hatte.

»Er kämpfte für eine verlorene Sache und hatte keine Angst vor Gottes Strafgewittern«, sagte Wolf Larsen. »In die Hölle geworfen, blieb er unbesiegt. Ein Drittel der Engel hatte er mitgenommen, und unverzüglich stiftete er den Menschen zur Rebellion gegen Gott an und gewann in allen Generationen den größten Teil für sich und die Hölle. Warum wurde er aus dem Himmel vertrieben? Weil er weniger tapfer war als Gott? Weniger stolz? Weniger ehrgeizig? Nein! Tausendmal nein! Gott war einfach mächtiger, wie der zugab, der dem Donner gebot. Aber Luzifer war ein freier Geist. Dienen hieße ersticken. Dem bequemen Untertanendasein zog er es vor, in Freiheit zu leiden. Er war keine Galionsfigur. Er stand auf eigenen Beinen. Er war ein Individuum.«

»Der erste Anarchist«, lachte Maud und erhob sich, um sich in ihre Kajüte zurückzuziehen.

»Dann ist es gut, ein Anarchist zu sein!«, rief er. Er hatte sich ebenfalls erhoben, stand ihr, während sie an der Tür innehielt, gegenüber und fuhr fort:

»Hier endlich
Sind wir frei; hier baute der Allmächtige nicht;
Hier wird sein Neid uns nicht verjagen.
Es herrscht sich unbedrängt, und mir will scheinen,
Zu herrschen ist ein wertes Ziel, sei's in der Hölle:
Lieber Herrscher doch im Schwefelpfuhl als auf den Knien
im Himmel.«

Dies war die trotzige Herausforderung eines machtvollen Geistes. Die Kajüte hallte wieder von seiner Stimme. Er stand leicht schwankend da, mit herrisch hochgerecktem Kopf. Sein gebräuntes Gesicht strahlte, und seine goldenen Augen blitzten die in der Tür stehende Maud überaus männlich und überaus sanftmütig an.

Wieder sah ich eine unverkennbare und namenlose Furcht in ihren Augen aufsteigen, während sie fast flüsternd sagte: »Sie sind Luzifer.«

Die Tür schloss sich, und sie war verschwunden. Er starrte ihr wohl noch eine Minute lang nach, dann kam er zu sich und nahm auch mich wieder wahr.

»Ich löse Louis jetzt am Steuer ab«, sagte er kurz, »und wecke Sie um Mitternacht. Sie legen sich jetzt besser aufs Ohr und schlafen.«

Er zog ein Paar Handschuhe an, setzte seine Mütze auf und stieg den Niedergang hinauf, während ich seinem Rat folgte. Ich gab dabei – warum weiß ich nicht – einem geheimnisvollen Impuls nach und entkleidete mich nicht, sondern ging vollständig angezogen zu Bett. Einen Augenblick lang lauschte ich dem Getöse aus dem Zwischendeck und staunte über meine neu entdeckte Liebe. Doch hatte ich an Bord der *Ghost* einen natürlichen und gesunden Schlaf entwickelt, sodass sich Rufe und Lieder schon bald weiter und weiter entfernten. Meine Augen schlossen sich, und mein Bewusstsein sank in todesähnlichen Schlummer.

Ich kann nicht sagen, was mich weckte, aber ich stand plötzlich hellwach vor meiner Koje, mit dem Nachhall eines Warnsignals in meiner Seele, so als wäre mir ein Trompetenstoß durch Mark und Bein gegangen. Ich stieß die Tür auf. Die Kajütenlampe brannte schwach. Ich sah Maud, meine Maud, die mit aller Kraft versuchte, sich Wolf Larsens Armen zu entwinden, die sie beinahe erdrückten. Ich sah auch, dass sie ihr Gesicht gegen seine Brust gepresst hatte und sich trotz aller Gegenwehr nicht befreien konnte. Dies alles stürzte in dem Augenblick auf mich ein, in dem ich vorwärtssprang.

Als Wolf Larsen seinen Kopf hob, schlug ich ihm mit der Faust ins Gesicht, aber der Schlag war viel zu schwach. Er brüllte wild auf wie ein Tier und schob mich zur Seite. Es war nur ein Schubser aus dem Handgelenk, aber seine Kraft war so gewaltig, dass ich wie von einem Katapult zurückgeschleudert wurde. Ich schlug gegen die Tür von Mugridges ehemaliger Kabine, deren Bretter unter dem Aufprall meines Körpers zersplitterten und brachen. Ich hatte Mühe, mich aus den Trümmern zu befreien und wieder auf die Beine zu kommen. Doch spürte ich keinerlei Verletzung, sondern nur eine maßlose Wut. Ich glaube, dass auch ich laut aufschrie, als ich das Messer an meiner Hüfte zückte und ein zweites Mal vorschnellte.

Aber irgendetwas war geschehen. Die beiden hatten sich voneinander gelöst. Ich war ihm jetzt ganz nah, schwang mein Messer, aber ich stach nicht zu. Die Befremdlichkeit des Ganzen irritierte mich. Maud lehnte an der Wand und stützte sich mit einer Hand ab. Er aber taumelte, presste seine Linke gegen die Stirn, bedeckte die Augen und tastete mit der Rechten wie benommen um sich. Die Hand traf auf die Wand, und sein Körper schien sich durch die Berührung in jeder Faser zu entspannen, so als hätte er seine Orientierung wiedergefunden, seinen Platz im Raum und auch so etwas wie einen Halt. Dann sah ich wieder rot. Alles Unrecht und alle Demütigungen standen auf einmal überscharf vor mir, alles, was ich und andere unter ihm hatten ertragen müssen, die ganze unerhörte, verwerfliche Existenz dieses Mannes. Blind und wie von Sinnen sprang ich auf ihn zu und stach ihm mein Messer in die Schulter. Ich wusste, dass es nur eine Fleischwunde war, denn ich hatte gespürt, wie der Stahl vom Schulterblatt abglitt. Also holte ich noch einmal aus, um einen lebenswichtigeren Körperteil zu treffen.

Aber Maud hatte gesehen, wie ich zum ersten Mal zugestoßen hatte, und rief: »Tun Sie's nicht! Bitte nicht!«

Ich ließ meinen Arm für einen Augenblick sinken, nur für einen Augenblick. Dann hob ich das Messer von neuem, und Wolf Larsen wäre ohne Zweifel verloren gewesen, hätte sie sich nicht dazwischengeworfen. Sie legte ihre Arme um mich, und ihr Haar strich über mein Gesicht. Ich wusste nicht, wie mir geschah; mein Herz schlug höher, aber meine Wut steigerte sich ebenfalls. Sie sah mir tapfer in die Augen.

»Um meinetwillen«, flehte sie.

»Ich würde ihn Ihretwegen umbringen!«, rief ich und versuchte, meinen Arm zu befreien, ohne ihr weh zu tun.

»Still!«, sagte sie und legte mir die Finger leicht auf die Lippen. Ich hätte sie küssen mögen, wenn ich mich getraut hätte, sogar in meiner Wut, so süß, so unendlich süß war diese Berührung. »Bitte, bitte«, bat sie und entwaffnete mich mit Worten, wie sie es auch später immer wieder fertigbringen sollte.

Ich wich zurück, löste mich von ihr und steckte mein Messer in die Scheide zurück. Dann sah ich Wolf Larsen an. Seine linke Hand hatte er immer noch vor die Stirn gepresst und bedeckte damit seine Augen. Der Kopf war gesenkt. Seine Kraft schien ihn verlassen zu haben. Sein Körper war in sich zusammengesackt, die hängenden Schultern nach vorn geschoben.

»Van Weyden!«, rief er mit heiserer Stimme, in der Angst mitschwang. »Oh, van Weyden! Wo stecken Sie?«

Ich sah zu Maud hinüber. Sie sprach kein Wort, nickte mir aber zu.

»Hier bin ich«, antwortete ich und ging zu ihm. »Was ist los?«

»Helfen Sie mir auf einen Stuhl«, bat er mit derselben heiseren und angsterfüllten Stimme.

»Ich bin ein kranker Mann, Döspaddel, ein sehr kranker Mann«, sagte er zu mir, während er meinen Arm losließ und auf einen Stuhl niedersank.

Er ließ den Kopf nach vorn auf den Tisch fallen und begrub ihn in seinen Händen. Von Zeit zu Zeit rollte sein Schädel hin und her, als durchzuckten ihn Schmerzen. Als Wolf Larsen sich einmal ein Stück weit aufrichtete, sah ich, dass auf seiner Stirn bis zum Haaransatz dicke Schweißperlen standen.

»Ich bin ein kranker Mann, ein sehr kranker Mann«, wiederholte er – und wiederholte es noch einmal.

»Was ist los?«, fragte ich und legte meine Hand auf seine Schultern. »Kann ich irgendetwas für Sie tun?«

Er aber schüttelte meine Hand mit einer unwirschen Bewegung ab, und so stand ich längere Zeit still neben ihm. Maud beobachtete alles furchtsam und fassungslos. Wir konnten uns nicht erklären, was mit ihm geschehen war.

»Döspaddel«, sagte er schließlich, »ich muss in meine Koje. Hilf mir. Ich bin gleich wieder in Ordnung. Es sind diese verdammten Kopfschmerzen, glaube ich. Ich hatte Angst vor ihnen. Ich hatte ein Gefühl – nein, ich weiß nicht, was ich da rede. Hilf mir in meine Koje.«

Aber als ich ihn in seine Koje gebracht hatte, begrub er das Gesicht wieder in seinen Händen und bedeckte die Augen. Schon auf dem Weg hinaus hörte ich, wie er abermals vor sich hinmurmelte: »Ich bin ein kranker Mann, ein sehr kranker Mann.«

Maud sah mich fragend an, als ich herauskam. Ich schüttelte den Kopf und sagte:

»Irgendetwas ist mit ihm geschehen. Was, weiß ich nicht. Er ist hilflos, und ich denke, er hat zum ersten Mal in seinem Leben Angst. Es muss vor dem Messerstich passiert sein, denn der hat ihm nur eine Fleischwunde beigebracht. Sie müssen doch gesehen haben, was passiert ist.«

Sie schüttelte den Kopf. »Ich habe nichts gesehen. Mir ist es genauso unerklärlich. Er hat mich plötzlich losgelassen und ist nach hinten getaumelt. Aber was sollen wir tun?«

»Wenn Sie sich bitte gedulden wollen, bis ich zurück bin«, antwortete ich.

Ich ging an Deck, Louis stand am Ruder.

»Du kannst nach vorn gehen und dich hinlegen«, sagte ich und löste ihn ab.

Er verschwand schnell, und ich stand allein an Deck der *Ghost*. So leise wie möglich geite ich die Toppsegel auf, holte den Außenklüver und die Stagfock ein, setzte die Fock back und nahm das Großsegel aus dem Wind. Dann ging ich zu Maud hinunter. Ich legte einen Finger auf meine Lippen und bedeutete ihr so, still zu sein; dann trat ich in Wolf Larsens Kabine. Er lag noch genauso da, wie ich ihn verlassen hatte. Sein Kopf bewegte sich beinahe krampfartig hin und her.

»Kann ich irgendetwas für Sie tun?«, fragte ich.

Zunächst gab er keine Antwort, aber nachdem ich die Frage wiederholt hatte, sagte er: »Nein, nein; mir geht's gut. Lassen Sie mich bis morgen früh allein.«

Aber als ich ging, fiel mir auf, dass sein Kopf weiter hin und

her schwang. Maud wartete geduldig auf mich, und ich bemerkte mit freudiger Erregung, dass sie ihr Haupt stolz erhoben hatte und mich mit wunderbar ruhigen Augen ansah, die so ungetrübt und selbstsicher waren wie ihr Geist.
»Würden Sie sich mir für eine etwa sechshundert Meilen lange Seereise anvertrauen?«, fragte ich.
»Sie wollen –?«, fragte sie zurück, und ich wusste, dass sie meinen Plan erraten hatte.
»Ja, genau«, entgegnete ich. »Jetzt bleibt uns nur noch ein offenes Boot.«
»Mir, meinen Sie«, sagte sie. »Sie sind auch jetzt nicht gefährdeter als vorher.«
»Nein, uns beiden bleibt nur diese Wahl«, beharrte ich. »Rasch, ziehen Sie sich bitte so warm an, wie Sie können, und packen Sie zusammen, was immer Sie mitnehmen wollen.«
»Und verlieren Sie keine Zeit«, fügte ich hinzu, als sie in ihre Kabine ging.
Die Vorratskammer lag direkt unter der Kajüte. Ich öffnete die Falltür im Boden, nahm eine Kerze und inspizierte die Schiffsvorräte. Ich wählte hauptsächlich Konserven, und als ich alles zusammen hatte, warteten helfende Hände darauf, das entgegenzunehmen, was ich hinaufreichte.
Wir arbeiteten in vollkommener Stille. Aus dem Magazin holte ich noch Decken, Handschuhe, Ölzeug, Mützen und dergleichen. Sich in einem kleinen Boot auf die raue und stürmische See hinauszuwagen war kein Kinderspiel. Es war überlebenswichtig, uns gegen Kälte und Nässe zu schützen.
Wir arbeiteten fieberhaft, um unsere Beute an Deck zu schaffen; so fieberhaft, dass Maud, bei der man kaum von Kräften reden konnte, erschöpft innehalten und sich auf den Stufen zum Hüttendeck ausruhen musste. Als ihr dies nicht genügte, legte sie sich auf den Rücken, streckte ihre Arme aus und entspannte ihren gesamten Körper. Das war ein Trick, den ich

schon von meiner Schwester kannte, und so wusste ich, dass sie schon bald wiederhergestellt sein würde. Ich wusste auch, dass Gewehre immer nützlich waren, und so ging ich noch einmal in Wolf Larsens Kabine und nahm mir sein Gewehr und seine Schrotflinte. Ich sprach ihn an, aber er antwortete nicht, obwohl er nicht schlief und sein Kopf immer noch von einer Seite zur anderen rollte.

»Auf Wiedersehen, Luzifer«, flüsterte ich, als ich die Tür leise schloss.

Als Nächstes brauchte ich ausreichende Munitionsvorräte. Das war einfach, obwohl ich den Niedergang zum Zwischendeck hinuntersteigen musste. Hier bewahrten die Jäger die Munitionskisten auf, die sie mit in ihre Boote nahmen, und hier, wenige Schritte von ihrem geräuschvollen Gelage entfernt, entwendete ich zwei davon.

Als Nächstes musste das Boot zu Wasser gelassen werden, was für einen Mann allein nicht ganz einfach ist. Nachdem ich die festgezurrten Leinen gelöst hatte, heißte ich erst an der vorderen Talje, dann an der hinteren auf, bis das Boot über die Reling nach Außenbord geschwungen werden konnte. Dann fierte ich an, wieder abwechselnd vorne und hinten, immer nur etwa einen halben Meter, bis das Boot knapp über dem Wasser an der Seite des Schoners hing. Ich vergewisserte mich, dass die Ausrüstung – nämlich Riemen, Dollen und Segel – vollständig war. Dann sorgte ich für Trinkwasser, indem ich aus jedem der Boote an Bord das Wasserfässchen entwendete. Da es neun Boote waren, würden wir reichlich Wasser haben. Außerdem war es guter Ballast, auch wenn ich befürchtete, das Boot mit all den anderen großzügig bemessenen Vorräten zu überladen.

Während Maud mir den Proviant herunterreichte und ich ihn im Boot verstaute, kam ein Matrose aus der Back an Deck. Er blieb für einige Zeit an der Luvreling stehen (wir hatten das

Boot über die Leereling abgelassen) und schlenderte dann langsam nach mittschiffs, wo er wiederum anhielt und uns den Rücken zuwandte. Ich duckte mich ins Boot und konnte mein Herz schlagen hören. Maud hatte sich aufs Deck niedersinken lassen, rührte sich nicht und war im Schatten der Bordwand nicht auszumachen. Aber der Mann drehte sich nicht um, reckte nur seine Arme hoch über den Kopf, gähnte hörbar, ging wieder zurück und verschwand im Backluk.

Nach wenigen Minuten waren wir mit dem Laden fertig, und ich fierte das Boot weiter an. Als ich Maud über die Reling half und ihr Körper mir sehr nahe war, musste ich mich zusammennehmen, um nicht auszurufen: »Ich liebe dich! Ich liebe dich!« Humphrey van Weyden hat es wahrhaftig doch noch erwischt, dachte ich, während sich unsere Finger verhakten und ich sie langsam ins Boot hinunterließ. Mit einer Hand hielt ich mich an der Reling fest, und mit der anderen trug ich ihr gesamtes Gewicht, und in jenem Moment war ich stolz, dass ich das fertigbrachte. Dazu war eine Kraft nötig, die ich vor einigen Monaten, als ich mich von Charley Furuseth verabschiedete, um auf der unglückseligen *Martinez* nach San Francisco überzusetzen, noch nicht besessen hatte.

Als das Boot von einer Welle hochgehoben wurde, fanden ihre Füße Halt, und ich gab ihre Hände frei. Dann warf ich die Leinen los und sprang hinter ihr her. Ich hatte nie zuvor gerudert, hängte aber jetzt die Riemen ein und manövrierte das Boot mit großer Anstrengung von der *Ghost* fort. Dann hantierte ich mit dem Segel. Ich hatte oft zugeschaut, wenn die Steuerleute und Jäger das Sprietsegel setzten, aber dies war mein erster eigener Versuch. Wozu sie vielleicht zwei Minuten brauchten, kostete mich etwa zwanzig, aber schließlich gelang es mir, das Segel zu setzen und zu trimmen und das Boot mit der Pinne in der Hand an den Wind zu bringen.

»Dort liegt Japan«, bemerkte ich, »genau vor uns.«

»Humphrey van Weyden«, sagte sie, »Sie sind ein tapferer Kerl.«
»Nein«, erwiderte ich, »Sie sind eine mutige Frau.«
Dem gleichen Impuls folgend, drehten wir beide die Köpfe nach achtern, um von der *Ghost* Abschied zu nehmen. Ihr niedriger Rumpf hob sich und rollte auf einer Woge luvwärts. Ihre Segel hingen dunkel in der Nacht. Das festgezurrte Steuerrad knirschte, als das Ruder schlug. Dann wurden die Geräusche immer schwächer, und schließlich entschwand sie unseren Blicken. Wir waren allein auf dem dunklen Meer.

27. KAPITEL

Der Tag dämmerte kalt und grau herauf. Das Boot segelte am Wind. Eine frische Brise wehte, und der Kompass zeigte an, dass wir genau Kurs auf Japan hielten. Obwohl meine Hände in dicken Handschuhen steckten, waren sie kalt und schmerzten vom ständigen Umklammern der Ruderpinne. In meinen Füßen spürte ich eine beißende Kälte, und ich hoffte inständig, dass bald die Sonne scheinen würde.

Vor mir, auf dem Boden des Bootes, lag Maud. Sie hatte es wenigstens warm, denn unter und über ihr lagen dicke Decken. Eine hatte ich ihr sogar übers Gesicht gezogen, um sie vor den Unbilden der Nacht zu schützen. So konnte ich nur ihre vagen Umrisse erkennen und ihr hellbraunes Haar, das unter der Decke hervorschaute und in dem der Tau wie Juwelen glitzerte.

Lange sah ich auf sie hinunter und betrachtete das Einzige, was von ihr zu sehen war, wie das nur einem Mann passieren konnte, dem sie das Teuerste auf der Welt war. Mein Blick war so beharrlich, dass sie sich schließlich unter den Decken zu regen begann, den oberen Zipfel umschlug und mich aus verschlafenen Augen anlächelte.

»Guten Morgen, Mr. van Weyden«, sagte sie. »Haben Sie schon Land gesichtet?«

»Nein«, erwiderte ich, »aber wir laufen mit etwa sechs Meilen in der Stunde darauf zu.«

Enttäuscht verzog sie den Mund zu einem Schmollen.

»Aber das sind immerhin hundertvierundvierzig Meilen pro Tag«, fügte ich beruhigend hinzu.

Ihr Gesicht hellte sich auf. »Und wie weit ist es noch?«

»Sibirien liegt dort drüben«, sagte ich und deutete nach Westen, »aber im Südwesten, etwa sechshundert Meilen vor uns, liegt Japan. Wenn sich der Wind hält, sind wir in fünf Tagen dort.«

»Und wenn es stürmt? Würde das Boot dann sinken?«

Sie hatte eine bestimmte Art, einem in die Augen zu schauen und nach der Wahrheit zu forschen, und während sie die Frage stellte, sah sie mich mit einem solchen Blick an.

»Da müsste es schon ziemlich schlimm stürmen«, wich ich aus.

»Und wenn es ziemlich schlimm stürmt?«

Ich nickte. »Aber wir könnten auch jeden Moment von einem Robbenfänger aufgenommen werden. Davon gibt es in diesem Teil des Ozeans nicht wenige.«

»Aber Sie sind ja völlig durchgefroren!«, rief sie aus. »Da! Wie Sie zittern! Streiten Sie es nicht ab. Sie frieren. Und ich liege hier, behaglich wie eine Katze.«

»Ich glaube nicht, dass es helfen würde, wenn Sie aufständen und mitfrören«, lachte ich.

»Es würde aber helfen, wenn ich wüsste, wie man steuert, und das will ich lernen.«

Sie erhob sich und machte eine kurze Toilette, schüttelte ihr Haar aus und ließ es wie eine braune Wolke herunterfallen, in der ihr Gesicht und ihre Schultern verschwanden. Geliebtes, feuchtes, braunes Haar! Ich wollte es küssen, es durch meine Finger gleiten lassen, mein Gesicht darin verstecken. Ich starrte es wie verzaubert an, bis sich das Boot in den Wind drehte und das flatternde Segel mich darauf hinwies, dass ich meine Pflichten vernachlässigte. Als Idealist und Romantiker, der ich trotz meines analytischen Geistes immer geblieben war, hatte ich bis dahin die physischen Aspekte der Liebe fast nie in Betracht gezogen. Ich hatte immer geglaubt, die Liebe zwischen Mann und Frau sei etwas Körperloses, Geistiges, ein spirituelles Band, das ihre Seelen verknüpfte und zusammenhielt. Körperliche Bande hatten in meinem Kosmos der Liebe kaum eine Rolle gespielt. Jetzt aber machte ich jene wunderbare Erfahrung selbst, dass nämlich die Seele sich im Leib ausdrückt und aufgeht. Jetzt erst begriff ich, was es heißt, das Haar der Geliebten zu sehen, es zu berühren und zu fühlen, dass es genauso Stimme, Atem und Inbegriff des Geistes ist wie das Licht, das in den Augen leuchtet, oder die Gedanken, die über die Lippen kommen. Schließlich ist reiner Geist nicht erfahrbar, man kann ihn nur erahnen. Er kann sich auch nur in der Andersheit ausdrücken. Jehova hatte anthropomorphe Züge, weil er sich den Juden nur in einer Form offenbaren konnte, die für sie begreifbar war. Daher formte er sich nach ihrem Bilde, wurde zur Wolke, Feuersäule, zum handgreiflichen physischen Etwas, das den Verstand der Israeliten nicht überforderte.

Und genauso betrachtete ich Mauds hellbraunes Haar, liebte es und erfuhr mehr über die Liebe, als mich alle Poeten und Sänger mit all ihren Liedern und Sonetten je hatten lehren können. Schließlich warf sie ihr Haar mit einer schnellen, geschickten Bewegung zurück, und ihr lächelndes Gesicht tauchte wieder auf.

»Warum tragen Frauen ihr Haar nicht immer offen?«, fragte ich. »Das ist doch viel schöner.«

»Wenn es sich nur nicht so schrecklich verheddern würde«, lachte sie. »Da! Jetzt habe ich eine meiner kostbaren Haarnadeln verloren!«

Ich kümmerte mich nicht genug um das Boot, und das Segel flatterte immer wieder, weil ich mit solcher Verzückung jede ihrer Bewegungen verfolgte, während sie zwischen den Decken nach ihrer Haarnadel suchte. Ich war überrascht und glücklich, dass sie so vollkommen weiblich war. Jeder typisch weibliche Wesenszug, jede Eigenheit, die ich an ihr entdeckte, steigerte meine Freude noch. Bisher hatte ich sie in meinen Vorstellungen zu hoch gehoben, weit über die Ebene des

Menschlichen, weit über mich selbst hinaus. Ich hatte sie zur gottgleichen, unnahbaren Kreatur stilisiert. Deshalb begrüßte ich nun die Kleinigkeiten, die erkennen ließen, dass sie doch nur eine Frau war, die Kopfbewegung etwa, mit der sie ihr Haar in einer Wolke zurückwarf, oder die Tatsache, dass sie nach einer Haarnadel suchte. Sie war eine Frau und also ein Mensch und auf meiner Ebene. Die intime Vertrautheit von Mann und Frau war genauso möglich wie Respekt und Verehrung, die ich immer für sie empfinden würde.

Sie fand ihre Nadel mit einem liebenswerten Ausruf, und ich konzentrierte meine Aufmerksamkeit wieder aufs Steuern. Ich experimentierte weiter mit dem Ruder, zurrte es fest und verkeilte es, bis das Boot auch ohne meine Hilfe ziemlich gut am Wind lief. Hin und wieder luvte es zu sehr oder fiel zu stark ab, aber jedes Mal fing es sich wieder, und ich war mit dem Ergebnis ganz zufrieden.

»Und jetzt wird gefrühstückt«, sagte ich. »Aber als Erstes müssen Sie sich etwas wärmer anziehen.«

Ich suchte ein neues, dickes Hemd heraus, das aus dem Magazin stammte. Ich wusste, dass dieser dicht und fest gewebte Stoff keinen Regen durchließ und selbst nach Stunden noch nicht durchgeweicht war. Nachdem sie das Hemd über den Kopf gestreift hatte, tauschte ich ihre Jungenmütze gegen eine Männermütze aus, die so groß war, dass ihr Haar vollständig darunter verschwand, und deren Klappen ihren Nacken und ihre Ohren völlig bedeckten. Sie sah wirklich reizend aus. Ihr Gesicht konnte einfach nichts entstellen. Nichts konnte von dem wunderbaren Oval, ihren nahezu klassischen Zügen, ihren zart geschwungenen Brauen und den großen braunen Augen ablenken, die immer klar und wunderbar ruhig waren.

Plötzlich packte uns eine etwas heftigere Böe. Sie erfasste das Boot, als es schräg einen Wellenkamm querte. Es legte sich für einen Moment auf die Seite, tauchte sein Dollbord unter die

Wasseroberfläche und nahm etwa einen Eimer Wasser über. Ich öffnete gerade eine Dose Zungenwurst, sprang aber sofort auf und warf das Schot gerade noch rechtzeitig los. Das Segel schlug und flatterte, und das Boot drehte ab. Einige Minuten genügten, um es wieder auf Kurs zu bringen. Dann konnte ich mich erneut dem Frühstück zuwenden.

»Mir scheint, dass die Steuerung sehr gut funktioniert, obwohl ich keine Ahnung von nautischen Dingen habe«, sagte sie und deutete anerkennend auf meine Behelfskonstruktion.

»Aber es funktioniert nur, wenn wir am Wind laufen«, erklärte ich. »Wenn wir abfallen, mit Wind querein, oder wenn wir Vorwindkurs laufen, muss ich trotzdem steuern.«

»Ich muss zugeben, dass ich Ihre Spezialausdrücke nicht verstehe«, sagte sie, »aber Ihre Schlussfolgerung habe ich doch begriffen, und sie gefällt mir nicht. Sie können nicht Tag und Nacht steuern, nicht für längere Zeit. Folglich gehe ich davon aus, dass ich nach dem Frühstück die erste Segelstunde erhalte. Dann werden Sie sich hinlegen und schlafen. Und wir werden abwechselnd die Wachen übernehmen, wie es auf See üblich ist.«

»Ich weiß nicht, wie ich Sie unterweisen soll«, wandte ich ein. »Ich lerne ja selbst noch. Als Sie sich mir anvertrauten, haben Sie sicher nicht daran gedacht, dass ich keinerlei Erfahrung mit kleinen Segelbooten habe. Ich befinde mich zum ersten Mal in einem solchen Gefährt.«

»Dann lernen wir eben gemeinsam, Sir. Und da Sie schon eine Nacht Vorsprung haben, werden Sie mir beibringen, was Sie bereits wissen. Jetzt aber ans Frühstück. Meine Güte! Diese Seeluft macht einem richtig Appetit!«

»Kein Kaffee«, sagte ich mit Bedauern und reichte ihr einen mit Butter bestrichenen Schiffszwieback sowie einen Streifen Zungenwurst aus der Dose. »Es wird leider auch keinen Tee geben, keine Suppe, überhaupt nichts Warmes, bis wir irgendwo und irgendwie landen können.«

Nach einem schlichten Frühstück, das wir mit einer Tasse kalten Wassers abschlossen, erhielt Maud ihre erste Segelstunde. Während ich sie unterwies, lernte ich selbst eine Menge, auch wenn ich dabei auf die Erfahrungen zurückgreifen konnte, die ich am Ruder der *Ghost* gesammelt hatte; außerdem hatte ich den Steuerleuten in den kleinen Booten einiges abgeschaut. Sie war eine gute Schülerin und lernte schnell, wie man Kurs hält, in Böen anluvt und die Schot bei Gefahr loswirft.

Von der Anstrengung sichtlich ermüdet, überließ sie mir schließlich wieder das Ruder. Ich hatte die Decken zusammengelegt, aber sie breitete sie jetzt wieder auf dem Bootsboden aus. Als alles gemütlich hergerichtet war, sagte sie:

»Und nun, Sir, ist Schlafenszeit. Sie werden bis zum zweiten Frühstück schlafen. Bis zum Mittagessen«, verbesserte sie sich in Anlehnung an die Gepflogenheiten auf der *Ghost*.

Was sollte ich tun? Sie bestand darauf und sagte: »Bitte, bitte.« Daraufhin blieb mir nichts anderes übrig, als ihr folgsam das Ruder zu überlassen. Ich empfand körperliches Wohlbehagen, als ich in das von ihr gemachte Bett kroch. Ruhe und Gelassenheit, die unverwechselbar zu ihren Charaktereigenschaften gehörten, schienen sich sogar auf die Decken übertragen zu haben. Ich spürte, dass ich von einer verträumten Ruhe und Zufriedenheit umgeben war, ich spürte die Nähe eines ovalen Gesichts und brauner Augen unter einer Fischermütze. Dieses Gesicht bewegte sich mal vor dem Hintergrund einer grauen Wolke, mal vor der grauen See. Dann wurde mir bewusst, dass ich geschlafen hatte.

Ich sah auf meine Uhr. Es war eins. Ich hatte sieben Stunden geschlafen! Und sie hatte sieben Stunden gesteuert! Um das Ruder zu übernehmen, musste ich ihre verkrampften Finger erst vom Holz lösen. Ihr bisschen Kraft hatte sie vollkommen verausgabt, und sie konnte sich nicht einmal aufrichten. Ich

musste das Segel schießen lassen, um ihr in das Nest aus Decken zu helfen und ihre Hände und Arme warm zu reiben.
»Ich bin so müde«, sagte sie, holte tief Luft, seufzte und ließ erschöpft den Kopf hängen.
Aber im nächsten Augenblick richtete sie sich wieder auf. »Jetzt schimpfen Sie nicht mit mir. Schimpfen Sie bloß nicht!«, rief sie mit gespieltem Trotz.
»Ich hoffe, ich sehe nicht so aus, als ob ich ärgerlich wäre«, antwortete ich ernst, »denn ich kann Ihnen versichern, dass ich überhaupt nicht böse bin.«
»N-Nein«, überlegte sie. »Ihr Gesicht sieht nur vorwurfsvoll aus.«
»Dann ist es ein ehrliches Gesicht, das zeigt, was ich fühle. Sie haben weder sich selbst noch mir einen Gefallen getan. Wie kann ich Ihnen je wieder vertrauen?«
Sie sah mich reumütig an. »Ich werde folgsam sein«, sagte sie wie ein ungezogenes Kind. »Ich verspreche es.«
»Versprechen Sie, Befehlen zu folgen wie ein Matrose den Befehlen seines Kapitäns?«
»Ja«, antwortete sie. »Es war dumm von mir, ich weiß.«
»Dann müssen Sie mir noch etwas versprechen«, fügte ich hinzu.
»Gern.«
»Dass Sie nicht zu oft ›bitte, bitte‹ sagen werden, denn wenn Sie das tun, können Sie sicher sein, dass Sie damit meine Autorität vollkommen untergraben.«
Sie lachte amüsiert und anerkennend zugleich. Auch sie hatte die Wirkung des wiederholten »bitte« bemerkt.
»Es ist ein gutes Wort …«, begann ich.
»Aber ich darf es nicht übertreiben«, unterbrach sie mich.
Sie lachte schwach, und ihr Kopf fiel wieder nach vorn. Ich kehrte erst zum Ruder zurück, nachdem ich die Decken um ihre Füße geschlagen und einen Zipfel über ihr Gesicht ge-

deckt hatte. Mein Gott! Sie war wahrhaftig nicht kräftig. Ich blickte mit einem unguten Gefühl nach Südwesten und dachte an die sechshundert beschwerlichen Meilen, die vor uns lagen – ja, wenn es nicht noch schlimmer kam. In diesen Gewässern konnte jeden Augenblick ein Sturm aufkommen und uns vernichten. Aber ich hatte keine Angst. Ich besaß kein Vertrauen in die Zukunft, war im Gegenteil höchst skeptisch, verspürte jedoch keine tief sitzende Furcht. Es muss gut gehen, es muss einfach gut gehen, sagte ich mir wieder und wieder.

Am Nachmittag frischte der Wind auf, die See wurde rauer und verlangte mir und dem Boot einiges ab. Unsere Vorräte und die neun Fässchen Wasser aber machten es sehr stabil, sodass es sich gegen Wind und Wellen behauptete. Ich hielt so lange wie möglich aus. Dann entfernte ich den Sprietbaum, holte die Piek nieder und zurrte sie fest. Jetzt segelten wir mit einem Fledermaussegel, wie die Seeleute das nennen.

Später am Nachmittag sichtete ich den Rauch eines Dampfers am leeseitigen Horizont. Das konnte nur ein russischer Kreuzer sein oder, wahrscheinlicher noch, die *Macedonia*, die weiter nach der *Ghost* suchte. Die Sonne hatte den ganzen Tag nicht geschienen, und es war bitterkalt. Mit dem Einbruch der Dunkelheit verdüsterten sich die Wolken, und der Wind frischte weiter auf, sodass Maud und ich unser Abendessen in Handschuhen einnahmen, während ich am Ruder saß und zwischen den Böen einige Happen aß.

Als es dunkel geworden war, wurden Wind und Wellen zu heftig für unser Boot. Widerwillig holte ich das Segel ein und machte mich daran, einen See- oder Treibanker herzustellen. Ich hatte von den Jägern gehört, wie man so etwas macht, und es war relativ einfach. Ich barg das Segel und zurrte es fest um den Mast, den Baum, die Spriet und zwei Paar Ersatzruder. Dann warf ich das Ganze über Bord. Mit einer Leine war der

Anker am Bug befestigt. Da er flach im Wasser lag und dem Wind praktisch nicht ausgesetzt war, trieb er langsamer als das Boot. Folglich richtete er dessen Bug gegen Wind und Wellen aus. Dies ist die sicherste Methode, um nicht überrollt zu werden, wenn die Brecher weiße Gischtkronen aufsetzen.

»Und jetzt?«, fragte Maud frohgemut, als ich fertig war und meine Handschuhe wieder anzog.

»Jetzt segeln wir nicht mehr auf Japan zu«, antwortete ich. »Wir treiben mit mindestens zwei Meilen in der Stunde nach Südosten oder Südsüdosten ab.«

»Das macht ja nur vierundzwanzig Meilen, wenn der Wind die ganze Nacht anhält.«

»Ja, und nur etwa hundertvierzig Meilen, wenn er drei Tage und drei Nächte weiterbläst.«

»Aber das tut er nicht«, sagte sie leichthin und voll Zuversicht. »Er wird sich drehen und bald wieder günstiger wehen.«

»Die See ist die große Treulose.«

»Aber doch nicht der Wind!«, gab sie zurück. »Ich habe gehört, wie Sie die tapferen Passate gepriesen haben.«

»Hätte ich doch daran gedacht, Wolf Larsens Chronometer und Sextanten mitzunehmen«, sagte ich, immer noch missmutig. »Wir segeln in die eine Richtung, driften in eine zweite und werden dazu noch von einer unbekannten Strömung in eine dritte Richtung versetzt. Die Resultante lässt sich nicht so einfach über den Daumen peilen. In kürzester Zeit wissen wir nicht einmal mehr auf fünfhundert Meilen genau, wo wir sind.«

Dann bat ich sie um Verzeihung und versprach ihr, nicht mehr niedergeschlagen zu sein. Auf ihr Drängen hin überließ ich ihr die Wache bis Mitternacht – es war gerade neun Uhr. Bevor ich mich hinlegte, wickelte ich sie noch in Decken und Ölzeug. Aber ich döste nur. Das Boot rollte und stampfte, wenn es die Wellenkämme passierte. Ich konnte die Brecher vorbeirauschen hören, und ständig wurde Gischt ins Boot geweht. Trotzdem war es keine schlechte Nacht, kam mir in den Sinn – verglichen mit den Nächten, die ich an Bord der *Ghost* durchlebt hatte, und vielleicht nichts im Vergleich zu den Nächten, die uns in dieser Nussschale noch bevorstanden. Ihre Planken waren nicht einmal zwei Zentimeter dick, zwischen uns und dem Grund des Ozeans befanden sich weniger als zwei Zentimeter Holz.

Aber ich sagte es schon und betone es noch einmal, dass ich keine Angst verspürte. Der Tod, den mich Wolf Larsen und sogar Thomas Mugridge fürchten lehrten, ängstigte mich nicht mehr. Maud Brewster war in mein Leben getreten und hatte mich verwandelt. Letztlich, dachte ich, ist es besser und schöner, zu lieben als geliebt zu werden, da die Liebe etwas so Wertvolles im Leben entstehen lässt, dass es einem nicht schwerfällt, dafür zu sterben. Ich vergaß mein eigenes Leben vor lauter Liebe zu einem anderen; und doch hing ich paradoxerweise niemals mehr am Leben als jetzt, da ich ihm einen so geringen Wert beimaß. Ich hatte niemals einen so guten Grund gehabt zu leben, war mein abschließender Gedanke; danach gab ich mich in den wachen Intervallen meines Halbschlafs damit zufrieden, durch die Dunkelheit nach achtern zu blicken, wo, wie ich wusste, Maud tief geduckt unter der Heckschot kauerte und die schäumende See wachsam beobachtete, jeden Augenblick bereit, mich zur Hilfe zu rufen.

28. KAPITEL

Es ist nicht nötig, lang und breit zu erzählen, welche Prüfungen wir in dem winzigen Boot durchstehen mussten, das viele Tage lang auf Gedeih und Verderb mal hierhin, mal dorthin getrieben wurde. Der starke Wind blies vierundzwanzig Stunden lang aus Nordwest, flaute dann ab und schlief ein, um während der Nacht aus südwestlicher Richtung erneut aufzufrischen. Er blies uns genau ins Gesicht, aber ich holte den Seeanker ein, setzte Segel und lief einen Amwindkurs, der uns in südsüdöstliche Richtung führte. Der Wind ließ mir die Wahl zwischen diesem Kurs und einem westnordwestlichen; aber die lauen Lüfte des Südens weckten mein Verlangen nach einer wärmeren See und gaben den Ausschlag für meine Entscheidung.

Nach drei Stunden – es war Mitternacht, wie ich mich gut erinnere, und stockdunkel – frischte der Wind, der immer noch aus Südwesten wehte, stark auf, sodass ich wieder gezwungen war, den Seeanker auszubringen.

Der Tag brach an, und vor meinen übermüdeten Augen schäumte der Ozean, in dem das Boot fast pausenlos stampfend an seinem Anker zerrte. Wir waren ständig in Gefahr, von einem Brecher überrollt zu werden. Schon jetzt kam eine solche Menge Gischt an Bord, dass ich ununterbrochen ausösen musste. Die Decken waren durchnässt, alles war durchnässt, bis auf Maud, die in Ölzeug, Gummistiefeln und Südwester trocken geblieben war, von ihrem Gesicht, ihren Händen und einer heraushängenden Haarsträhne einmal abgesehen. Sie löste mich hin und wieder beim Ösen ab, kippte das Wasser über Bord und trotzte dem Wetter. Alles ist relativ. Es war nicht mehr als eine steife Brise, aber für uns, die

wir in einem zerbrechlichen Boot um unser Leben kämpften, war es in der Tat ein Sturm.
Frierend und in schlechter Stimmung quälten wir uns durch den Tag, und der Wind blies uns ins Gesicht. Die Nacht brach herein, aber keiner von uns schlief. Der Tag dämmerte, und immer noch kam der Wind von vorn, und die schäumenden Brecher rauschten vorüber. Während der zweiten Nacht nickte Maud vor Erschöpfung immer wieder ein. Ich deckte sie mit Ölzeug zu und legte eine Persenning über sie. So lag sie ziemlich trocken, wenn auch gefühllos vor Kälte. Ich hatte große Angst, dass sie über Nacht sterben würde. Der folgende Tag brach an, kalt und grau, mit dem gleichen tief hängenden Himmel, dem gleichen peitschenden Wind und der gleichen tosenden See.
Ich hatte seit achtundvierzig Stunden nicht geschlafen, war nass und bis ins Mark durchgefroren und fühlte mich mehr tot als lebendig. Mein Körper war steif vor Anstrengung und Kälte, meine Muskeln schmerzten höllisch bei jeder Bewegung, und ich bewegte sie ununterbrochen. Die ganze Zeit aber drifteten wir weiter in Richtung Nordosten, weiter fort von Japan und auf die trostlose Leere der Beringsee zu.
Doch wir lebten noch, und auch das Boot hielt sich, obwohl der Wind ohne Unterlass blies. Gegen Abend des dritten Tages nahm er sogar noch ein wenig zu, und dann noch etwas. Plötzlich tauchte der Bug in einen Wellenkamm ein, und das Boot schlug zu einem Viertel voll. Ich öste wie verrückt. Die Wahrscheinlichkeit, noch einmal einzutauchen, wurde durch das Gewicht des übergenommenen Wassers, das das Boot niederdrückte und ihm den Auftrieb nahm, erheblich gesteigert. Noch ein solcher Brecher wäre das Ende gewesen. Nachdem ich das Boot ausgeschöpft hatte, war ich gezwungen, die Persenning, die Maud schützte, über den Bug zu spannen. Nur gut, dass ich dies getan hatte, denn sie deckte ein gut Teil des

Bootes ab, und als in den folgenden Stunden der Bug noch dreimal in eine Sturzsee eintauchte, lief das meiste Wasser sofort wieder ins Meer.

Mauds Zustand war bemitleidenswert. Mit blauen Lippen kauerte sie auf dem Boden des Bootes, und ihrem aschgrauen Gesicht waren unschwer die Strapazen anzusehen, die sie ertrug. Aber ihre Augen blickten mich tapfer an, und ihre Lippen sprachen mir beständig Mut zu.

Am schlimmsten musste der Sturm in der Nacht über uns hinweggefegt sein, obwohl ich nicht viel davon gemerkt hatte. Unter der Heckschot sitzend war ich vom Schlaf übermannt worden. Am Morgen des vierten Tages war der Wind zu einer sanften Brise abgeflaut, die See hatte sich beruhigt, und die Sonne schien auf uns herab. Gepriesen sei der Sonnenschein! Wie wir unsere geschundenen Körper genüsslich in der Wärme badeten und wie Käfer und Kriechtiere nach einem Sturm zu neuem Leben erwachten. Wir lachten wieder, machten Witze und betrachteten unsere Lage mit neuem Optimismus. Dabei war sie, nüchtern betrachtet, schlechter als je zuvor. Wir waren weiter von Japan entfernt als in der Nacht, in der wir die *Ghost* verlassen hatten. Außerdem konnte ich unsere Position nach Längen- und Breitengrad nur sehr grob abschätzen. Wenn ich eine Drift von zwei Meilen pro Stunde annahm, waren wir in den ungefähr siebzig Stunden des Sturms mindestens hundertundfünfzig Meilen nach Nordosten versetzt worden. Aber stimmte diese Berechnung? Vielleicht waren es ja auch vier Meilen pro Stunde. In diesem Fall wären wir noch einmal hundertundfünfzig Meilen schlimmer dran gewesen.

Wo wir uns befanden, wusste ich nicht, aber es war schon möglich, dass die *Ghost* sich in unserer Nähe aufhielt. Robben umgaben uns, und ich war ständig darauf gefasst, einen Robbenfänger zu sichten. Am Nachmittag sahen wir tatsächlich ei-

nen, nachdem die nordwestliche Brise wieder aufgefrischt hatte. Aber das unbekannte Schiff verschwand hinter dem Horizont, und unser Gesichtskreis war wieder leer.
Dann kamen nebelverhangene Tage, an denen selbst Mauds Stimmung gedrückt war und kein frohes Wort über ihre Lippen kam; Tage der Flaute, in denen wir einsam auf dem endlosen Ozean trieben, erdrückt von seiner Weite, aber trotzdem froh über das Wunder unseres winzigen Daseins, denn wir lebten immer noch und kämpften weiter; es gab Tage mit Schneeregen und Schneeschauern, an denen nichts uns warmhalten konnte; oder Tage mit Nieselregen, an denen wir unsere Fässchen mit dem Wasser füllten, das aus dem nassen Segel tropfte.
Und ich liebte Maud immer mehr. Sie hatte so viele Facetten, so viele Stimmungen, war – »von proteischem Gemüt«, wie ich es nannte. Aber mit dieser Bezeichnung, und noch viel zärtlicheren, bedachte ich sie nur insgeheim. Auch wenn das Geständnis meiner Liebe tausendfach auf meinen Lippen brannte, wusste ich, dass dies nicht die Zeit für eine solche Erklärung war. Schon allein aus dem Grund, weil es nicht richtig ist, eine Frau, die man beschützt und zu retten versucht, um ihre Liebe zu bitten. Wenn die Situation Takt erforderte, und nicht allein in dieser Hinsicht, so schmeichelte ich mir, dass ich sie taktvoll meisterte; und außerdem bildete ich mir ein, dass ich meine Liebe weder durch Blicke noch andere Zeichen zu erkennen gegeben hatte. Wir waren gute Kameraden und wurden von Tag zu Tag bessere.
Sie setzte mich besonders dadurch in Erstaunen, dass sie völlig ohne Furcht oder Angst war. Die wilde See, das zerbrechliche Boot, die Stürme, die Strapazen, das Ungewohnte unserer Lage, die Isolation – all das hätte selbst eine robuste Frau schrecken können, sie aber schien es überhaupt nicht zu beeindrucken, obwohl sie bisher nur ein behütetes und durch und durch

künstliches Leben kennengelernt hatte und selbst nur aus Feuer, Tau und Nebel bestand, vergeistigt und der Inbegriff dessen, was an Frauen sanft, zart und anschmiegsam ist. Natürlich bin ich im Irrtum. Sie war furchtsam und ängstlich, aber sie hatte Mut. Sie war Fleisch und allen Schwächen des Fleisches ausgesetzt, aber diese drückten sie auch nur körperlich. Denn zuallererst war sie Geist, eine ätherische Essenz des Lebens, gelassen wie ihre gelassenen Augen und sich der Beständigkeit in einem sich ewig wandelnden Universum gewiss.

Wieder kamen stürmische Tage und Nächte, in denen der Ozean uns mit Gischt und Getöse bedrohte und der Wind mit titanischen Böen über unser tapferes Boot herfiel. Und immer weiter wurden wir nach Nordosten abgetrieben. In einem solchen Orkan, dem schlimmsten, den wir erlebt hatten, ließ ich meinen erschöpften Blick nach Lee wandern, nicht um etwas zu suchen, sondern weil ich des Kampfes mit den Elementen müde war und die wütenden Gewalten gleichsam im Stillen anflehte, doch endlich Ruhe zu geben und von uns abzulassen. Zuerst konnte ich nicht glauben, was ich sah. Die Tage und Nächte angespannten Wachens hatten mir offenbar die Sinne verwirrt. Ich blickte wieder auf Maud, um mich gleichsam in Zeit und Raum wiederzufinden. Der Anblick ihrer geliebten nassen Wangen, ihres zerzausten Haares und ihrer tapferen braunen Augen überzeugte mich, dass mein Sehvermögen noch normal funktionierte. Wieder blickte ich leewärts, und wieder sah ich jenes Kliff, dunkel, steil und kahl, und die schäumende Brandung, die sich an seinem Fuß brach und in mächtigen Fontänen an ihm emporgeschleudert wurde, sah die schwarze, abweisende Küstenlinie, die sich nach Südosten erstreckte und von einem gewaltigen weißen Schal umgeben war.

»Maud«, sagte ich. »Maud.«

Sie drehte den Kopf und sah es auch.

»Das kann doch nicht Alaska sein«, rief sie.
»Leider nicht«, antwortete ich und fragte: »Können Sie schwimmen?«
Sie schüttelte den Kopf.
»Ich auch nicht«, sagte ich. »Dann müssen wir sehen, dass wir anders an Land kommen, durch eine Öffnung zwischen den Felsen, durch die wir das Boot steuern und an Land klettern können. Aber wir müssen uns beeilen, sehr beeilen – und uns unserer Sache sicher sein.«
Ich redete mit einer Zuversicht, von der ich wusste, dass ich sie nicht besaß, denn sie sah mich mit ihrem unbestechlichen Blick an und sagte:
»Ich habe Ihnen noch nicht gedankt für alles, was Sie bisher für mich getan haben, aber …«
Sie stockte, als wüsste sie nicht, wie sie ihren Dank am besten in Worte kleiden sollte.
»Nun?«, sagte ich ungehalten, denn es gefiel mir überhaupt nicht, dass sie mir danken wollte.
»Sie könnten mir zu Hilfe kommen«, lächelte sie.
»Um Ihrem Dank Ausdruck zu verleihen, bevor Sie sterben? Kommt überhaupt nicht infrage. Wir werden nicht sterben. Wir werden auf dieser Insel landen und noch vor Tagesende in einem warmen Nest sitzen.«
Ich sprach mit fester Stimme, glaubte selbst aber kein Wort. Dabei war es nicht die Furcht, die mich lügen ließ. Ich empfand keine Furcht, auch wenn ich mir sicher war, in der brodelnden Brandung zwischen den Felsen sterben zu müssen, die schnell näher kamen. Ich konnte unmöglich Segel setzen und von dieser Küste freikreuzen. Der Wind würde das Boot sofort zum Kentern bringen, die Wogen würden sogleich über ihm zusammenschlagen, wenn es in ein Wellental geriet, und außerdem war das Segel fest um die Ersatzruder gewickelt, die im Wasser vor uns hertrieben.

Wie gesagt, vor meinem eigenen Tod, dort, einige hundert Meter leewärts, hatte ich keine Angst; aber mich entsetzte der Gedanke, dass Maud würde sterben müssen. Meine verfluchte Einbildungskraft sah sie schon zerschmettert zwischen den Klippen liegen, und das war eine zu entsetzliche Vorstellung. Ich versuchte, mich dazu zu bringen, an eine sichere Landung zu glauben, und so sprach ich nicht das aus, was ich glaubte, sondern was ich mir einredete.

Ich schauderte bei dem Gedanken an diesen schrecklichen Tod, und für einen Moment hatte ich die verrückte Idee, Maud in die Arme zu schließen und mit ihr zusammen über Bord zu springen. Dann entschloss ich mich doch, abzuwarten und sie erst im letzten Augenblick, wenn das Ende nahte, zu umarmen, ihr meine Liebe zu gestehen, den verzweifelten Kampf aufzunehmen und zu sterben.

Unwillkürlich waren wir auf dem Bootsboden näher zusammengerückt. Ich fühlte, wie sie ihre behandschuhte Hand nach mir ausstreckte. Und so erwarteten wir still das Ende. Wir waren nur noch ein Stückchen von der Linie entfernt, auf der der Wind wieder ungehindert an der westlichen Kante des Vorsprungs vorbeistrich, und ich hielt in der Hoffnung Ausschau, dass irgendeine Strömung oder der Druck der Wellen uns an den Klippen vorbeidriften lassen könnte, bevor wir in die Brandung gerieten.

»Wir werden problemlos vorbeikommen«, sagte ich in zuversichtlichem Ton, der uns beide nicht täuschte.

»Himmelsakrament, wir werden problemlos vorbeikommen!«, rief ich fünf Minuten später.

Der Fluch verließ meine Lippen im Eifer des Gefechts – der erste meines Lebens, glaube ich, es sei denn, man bezeichnet mein jugendliches »Scheibenkleister« als Verwünschung.

»Verzeihung«, sagte ich.

»Sie haben mich von Ihrer Aufrichtigkeit überzeugt«, antwor-

tete sie mit schwachem Lächeln. »Ich bezweifle in keinster Weise mehr, dass wir problemlos vorbeikommen werden.«
Hinter der äußersten Kante des Kliffs hatte ich in einiger Entfernung eine Landzunge ausgemacht, und als wir genauer hinsahen, konnten wir auch den Küstenstreifen erkennen, der sich zwischen beiden erstreckte und offenbar eine weit ins Landesinnere reichende Bucht bildete. Gleichzeitig drang ein lautes und beständiges Bellen an unser Ohr. Es war in der Stärke entferntem Donner vergleichbar, kam von leewärts und übertönte das Getöse der Brandung, obwohl es sich gegen den Sturm durchsetzen musste. Als wir glücklich an den Klippen vorbei waren, konnten wir die ganze Bucht einsehen, einen sichelförmigen, weißen Sandstrand mit gewaltiger Brandung, der von unzähligen Robben bevölkert war. Von ihnen kam das mächtige Bellen.
»Eine Kolonie!«, rief ich aus. »Jetzt sind wir wirklich gerettet. Hier gibt es sicher Männer und Kreuzer, die die Robben vor den Jägern schützen. Vielleicht gibt es sogar einen Stützpunkt.«
Nachdem ich die gegen den Strand tosende Brandung genauer betrachtet hatte, sagte ich: »Schon besser, aber immer noch nicht gut. Wenn uns die Götter gewogen sind, passieren wir auch die nächste Landzunge und finden einen vollkommen geschützten Strand, an dem wir landen können, ohne uns nasse Füße zu holen.«
Und die Götter waren uns gewogen. Die erste und zweite Landzunge lagen direkt in der Linie des Südwestwindes; aber sobald wir die zweite passiert hatten – und wir kamen ihr gefährlich nahe –, machten wir eine dritte aus, die mit den anderen und dem Wind immer noch eine Linie bildete. Aber die Bucht dazwischen! Sie reichte tief ins Inselinnere, und die gerade einsetzende Flut trieb uns in den Windschatten des Vorsprungs. Hier war das Meer bis auf eine schwere Dünung ru-

hig, sodass ich den Treibanker einholte und zu rudern begann. Von der Landzunge trat der Strand weiter und weiter zurück, bis zuletzt eine Bucht in der Bucht vor unseren Augen lag, ein kleiner, von Land umgebener natürlicher Hafen, dessen Wasser so ruhig war wie das eines Tümpels. Seine Oberfläche wurde nur von vereinzelten Böen gekräuselt, die sich verirrt hatten und die steile Felswand herunterjagten, die den Strand etwa fünfunddreißig Meter landeinwärts umschloss.

Nicht eine Robbe war zu sehen. Der Kiel des Bootes knirschte auf den harten Kiesstrand. Ich sprang hinaus und reichte Maud meine Hand. Im nächsten Augenblick stand sie neben mir. Als meine Finger sich aus ihren lösten, griff sie hastig nach meinem Arm. Im gleichen Moment torkelte ich und wäre fast in den Sand gefallen. Die ewige Bewegung hatte zu plötzlich aufgehört. Wir waren so lange auf der unruhigen See gewesen, dass der feste Boden wie ein Schock auf uns wirkte. Wir glaubten, auch der Strand müsse sich heben und senken und die Felswand hin und her schwanken wie die Seiten eines Schiffes; da wir uns inzwischen wie selbstverständlich auf diese Bewegungen eingestellt hatten, warf uns ihr Ausbleiben völlig aus dem Gleichgewicht.

»Ich muss mich erst einmal hinsetzen«, sagte Maud leicht benommen mit einem nervösen Lachen und ließ sich in den Sand sinken.

Ich machte das Boot fest und setzte mich dann zu ihr. So kamen wir auf Endeavor Island an, landkrank von der langen Gewöhnung an die See.

29. KAPITEL

»Idiot!«, machte ich meinem Ärger Luft.
Ich hatte das Boot entladen und alles, was es enthielt, ein gutes Stück den Strand hinaufgetragen, wo ich mit der Errichtung des Lagers begann. Es gab Treibholz am Strand, wenn auch nicht viel, und der Anblick einer Kaffeedose, die ich aus der Speisekammer der *Ghost* mitgenommen hatte, brachte mich auf den Gedanken, Feuer zu machen.
»Verdammter Idiot!«, schimpfte ich weiter.
»Aber, aber«, sagte Maud nicht allzu vorwurfsvoll und wollte dann wissen, warum ich ein verdammter Idiot sei.
»Keine Streichhölzer«, stöhnte ich. »Nicht eine Schachtel habe ich eingesteckt. Also gibt es keinen heißen Kaffee, keine Suppe, keinen Tee, nichts dergleichen.«
»Hat nicht dieser … äh … Crusoe Stöcke aneinandergerieben?«, fragte sie gedehnt.
»Ach was, ich habe selbst verfasste Berichte von mehr als einem Dutzend Schiffbrüchiger gelesen, die es alle versucht haben, und keiner hat es geschafft«, antwortete ich. »Ich erinnere mich an Winters, einen Kollegen von der Zeitung, der als Alaska- und Sibirienkenner gerühmt wurde. Bin ihm einmal im Bibelot begegnet, und er erzählte uns damals, wie er versucht hatte, mit zwei Stöcken Feuer zu machen. Eine überaus unterhaltsame Geschichte. Und er konnte sie so unnachahmlich erzählen, obwohl es sich eben nicht um eine Erfolgsstory handelte. Ich erinnere mich noch an den Schluss, als seine dunklen Augen aufblitzten und er sagte: ›Meine Herren, der Südseeinsulaner mag es schaffen und auch der Malaie, aber glauben Sie mir, ein Weißer bringt es einfach nicht fertig.‹«
»Also gut, wir sind bislang ohne Streichhölzer ausgekom-

men«, sagte sie aufmunternd. »Und ich sehe keinen Grund, warum wir nicht auch weiterhin darauf verzichten können.«

»Aber denken Sie an den Kaffee!«, rief ich. »Noch dazu guter Kaffee. Ich muss es wissen, denn schließlich habe ich ihn selbst aus Larsens Privatvorräten mitgehen lassen. Und dann sehen Sie nur all das schöne Holz.«

Ich gebe zu, ich war ganz verrückt auf den Kaffee; und bald erfuhr ich, dass auch Maud eine Schwäche für diese Bohnen besaß. Außerdem hatten wir so lange von kalter Kost gelebt, dass wir innen wie außen ganz erstarrt waren. Etwas Warmes hätte uns gewiss sehr gutgetan. Aber ich jammerte nicht weiter, sondern machte mich daran, für Maud aus dem Segel ein Zelt zu bauen.

Ich hatte es für eine Kleinigkeit gehalten, verfügte ich doch über Riemen, Mast, Baum und Spriet, ganz abgesehen von den vielen Leinen. Aber da ich ohne alle Erfahrung war, bedeutete jede Kleinigkeit ein Experiment und jedes funktionierende Detail eine Erfindung, sodass der Tag längst vorüber war, als ihr Unterschlupf endlich stand. Und dann regnete es noch in derselben Nacht, und sie wurde nass und musste erneut im Boot Zuflucht suchen.

Am nächsten Morgen hob ich um das Zelt herum einen flachen Graben aus, aber eine Stunde später fuhr ein Windstoß über die Felskante in unseren Rücken, packte das Zelt und schleuderte es dreißig Meter weiter auf den Strand.

Maud lachte über mein betretenes Gesicht, und ich sagte: »Sobald der Wind nachlässt, werde ich mit dem Boot die Insel erkunden. Irgendwo muss es eine Station und Menschen geben. Schiffe müssen die Station anlaufen. Die vielen Robben müssen unter dem Schutz irgendeiner Regierung stehen. Aber bevor ich aufbreche, mache ich es Ihnen hier so angenehm wie möglich.«

»Ich würde gerne mit Ihnen fahren«, sagte sie nur.

»Es wäre besser, Sie blieben. Sie haben genug durchgemacht. Es ist ein Wunder, dass Sie noch am Leben sind. Und bei diesem Regenwetter ist das Rudern und Segeln mit dem Boot bestimmt kein Vergnügen. Sie brauchen Erholung, und ich möchte, dass Sie hierbleiben und sich ausruhen.«
Etwas, das verdächtig nach Feuchtigkeit aussah, trübte ihre bezaubernden Augen, bevor sie den Blick senkte und ihren Kopf halb abwandte.
»Ich würde lieber mitfahren«, sagte sie mit einem leisen Flehen in der Stimme.
»Ich könnte Ihnen vielleicht …«, ihre Stimme versagte, »ein wenig behilflich sein. Und bedenken Sie, wenn Ihnen etwas zustößt, bin ich hier ganz allein.«
»Oh, ich werde schon aufpassen«, antwortete ich, »und mich nur so weit entfernen, dass ich vor Einbruch der Dunkelheit zurück sein kann. Kurz und gut, ich halte es für sehr viel besser, wenn Sie hierbleiben, schlafen, sich ausruhen und die Hände in den Schoß legen.«
Sie wandte den Kopf und sah mir in die Augen. Ihr Blick war bestimmt, und doch sanft.
»Bitte, bitte«, sagte sie ganz, ganz leise.
Ich zwang mich dazu, hart zu bleiben, und schüttelte den Kopf. Immer noch sah sie mich geduldig an. Ich suchte nach Worten für meine Entscheidung, geriet aber ins Stolpern. Da sah ich die Freude in ihren Augen aufleuchten und wusste, dass ich verloren hatte. Danach konnte ich einfach nicht mehr nein sagen.
Der Wind flaute am Nachmittag ab, und wir wollten am nächsten Morgen aufbrechen. Von unserer Bucht aus bestand keine Möglichkeit, ins Landesinnere vorzudringen, da der Strand von Steilfelsen umgeben war, die zu beiden Seiten weit ins Wasser hinausragten.
Der nächste Morgen war trüb und grau, aber windstill, und ich war früh auf den Beinen, um das Boot klarzumachen.

»Idiot! Schwachkopf! Yahoo!«, rief ich laut, als es an der Zeit war, Maud zu wecken. Aber diesmal waren es Freudenschreie, während ich barhäuptig und in gespielter Verzweiflung am Strand herumtanzte.
Ihr Kopf tauchte unter dem herabhängenden Segeltuch auf.
»Was ist denn los?«, fragte sie schläfrig, aber doch voller Neugier.
»Kaffee!«, rief ich. »Was halten Sie von einer Tasse Kaffee? Heißem Kaffee? Frisch aufgebrüht?«
»Also wirklich«, murmelte sie. »Sie haben mich erschreckt, und Sie sind obendrein gemein. Da habe ich mich nun damit abgefunden, dass es keinen Kaffee gibt, und dann kommen Sie und ärgern mich mit Ihren leeren Versprechungen.«
»Jetzt passen Sie auf«, sagte ich.
Zwischen den Felsspalten suchte ich ein paar trockene Stöcke und Holzstücke zusammen. Daraus schnitzte ich Kienspäne oder spaltete sie zu Feuerhölzern. Dann riss ich eine Seite aus meinem Notizbuch und nahm eine Patrone aus der Munitionskiste. Nachdem ich den Pfropf mit dem Messer entfernt hatte, verteilte ich das Pulver auf einem flachen Stein. Danach löste ich das Zündplättchen aus der Patrone und legte es in die Mitte des ausgestreuten Pulvers. Nun war alles bereit. Maud sah mir immer noch vom Zelt aus zu. Das Papier in der Linken, schlug ich mit einem Stein, den ich in der Rechten hielt, auf das Zündplättchen. Es gab eine kleine weiße Rauchwolke, eine kurze Stichflamme, und die Abrisskante des Papiers brannte.
Maud klatschte begeistert in die Hände. »Prometheus!«, rief sie. Aber ich war zu beschäftigt, um ihre Freude zu teilen. Das schwache Flämmchen musste sorgsam gehätschelt werden, wenn es zu Kräften kommen sollte. Ich fütterte es, Span um Span und Splitter um Splitter, bis es endlich knackend und knisternd auf die kleineren Scheite und Stöcke übergriff. Ich

hatte bei meinen Vorkehrungen nicht daran gedacht, dass wir auf eine Insel verschlagen werden könnten, sodass wir ohne Kessel oder sonstiges Kochgerät waren; aber ich behalf mich mit der Blechdose, mit der wir das Boot ausgeschöpft hatten, und später, als wir uns über den Konservenvorrat hermachten, kam eine ansehnliche Menge Kochgeschirr zusammen.

Ich kochte das Wasser, aber Maud bereitete den Kaffee. Und wie gut er war! Mein Beitrag bestand in einer Dose Büchsenfleisch, geschmort in zerbröseltem Schiffszwieback und Wasser. Das Frühstück war ein voller Erfolg, und wir saßen viel länger am Feuer, als es sich für tatendurstige Forscher gehörte, schlürften den heißen schwarzen Kaffee und besprachen unsere Lage.

Ich war zuversichtlich, in einer der Buchten eine Station zu finden, denn ich wusste, dass die Robbenkolonien der Beringsee bewacht wurden. Maud hingegen entwickelte die Theorie – wohl um mich auf eine Enttäuschung vorzubereiten –, dass wir ein unbekanntes Eiland entdeckt hätten. Dennoch war sie bester Laune und scherzte über unsere gar nicht so rosige Lage.

»Wenn Sie recht haben«, sagte ich, »dann müssen wir uns darauf einstellen, hier zu überwintern. Unser Proviant wird nicht ausreichen, aber es gibt ja die Robben. Sie ziehen im Herbst fort, sodass ich bald damit anfangen muss, einen Fleischvorrat anzulegen. Dann müssen wir Hütten bauen und Treibholz sammeln. Außerdem werden wir Robbentran ausschmelzen, um für Beleuchtung zu sorgen. Somit werden wir alle Hände voll zu tun haben, wenn die Insel unbewohnt sein sollte. Aber ich weiß, dass dem nicht so ist.«

Doch sie behielt recht. Wir segelten mit Dwarswind die Küste entlang, suchten die Buchten mit unseren Gläsern ab und landeten gelegentlich, ohne ein Zeichen menschlichen Lebens zu finden. Trotzdem stellten wir fest, dass wir nicht als Erste auf Endeavor Island gelandet waren. In der von uns aus gesehen zweiten Bucht entdeckten wir weit oben am Strand ein zersplittertes Wrack – das Boot eines Robbenfängers, denn die Ruderklampen waren mit Platting umwickelt, innen an der Steuerbordseite des Bugs befand sich eine Gewehrhalterung, und in verblichenen weißen Lettern war außenbords *Gazelle No. 2* zu lesen. Das Boot musste bereits lange Zeit dort gelegen haben, denn es war halb voll Sand, und das gesplitterte Holz, das schutzlos den Elementen preisgegeben war, befand sich in einem entsprechend verwitterten Zustand. Achtern entdeckte ich eine verrostete großkalibrige Schrotflinte und ein abgebrochenes Seemannsmesser, das vor lauter Rost kaum noch als solches zu erkennen war.

»Sie sind gerettet worden«, sagte ich frohgemut, doch auf meinem Herzen lastete eine Schwere, als seien irgendwo auf diesem Strand gebleichte Knochen zu finden.

Ich wollte nicht, dass Maud durch einen solchen Fund deprimiert wurde, deshalb legte ich wieder ab und umsegelte die Nordspitze der Insel. Die Südküste war ohne Strände, sodass wir bereits am frühen Nachmittag das dunkle Kliff passierten und damit die ganze Insel umsegelt hatten. Ich schätzte ihren Umfang auf fünfundzwanzig Meilen, mit einem Durchmesser zwischen zwei und fünf Meilen. Und sehr vorsichtigen Schätzungen nach befanden sich etwa zweihunderttausend Robben am Strand. Der höchste Punkt der Insel lag an ihrer Südwestspitze, von wo die Landzungen und der Gebirgsrücken in der Mitte gleichmäßig abfielen, sodass der nordöstliche Inselteil nur noch wenige Fuß über dem Meeresspiegel lag. Mit Ausnahme unserer kleinen Bucht stiegen die übrigen Strände über etwa eine halbe Meile sanft zum Hinterland an und endeten in Steinauen, wie ich sie nennen möchte, auf denen sich ab und an Flecken von Moos und Tundragras zeigten. Hier hinauf zog es die Robben, und die alten Bullen bewachten ihre Harems, während die Jungbullen sich abseits hielten.

Mehr als diese kurze Beschreibung verdient Endeavor Island nicht. Klamm und feucht, wo sie nicht scharfkantig und felsig war, von Sturmwinden umtost und von der See gepeitscht, mit einer Atmosphäre, die unaufhörlich unter dem Gebrüll der zweihunderttausend Amphibien erzitterte, war die Insel ein trübseliger und trister Aufenthaltsort. Maud, die mich auf eine Enttäuschung vorbereitet hatte und die den ganzen Tag über heiter und ausgelassen gewesen war, brach bei der Ankunft in unserer kleinen Bucht zusammen. Sie bemühte sich tapfer, es nicht zu zeigen, aber während ich Feuer machte, wusste ich, dass sie ihr Schluchzen im Zelt unter den Decken erstickte.
Nun war es an mir, guten Mut zu beweisen, und ich spielte meine Rolle nach besten Kräften und mit so großem Erfolg, dass ich das Lachen in ihre teuren Augen zurückholte und sie sogar zum Singen brachte; denn früh am Abend, bevor sie zu Bett ging, sang sie ein Lied für mich. Es war das erste Mal, dass ich sie singen hörte, und ich lag am Feuer und lauschte ganz hingerissen. Wie bei allem, was sie tat, war sie auch hier eine wahre Künstlerin, und ihre keineswegs sonderlich kräftige Stimme klang wunderbar melodisch und ausdrucksvoll.
Ich schlief noch immer im Boot, und in dieser Nacht lag ich lange wach, schaute wie in so vielen Nächten zuvor zu den Sternen auf und dachte über unsere Lage nach. Diese Art von Verantwortung war neu für mich. Wolf Larsen hatte ganz recht gehabt. Ich hatte auf den Beinen meines Vaters gestanden. Meine Anwälte und Bevollmächtigten hatten mein Geld für mich verwaltet. Verantwortung hatte ich nie gekannt. An Bord der *Ghost* hatte ich dann gelernt, auf mich selbst aufzupassen. Und nun war ich zum ersten Mal in meinem Leben für jemand anders verantwortlich. Und es war meine Pflicht, alles, aber auch alles an diese Aufgabe zu setzen, denn sie war für mich die eine Frau auf der Welt – die eine kleine Frau, wie ich sie in Gedanken gern nannte.

30. KAPITEL

Kein Wunder, dass wir der Insel den Namen Endeavor Island, Insel der Mühsal, gaben. Zwei Wochen lang plagten wir uns mit dem Bau einer Hütte ab. Maud bestand darauf, mir zu helfen, und ich hätte weinen können angesichts ihrer wunden und blutenden Hände. Und doch, ich war stolz auf sie. Es lag etwas Heroisches darin, wie diese behütet aufgewachsene Frau den furchtbaren Anstrengungen trotzte und sich mit ihren schwachen Kräften den Aufgaben einer Bäuerin stellte. Sie trug viele der Steine zusammen, aus denen ich die Mauern der Hütte aufschichtete, und sie hörte nicht auf mich, als ich sie bat, sich zu schonen. Immerhin war sie zu einem Kompromiss bereit, indem sie die leichteren Arbeiten wie Essenkochen und das Sammeln von Treibholz und Moos für den Winter übernahm.

Die Mauern der Hütte ließen sich ohne Schwierigkeiten hochziehen, und alles ging glatt, bis das Problem der Überdachung auftauchte. Was waren vier Wände ohne Dach schon wert? Und woraus nur ließ sich das herstellen? Schon wahr, es gab die Ersatzriemen. Sie konnte man als Dachbalken verwenden. Aber womit sollte ich das Dach decken? Moos würde sich mit Wasser vollsaugen, und Tundragras war ebenfalls ungeeignet. Das Segel benötigten wir für das Boot, und die Persenning war nicht mehr dicht.

»Winters hat seine Hütte mit Walrossfellen abgedeckt«, sagte ich.

»Hier haben wir die Robben«, meinte sie.

Also begann am nächsten Tag die Jagd. Ich hatte keine Ahnung vom Schießen, war jedoch fest entschlossen, es zu lernen. Aber nachdem ich mit etwa dreißig Patronen ganze drei Robben erlegt hatte, kam ich zu dem Schluss, dass die Muni-

tion ausgehen würde, bevor ich mir das nötige Wissen angeeignet hatte. Acht Patronen hatte ich fürs Feuermachen verwendet, bis ich darauf kam, die glühende Asche mit feuchtem Moos abzudecken, sodass sich nun noch etwa einhundert Patronen in der Munitionskiste befanden.
»Wir müssen die Robben erschlagen«, verkündete ich, als an meinen kläglichen Schießkünsten nicht mehr zu deuteln war. »Ich habe die Robbenjäger davon reden hören, dass man es so macht.«
»Aber es sind so wunderschöne Tiere«, wandte sie ein. »Ich kann die Vorstellung nicht ertragen. Wissen Sie, es ist so unverhohlen brutal, ganz anders, als wenn man sie erschießt.«
»Wir müssen das Dach fertig bekommen«, antwortete ich grimmig. »Der Winter ist schon fast da. Unser Leben steht gegen ihres. Es ist jammerschade, dass wir nicht mehr Munition haben, aber bestimmt leiden sie weniger darunter, mit einem Knüppel erschlagen als völlig durchlöchert zu werden. Und außerdem werde ich die Sache übernehmen.«
»Gerade das ist es ja«, ereiferte sie sich und hielt dann plötzlich verwirrt inne.
»Aha«, setzte ich an. »Also, wenn Sie lieber …«
»Und was soll ich inzwischen tun?«, unterbrach sie mich mit einer Sanftheit, die ich schon als Verkleidung ihrer Hartnäckigkeit kannte.
»Feuerholz sammeln und das Essen zubereiten«, antwortete ich leichthin.
Sie schüttelte den Kopf. »Für Sie allein ist das zu gefährlich.«
»Ich weiß, ich weiß«, kam sie meinen Einwänden zuvor. »Ich bin nur ein schwaches Weib, aber vielleicht kann gerade mein unerheblicher Beistand Sie vor großem Unheil bewahren.«
»Und was ist mit dem Totschlagen?«, wollte ich wissen.
»Das ist selbstverständlich Ihre Aufgabe. Vermutlich werde ich laut aufschreien. Ich sehe zur Seite, wenn …«

»Wenn es wirklich ernst wird«, lachte ich.
»Ich kann selbst entscheiden, wann ich hinzusehen und wann wegzuschauen habe«, antwortete sie stolz.
Das Ende der Geschichte war, dass sie mich am nächsten Morgen begleitete. Ich ruderte in die benachbarte Bucht und legte dort an. Im Wasser um uns herum waren lauter Robben, und das Gebrüll der vielen tausend Tiere am Strand zwang uns dazu, uns durch Zurufe miteinander zu verständigen.
»Ich weiß, man schlägt sie tot«, sagte ich, um mir Mut zu machen, während ich unsicher zu einem großen Bullen hinübersah, der sich keine hundert Meter entfernt auf den Vorderflossen aufgerichtet hatte und mich wachsam fixierte. »Die Frage ist nur, wie genau macht man das?«
»Sammeln wir lieber Tundragras für das Dach«, schlug Maud vor.
Der Anblick ängstigte sie nicht weniger als mich, und wir hatten auch allen Grund dazu, fast in Reichweite der blitzenden Zähne und hundeähnlichen Schnauzen.
»Ich dachte immer, sie hätten Angst vor Menschen«, sagte ich.
»Aber woraus schließe ich eigentlich, dass das hier nicht der Fall ist?«, fragte ich mich kurze Zeit später, nachdem ich ein paar Schläge weiter den Strand entlanggerudert war. »Vielleicht nähmen sie ja sofort Reißaus, wenn ich beherzt an Land ginge, und ich könnte nicht eine erwischen.«
Aber immer noch zögerte ich.
»Ich habe einmal von jemandem gehört, der in eine Brutkolonie von Wildgänsen eingedrungen war«, sagte Maud. »Sie haben ihn getötet.«
»Die Gänse?«
»Ja doch, die Gänse. Mein Bruder hat es mir erzählt, als ich noch ein kleines Mädchen war.«
»Aber ich bin sicher, dass sie mit Knüppeln totgeschlagen werden«, beharrte ich.

»Tundragras wird bestimmt ein ebenso gutes Dach abgeben«, sagte sie.
Es lag nicht in ihrer Absicht, aber ihre Worte brachten mich auf und stachelten mich an. Ich wollte vor ihr nicht als Feigling dastehen.
»Auf geht's«, sagte ich, während ich mit einem Riemen rückwärtsruderte und den Bug auf den Strand auflaufen ließ.
Ich sprang heraus und schritt mutig auf einen langmähnigen Bullen inmitten seines Harems zu. Ich war mit der Keule bewaffnet, mit der die Ruderer üblicherweise die verwundeten Robben töten, sobald sie von den Jägern mit einem Fleischerhaken an Bord gezogen werden. Sie war nur 40 Zentimeter lang, und in meiner grenzenlosen Ahnungslosigkeit hätte ich mir nicht träumen lassen, dass die an Land benutzten Knüppel bis eineinhalb Meter maßen. Die Kühe schoben sich behäbig aus dem Weg, und der Abstand zwischen mir und dem Bullen schrumpfte unaufhörlich. Mit drohender Gebärde richtete er sich auf seinen Flossen auf. Wir waren noch gut vier, fünf Meter voneinander entfernt. Und immer noch ging ich unbeirrt weiter, da ich annahm, er werde im nächsten Moment kehrtmachen und davonlaufen.
Bei zwei Meter Abstand durchfuhr mich der panische Gedanke: Was, wenn er nicht das Weite sucht? Nun, dann werde ich ihn eben erschlagen, kam die Antwort. Vor lauter Angst hatte ich ganz vergessen, dass ich mit der Absicht anrückte, den Bullen zu töten, nicht, ihn davonzujagen. Genau in diesem Augenblick schnaubte und orgelte er und stürzte auf mich los. Seine Augen funkelten, sein Maul war weit aufgerissen, und seine Zähne schimmerten grausig weiß. Ich mache keinen Hehl daraus, dass ich nun derjenige war, der auf dem Absatz kehrtmachte und die Beine in die Hand nahm. Er bewegte sich zwar unbeholfen, aber er war schnell. Ganze zwei Schritte trennten uns noch, bevor ich das Boot erreichte, und als ich

uns mit dem Ruder abstoßen wollte, gruben sich seine Zähne knirschend ins Ruderblatt. Das solide Holz wurde zerquetscht wie eine Eierschale. Maud und ich waren fassungslos. Im nächsten Moment war er unter das Boot getaucht, hatte sich im Kiel verbissen und schaukelte es heftig hin und her.

»Gütiger Gott!«, rief Maud. »Lassen Sie uns verschwinden.«

Ich schüttelte den Kopf. »Was andere können, kann ich auch, und ich weiß, man erschlägt sie mit Keulen. Aber ich denke, beim nächsten Versuch lasse ich die Bullen lieber in Frieden.«

»Warum lassen Sie es nicht ganz bleiben?«, fragte sie.

»Nun sagen Sie bloß nicht auch noch ›Bitte, bitte‹«, fuhr ich sie ziemlich barsch an.

Sie gab keine Antwort, und ich wusste, dass mein rüder Ton sie verletzt hatte.

»Ich bitte um Verzeihung«, sagte oder vielmehr rief ich, um mich vor der Lärmkulisse der Kolonie verständlich zu machen. »Wenn Sie es wollen, werde ich sofort umkehren und zurückrudern, aber offen gestanden würde ich lieber bleiben.«

»Sagen Sie dann aber bloß nicht, das hat man nun davon, wenn man eine Frau mitnimmt«, erklärte Maud. Dabei sah sie mich mit einem ebenso verschmitzten wie strahlenden Lächeln an, und ich wusste, dass die kleine Unstimmigkeit ausgeräumt war.

Ich ruderte einige hundert Meter am Strand entlang, um meine Nerven zu beruhigen, und ging dann erneut an Land.

»Seien Sie vorsichtig«, rief sie mir nach.

Ich nickte und machte mich dann daran, den nächsten Harem von der Flanke her anzugreifen. Alles ging gut, bis ich den Kopf einer ganz außen liegenden Kuh zu treffen suchte und dabei zu kurz zielte. Sie schnaubte und versuchte davonzurutschen. Ich rannte hinterher und holte ein zweites Mal aus, traf jedoch wieder nicht den Kopf, sondern bloß die Schulter.

»Vorsicht!«, hörte ich Maud schreien.

In meiner Aufregung hatte ich auf nichts anderes geachtet, und als ich nun aufblickte, sah ich das Oberhaupt des Harems auf mich zustürmen. Wieder erreichte ich nach einer wilden Verfolgungsjagd das Boot, aber diesmal machte Maud nicht die kleinste Andeutung, umzukehren.

»Ich glaube, es wäre besser, Sie ließen die Harems in Ruhe und hielten nach einsamen und ungefährlich aussehenden Robben Ausschau«, schlug sie vor. »Ich meine etwas über diese Tiere gelesen zu haben. In Dr. Jordans Buch, wenn ich mich recht entsinne. Es handelt sich dabei um die jungen Bullen, die noch nicht alt genug sind, einen eigenen Harem zu unterhalten. Er nannte sie Holluschicki oder so ähnlich. Mir scheint, wenn wir herausbekämen, wo sie an Land gehen –«

»Und mir scheint, Ihre Kämpfernatur ist erwacht«, lachte ich. Ihr Gesicht überflog eine plötzliche und hübsch anzusehende Röte: »Ich gebe zu, dass mir Niederlagen ebenso wenig gefallen wie Ihnen – und wie die Vorstellung, diese wunderbaren, unschuldigen Kreaturen töten zu müssen.«

»Wunderbar!«, stieß ich verächtlich hervor. »Ich habe an diesen sabbernden Bestien nichts Wunderbares entdecken können, als sie hinter mir her waren.«

»Das ist Ihre Sichtweise«, sagte sie lachend. »Ihnen fehlt die umfassende Perspektive. Wenn Sie ein wenig mehr Abstand zu Ihrem Gegenstand gewönnen …«

»Genau das ist es!«, rief ich. »Was ich brauche, ist eine längere Keule. Und da kommt der gebrochene Riemen gerade recht.«

»Mir fällt da eben ein«, sagte sie, »dass Wolf Larsen mir davon erzählt hat, wie die Männer die Kolonien überfallen. Sie treiben die Robben in kleinen Gruppen ein Stück landeinwärts und töten sie dann.«

»Ich habe nicht vor, es mit einem dieser Harems aufzunehmen«, wehrte ich ab.

»Aber da sind doch die Holluschicki«, erwiderte sie. »Die Hol-

luschicki sind Einzelgänger, und Dr. Jordan sagt, zwischen den einzelnen Harems werden Durchgänge freigehalten, und solange sich die Holluschicki in diesen Korridoren bewegen, werden sie von den alten Bullen auch nicht belästigt.«
»Dort drüben ist einer«, sagte ich und zeigte auf einen jungen Bullen im Wasser. »Wir wollen ihn im Auge behalten und ihm folgen, wenn er an Land geht.«
Er schwamm direkt auf den Strand zu und benutzte dann einen schmalen Durchgang zwischen zwei Harems, deren Oberhäupter zwar warnende Laute ausstießen, ihn aber nicht angriffen. Wir beobachteten ihn, wie er sich langsam landeinwärts bewegte und sich dabei offensichtlich auf einem dieser Pfade zwischen den Harems hindurchschlängelte.
»Ich versuch's«, sagte ich und sprang an Land. Aber ich muss gestehen, dass mir bei dem Gedanken, durch diese riesige Herde einfach hindurchzugehen, das Herz bis zum Halse schlug.
»Es wäre klug, das Boot festzumachen«, sagte Maud.
Sie war mit ausgestiegen, und ich starrte sie verwundert an. Entschlossen nickte sie mit dem Kopf. »Ja doch, ich komme mit, also machen Sie das Boot fest und geben Sie mir auch eine Keule.«
»Machen wir kehrt«, sagte ich entmutigt. »Zur Not tut's auch Tundragras.«
»Sie wissen, dass das nicht stimmt«, gab sie zurück. »Soll ich die Führung übernehmen?«
Mit einem Schulterzucken, aber auch mit Stolz und einiger Bewunderung für diese Frau, rüstete ich sie mit dem zerbissenen Riemen aus und nahm den anderen für mich selbst. Nervös und unruhig brachten wir das erste Stück des Weges hinter uns. Einmal schrie Maud erschrocken auf, als eine Kuh neugierig ihren Fuß beschnupperte, und auch ich legte aus demselben Grund mehrmals einen Schritt zu. Außer einem warnenden Bellen von beiden Seiten war jedoch kein Anzei-

chen von Feindseligkeit zu bemerken. Es handelte sich um eine Kolonie, die nie zuvor von Jägern heimgesucht worden war, und aus diesem Grunde waren die Robben friedlich und hatten auch keine Angst.

Im Zentrum der Herde herrschte ein ungeheurer Lärm, der einen beinahe schwindlig machte. Ich hielt an und lächelte Maud aufmunternd zu, weil ich mein inneres Gleichgewicht schneller zurückgewonnen hatte als sie. Ich sah, dass sie immer noch arg verstört war. Sie trat dicht an mich heran und sagte:

»Ich habe furchtbare Angst!«

Ich hatte keine. Obwohl der Eindruck des gänzlich Ungewohnten weiter anhielt, hatte das friedliche Verhalten der Robben meine Nervosität abklingen lassen. Maud dagegen zitterte.

»Ich habe Angst und auch wieder nicht«, brachte sie mit klappernden Zähnen heraus. »Es ist mein jämmerlicher Körper, nicht ich.«

»Schon gut, schon gut«, beruhigte ich sie und legte ganz unwillkürlich meinen schützenden Arm um ihre Schulter.

Ich werde nie vergessen, wie mir in diesem Moment plötzlich meine Männlichkeit ins Bewusstsein trat. Die Urtriebe meines Wesens erwachten. Ich fühlte mich als ganzer Kerl, als Beschützer der Schwachen, als kämpfender Mann. Und das Großartigste war, ich fühlte mich als Beschützer meiner Geliebten. Sie lehnte sich an mich, so leicht und so zerbrechlich, und während ihr Zittern langsam nachließ, spürte ich, wie sich in mir eine ungeheure Kraft regte. Ich fühlte mich dem wildesten Bullen in der Herde gewachsen, und ich bin mir sicher, hätte sich ein solcher Bulle auf mich gestürzt, ich hätte mich ihm ohne zu zögern und kaltblütig in den Weg gestellt, und ich hätte ihn gewiss auch getötet.

»Es geht wieder«, sagte sie und blickte dankbar zu mir auf. »Wir wollen weitergehen.«

Die Tatsache, dass meine innere Kraft sie beruhigt und ihr Vertrauen gestärkt hatte, erfüllte mich mit grenzenloser Freude. Die Jugend des Menschengeschlechts schien in mir, dem Überzivilisierten, wiederaufzuerstehen, und im Geiste durchlebte ich noch einmal die alten Tage der Jagd und die Waldesnächte meiner entfernten und vergessenen Vorfahren. Während wir uns weiter zwischen dem Gedränge hindurchschlängelten, musste ich daran denken, wie viel ich Wolf Larsen zu verdanken hatte.

Eine Viertelmeile landeinwärts stießen wir auf die Holluschicki – glatte junge Bullen, die ihre einsame Junggesellenzeit hinter sich brachten und Kräfte sammelten für den Tag, an dem sie sich ihren Weg in die Reihen der Frischvermählten erkämpfen würden.

Von nun an lief alles glatt. Es war, als wüsste ich genau, was zu tun war und wie man es anging. Durch lautes Rufen, drohendes Fuchteln mit der Keule und sogar durch nachhelfendes Schubsen der Faulpelze hatte ich sehr bald zwanzig Jungtiere von ihren Gefährten getrennt. Jedes Mal, wenn eines zum Wasser hin zu entkommen suchte, schnitt ich ihm den Weg ab. Auch Maud beteiligte sich an der Jagd und leistete durch ihr Schreien und das Schwenken des lädierten Riemens wertvolle Hilfe. Ich bemerkte aber, dass sie einzelne Robben immer dann entkommen ließ, wenn sie müde und erschöpft wirkten. Andererseits stellte ich fest, dass ihre Augen aufblitzten, wenn ein Tier kampfeslustig durchzubrechen versuchte, und dass sie es dann mit kräftigen Schlägen zurücktrieb.

»Herrje, ist das aufregend!«, rief sie, als sie vor lauter Erschöpfung eine Pause einlegen musste. »Ich setze mich besser einen Augenblick hin.«

Ich trieb die kleine Herde (die nun, da sie einige hatte entwischen lassen, auf zwölf Tiere zusammengeschrumpft war) etwa hundert Meter weiter. Und als sie sich wieder zu mir gesellte, war das Abschlachten vorüber, und ich hatte mit dem Abhäuten der Tiere begonnen. Eine Stunde später marschierten wir stolz zwischen den Harems zurück. Noch zwei weitere Male nahmen wir, mit Fellen bepackt, diesen Weg, bis ich der Meinung war, wir seien nun ausreichend versorgt, um das Dach der Hütte zu decken. Ich setzte Segel und kreuzte aus der großen Bucht heraus und in unsere kleine hinein.

»Grad so, als kehrte man heim«, sagte Maud, als ich das Boot auf den Strand laufen ließ.

Mich durchzuckte es bei diesen Worten, denn auch mir schien alles ganz vertraut und selbstverständlich, und ich sagte:

»Mir ist, als hätte ich dieses Leben schon immer geführt. Die Welt der Bücher und Literatenzirkel ist weit fort, mehr Traumbild als Wirklichkeit. Zweifellos habe ich mein Lebtag nur gejagt, geraubt und gekämpft. Und auch Sie sind ein Teil dieses Lebens. Sie sind ...«, ich war nahe daran zu sagen, »mein Weib, meine Gefährtin«, hatte aber noch die Zungenfertigkeit, ein »hart im Nehmen« daraus zu machen.

Aber das kurze Stolpern war ihr nicht entgangen, der Absturz mitten im Fluge auch nicht. Sie warf mir einen kurzen Blick zu.

»Ach wo. Eigentlich wollten Sie sagen ...?«

»Dass die amerikanische Mrs. Meynell das Leben einer Wilden führt und sich dabei ganz tapfer hält«, formulierte ich um.

»Oh«, war ihre ganze Antwort, doch ich hätte schwören können, dass in ihrer Stimme Enttäuschung mitschwang.

Das »mein Weib, meine Gefährtin« wollte mir bis zum Abend und danach noch viele Tage lang nicht aus dem Kopf. Nie allerdings war es vernehmlicher als in jener Nacht, als ich sie dabei beobachtete, wie sie die Moosdecke von der Kohle nahm, das Feuer anfachte und das Abendessen kochte. Eine verborgene Wildheit musste in mir aufgebrochen sein, sodass die alten Worte, die so eng mit den Wurzeln unserer Rasse verflochten sind, mich in ihren Bann schlugen und verzückten. Und das taten sie, bis ich, sie wieder und wieder vor mich hin murmelnd, endlich einschlief.

31. KAPITEL

»Es wird übel riechen«, sagte ich, »aber es wird die Wärme halten und uns vor Regen und Schnee schützen.«
Wir prüften das fertige Dach aus Robbenfellen.
»Nicht gerade elegant, aber es erfüllt seinen Zweck, und das ist die Hauptsache«, fuhr ich fort und wartete sehnlichst auf ein Wort der Anerkennung.
Sie klatschte in die Hände und erklärte, dass sie mit der Lösung überaus zufrieden sei.
»Aber es ist dunkel hier drinnen«, bemerkte sie im nächsten Augenblick, ihr schauderte, und unwillkürlich zuckten ihre Schultern. »Warum haben Sie mich nicht beim Hochziehen der Wände darauf hingewiesen«, erwiderte ich. »Es ist Ihre Hütte, und Sie hätten eigentlich früher merken müssen, dass man ein Fenster braucht.«
»Aber Sie wissen doch, dass ich das Naheliegende übersehe«, gab sie lachend zurück. »Und außerdem können Sie ja jederzeit ein Loch in die Wand schlagen.«
»Genau. Darauf bin ich gar nicht gekommen«, antwortete ich und nickte bedächtig. »Aber haben Sie auch daran gedacht, das Fensterglas zu bestellen? Rufen Sie doch eben bei der Firma an – Red, 4451, glaube ich –, und geben Sie durch, wie groß die Scheibe und welche Art Glas es sein soll.«
»Das heißt …«, setzte sie an.
»Kein Fenster.«
Unsere Hütte war düster und scheußlich anzusehen und hätte in einem zivilisierten Land gerade mal als Schweinestall getaugt. Aber für uns, die wir das Elend des offenen Bootes kennengelernt hatten, war es eine gemütliche kleine Behausung. Auf die Einweihung, bei der wir unsere Bleibe mit Robben-

tran und einem Baumwolldocht ins rechte Licht rückten, folgte die Jagd für die Wintervorräte und der Bau einer zweiten Hütte. Es gehörte nun zum Alltag, am Morgen loszufahren und gegen Mittag mit einem Boot voller Robben zurückzukehren. Und während ich an der zweiten Hütte arbeitete, ließ Maud den Speck zu Tran aus und unterhielt ein schwelendes Feuer unter den mit Fleisch bestückten Trockengestellen. Ich hatte davon gehört, wie man in der Prärie Fleisch an der Sonne dörrt, und auch unser Robbenfleisch ließ sich, in schmale Streifen geschnitten und in den Rauch gehängt, ganz vorzüglich konservieren.
Der Bau der zweiten Hütte war bedeutend leichter, da ich sie an die erste anbaute und nur drei Wände brauchte. Aber es war gleichwohl Arbeit, harte Arbeit, und zwar vom Anfang bis zum Ende. Maud und ich schufteten von früh bis spät bis zur Erschöpfung, sodass wir bei Anbruch der Nacht mit steifen Gliedern in unsere Betten krochen und vor lauter Erschöpfung in einen animalischen Schlaf fielen. Und dennoch erklärte Maud, sie habe sich niemals in ihrem Leben besser und stärker gefühlt. Ich wusste, dass diese Feststellung auf mich zutraf, aber sie besaß eine so zarte Konstitution, dass ich ständig fürchtete, sie werde zusammenbrechen. Wie oft habe ich sie beobachtet, wenn sie sich völlig verausgabt hatte und lang ausgestreckt auf dem Rücken am Strand lag, um sich auszuruhen und neue Kräfte zu sammeln. Und dann stand sie wieder auf den Beinen und schuftete so hart wie zuvor. Wo sie all diese Kraft hernahm, war mir unerklärlich.
»Denken Sie an die lange Winterpause«, entgegnete sie auf meine Vorhaltungen. »Wir werden ganz versessen darauf sein, etwas zu tun zu haben.«
Die Einweihungsfeier in meiner Hütte veranstalteten wir, nachdem ich das Dach gedeckt hatte. Seit drei Tagen schon wütete ein Sturm, der von Südost auf Nordwest gedreht hat-

te und an diesem Abend genau von vorn kam. Am Rand der Außenbucht donnerte die Brandung laut auf den Strand, und selbst in unserer landgeschützten inneren Bucht herrschte ein beachtlicher Seegang. Kein Höhenzug schützte uns vor dem Wind, der um unsere Hütte pfiff und heulte, sodass ich zuweilen um die Standfestigkeit der Wände fürchtete. Das Felldach, von dem ich angenommen hatte, es sei straff gespannt wie ein Trommelfell, flatterte mit jedem Windstoß. Auch wurden in den Mauern unzählige Lücken offenkundig, die nicht so fest mit Moos verstopft waren, wie Maud geglaubt hatte. Doch unser Licht aus Robbentran brannte hell, und wir hatten es warm und gemütlich.

Es war in der Tat ein angenehmer Abend, und wir waren einstimmig der Meinung, dass er als bisher bedeutendstes gesellschaftliches Ereignis auf Endeavor Island zu gelten hatte.

Wir waren zufrieden. Wir hatten uns nicht nur mit der Aussicht auf den harten Winter abgefunden, sondern wir waren auch darauf vorbereitet. Die Robben konnten von uns aus jederzeit ihre geheimnisvolle Reise nach Süden antreten, und die Stürme schreckten uns nicht. Wir würden es nicht nur trocken und warm haben und vor dem Wind geschützt sein, sondern wir besaßen auch die herrlichsten Matratzen, die sich aus Moos herstellen ließen. Es war Mauds Idee gewesen, und sie selbst hatte eifrig all das Moos gesammelt. In dieser Nacht sollte ich zum ersten Mal darauf schlafen, und ich wusste, ich würde noch besser ruhen, weil sie sie gemacht hatte.

Bevor sie sich zurückzog, wandte sie sich in ihrer sprunghaften Art an mich und sagte:

»Irgendetwas wird geschehen oder ist schon passiert. Ich spüre es. Etwas kommt hierher. Genau in diesem Augenblick. Ich weiß nicht, was es ist, aber es ist unterwegs.«

»Gut oder schlimm für uns?«, fragte ich.

Sie schüttelte den Kopf. »Das kann ich nicht sagen, aber es ist da, irgendwo da draußen.«

Sie deutete aufs Meer und gegen den Wind.

»Wir sind an einer Leeküste«, lachte ich, »und ich weiß wohl, dass ich in einer Nacht wie dieser lieber hier bin als dort draußen unterwegs zu sein.«

»Sie haben doch keine Angst?«, fragte ich, während ich vorausging, um ihr die Tür zu öffnen.

Ihre Augen blickten mich tapfer an.

»Und Sie fühlen sich wohl? Ganz bestimmt?«

»Ich fühle mich so gut wie selten«, kam die Antwort.

Wir redeten noch eine Weile, dann ging sie hinüber.

»Gute Nacht, Maud«, sagte ich.

»Gute Nacht, Humphrey«, gab sie zurück.

Der Gebrauch unserer Vornamen hatte sich ganz zwanglos ergeben, wie von selbst und genauso natürlich. Ich hätte in diesem Augenblick meine Arme um sie legen und sie an mich ziehen mögen. In der Welt, zu der wir gehörten, hätte ich bestimmt auch nicht anders gehandelt. Hier aber endete das alles auf die einzig mögliche Weise. Ich blieb allein in meiner Hütte zurück, mit einem Gefühl der Befriedigung, das sich warm und wohlig in mir ausbreitete. Denn ich wusste, dass zwischen uns ein neues Band oder stillschweigendes Einverständnis entstanden war, das vorher nicht existiert hatte.

32. KAPITEL

Ich erwachte mit einem unguten Gefühl. Irgendetwas schien in meiner Umgebung zu fehlen. Aber die unheimliche Bedrückung verschwand bereits nach wenigen Sekunden, als ich merkte, dass das, was ich vermisste, der Wind war. Ich war in einem Zustand nervöser Anspannung eingeschlafen, in den mich das unaufhörliche Heulen und Toben versetzt hatte, und ich war mit der gleichen Anspannung aufgewacht, da ich mich intuitiv gegen einen Druck zu wappnen suchte, der mit einem Mal nicht mehr auf mir lastete.

Es war die erste Nacht seit Monaten, die ich im Schutz einer Behausung verbracht hatte, und ich räkelte mich einige Minuten lang unter meinen Decken (diesmal nicht klamm von Nebel und Gischt), wobei ich mir erst klarmachte, wie das Aufhören des Sturms auf mich wirkte, und mir dann die Freude vergegenwärtigte, die ich beim Ausruhen auf der von Maud hergestellten Matratze empfand. Als ich mich angezogen und die Tür geöffnet hatte, hörte ich die Wellen immer noch gegen den Strand schlagen und geschwätzig vom Aufruhr der vergangenen Nacht künden. Es war ein klarer Tag, und die Sonne schien. Ich hatte lange geschlafen und trat nun voller Energie und mit der festen Absicht hinaus, die vergeudete Zeit wettzumachen, wie es sich für einen Bewohner von Endeavor Island gehörte.

Vor der Tür hielt ich mit einem Ruck inne. An der Zuverlässigkeit meiner Augen zweifelte ich absolut nicht, und doch war ich für einen Moment wie betäubt von dem Anblick, der sich mir bot. Dort am Strand, keine zwanzig Meter entfernt, lag Bug voran und entmastet der schwarze Rumpf eines Schiffes. Mastbäume und Spieren, an denen in heillosem Durcheinander Wanten, Schoten und zerrissene Segel hingen, scheuerten sacht an der Bordwand. Ich hätte mir beim Hinsehen die Augen reiben mögen. Da war die selbst gezimmerte Kombüse, der vertraute Absatz des Achterdecks, die niedrige Jachtkajüte, die fast mit der Reling abschloss. Es war die *Ghost*. Welche Laune des Schicksals hatte sie hierhergetrieben – ausgerechnet an diesen Fleck? Welcher unglaubliche Zufall? Ich blickte auf die kahle, nicht zu erklimmende Felswand in meinem Rücken und spürte eine grenzenlose Verzweiflung. An Flucht war gar nicht zu denken. Maud kam mir in den Sinn, die dort in der von uns erbauten Hütte schlief; ich erinnerte mich an ihr »Gute Nacht, Humphrey«; »mein Weib, meine Gefährtin« ging mir wieder durch den Kopf, doch nun hatte es den Klang einer Totenglocke. Dann wurde mir schwarz vor Augen.

Möglicherweise dauerte es nur den Bruchteil einer Sekunde, aber ich hätte nicht sagen können, wie viel Zeit vergangen war, bis ich wieder zu mir kam. Da lag die *Ghost*, Bug voran, ihr zersplitterter Bugspriet ragte über den Strand und ihre ineinander verkeilten Spieren scheuerten im Singsang der Wellen an der Schiffswand. Es musste etwas geschehen, und zwar unverzüglich.

Dann wurde mir mit einem Mal bewusst, dass sich an Bord nichts rührte. Seltsam. Sie werden alle noch schlafen, erschöpft vom Kampf und vom nächtlichen Schiffbruch, dachte ich. Mein nächster Gedanke war, dass Maud und ich vielleicht doch noch entkommen könnten. Wenn wir nun unser Boot nähmen und um die Spitze der Insel herumsegelten, bevor sich dort jemand regte? Ich musste sie wecken und sofort mit ihr aufbrechen. Ich war schon im Begriff anzuklopfen, als mir einfiel, wie winzig die Insel war. Wir konnten uns unmöglich auf ihr verstecken. Uns blieb nichts als der weite, ungestüme Ozean. Ich dachte an unsere gemütlichen kleinen

Hütten, an die Vorräte an Fleisch, Tran, Moos und Feuerholz, und ich wusste, dass wir die winterliche See und ihre heftigen Stürme niemals überleben würden. So stand ich ratlos mit schon zum Klopfen erhobener Hand vor ihrer Tür. Es war unmöglich, ganz einfach unmöglich. Der irre Gedanke, hineinzustürzen und sie im Schlaf zu töten, jagte mir durch den Kopf. Doch dann fiel mir blitzartig eine bessere Lösung ein. Alle an Bord schliefen. Warum sollte ich mich nicht an Deck schleichen – der Weg zu Wolf Larsens Koje war mir ja bestens vertraut – und ihn im Schlaf umbringen? Danach – nun, man würde sehen. War er erst einmal tot, gab es genügend Zeit und Spielraum, die weiteren Schritte zu überdenken. Und was auch immer geschehen mochte, schlimmer als im Augenblick konnte es gar nicht kommen.

Mein Messer trug ich an der Hüfte. Ich holte die Schrotflinte aus meiner Hütte, vergewisserte mich, dass sie geladen war, und lief hinunter zur *Ghost*. Nach Überwindung einiger Schwierigkeiten stand ich, bis zur Hüfte durchnässt, an Deck. Das Backluk war offen. Ich hielt inne, um auf das Atmen der Männer zu horchen, aber ich hörte nichts. Der nächste Gedanke ließ mich nach Luft schnappen: Was, wenn die *Ghost* verlassen wäre? Ich horchte genauer hin. Kein Laut. Vorsichtig stieg ich die Leiter hinab. Unten spürte ich die Leere und roch die Muffigkeit, die verlassenen Behausungen eigen ist. Überall häuften sich abgelegte und zerrissene Kleidungsstücke, alte Seestiefel, durchlöchertes Ölzeug – der ganze wertlose Plunder, der bei einer langen Fahrt anfällt.

In aller Eile geräumt, schloss ich, als ich an Deck stieg. In meiner Brust regte sich wieder Hoffnung, und ich sah mich mit größerer Kaltblütigkeit um. Mir fiel auf, dass sämtliche Boote fehlten. Auf dem Zwischendeck bot sich derselbe Anblick wie in der Back. Die Jäger hatten ihr Hab und Gut genauso überstürzt zusammengerafft. Die *Ghost* war verlassen. Sie gehörte Maud und mir. Ich dachte an die Vorräte im Schiff und an den Proviantraum, und dann hatte ich den Einfall, Maud mit etwas Hübschem zum Frühstück zu überraschen.

Die große Erleichterung und die Gewissheit, die schreckliche Tat, die ich im Sinn gehabt hatte, nicht mehr ausführen zu müssen, ließen mich übermütig und ungeduldig werden. Auf der Treppe nach oben nahm ich immer gleich zwei Stufen auf einmal, von Freude übermannt und mit der einzigen Sorge, ob Maud auch weiterschlafen werde, bis alles vor- und zubereitet war. Als ich um die Kombüse bog, verspürte ich ein neues Glücksgefühl beim Gedanken an die dort vorhandenen wunderbaren Gerätschaften. Ich sprang zum Achterdeck hoch und erblickte – Wolf Larsen. Durch meinen Schwung und weil es mich aus heiterem Himmel traf, polterte ich noch drei, vier Schritt über Deck, ehe ich anhalten konnte. Er verharrte auf dem Niedergang, wobei nur Kopf und Schultern sichtbar waren, und starrte mich an. Seine Arme ruhten auf dem halb geöffneten Schiebeluk. Auch er war wie erstarrt – stand einfach nur da und fixierte mich.

Ich begann zu zittern. Die alte Übelkeit krampfte mir den Magen zusammen. Ich legte meine Hand auf den Absatz der Aufbauten, um mich abzustützen. Meine Lippen waren wie ausgetrocknet, und ich befeuchtete sie vorsorglich. Dabei ließ ich ihn nicht eine Sekunde aus den Augen. Keiner von uns beiden sagte etwas. In seinem Schweigen und seiner Unbeweglichkeit lag etwas Unheilvolles. All meine alte Furcht vor ihm kehrte zurück und wurde durch ein neues Gefühl der Angst hundertfach verstärkt. Und immer noch standen wir da und starrten uns an. Ich spürte, dass etwas geschehen musste, aber da meine alte Hilflosigkeit von mir Besitz ergriffen hatte, wartete ich auf seine Initiative. Während die Sekunden verstrichen, wurde mir plötzlich bewusst, wie sehr die Situation meiner Begegnung mit dem langmähnigen Bullen ähnelte, bei der mich meine Furcht die Tötungsabsicht vergessen ließ, bis ich nur noch von dem Gedanken beseelt war, ihn in die Flucht zu schlagen. Und so begriff ich schließlich, dass ich Wolf Larsen nicht das Feld überlassen durfte, sondern selbst den ersten Schritt tun musste.

Ich spannte beide Hähne und legte die Flinte auf ihn an. Hätte er sich bewegt oder versucht, sich den Niedergang hinabfallen zu lassen, ich hätte ohne Zweifel gefeuert. Aber er rührte sich nicht und starrte bloß weiter wie zuvor. Als ich ihm so gegenüberstand und mit zitternden Händen auf ihn angelegt hatte, bemerkte ich seinen ausgemergelten und abgehärmten Gesichtsausdruck. Er sah aus wie von abgrundtiefem Kummer verwüstet. Die Wangen waren eingefallen, die zerfurchte Stirn zeugte von Erschöpfung. Auch befremdeten mich seine Augen, nicht nur was ihren Ausdruck anging, sondern schon vom rein organischen Erscheinungsbild her, so als wären Sehnerv und die unterstützende Augenmuskulatur angegriffen und hätten für eine leichte Verdrehung der Augäpfel gesorgt.

Während ich all dies registrierte, arbeitete mein Verstand fieberhaft, und tausend Gedanken jagten mir durch den Kopf und doch konnte ich einfach nicht abdrücken. Ich ließ das Gewehr sinken und ging weiter bis zur Ecke der Kajüte, hauptsächlich um die nervliche Anspannung abzubauen und den Bann zu brechen, aber in zweiter Linie auch, um näher an ihn heranzukommen. Wieder hob ich die Flinte. Er war kaum mehr als eine Armeslänge von mir entfernt. Es gab für ihn keine Rettung mehr. Ich war fest entschlossen. Es war unmöglich, ihn zu verfehlen, wie armselig meine Schießkünste auch sein mochten. Und doch kämpfte ich weiter mit mir selbst und konnte einfach nicht abdrücken.

»Nun?«, fragte er ungeduldig.

Weder gelang es mir, meinen Finger zu krümmen, noch irgendetwas zu antworten.

»Warum schießt du nicht?«, fragte er.
Ich schluckte den Kloß in meinem Hals hinunter, der mich am Sprechen hinderte.
»Döspaddel«, sagte er langsam, »du schaffst es nicht. Dabei hast du nicht einmal Angst. Du bist einfach unfähig. Die moralischen Konventionen sind stärker als du. Du bist der Sklave von Anschauungen, die dir deine Umwelt und deine Lektüre vermittelt haben. Diese Verhaltensnorm hat man dir von frühester Kindheit an eingehämmert, und ungeachtet deiner Philosophie und jener Dinge, die ich dir beigebracht habe, hindert sie dich daran, einen unbewaffneten und wehrlosen Menschen umzubringen.«
»Ich weiß«, krächzte ich.
»Und du weißt auch, dass ich einen unbewaffneten Gegner so beiläufig töten würde, wie ich eine Zigarre rauche«, fuhr er fort. »Du weißt, wie ich bin – kennst den Wert, den deine Standards mir zubilligen. Du hast mich Schlange, Tiger, Hai, Monstrum und Kaliban genannt. Und doch bist du Jammerlappen und bewusstloses Plappermaul außerstande, mich so zu erledigen, wie du eine Schlange oder einen Hai erledigen würdest, und nur, weil ich Hände und Füße und einen Körper habe, der dem deinen ähnlich ist. Pah! Ich hätte mehr von dir erwartet, Döspaddel.«
Er kam aus dem Niedergangsluk und trat auf mich zu. »Nimm die Flinte runter. Ich möchte dir ein paar Fragen stellen. Ich konnte mich hier noch nicht umsehen. Wo sind wir? Ich welcher Position befindet sich die *Ghost*? Warum bist du so durchnässt? Und wo ist Maud? – Entschuldige, Miss Brewster – oder soll ich Mrs. van Weyden sagen?«
Ich war vor ihm zurückgewichen, den Tränen nahe, weil ich nicht auf ihn schießen konnte, blieb aber umsichtig genug, das Gewehr nicht sinken zu lassen. Inständig hoffte ich auf eine feindselige Regung. Denn wenn er versuchte, mich zu schla-

gen oder mir an die Kehle zu gehen, dann würde ich es bestimmt fertigbringen abzudrücken.
»Dies ist Endeavor Island«, sagte ich.
»Nie gehört«, fuhr er dazwischen.
»So jedenfalls haben wir die Insel getauft«, ergänzte ich.
»Wer?«, hakte er nach. »Wer ist wir?«
»Miss Brewster und ich. Und die *Ghost* liegt, wie Sie selbst sehen, mit dem Bug zum Strand.«
»Es gibt Robben hier«, sagte er. »Ihr Gebrüll hat mich geweckt, sonst würde ich jetzt noch schlafen. Ich habe sie schon gehört, als ich letzte Nacht ankam. Sie waren das erste Anzeichen dafür, dass ich mich an einer Leeküste befand. Das hier ist eine Kolonie, genau das, was ich seit Jahren suche. Hier kann man ein Vermögen verdienen, und wem hab ich's zu verdanken? Meinem Bruder Tod. Dies ist eine Goldgrube. Wie steht's mit der Peilung?«
»Nicht die leiseste Ahnung«, sagte ich. »Aber Sie müssten doch ziemlich genau Bescheid wissen. Was haben die letzten Standortbestimmungen ergeben?«
Er lächelte zweideutig, gab aber keine Antwort.
»Wo sind denn all die anderen?«, fragte ich. »Wie kommt es, dass Sie allein sind?«
Ich hatte erwartet, er werde meine Frage abermals übergehen, und war deshalb erstaunt über seine bereitwillige Antwort.
»Mein Bruder erwischte mich innerhalb von achtundvierzig Stunden, und ganz ohne mein Verschulden. Enterte bei Nacht, als nur eine Wache an Deck war. Die Jäger fielen mir in den Rücken. Er versprach ihnen höhere Gewinne. Hab' mit eigenen Ohren gehört, wie er das Angebot machte. Natürlich ließ mich auch die übrige Mannschaft im Stich. War nicht anders zu erwarten. Alle schlugen sie sich auf seine Seite, und ich blieb zurück, ausgesetzt auf meinem eigenen Schiff. Das war Tods Rache, aber es bleibt ja ohnehin alles in der Familie.«

»Aber warum haben Sie alle Masten verloren?«, fragte ich.

»Geh nur rüber und sieh dir die Taljereepe an«, sagte er und wies mit der Hand dorthin, wo die Besanwanten hätten sein sollen.

»Mit dem Messer durchtrennt!«, rief ich.

»Nicht ganz«, lachte er. »Auf die etwas feinere Art eingefädelt. Sieh genauer hin.« Das tat ich. Die Taljereepe waren so weit eingeschnitten, dass sie die Wanten noch eben gehalten hatten, aber bei der ersten wirklichen Belastung reißen mussten.

»Smutjes Werk«, lachte er wieder. »Weiß ich genau, auch wenn ich es nicht mitbekommen habe. Hat die Rechnung wohl ein wenig ausgeglichen.«

»Eins vor für Mugridge«, rief ich laut.

»Tja, das hab' ich auch gedacht, als das ganze stehende Gut über Bord kippte. Nur kam es mir als Fluch über die Lippen.«

»Aber was haben Sie denn unternommen, als das passierte?«, fragte ich.

»Ich habe mein Bestes gegeben, da kannst du sicher sein, aber unter den gegebenen Umständen war das nicht gerade viel.«

Ich drehte mich um, weil ich mir Thomas Mugridges Arbeit noch einmal genauer ansehen wollte.

»Ich glaube, ich werde mich ein wenig in die Sonne setzen«, hörte ich Wolf Larsen sagen.

Es lag eine Andeutung, nur eine winzige Andeutung von körperlicher Schwäche in seiner Stimme, und das war so ungewöhnlich, dass ich auf der Stelle zu ihm hinüberblickte. Er fuhr sich nervös mit der Hand übers Gesicht, als wolle er Spinnweben daraus entfernen. Ich war verblüfft. Das Ganze war mit dem Wolf Larsen, den ich kannte, nicht zusammenzubringen.

»Was machen Ihre Kopfschmerzen?«, fragte ich.

»Die plagen mich immer noch«, lautete seine Antwort, »ich glaube, es ist gerade mal wieder so weit.« Er hatte sich hinge-

setzt und streckte sich jetzt auf Deck aus. Dann rollte er sich auf die Seite, legte den Kopf auf den Bizeps und schützte mit dem Unterarm seine Augen vor der Sonne. Ich stand da und sah ihn verwundert an.
»Das ist deine Chance, Döspaddel«, sagte er.
»Ich verstehe nicht«, log ich, denn ich hatte sehr wohl begriffen.
»Ach, nichts«, fügte er leise und wie schlaftrunken hinzu, »nur, dass du mich jetzt da hast, wo du mich immer haben wolltest.«
»Nein, das stimmt nicht«, erwiderte ich, »ich wünschte Sie viel lieber einige tausend Meilen weit weg.«
Er lachte kurz auf und verfiel dann in Schweigen. Er rührte sich nicht, als ich an ihm vorbei und hinunter in die Kajüte ging. Ich öffnete die Falltür im Boden und starrte einen Moment unschlüssig in die Dunkelheit des Proviantraums. Ich zögerte hinabzusteigen. Was, wenn er sich ausgestreckt hatte, nur um mich in eine Falle zu locken? Eine feine Sache, dort unten wie eine Ratte eingesperrt zu sein. Leise schlich ich den Niedergang hoch und spähte zu ihm hinüber. Er lag immer noch so da wie zuvor. Ich ging wieder unter Deck. Aber bevor ich mich in den Proviantraum hinabgleiten ließ, hängte ich vorsichtshalber die Klappe aus. Zumindest hatte die Falle nun keinen Deckel mehr. Aber das alles war unnötig. Ich gelangte ungestört zurück in die Kajüte mit einem Vorrat an Marmelade, Zwieback, Büchsenfleisch und ähnlichen Dingen – so viel ich nur eben tragen konnte – und setzte die Falltür wieder ein.
Mit einem Blick registrierte ich, dass Wolf Larsen sich nicht bewegt hatte. Mir kam eine glänzende Idee. Ich schlich in seine Schlafkabine und nahm die Revolver an mich. Weitere Waffen gab es nicht, denn ich durchsuchte auch die drei anderen Schlafkabinen. Und um ganz sicher zu sein, warf ich auch noch einen Blick ins Zwischendeck und in die Back und

sammelte in der Kombüse alle scharfen Fleisch- und Gemüsemesser ein. Dann fiel mir das große Seglermesser ein, das er stets bei sich trug, und ich ging zu ihm und sprach ihn an, erst leise, dann lauter. Er rührte sich nicht. Ich beugte mich über ihn und zog das Messer aus seiner Tasche. Danach atmete ich freier. Nun verfügte er über keinerlei Waffen mehr, mit denen er mich aus der Entfernung hätte angreifen können. Ich hingegen war bewaffnet und konnte ihm jederzeit zuvorkommen, sollte er den Versuch wagen, mich mit seinen furchtbaren Gorillapranken zu packen.

Nachdem ich einen Teil meiner Beute in einer Kaffeekanne und einer Bratpfanne verstaut und außerdem einiges Porzellan aus dem Geschirrschrank an mich genommen hatte, ließ ich Wolf Larsen in der Sonne liegen und watete zurück an Land.

Maud schlief noch. Ich fachte das Feuer an (wir hatten drinnen noch keine Küche eingerichtet) und bereitete in aller Eile das Frühstück. Nach einer Weile hörte ich, dass sie in ihrer Hütte mit der Morgentoilette begonnen hatte. Gerade als alles fertig und der Kaffee eingegossen war, ging die Tür auf, und sie trat hinaus.

»Das ist nicht fair von Ihnen«, sagte sie zur Begrüßung. »Sie nehmen sich eines meiner Vorrechte heraus. Wie Sie wissen, besteht zwischen uns eine Abmachung, nach der das Kochen meine Angelegenheit ist, und …«

»Nur dieses eine Mal«, verteidigte ich mich.

»Wenn Sie mir versprechen, dass es bei dieser Ausnahme bleibt«, sagte sie lächelnd. »Oder sind Sie meiner bescheidenen Kochkünste überdrüssig?«

Zu meiner großen Freude blickte sie nicht einmal zum Strand hinunter, und ich setzte die Neckereien mit so großem Erfolg fort, dass sie, ohne es zu merken, ihren Kaffee aus einer Porzellantasse trank, Bratkartoffeln aß und ihren Zwieback mit

Marmelade bestrich. Aber irgendwann musste ihr etwas auffallen. Ich sah ihr plötzliches Erstaunen. Sie hatte entdeckt, welches ungewöhnliche Geschirr sie da benutzte. Sie ließ ihren Blick hin und her wandern, und jetzt entging ihr nichts mehr. Dann sah sie mich an und wandte ihr Gesicht langsam dem Strand zu.

»Humphrey!«, sagte sie.

Das alte, namenlose Entsetzen stieg in ihre Augen.

»Ist – er –?«, stammelte sie.

Ich nickte.

33. KAPITEL

Wir warteten den ganzen Tag, dass Wolf Larsen an Land käme. Die Ungewissheit wurde immer unerträglicher. Ständig wanderten unsere Blicke zur *Ghost*. Aber er kam nicht. Er zeigte sich nicht einmal an Deck.

»Vielleicht liegt es an seinen Kopfschmerzen«, sagte ich. »Als ich ihn verließ, lag er auf dem Achterdeck. Möglicherweise wird er dort die ganze Nacht verbringen. Ich gehe besser hinüber und sehe nach.« Maud sah mich flehentlich an.

»Es ist alles in Ordnung«, beruhigte ich sie. »Ich werde die Revolver mitnehmen. Und außerdem habe ich ja alle Waffen an Bord eingesammelt.«

»Aber er hat immer noch seine Arme und Hände, seine furchtbaren Hände!«, warf sie ein. Und dann rief sie: »Oh, Humphrey! Ich habe Angst vor ihm. Gehen Sie nicht – ich bitte Sie, gehen Sie nicht!«

Beschwörend legte sie ihre Hand auf meine und trieb meinen Puls in die Höhe. Für einen Augenblick muss mein Herz offen vor ihr gelegen haben. Meine liebe und teure Frau! Und war sie nicht ganz Frau, wie sie sich an mich klammerte und mich anflehte? Sie war wie Sonnenschein und Tau für meine Männlichkeit, die durch sie tiefere Wurzeln schlug und frisches Mark in sich aufnahm. Ich war versucht, meinen Arm um sie zu legen, wie ich es inmitten der Robbenherde getan hatte. Doch dann besann ich mich und gewann meine Selbstbeherrschung zurück.

»Ich werde kein Risiko eingehen«, sagte ich. »Ich werfe nur einen kurzen Blick über den Bug.«

Sie drückte mir fest die Hand und ließ mich ziehen. Aber der Platz an Deck, an dem er gelegen hatte, war leer. Er hatte sich

offensichtlich nach unten begeben. In dieser Nacht hielten wir abwechselnd Wache, denn wer konnte schon sagen, was Wolf Larsen im Schilde führte. Er war zweifellos zu allem fähig.
Wir warteten den ganzen nächsten Tag und auch den übernächsten, und immer noch gab es kein Lebenszeichen von ihm.
»Diese anfallartigen Kopfschmerzen«, sagte Maud am Nachmittag des vierten Tages, »vielleicht ist er krank, sehr krank. Er könnte sogar tot sein.«
»Oder er liegt im Sterben«, war ihr nächster Gedanke, nachdem sie eine Zeit lang auf meine Antwort gewartet hatte.
»Auch gut«, sagte ich.
»Aber Humphrey, bedenken Sie doch, ein Mitmensch in seiner letzten Stunde.«
»Vielleicht ist es so«, wandte ich ein.
»Ja, nur vielleicht«, gab sie zu. »Aber wir wissen es nicht. Es wäre schrecklich, wenn er im Sterben läge. Ich könnte mir das nie verzeihen. Wir müssen etwas unternehmen.«
»Vielleicht«, erwiderte ich ein zweites Mal.
Ich wartete und musste dabei innerlich über ihre Weiblichkeit schmunzeln, die sie dazu brachte, sich ausgerechnet um Wolf Larsen zu sorgen. Wo aber war ihre Sorge um mich, dachte ich – wo sie doch bereits um mich gebangt hatte, als ich nur einen kurzen Blick an Bord werfen wollte?
Sie war zu feinfühlig, um mein Schweigen nicht zu durchschauen. Aber sie war ebenso ehrlich wie scharfsinnig.
»Sie müssen an Bord gehen, Humphrey, und sich Klarheit verschaffen«, sagte sie. »Und wenn Sie mich jetzt auslachen wollen, bitte, ich erlaube und ich verzeihe es Ihnen.«
Gehorsam stand ich auf und ging zum Strand hinunter.
»Seien Sie vorsichtig«, rief sie mir nach.
Ich winkte ihr von der Backspitze zu und sprang dann an Deck. Dann ging ich nach achtern zum Niedergang, be-

gnügte mich jedoch damit, hinunterzurufen. Wolf Larsen gab Antwort, und als er dann die Treppe hinaufstieg, spannte ich meinen Revolver. Ich versteckte ihn während unserer Unterredung keineswegs, aber ihn kümmerte das nicht. Sein körperlicher Zustand schien mir unverändert, nur war er jetzt düster und schweigsam. Genau genommen konnten die wenigen Sätze, die wir miteinander wechselten, kaum als Unterredung bezeichnet werden. Ich versuchte nicht herauszufinden, warum er nicht an Land ging, und auch er fragte nicht, warum ich nicht wieder an Bord gekommen war. Sein Kopf sei wieder in Ordnung, erklärte er, und so verließ ich ihn ohne ein weiteres Wort.

Maud nahm meinen Bericht mit sichtlicher Erleichterung auf, und der Anblick des Rauchs, der später aus der Kombüse aufstieg, hob ihre Stimmung. Auch am nächsten und übernächsten Tag sahen wir das Rauchzeichen, und bisweilen ließ er sich auch kurz auf dem Achterdeck blicken. Mehr aber auch nicht. Er machte keinen Versuch, an Land zu kommen. Wir wussten das genau, denn wir hielten nachts immer noch Wache. Wir warteten darauf, dass er etwas unternehmen, gewissermaßen die Karten aufdecken würde, und seine Untätigkeit verwirrte und beunruhigte uns.

So verstrich eine Woche. Unser ganzes Interesse konzentrierte sich auf Wolf Larsen, und seine Anwesenheit versetzte uns in einen Zustand lähmender Angst, die uns daran hinderte, auch nur eine der vielen Kleinigkeiten zu erledigen, die wir uns vorgenommen hatten.

Gegen Ende der Woche jedoch zeigte sich kein Rauch mehr, und auch das Achterdeck blieb leer. Ich merkte, wie sich Maud wieder zu sorgen begann, obwohl sie es sich diesmal aus Zaghaftigkeit – wohl aber auch aus Stolz – versagte, ihre Bitte zu wiederholen. Doch warum hätte ich sie tadeln sollen? Sie war von einem fast übermenschlichen Altruismus, und sie war eine

Frau. Außerdem verspürte ich selbst einen feinen Stich bei dem Gedanken an diesen Mann, den ich fast getötet hätte, und der nun einsam starb, obwohl seine Mitmenschen so nahe waren. Er hatte recht. Die Verhaltensnormen meiner sozialen Gruppe waren stärker als ich. Die Tatsache, dass er über Hände, Füße und einen Körper verfügte, der dem meinen ähnlich war, verlangte mir etwas ab, dem ich mich nicht entziehen konnte.
Ich wartete also nicht, bis Maud mich ein zweites Mal losschickte. Mir war aufgefallen, dass wir Kondensmilch und Marmelade brauchten, und so teilte ich ihr mit, dass ich an Bord klettern würde. Ich bemerkte ihr Zögern. Sie ging sogar so weit, leise vor sich hinzumurmeln, diese Dinge seien doch wirklich nicht notwendig und der Ausflug überflüssig. Aber wie sie zuvor mein Schweigen durchschaut hatte, so verstand sie jetzt auch das, was ich eigentlich sagen wollte, und begriff, dass ich mich nicht wegen Kondensmilch und Marmelade auf den Weg machte, sondern allein ihretwegen und wegen jener Besorgnis, die sie, auch das war ihr klar, nicht vor mir hatte verbergen können.
Nachdem ich die Backspitze erklommen hatte, zog ich die Schuhe aus und schlich auf leisen Sohlen nach achtern. Auch rief ich diesmal nicht herunter, als ich den Niedergang erreicht hatte. Vorsichtig stieg ich hinab und fand die Kajüte verlassen. Die Tür zur Schlafkabine war geschlossen. Zuerst dachte ich daran anzuklopfen, dann fiel mir aber meine vorgeschobene Besorgung ein, und ich beschloss, sie zu erledigen. Sorgsam darauf bedacht, jedes Geräusch zu vermeiden, öffnete ich die Bodenklappe und legte sie um. Außer den Lebensmitteln befand sich auch die Kleiderkiste im Proviantraum, und ich nutzte die Gelegenheit, mir zusätzlich einen ordentlichen Vorrat an Unterwäsche zuzulegen.
Gerade als ich wieder heraufgeklettert war, drangen Laute aus Wolf Larsens Schlafkabine. Ich duckte mich und lauschte. Der

Türknauf knarrte. Flink und ohne zu überlegen versteckte ich mich hinter dem Tisch und zog und spannte meinen Revolver. Die Tür öffnete sich, und er trat hinaus. Nie zuvor hatte ich eine solch abgrundtiefe Hoffnungslosigkeit gesehen wie jetzt auf dem Gesicht Wolf Larsens, des Kämpfers, des starken Mannes, des Unbezwingbaren. Ganz wie eine Frau verzweifelt die Hände ringt, so hob er seine geballten Fäuste und stöhnte. Dann öffnete er eine Faust und fuhr sich mit der offenen Handfläche über die Augen, als wolle er Spinnweben fortwischen.

»Mein Gott! Mein Gott!«, stöhnte er, und die geballten Fäuste stiegen wieder hoch, während ein Laut unendlicher Verzweiflung aus seiner Kehle drang.

Es war schrecklich. Ich zitterte am ganzen Körper und fühlte, wie mir ein Schauer nach dem anderen den Rücken hinabjagte und wie mir der Schweiß auf die Stirn trat. Es gibt wohl auf der ganzen Welt nichts Grauenvolleres als den Anblick eines starken Mannes, wenn er ganz und gar hilflos und gebrochen ist.

Aber Wolf Larsen gewann durch eine bemerkenswerte Willensanstrengung die Herrschaft über sich selbst zurück. Und es war in der Tat eine Anstrengung. Sein ganzer Körper bebte, während er mit sich kämpfte. Er glich einem Mann, der kurz vor einem Anfall steht. Sein Gesicht rang um Fassung und zuckte und verkrampfte sich unter der Anspannung, bis er erneut zusammenbrach. Wieder reckten sich die geballten Fäuste in die Höhe, und er stöhnte. Ein- oder zweimal holte er tief Luft und schluchzte laut auf. Dann hatte er es geschafft. Man hätte ihn für den alten Wolf Larsen halten können, und doch haftete seinen Bewegungen eine Andeutung von Schwäche und eine gewisse Zögerlichkeit an. Mit ausgreifenden Schritten steuerte er auf den Niedergang zu, ganz so, wie ich es von ihm gewohnt war. Und doch schien es mir abermals, als ließe auch sein Gang jenen Hauch zögerlicher Entkräftung erkennen.

Gerade jetzt aber ging es mir mehr um die eigene Person. Die offene Bodenklappe lag genau auf seinem Weg, und wenn er sie entdeckte, würde sie ihm meine Anwesenheit verraten. Es ärgerte mich, dass er mich feige am Boden kauernd überraschen sollte. Noch aber war Zeit. Mit einem Ruck richtete ich mich auf und nahm ganz instinktiv eine herausfordernde Haltung an. Doch er übersah mich einfach. Und er bemerkte auch die offene Falltür nicht. Bevor ich die Situation überhaupt begreifen oder etwas unternehmen konnte, war er auch schon über der Luke. Ein Fuß verschwand in der Öffnung, der andere war im Begriff, sich vom Boden zu heben. Als aber der sich absenkende Fuß statt auf festen Boden ins Leere trat, kam der alte Wolf Larsen zum Vorschein, dessen Tigermuskeln den strauchelnden Körper noch im Fall über die Öffnung katapultierten, sodass er auf der anderen Seite der Länge nach und mit ausgestreckten Armen hinschlug. Im nächsten Augenblick hatte er bereits die Beine angezogen und ließ sich zur Seite rollen, wobei er gegen meine Marmelade, den Unterwäschestapel und die Klappe stieß.

Sein Gesichtsausdruck verriet, dass ihm plötzlich ein Licht aufgegangen war. Aber noch ehe ich seine Gedanken erraten konnte, hatte er die Falltür zugeworfen und damit den Proviantraum verschlossen. Da verstand ich. Er glaubte, mich in der Falle zu haben. Also war er blind, stockblind. Ich beobachtete ihn, leise atmend, damit ich mich nicht verriet. Er eilte zurück in seine Schlafkabine. Ich sah, wie seine Hand knapp den Türknauf verfehlte, flink hin und her tastete und dann auf ihn stieß. Das war meine Chance. Auf Zehenspitzen durchquerte ich die Kajüte und stieg die Treppe hinauf. Er tauchte wieder auf, schleppte eine schwere Seemannskiste hinter sich her und setzte sie über der Falltür ab. Nicht zufrieden damit, holte er eine zweite Kiste und wuchtete sie auf die erste. Dann suchte er die Marmelade und die Unterwäsche zusammen und legte alles auf den Tisch. Als er den Niedergang emporstieg, zog ich mich lautlos zurück, indem ich mich auf das Kajütendach rollte.

Er stieß das Schiebeluk ein Stück zur Seite und legte seinen Arm darauf, während er auf der Treppe stehen blieb. Es sah so aus, als ob er über das Deck des Schoners blickte oder vielmehr stierte, denn seine Augen waren starr, und er blinzelte nicht einmal. Ich befand mich nur eineinhalb Meter von ihm entfernt und darüber hinaus genau in seiner Sichtlinie. Es war geradezu unheimlich. Ich kam mir vor wie ein Phantom, durch das man hindurchsehen kann. Ich winkte mit der Hand, natürlich ohne Erfolg. Als aber der wandernde Schatten auf sein Gesicht fiel, bemerkte ich sofort, dass er auf diesen Eindruck reagierte. Sein Gesicht spannte sich erwartungsvoll, während er die Empfindung zu deuten und einzuordnen suchte. Er wusste, dass er auf einen Außenreiz reagierte, dass sein Empfindungsvermögen eine Veränderung seiner Umwelt registriert hatte, aber was das war, konnte er nicht ausmachen. Ich hielt meine Hand an, sodass der Schatten auf seinem Gesicht ruhte. Langsam bewegte er den Kopf vor und zurück, drehte ihn von einer Seite zur anderen, sodass Hell und Dunkel einander abwechselten und er den Umriss des Schattens auf diese Weise gleichsam erfühlte.

Aber auch ich war beschäftigt und versuchte herauszufinden, wie er etwas so Immaterielles wie einen Schatten spüren konnte. Waren nur seine Augäpfel angegriffen und der Sehnerv nicht völlig zerstört, so gab es eine einfache Erklärung. Andernfalls blieb nur die eine Möglichkeit, dass seine sensible Haut den Temperaturunterschied zwischen Licht und Schatten bemerkte. Oder aber – wer konnte das sagen? – es handelte sich um jenen sprichwörtlichen sechsten Sinn, der ihm

ein vages Gefühl von den Gegenständen in seiner unmittelbaren Nähe vermittelte.
Nachdem er es aufgeben hatte, die Herkunft des Schattens zu deuten, trat er an Deck und ging nach vorn, wobei mich die Gewandtheit und Sicherheit seiner Schritte erstaunte. Und dennoch hatte sein Gang etwas von der Unbeholfenheit eines Blinden. Jetzt wusste ich, was mich vorher so befremdet hatte. Zu meiner Erheiterung, aber auch zu meinem Verdruss, entdeckte er meine Schuhe vorn auf der Back und nahm sie mit in die Kombüse. Ich beobachtete ihn dabei, wie er Feuer machte und mit den Essensvorbereitungen begann. Dann schlich ich in die Kajüte, nahm die Marmelade und die Unterwäsche, schlüpfte an der Kombüse vorbei und kletterte auf den Strand hinunter, um barfuß Bericht zu erstatten.

34. KAPITEL

»Es ist zu schade, dass die *Ghost* ihre Masten verloren hat. Sonst könnten wir von hier fortsegeln. Meinen Sie nicht auch, Humphrey?«

Erregt sprang ich auf. »Ich muss nachdenken, nachdenken«, wiederholte ich und lief dabei auf und ab.

Mauds Augen folgten mir, und die Hoffnung leuchtete aus ihnen. Sie brachte mir unbegrenztes Vertrauen entgegen. Und der Gedanke daran gab mir zusätzlich Kraft. Ich erinnerte mich an Michelets Ausspruch: »Die Frau ist dem Mann, was die Erde ihrem sagenumwobenen Sohn war; er braucht nur niederzusinken und ihre Brust zu küssen, schon erstarkt er wieder.« Zum ersten Mal erkannte ich die wunderbare Wahrheit dieser Worte, mehr noch, ich lebte sie. Maud war all dies für mich, eine nie versiegende Quelle der Kraft und des Muts. Ich brauchte sie nur anzuschauen oder an sie zu denken, und schon wich alle Schwäche.

»Es muss irgendwie gehen, es muss einfach irgendwie gehen«, dachte ich laut und bestimmt. »Was andere geschafft haben, kann ich auch. Und selbst wenn es noch nie jemand fertiggebracht hat, dann bin ich eben der Erste.«

»Was denn, um Himmels willen?«, fragte Maud. »Klären Sie mich auf. Was werden Sie schaffen?«

»Wir beide werden es schaffen«, verbesserte ich mich. »Nun, nichts anderes, als auf der *Ghost* die Masten wieder aufzurichten und davonzusegeln.«

»Humphrey!«, rief sie aus.

Und ich war so stolz auf meinen Einfall, als hätte ich ihn bereits in die Tat umgesetzt.

»Aber wie wollen Sie das machen?«, fragte sie.

»Keine Ahnung«, gab ich zurück, »ich weiß nur, dass ich zurzeit einfach alles zuwege bringe.«
Selbstbewusst strahlte ich sie an – zu selbstbewusst, denn sie senkte den Blick und sagte eine Weile lang nichts.
»Aber Kapitän Larsen ist auch noch da«, warf sie dann ein.
»Blind und hilflos«, gab ich prompt zurück und fegte ihn mit einer Handbewegung wie einen Strohhalm beiseite.
»Aber seine furchtbaren Pranken! Außerdem waren Sie doch Zeuge, wie er über die Lukenöffnung des Proviantraums gesprungen ist.«
»Und Sie erinnern sich, dass ich um ihn herumgeschlichen bin und ihn ausgetrickst habe«, konterte ich ausgelassen.
»Unter Hinterlassung Ihrer Schuhe.«
»Sie können nicht erwarten, dass sie Wolf Larsen entwischen, wenn meine Füße nicht drinstecken.«
Wir mussten beide lachen und begannen dann Pläne zu schmieden, wie wir die Masten der *Ghost* wieder aufrichten und in die Welt zurückkehren könnten. Der Physikunterricht meiner Schulzeit war mir noch vage in Erinnerung, während ich in den letzten Monaten einige Erfahrung mit Flaschenzügen und anderen Hebevorrichtungen gesammelt hatte. Dennoch muss ich zugeben, dass mich, als wir zur *Ghost* hinuntergingen, um die vor uns liegende Aufgabe genauer in Augenschein zu nehmen, beim Anblick der großen, im Wasser hängenden Masten beinahe der Mut verließ. Wo sollten wir anfangen? Wenn wenigstens ein Mast stehen geblieben wäre, etwas Hochaufragendes, an dem man Blöcke und Taljen hätte festmachen können! Aber da war nichts dergleichen. Das Ganze erinnerte mich an die schwierige Aufgabe, sich am eigenen Schopf aus dem Sumpf zu ziehen. Zwar kannte ich die Gesetze der Hebelwirkung, aber wo ließ sich ein Angelpunkt finden?
Da war der Großmast, vierzig Zentimeter im Durchmesser an

seiner derzeitigen Basis, immer noch achtzehn Meter lang und mit einem Gewicht von grob geschätzt dreitausend Pfund. Dann kam der Fockmast, mit noch größerem Durchmesser und mindestens dreieinhalbtausend Pfund schwer. Wo sollte ich anfangen? Maud stand schweigend neben mir, während ich mir jene Hilfskonstruktion ausdachte, die Matrosen einen »Scherenkran« nennen. Für sie war das nichts Neues, aber ich musste das Gerät auf Endeavor Island neu erfinden. Indem ich zwei Rundhölzer kreuzte, an den Enden zusammenband und sie dann wie ein umgekehrtes V aufrichtete, konnte ich mir über dem Deck einen Halt schaffen, an dem sich mein Flaschenzug befestigen ließ. Bei Bedarf konnte an diese Talje noch eine zweite angehängt werden. Und dann war da ja auch noch das Ankerspill!

Maud sah, dass ich eine Lösung gefunden hatte, und aus ihrem Blick sprach freudige Erwartung.

»Was werden Sie tun?«, fragte sie.

»Klar Schiff machen«, antwortete ich und wies dabei auf das Durcheinander der seitwärts herabhängenden Wrackteile.

Ah, diese Bestimmtheit, der bloße Klang der Worte tat meinen Ohren wohl. »Klar Schiff machen!« Ein solcher nach Salz schmeckender Satz auf den Lippen Humphrey van Weydens wäre nur ein paar Monate früher ein Unding gewesen.

In meiner Haltung und meiner Stimme muss eine Andeutung von Melodramatik gelegen haben, denn Maud lächelte. Sie hatte ein feines Gespür für das Lächerliche und sah und bemerkte unweigerlich selbst noch den leisesten Anflug von Verstellung, das zu dick Aufgetragene und den falschen Ton. Eben dies hatte ihrer eigenen Arbeit Ausgewogenheit und Tiefgang verliehen und ihr zu literarischem Ansehen verholfen. Denn der aufrichtige Kritiker, der über Humor und Ausdruckskraft verfügt, wird sich in der Welt zwangsläufig Gehör verschaffen. Und so hatte ihre Stimme Gewicht bekommen.

Doch ihr Humor war in Wirklichkeit nichts anderes als der Instinkt des Künstlers fürs rechte Maß.
»Ich bin sicher, das irgendwo schon einmal in einem Buch gelesen zu haben«, bemerkte sie keck.
Auch ich besaß einen Sinn fürs Angemessene und machte, dass ich von meinem hohen Roß herunterkam, indem ich aus der Rolle des Herrn der Lage in einen Zustand kleinmütiger Verwirrung hinüberwechselte und mir ziemlich elend vorkam.
Sofort streckte sie ihre Hand nach meiner aus.
»Es tut mir so leid«, sagte sie.
»Nicht nötig«, schluckte ich. »Es ist nur gut für mich. In mir steckt noch zu viel von einem kleinen Schuljungen. Aber das gehört jetzt nicht hierher. Es geht schlicht und einfach darum, dass wir das Gerümpel hier wegschaffen müssen. Wenn Sie im Boot mitkommen wollen, können wir uns an die Arbeit machen und für Ordnung sorgen.«
»›Wenn die Männer im Topp die Taue entwirr'n und das Klappmesser blitzt zwischen den Zähnen‹«, zitierte sie, und für den Rest des Nachmittags scherzten wir bei der Arbeit.
Ihre Aufgabe bestand darin, das Boot in Position zu halten, während ich das Durcheinander zu entwirren suchte. Und was für ein Durcheinander – Falltaue, Schoten, Baumgeien, Niederholer, Wanten und Stagen, alles von der See hin und her geschaukelt, ordentlich durcheinandergespült, ineinander geschlungen und verknotet. Ich kappte so wenig, wie nur eben ging, und da ich die langen Taue unter den Spieren und Masten durch und um sie herumführen, die Fallen und Schoten ausscheren, im Boot zusammen- und wieder ausrollen musste, um einen weiteren Knoten im Tauwerk zu lösen, war ich bald nass bis auf die Haut.
Bei den Segeln ließ sich das Zerschneiden nicht immer vermeiden, und die Handhabung der schweren, durchnässten

Leinwand ging fast über meine Kräfte. Trotzdem gelang es mir, noch vor Anbruch der Nacht alles am Strand zum Trocknen auszubreiten. Wir waren beide hundemüde, als wir Feierabend machten, und wir hatten wahrlich gute Arbeit geleistet, obwohl es auf den ersten Blick nicht danach aussah.

Am nächsten Morgen stieg ich mit Maud in den Laderaum der *Ghost*, um die Mastspuren von Holzresten zu säubern. Kaum hatten wir mit der Arbeit begonnen, da rief mein Hämmern und Schlagen Wolf Larsen auf den Plan.

»Hallo da unten!«, rief er durch die offene Luke.

Beim Klang seiner Stimme drängte sich Maud sofort Schutz suchend an mich und hielt sich an meinem Arm fest, während Wolf Larsen und ich uns unterhielten.

»Hallo an Deck«, gab ich zurück. »Wünsche einen guten Morgen.«

»Was machst du da unten?«, fragte er. »Willst wohl mein Schiff versenken?«

»Ganz im Gegenteil. Ich mache es wieder flott«, antwortete ich.

»Aber was zum Teufel reparierst du denn?« Seine Stimme drückte ungläubiges Erstaunen aus.

»Ich treffe gerade Vorkehrungen, um die Masten wieder einzusetzen«, antwortete ich leichthin, als ob sich nichts Einfacheres vorstellen ließe.

»Anscheinend stehst du nun endlich auf eigenen Beinen, Döspaddel«, hörten wir ihn sagen. Dann schwieg er eine Weile.

»Aber ich sage dir, Döspaddel«, rief er hinunter, »du kriegst es nicht hin.«

»Oh, und ob ich es hinkriege«, gab ich zurück, »bin schon dabei.«

»Aber dies ist mein Boot, mein persönliches Eigentum. Was, wenn ich es dir verbiete?«

»Sie vergessen da etwas«, antwortete ich. »Sie sind nicht mehr das stärkste Teilchen in der Hefe. Früher waren Sie es und imstande, mich zu verschlingen, wie Sie sich auszudrücken beliebten, aber inzwischen hat eine Schrumpfung stattgefunden, und nun bin ich derjenige, der Sie verschlingen könnte. Ihre Hefe quillt nicht mehr.«

Er lachte kurz und abschätzig. »Du versuchst also, meine Philosophie auf Biegen und Brechen gegen mich selbst zu kehren. Aber mach nur nicht den Fehler, mich zu unterschätzen. Zu deinem eigenen Vorteil – ich habe dich gewarnt.«

»Seit wann sind Sie ein Menschenfreund?«, fragte ich. »Sie müssen zugeben, dass Sie sich reichlich inkonsequent verhalten, wenn Sie mir zu meinem eigenen Besten Vorhaltungen machen.«

Er ging nicht auf meinen Sarkasmus ein und sagte: »Angenommen, ich klappte jetzt die Luke zu. Du würdest mich nicht noch einmal hinters Licht führen wie neulich im Proviantraum.«

»Wolf Larsen«, sagte ich ernst, indem ich ihn zum ersten Mal mit seinem gängigen Namen anredete, »ich bin nicht in der Lage, einen wehrlosen Menschen zu erschießen. Sie haben das zu unser beider Zufriedenheit demonstriert. Aber ich warne Sie, und das weniger in Ihrem als vielmehr in meinem eigenen Interesse, ich werde Sie erschießen, sobald Sie irgendetwas Feindseliges unternehmen. Ich könnte Sie jetzt erschießen, so wie ich hier stehe. Wenn Sie's so wollen, bitte sehr, der Griff zum Lukendeckel genügt.«

»Trotzdem verbiete ich dir, und zwar ausdrücklich, an meinem Schiff herumzupfuschen.«

»Aber, guter Mann!«, wies ich ihn zurecht, »Sie berufen sich hier auf die Tatsache, dass es Ihr Schiff ist, als handle es sich dabei um einen moralischen Anspruch. Nie haben Sie im Umgang mit anderen moralische Ansprüche gelten lassen. Und Sie glauben doch wohl nicht im Traum daran, dass ich in Ihrem Fall darauf Rücksicht nehmen werde?«

Ich war direkt unter die Luke getreten, sodass ich ihn sehen konnte. Die Ausdruckslosigkeit seines Gesichts, das ganz anders gewirkt hatte, als ich ihn unbemerkt beobachten konnte, wurde durch die reglosen und starren Augen noch verstärkt. Es war kein angenehmer Anblick.
»Und keiner, der ihm noch ein Fünkchen Achtung entgegenbrächte, nicht einmal Döspaddel«, höhnte er.
Der Hohn lag ausschließlich in seiner Stimme. Sein Gesicht blieb so ausdruckslos wie zuvor.
»Wie geht's, Miss Brewster?«, fragte er unvermittelt nach einer Pause.
Ich erschrak. Sie hatte nicht das leiseste Geräusch von sich gegeben, ja, sie hatte sich nicht einmal bewegt. Konnte es sein, dass er einen schwachen Schimmer seiner Sehkraft behalten hatte? Oder dass sie langsam zurückkehrte?
»Gut, und Ihnen, Kapitän Larsen?«, antwortete sie. »Sagen Sie, woher wussten Sie, dass ich hier bin?«
»Hab' Sie atmen hören, was sonst. Döspaddel macht Fortschritte, finden Sie nicht auch?«
»Ich weiß nicht recht«, gab sie zurück und lächelte mich an. »Ich habe ihn nie anders kennengelernt.«
»Da hätten Sie ihn mal vorher erleben sollen.«
»Wolf Larsen in großen Dosen«, murmelte ich, »vor und nach der Behandlung.«
»Ich möchte dir noch einmal dringend raten, Döspaddel«, sagte er drohend, »die Finger vom Schiff zu lassen.«
»Aber wollen Sie denn nicht wie wir von hier fort?«, fragte ich ungläubig.
»Nein«, antwortete er, »ich gedenke hier zu sterben.«
»Schön, wir aber nicht«, beschied ich ihn herausfordernd und hämmerte und klopfte weiter.

35. KAPITEL

Nachdem die Mastspur gesäubert und alles vorbereitet war, versuchten wir am folgenden Tag, die beiden Marsstengen an Bord zu holen. Die Stenge des Großmasts war über zehn Meter lang und die des Fockmasts nur wenig kürzer. Aus beiden wollte ich den Scherenkran bauen. Das war keine leichte Aufgabe. Ich befestigte das eine Ende der schweren Talje am Ankerspill und das andere am Fuß der Fockmaststenge und begann zu hieven. Maud hielt den Törn um das Spill und schoss das lose Seil auf.

Wir waren überrascht, wie leicht sich die Maststenge heben ließ. Das Spill war ein gutes Kurbelspill mit überraschend großer Zugkraft. Natürlich zahlten wir für den Kraftzuwachs mit Seillänge; für jede Verdoppelung meiner Kraft musste ich auch doppelt so viel Seil einholen. Das Tauwerk lief schwer durch den Block, und die Reibung wurde immer größer, je weiter sich die Stenge aus dem Wasser hob, sodass auch der Ankerspill sich immer schwerer bewegen ließ.

Als die Stenge endlich die Höhe des Relingdurchzugs erreicht hatte, kam alles zum Stillstand.

»Das hätte ich mir denken können«, sagte ich ungehalten. »Jetzt kann ich von vorn anfangen.«

»Warum befestigen Sie die Talje nicht weiter in der Mitte?«, schlug Maud vor.

»Das hätte ich sofort machen sollen«, entgegnete ich, alles andere als zufrieden mit mir selbst.

Ich nahm einen Törn vom Spill und ließ den Mast wieder ins Wasser. Diesmal befestigte ich die Talje an einer Stelle, die etwa bei einem Drittel der Masthöhe lag. Nach einer Stunde, Ruhepausen eingerechnet, hatte ich wieder den Punkt erreicht, an dem ich nicht weiterhieven konnte. Etwa drei Meter des Masts waren oberhalb des Durchzugs, jedoch war ich noch weit davon entfernt, ihn an Bord zu haben. So setzte ich mich hin, um über das Problem nachzudenken. Aber schon bald sprang ich mit einem Jubelschrei wieder auf.

»Jetzt hab ich's«, entfuhr es mir. »Ich muss die Talje am Schwerpunkt befestigen. Und wenn wir später alles Übrige an Bord hieven, wird uns zugutekommen, was wir hier gelernt haben.«

Wieder einmal hatte ich mich umsonst geplagt und ließ den Mast ins Wasser gleiten. Da ich aber den Schwerpunkt nicht ganz richtig getroffen hatte, hob sich jetzt die Mastspitze und nicht das Mastende aus dem Wasser. Maud schaute verzweifelt, aber ich lachte und sagte, es würde auch so funktionieren.

Ich zeigte ihr, wie sie den Törn halten und auf meine Anordnung hin fieren musste. Dann griff ich den Mast mit beiden Händen und versuchte, ihn über den Durchzug der Reling an Bord zu bringen. Als ich glaubte, ich hätte ihn weit genug herumgehebelt, rief ich ihr zu, anzufieren, aber der Mast kippte zurück und klatschte ins Wasser. Also hievte ich noch einmal an. Inzwischen hatte ich mir einen neuen Plan ausgedacht, denn ich erinnerte mich an eine kleine Talje, die nur aus einem einfachen und einem doppelten Block bestand. Das Gerät holte ich mir jetzt.

Während ich die Talje an der Mastspitze und der gegenüberliegenden Reling befestigte, erschien Wolf Larsen an Deck. Wir tauschten nur ein »Guten Morgen« aus. Obwohl er nichts sehen konnte, setzte er sich etwas abseits auf das Geländer und verfolgte mittels der Geräusche alles, was ich tat.

Noch einmal erinnerte ich Maud daran, auf mein Zeichen das Seil am Spill zu fieren, dann begann ich, mit der kleinen Talje anzuholen. Langsam schwenkte der Mast an Bord, bis er horizontal über dem Durchzug lag. Jetzt stellte ich zu meiner Überraschung fest, dass Maud hätte gar nicht fieren müssen.

Genau das Gegenteil war notwendig. Also machte ich die Talje fest und hievte den Mast mit dem Spill Zentimeter um Zentimeter an Bord, bis seine Spitze auf die Planken kippte und er schließlich vollständig an Deck lag.
Ich schaute auf meine Uhr. Es war zwölf. Mein Rücken schmerzte heftig, außerdem war ich hundemüde und hungrig. Dabei lag als Ergebnis der Mühen eines ganzen Vormittags nur eine einzige Stenge an Deck. Zum ersten Mal wurde mir das ganze Ausmaß der Aufgabe bewusst, die noch vor uns lag. Aber ich lernte ständig dazu. Der Nachmittag würde bessere Resultate bringen. Als wir gegen ein Uhr ausgeruht und von einem herzhaften Mahl gestärkt zurückkehrten, ging alles viel besser.
In weniger als einer Stunde hatte ich die Stenge des Großmasts an Deck und begann, den Scherenkran zu bauen. Dazu band ich die beiden Masten zusammen und richtete sie so ein, dass ihre unterschiedliche Länge ausgeglichen wurde. Am Schnittpunkt befestigte ich den Doppelblock des Hauptklaufalls. Mit diesem, einem einfachen Block und dem zweiten Klaufall verfügte ich über ein brauchbares Hebezeug. Damit die Mastenden nicht verrutschen konnten, nagelte ich Halterungen aus Kanthölzern auf die Decksplanken. Nachdem alles fertig war, befestigte ich ein Tau an der Spitze des Hebezeugs und das andere Ende direkt am Ankerspill. Ich hatte mehr und mehr Vertrauen zu diesem Spill gewonnen, da es mir größere Kraft verlieh, als ich erwartet hatte. Wie zuvor hielt Maud den Törn, während ich hievte. So richtete sich der Scherenkran langsam auf.
Als er stand, erkannte ich, dass ich die Geileinen vergessen hatte. Deshalb musste ich zweimal am Kran hinaufklettern, bis er nach vorn, nach hinten und zu beiden Seiten abgespannt war. Als ich das erledigt hatte, war die Dämmerung hereingebrochen. Wolf Larsen, der den ganzen Tag herumgesessen

hatte und meinem Tun und Lassen, ohne ein Wort zu verlieren, mit den Ohren gefolgt war, verschwand in der Kombüse, um sein Abendessen zu bereiten. Mein Kreuz war so steif, dass ich mich nur mühsam und unter Schmerzen aufrichten konnte. Aber ich blickte stolz auf mein Werk. Ich hatte gute Arbeit geleistet. Jetzt war ich so neugierig darauf, etwas mit meinem Scherenkran anzuheben, wie ein kleines Kind, dem man ein Spielzeug geschenkt hat.

»Ich wünschte, es wäre noch nicht so spät«, sagte ich. »Ich würde zu gern sehen, ob es funktioniert.«

»Übertreiben Sie nicht, Humphrey«, schalt mich Maud. »Denken Sie daran, morgen ist auch noch ein Tag, und Sie sind schon jetzt zum Umfallen müde.«

»Und Sie?«, sagte ich, plötzlich besorgt. »Sie müssen auch ganz erschöpft sein. Sie haben tapfer mitgeschuftet. Ich bin stolz auf Sie, Maud.«

»Nicht halb so stolz wie ich auf Sie und nicht mit halb so viel Grund«, antwortete sie und blickte mich dabei für einen Moment direkt an. Dabei nahmen ihre Augen einen eigenartigen Ausdruck an, ein Tanzen und schüchternes Leuchten war darin, das ich noch nie gesehen hatte. Es durchzuckte mich wohlig dabei, obwohl ich nicht wusste, weshalb. Dann senkte sie den Blick und schaute sofort wieder lachend zu mir auf.

»Wenn unsere Freunde das miterleben könnten«, sagte sie. »Wie wir aussehen. Haben Sie sich jemals klargemacht, welches Erscheinungsbild wir bieten?«

»Allerdings, denn Ihr Erscheinungsbild hatte ich ja oft genug vor Augen«, antwortete ich, verwundert über das Leuchten in ihrem Blick und den plötzlichen Themawechsel.

»Um Himmels willen«, rief sie. »Und wie bitte sehe ich aus?«

»Wie eine Vogelscheuche, fürchte ich«, gab ich zurück. »Schauen Sie sich bloß Ihre zerschlissenen Röcke an und die vielen hineingerissenen Dreiecke. Und diese Bluse! Es bedarf kaum der Fähigkeiten eines Sherlock Holmes, um herauszufinden, dass da jemand über offenem Feuer gekocht hat, vom Auslassen des Robbenfetts ganz zu schweigen. Und als Krönung die Mütze! Dabei steckt in all dem die Frau, die den ›Erduldeten Kuss‹ geschrieben hat.«

Sie machte einen ausgefeilten, überaus würdevollen Knicks und erwiderte dann: »Und was Sie angeht, mein Herr …«

Hinter der Neckerei der nächsten fünf Minuten verbarg sich jedoch weiterhin ein Ernst, den ich nur mit dem flüchtigen und seltsamen Ausdruck ihrer Augen in Verbindung bringen konnte. Was hatte er zu bedeuten? War es möglich, dass unsere Augen etwas aussprachen, das wir nicht in Worte kleiden wollten? Meine Augen hatten gesprochen, bis ich sie dabei ertappt und zum Schweigen gebracht hatte. Aber hatte sie den Tumult darin wahrgenommen und verstanden? Und hatten ihre Augen sich mir auf ähnliche Weise mitgeteilt? Was sonst hätte dieser Blick, dieses tanzende, schüchterne Leuchten und das unaussprechliche Etwas, das noch darüber hinausging, bedeuten sollen? Aber das konnte nicht sein. Es war unmöglich. Außerdem verstand ich es nicht, Blicke zu lesen. Ich war Humphrey van Weyden, ein Bücherwurm, der sich verliebt hatte. Zu lieben, zu warten und ihre Zuneigung zu gewinnen war schon herrlich genug für mich. Solche Überlegungen gingen mir durch den Kopf, während wir über unser Aussehen scherzten. Als wir dann an Land waren, gab es ohnehin andere Dinge zu bedenken.

»Es ist eine Schande, dass wir nach einem harten Tagewerk nicht einmal eine Nacht durchschlafen können«, beklagte ich mich nach dem Abendessen.

»Aber es droht uns doch keine Gefahr mehr? Nicht von einem Blinden?«, wollte sie wissen.

»Ich traue ihm nicht«, wandte ich ein, »und jetzt, wo er blind ist, traue ich ihm noch weniger. Wahrscheinlich wird ihn seine Hilflosigkeit bösartiger machen als je zuvor. Ich weiß, was ich morgen als Erstes tue. Ich werde einen leichten Anker ausbringen und den Schoner in tieferes Wasser verholen. So wird Wolf Larsen jeden Abend, wenn wir mit dem Boot an Land zurückrudern, als Gefangener an Bord bleiben. Dies ist also die letzte Nacht, in der wir Wache halten müssen, und das macht es schon etwas erträglicher.«

Wir standen früh auf und waren schon mit dem Frühstück fertig, als es hell wurde.

Plötzlich hörte ich ein bestürztes »Oh, Humphrey!«, dann versagte Mauds Stimme.

Ich sah sie an. Sie blickte zur *Ghost*, ich folgte ihrem Blick, konnte aber nichts Außergewöhnliches entdecken. Sie sah mich an, und ich blickte fragend zurück.

»Der Scherenkran«, brachte sie mit zitternder Stimme heraus.

Daran hatte ich gar nicht mehr gedacht. Ich schaute noch einmal hin, konnte das Hebezeug aber nicht ausmachen.

»Wenn er das …«, stammelte ich wutentbrannt.

Sie legte ihre Hand beschwichtigend auf meine und sagte: »Sie werden wieder von vorn anfangen müssen.«

»Ach, glauben Sie mir, meine Wut hat nichts zu bedeuten. Ich könnte keiner Fliege etwas zuleide tun«, lächelte ich bitter zurück. »Und das Schlimmste ist, er weiß es auch. Sie haben recht. Wenn er den Kran zerstört hat, werde ich ihn einfach wieder aufbauen.«

»Aber von jetzt an halte ich an Bord Wache«, stieß ich wenig später hervor. »Und wenn er etwas anrührt …«

»Aber ich möchte die Nacht nicht allein an Land verbringen«, sagte Maud, als ich mich wieder beruhigt hatte. »Es wäre so viel angenehmer, wenn er sich freundlicher verhielte und uns helfen würde. Wir könnten uns alle bequem an Bord einrichten.«

»Das werden wir auch«, bekräftigte ich, immer noch gereizt, denn die Zerstörung meines teuren Hebezeugs hatte mich

hart getroffen. »Das heißt, wir beide werden an Bord unterkommen, ob es Wolf Larsen gefällt oder nicht.«
»Es ist kindisch«, lachte ich später, »dass er so etwas tut und dass ich mich auch noch darüber ärgere.«
Aber es gab mir doch einen Stich, als ich an Bord kletterte und die Verwüstung sah, die er angerichtet hatte. Der Scherenkran war vollkommen verschwunden. Die Leinen rechts und links waren durchtrennt, das Klaufall, das ich aufgeriggt hatte, zerstückelt. Natürlich wusste er genau, dass ich nicht spleißen konnte. Einer Eingebung folgend rannte ich zum Ankerspill. Es ließ sich nicht bewegen. Er hatte es unbrauchbar gemacht. Wir sahen einander wie betäubt an. Dann lief ich zur Reling. Die Masten, Bäume und Gaffeln, die ich aufgeklart hatte, waren verschwunden. Er hatte die Leinen gefunden, mit denen wir sie festgemacht hatten, und sie losgeworfen.
Tränen standen in Mauds Augen, und ich glaube, sie galten mir. Ich hätte selbst losheulen können. Was würde nun aus unserem Versuch werden, die *Ghost* wieder aufzutakeln? Er hatte ganze Arbeit geleistet. Ich setzte mich auf das Lukensüll und stützte mein Kinn verzweifelt in beide Hände.
»Er verdient den Tod«, stieß ich hervor. »Und Gott möge mir vergeben, dass ich nicht Manns genug bin, sein Henker zu sein.«
Aber Maud war an meiner Seite und fuhr mir mit der Hand durch die Haare, als wäre ich ein Kind, und sagte:
»Ganz ruhig, ganz ruhig, alles wird wieder gut. Wir sind im Recht, und alles wird wieder gut.«
Ich erinnerte mich an Michelet, lehnte meinen Kopf an Maud und fühlte mich schon bald gestärkt. Diese Frau war ein Gottesgeschenk und eine unerschöpfliche Kraftquelle für mich. Was machte es schon? Es war nur ein Rückschlag, eine Verzögerung. Die Flut konnte die Masten nicht weit hinausgetragen haben, da es windstill war. Es bedeutete lediglich Mehrarbeit,

sie zu finden und zurückzuschleppen. Außerdem war es mir eine Lehre. Jetzt wusste ich, woran ich bei Wolf Larsen war. Zumal er auch hätte abwarten können, bis wir beinahe fertig gewesen wären, um dann unsere Arbeit viel wirkungsvoller zu sabotieren.

»Da, jetzt kommt er«, flüsterte Maud.

Ich blickte auf. Er schlenderte über die Backbordseite des Hüttendecks.

»Schenken Sie ihm keine Beachtung«, flüsterte ich. »Er will sehen, wie wir reagieren. Lassen Sie ihn nicht merken, dass wir das wissen. Die Genugtuung soll er nicht haben. Ziehen Sie Ihre Schuhe aus, ganz leise, und nehmen Sie sie in die Hand.«

So spielten wir Versteck mit dem blinden Mann. Während er die Backbordseite abschritt, gingen wir an der Steuerbordseite an ihm vorbei, und vom Hüttendeck sahen wir, wie er umkehrte und uns nach achtern folgte.

Er muss irgendwie gewusst haben, dass wir an Bord waren, denn sein »Guten Morgen« klang sehr sicher, und er erwartete offenbar eine Erwiderung des Grußes. Dann ging er nach achtern, und wir schlichen nach vorne.

»Ach, ich weiß, dass ihr an Bord seid«, rief er, und ich konnte sehen, dass er danach angestrengt lauschte.

Er erinnerte mich an eine große Eule, die ihr Opfer mit einem lauten Ruf aufschreckt und dann horcht, um es auszumachen. Aber wir gaben keinen Laut von uns und bewegten uns nur, wenn auch er sich bewegte. So huschten wir Hand in Hand über das Deck wie zwei Kinder, die von einem bösen Ungeheuer gejagt werden, bis Wolf Larsen, des Spielchens offenbar überdrüssig, wieder in seiner Kajüte verschwand. Unsere Augen leuchteten vor Freude, und wir mussten ein Kichern unterdrücken, als wir unsere Schuhe wieder anzogen und über die Seite des Schoners in unser Boot kletterten. Als ich in Mauds klare braune Augen blickte, vergaß ich sein bösartiges Zerstörungswerk. Ich wusste nur, dass ich Maud liebte und dass sie mir die Kraft gab, uns den Weg zurück in die vertraute Welt zu erkämpfen.

36. KAPITEL

Zwei Tage lang suchten Maud und ich das Meer und die Strände vergeblich nach den verschwundenen Masten ab. Erst am dritten Tag fanden wir sie alle zusammen, einschließlich des Hebezeugs, an einer der gefährlichsten Stellen, in der Brandung des trostlosen südwestlichen Kliffs. Wie wir schufteten! Am Abend des ersten Tages kehrten wir mit dem Großmast im Schlepp völlig erschöpft in unsere kleine Bucht zurück, denn bei totaler Flaute hatten wir die gesamte Strecke rudern müssen. Nach einem weiteren Tag gefährlicher Plackerei lagen die beiden Marsstengen vor uns am Strand. Am nächsten Tag band ich voller Verzweiflung den Fockmast, den Fock- und den Großbaum mit der Fock- und der Hauptgaffel zusammen. Der Wind stand günstig, und ich wollte sie unter Segel zurückschleppen; dann aber begann der Wind abzuflauen und schlief schließlich völlig ein. Mit den Riemen kamen wir nur im Schneckentempo voran. Zudem war es einfach entmutigend, sich mit ganzer Kraft ins Zeug zu legen und dennoch zu spüren, dass das Boot mit der schweren Last kaum von der Stelle kam.

Die Nacht brach an, und schlimmer noch, ein ablandiger Wind frischte auf. Dieser machte nicht nur jedes Vorankommen unmöglich, sondern trieb uns vom Land weg auf die See hinaus. Ich ruderte, bis ich mich völlig verausgabt hatte. Die arme Maud, die sich von mir nie davon abhalten ließ, bis an den Rand der Erschöpfung mitzuarbeiten, lag müde unter der Heckschot. Schließlich ging es nicht mehr weiter. Meine zerschundenen und geschwollenen Hände konnten die Riemen einfach nicht länger halten. Meine Gelenke und Arme schmerzten höllisch, und obwohl ich ein reichhaltiges Mittagessen zu mir genommen hatte, war mir fast schwindelig vor Hunger.

Ich zog die Ruder ein und beugte mich vor, um die Schleppleine zu lösen. Aber Mauds Hände hielten meine zurück.
»Was haben Sie vor?«, fragte sie mit erschöpfter und angespannter Stimme.
»Die Leine loswerfen«, antwortete ich und löste dabei den ersten Schlag.
Aber ihre Finger hinderten mich.
»Tun Sie's bitte nicht«, flehte sie.
»Es hat keinen Sinn«, erwiderte ich. »Die Nacht ist da, und der ablandige Wind treibt uns aufs Meer.»
»Aber überlegen Sie, Humphrey. Wenn es uns nicht gelingt, mit der *Ghost* davonzusegeln, müssen wir vielleicht viele Jahre auf dieser Insel zubringen – möglicherweise sogar ein Leben lang hierbleiben. Sie ist bisher nicht entdeckt worden, und wer weiß, ob sich das jemals ändert.«
»Sie vergessen das Boot, das wir am Strand gefunden haben«, erinnerte ich sie.
»Es war das Boot eines Robbenfängers«, entgegnete sie, »und Sie wissen so gut wie ich, wären die Männer entkommen, dann wären sie auch zurückgekehrt, um hier ein Vermögen zu verdienen. Es ist klar, dass sie die Insel nicht lebend verlassen haben.«
Ich schwieg unentschlossen.
»Außerdem«, fügte sie zögernd hinzu, »war es Ihre Idee, und ich möchte, dass Sie sie verwirklichen.«
Jetzt konnte ich ihr Widerstand entgegensetzen. Sobald sie persönlich wurde und mir schmeichelte, gebot mir mein Anstand, ihr den Wunsch abzuschlagen.
»Lieber Jahre auf der Insel leben, als heute Nacht, morgen oder übermorgen hier im Boot zu sterben. Wir sind nicht darauf vorbereitet, der See zu trotzen. Wir haben nichts zu essen, kein Wasser, keine Decken, nichts. Und Sie würden keine Nacht ohne Decken überleben. Ich kenne Ihre Kräfte. Sie zittern ja jetzt schon.«

»Nur aus Nervosität«, antwortete sie. »Ich habe Angst, dass Sie die Masten trotz meiner Bitte losbinden.«

»Oh, bitte, bitte, Humphrey, tun Sie's nicht!«, entfuhr es ihr einen Moment später.

So entschied sie die Sache mit den Worten, mit denen sie mich, wie sie wusste, in den Bann schlagen konnte. Die ganze Nacht froren wir erbärmlich. Von Zeit zu Zeit döste ich kurz ein, aber die beißende Kälte weckte mich immer wieder auf. Wie Maud es aushielt, war mir unbegreiflich. Ich war zu erschöpft, um mit den Armen zu schlagen und mich so aufzuwärmen, aber ich fand die Kraft, ihre Hände und Füße immer wieder zu reiben, um die Durchblutung anzuregen. Trotzdem flehte sie mich an, die Leine nicht loszuwerfen. Gegen drei Uhr morgens verkrampfte sie sich vor Kälte, und nachdem ich ihre Glieder durch weitere Massagen wieder gelockert hatte, blieben sie fast gefühllos. Ich hatte schreckliche Angst, legte die Riemen ein und zwang sie zu rudern, obwohl sie so schwach war, dass sie bei jedem Schlag in Ohnmacht zu fallen drohte.

Der Tag brach an, und wir hielten im heller werdenden Licht nach unserer Insel Ausschau. Schließlich tauchte sie am Horizont auf, klein, düster und mehr als fünfzehn Meilen entfernt. Ich suchte die See mit meinem Fernglas ab. Weitab im Südwesten konnte ich eine dunkle Linie erkennen, die sich merklich voranschob.

»Günstiger Wind!«, rief ich mit heiserer Stimme, die ich nicht als meine eigene erkannte. Maud versuchte zu antworten, brachte aber nichts heraus. Ihre Lippen waren blau vor Kälte und ihre Augen eingefallen, aber trotzdem blickten sie mich tapfer an. Welche herzzerreißende Tapferkeit!

Ich begann wieder, ihre Hände zu reiben und ihre Arme auf und ab zu bewegen, bis sie sie selbst rühren konnte. Dann musste sie aufstehen, und obwohl sie ohne meine Hilfe umgefallen wäre, zwang ich sie, die wenigen Schritte zwischen der Ducht und der Heckschot hin und her zu gehen. Schließlich brachte ich sie sogar dazu, auf und ab zu hüpfen.

»Sie sind eine sehr tapfere Frau«, sagte ich, als wieder Leben in ihr Gesicht kam. »Haben Sie das schon gewusst?»

»Ich bin nie tapfer gewesen«, antwortete sie. »Nie, bevor ich Sie kennenlernte. Sie haben mich tapfer gemacht.«

»Ich war auch nicht tapfer, bevor ich Sie kannte«, erwiderte ich. Sie warf mir einen kurzen Blick zu, und wieder sah ich dieses tanzende scheue Leuchten und noch etwas anderes in ihren Augen. Aber nur für eine Sekunde, dann lächelte sie.

»Es hat sich einfach durch die Umstände ergeben«, sagte sie; aber ich wusste, dass sie unrecht hatte, und fragte mich, ob sie sich das auch eingestand.

Dann wehte der Wind, gleichmäßig und frisch, und das Boot pflügte bald durch die schwere See auf die Insel zu. Gegen halb vier nachmittags segelten wir am südwestlichen Kliff vorbei. Inzwischen waren wir nicht nur hungrig, sondern auch sehr durstig. Unsere Lippen waren trocken und rau, und wir konnten sie schon nicht mehr mit der Zunge befeuchten. Erneut flaute der Wind langsam ab. Bei Einbruch der Dunkelheit war es vollkommen windstill, und ich quälte mich wieder an den Riemen – kraftlos, unter Einsatz der letzten Reserven. Gegen zwei Uhr morgens lief das Boot auf den Strand der inneren Bucht, und ich wankte an Land, um die Fangleine festzumachen. Maud konnte nicht mehr stehen, und ich hatte nicht die Kraft, sie zu tragen. So fielen wir zusammen in den Sand. Nachdem ich mich etwas erholt hatte, blieb mir nichts anderes übrig, als sie bei den Schultern zu packen und den Strand hinauf in unsere Hütte zu ziehen.

Am folgenden Tag arbeiteten wir nicht, sondern schliefen bis drei Uhr nachmittags; zumindest ich schlief so lange, denn als ich erwachte, sah ich, dass Maud dabei war, das Essen zuzubereiten. Ihre Fähigkeit, sich zu erholen, war erstaunlich. Es gab eine Zähigkeit in ihrem lilienhaften Körper, die sich mit einer Kraft ans Leben klammerte, die mit der offensichtlichen Zerbrechlichkeit nicht in Einklang zu stehen schien.

»Wie Sie wissen, bin ich wegen meiner angegriffenen Gesundheit nach Japan gereist«, sagte sie, als wir nach dem Essen am Feuer verweilten und froh waren, uns nicht bewegen zu müssen. »Ich fühlte mich nicht sehr kräftig, war schon immer schwächlich. Die Ärzte rieten mir zu einer Seereise, und ich entschied mich für die längste.«

»Wobei Sie nicht ahnen konnten, worauf Sie sich da eingelassen hatten«, lachte ich.

»Aber nach dieser Erfahrung werde ich eine andere sein, dazu robuster«, antwortete sie, »und hoffentlich überhaupt eine patentere Frau.«

Als der kurze Tag schließlich zur Neige ging, sprachen wir über Wolf Larsens Blindheit. Sie war unerklärlich. Und es musste schlimm um ihn stehen, denn er hatte gesagt, er wolle auf Endeavor Island bleiben und hier sterben. Wenn ein starker Mann, der das Leben so liebte wie er, sich auf den Tod gefasst machte, dann war anzunehmen, dass ihn Schlimmeres heimsuchte als der Verlust des Augenlichts. Zudem wurde er von diesen schrecklichen Kopfschmerzen gequält, und wir schlossen daraus, dass seine Gehirnfunktionen irgendwie gestört sein mussten und dass er während seiner Anfälle unglaubliche Schmerzen zu ertragen hatte.

Während wir über seinen Zustand redeten, bemerkte ich, dass in Maud immer mehr Mitleid mit ihm aufstieg; aber dafür liebte ich sie noch mehr, weil es so fraulich war. Außerdem wurde sie dabei nicht sentimental. Sie hatte akzeptiert, dass eine kompromisslose Härte ihm gegenüber notwendig war, wenn wir von der Insel entkommen wollten. Dennoch schreckte sie vor der Vorstellung zurück, ich könnte eines Tages gezwungen sein, ihn umzubringen, um mein eigenes Leben zu retten – »unser Leben«, wie sie es ausdrückte.

Am nächsten Morgen frühstückten wir und nahmen beim ersten Tageslicht die Arbeit wieder auf. In der Zeugkammer im Bug, wo solche Dinge aufbewahrt werden, fand ich einen leichten Warpanker, den ich mit einiger Mühe an Deck und ins Boot schaffte. Mit einer langen, im Heck des Bootes aufgerollten Muringleine ruderte ich ein gutes Stück in unsere kleine Bucht hinaus und ließ den Anker ins Wasser fallen. Es war windstill, und die Flut war aufgelaufen, sodass der Schoner flott war. Nachdem ich die Landleinen losgeworfen hatte, verholte ich die *Ghost* allein mit der Kraft meiner Arme (das Ankerspill war ja unbrauchbar), bis sie beinahe direkt am Anker dümpelte. Natürlich war dieser Anker zu schwach, um sie auch nur in der leichtesten Brise zu sichern. So ließ ich den großen Steuerbordanker ab und gab ihm genügend Lose. Am Nachmittag machte ich mich an die Reparatur des Ankerspills.

Drei Tage lang arbeitete ich daran. Ich war kein Fachmann und schaffte in dieser Zeit etwa so viel wie ein normaler Mechaniker in drei Stunden bewerkstelligt hätte. Ich musste erst lernen, welche Werkzeuge zu benutzen waren, und jedes technische Prinzip, das einem solchen Mann geläufig war, musste ich mir ebenfalls mühsam aneignen. Nach drei Tagen hatte ich ein Ankerspill, das schwerfällig arbeitete. Es war bei Weitem nicht so gut, wie es einmal gewesen war, aber es funktionierte, und ich konnte es benutzen.

Nach einem halben Tag hatte ich die beiden Stengen an Bord und den Scherenkran wie zuvor aufgeriggt und abgespannt. In dieser Nacht schlief ich neben meinem Werk an Deck. Maud, die sich weigerte, allein an Land zu schlafen, übernachtete in der Back. Wolf Larsen hatte den ganzen Tag herumgesessen, meiner Reparatur des Ankerspills zugehört und mit mir und Maud Banalitäten ausgetauscht. Sein Sabotageakt wurde weder von uns noch von ihm erwähnt, und er sagte auch nicht mehr, dass ich sein Schiff in Ruhe lassen solle. Jedoch fürchtete ich ihn immer noch, blind und hilflos wie er war, aber ganz Ohr, immer ganz Ohr; und solange ich arbeitete, achtete ich darauf, nie in die Reichweite seiner starken Arme zu geraten.

In dieser Nacht, als ich unter meinem geliebten Scherenkran schlief, weckten mich seine Schritte. Die Nacht war sternenklar, und so konnte ich die Umrisse seines massigen Körpers ausmachen, während er an Deck herumging. Ich rollte mich aus meinen Decken und schlich ihm auf Socken lautlos hinterher. Er hatte sich mit einem Abziehmesser aus dem Werkzeugschrank bewaffnet, mit dem er das Klaufall zerschneiden wollte, das ich wieder am Hebezeug angeschlagen hatte. Dazu ergriff er das Fall mit der Hand, musste aber feststellen, dass ich es nicht gespannt hatte. Damit war sein Instrument unbrauchbar. Er tastete nach der laufenden Part, straffte das Klaufall und machte es fest. Dann traf er Anstalten, es mit dem Messer zu durchtrennen.

»Das würde ich an Ihrer Stelle nicht tun«, sagte ich ruhig.

Er hörte das Klicken meiner Pistole und lachte.

»Hallo Döspaddel«, sagte er. »Ich wusste die ganze Zeit, dass du da bist. Meine Ohren kannst du nicht täuschen.«

»Das ist gelogen, Wolf Larsen«, sagte ich so ruhig wie zuvor. »Aber ich warte nur auf einen Anlass, Sie umzubringen, also, nur zu, schneiden Sie.«

»Sie könnten mich jederzeit umbringen«, erwiderte er verächtlich.

»Also los, schneiden Sie«, forderte ich ihn drohend auf.

»Ich muss dich enttäuschen«, lachte er, machte auf dem Absatz kehrt und verschwand nach achtern.

»Es muss etwas geschehen, Humphrey«, sagte Maud am nächsten Morgen, als ich ihr von dem nächtlichen Ereignis berichtete. »Solange er in Freiheit ist, kann er alles Mögliche anrichten. Er könnte den Schoner versenken oder Feuer legen. Er ist unberechenbar. Wir müssen ihn gefangen setzen.«

»Aber wie?«, fragte ich mit hilflosem Schulterzucken. »Ich wage mich nicht in die Reichweite seiner Arme, und er weiß, dass ich ihn nicht erschießen kann, solange er nur passiv Widerstand leistet.«

»Es muss einen Weg geben«, beharrte sie. »Lassen Sie mich überlegen.«

»Es gibt eine Möglichkeit«, sagte ich grimmig.

Sie wartete.

Ich griff nach einem Robbenschläger.

»Es wird ihn nicht umbringen«, sagte ich. »Und bevor er wieder aufwacht, habe ich ihn gefesselt.«

Schaudernd schüttelte sie den Kopf. »Nein, so nicht. Es muss sich eine weniger brutale Methode finden lassen. Warten wir noch etwas ab.«

Aber es dauerte nicht lange, bis sich das Problem von selbst löste. Am Morgen fand ich nach mehreren Versuchen den Schwerpunkt des Fockmasts und befestigte die Talje etwas oberhalb dieser Stelle. Während ich hievte, hielt Maud die Törns am Spill und schoss das Lose auf. Mit einem intakten Spill wäre es weniger anstrengend für mich gewesen, so aber musste ich mich mit aller Kraft und mit meinem ganzen Gewicht ins Zeug legen und jeden Zentimeter erkämpfen. Folglich musste ich mich immer wieder ausruhen. Um die Wahrheit zu sagen, die Pausen waren länger als die Arbeitszeiten. Wenn meine ganze Kraft nicht ausreichte, um das Spill zu bewegen, versuchte Maud sogar zeitweise, die Törns mit einer Hand zu halten, um mir mit der anderen und dem ganzen Gewicht ihres schlanken Körpers zu helfen.

Nach einer Stunde stießen der einfache und der doppelte Block oben am Hebezeug aneinander. Weiter konnte ich nicht hieven. Dabei war der Mast noch nicht ganz an Bord.

Der Mastfuß ruhte außen auf der Backbordreling, während die Mastspitze jenseits der Steuerbordreling aufs Wasser hinausragte. Der Scherenkran war nicht hoch genug. Meine ganze Arbeit war umsonst gewesen. Aber diesmal verzweifelte ich nicht. Ich hatte Vertrauen in meine Fähigkeiten gewonnen und auch in die Möglichkeiten, die mir Ankerspill, Seilzüge und Hebezeuge eröffneten. Es gab eine Lösung; ich brauchte sie nur zu finden.

Während ich über das Problem nachdachte, kam Wolf Larsen an Deck. Wir erkannten sofort, dass etwas nicht stimmte. Die Unsicherheit und Schwäche seiner Bewegungen hatte sich offenbar verschlimmert. Als er an der Backbordseite der Kajüte nach vorn ging, taumelte er sogar. Am Rand des Hüttendecks schwankte er, fuhr sich mit der vertraut wischenden Handbewegung über die Augen und fiel – immer noch aufrecht – die Stufen herunter aufs Hauptdeck, über das er mit ausgestreckten Armen weiterstolperte, immer in Gefahr, hinzuschlagen. Am Niedergang zum Zwischendeck fing er sich wieder und stand dort einen Moment wie benommen. Dann sackte sein Körper plötzlich in sich zusammen, seine Beine gaben unter ihm nach, und er stürzte auf die Planken.

»Einer seiner Anfälle«, flüsterte ich Maud zu.

Sie nickte, und ich konnte Mitleid in ihren Augen aufsteigen sehen.

Wir gingen zu ihm. Er schien bewusstlos und atmete keuchend. Sie nahm sich seiner an, hob seinen Kopf zur Verhinderung eines Blutstaus und schickte mich in die Kajüte, um ein Kissen zu holen. Ich brachte auch Decken mit, und wir machten es ihm so angenehm wie möglich. Ich fühlte seinen Puls. Er war ruhig und gleichmäßig, völlig normal. Das wunderte mich. Ich schöpfte Verdacht.

»Und wenn er nur simuliert?«, fragte ich, während ich noch sein Handgelenk hielt.

Maud schüttelte mit einem tadelnden Blick den Kopf. Aber just in diesem Moment entriss er mir sein Handgelenk, und seine Finger schlossen sich wie eine Eisenfalle um meinen Unterarm. Erschrocken stieß ich einen lauten, wilden, unartikulierten Schrei aus. Für einen Moment sah ich eine triumphierende Bosheit in seinem Gesicht, dann hatte er mit der anderen Hand meinen Körper umfasst und zog mich mit furchtbarer Gewalt zu sich herunter.

Mein Unterarm kam frei, aber mit dem anderen Arm, den er um meinen Oberkörper geschlungen hatte, umklammerte er nun auch meine Arme, sodass ich mich nicht bewegen konnte. Seine freie Hand griff nach meiner Kehle, und in diesem Moment spürte ich den bitteren Vorgeschmack eines Todes, den man seiner eigenen Dummheit zu verdanken hat. Warum hatte ich mich nur in die Reichweite dieser schrecklichen Arme begeben. Dann spürte ich noch andere Hände an meiner Kehle. Es waren Mauds Hände, die vergeblich versuchten, die Pranke zu lösen, die mich erdrosselte. Sie gab auf, und ich hörte sie schreien, dass es mir durch Mark und Bein ging, denn es war der angsterfüllte und herzzerreißende Verzweiflungsschrei einer Frau, wie ich ihn erst einmal in meinem Leben gehört hatte – als die *Martinez* unterging.

Wolf Larsen hatte mein Gesicht gegen seinen Brustkorb gepresst, sodass ich nichts sehen konnte. Aber ich hörte, dass Maud sich umgedreht hatte und hastig über die Planken davonlief. Bisher ging alles sehr schnell. Ich war noch nicht bewusstlos geworden; aber nun schien eine Ewigkeit zu verstreichen, bis ich ihre eiligen Schritte wieder vernahm. Im gleichen Moment spürte ich, dass der Mann unter mir zusammensackte. Der Atem entwich seinen Lungen, und sein Brustkorb schien unter meinem Gewicht nachzugeben. Ein lautes, tiefes Stöhnen entfuhr ihm; jedoch war ich mir nicht sicher, ob es sich dabei nur um seinen austretenden Atem handelte oder um eine Kla-

ge über seine zunehmende Schwäche. Der Griff an meiner Kehle lockerte sich. Ich bekam Luft. Seine Hand zitterte und schloss sich wieder. Jedoch war selbst sein eiserner Wille nicht imstande, der Zerrüttung Einhalt zu gebieten, die ihn überkam. Alle Entschlusskraft verließ ihn, und er wurde bewusstlos.
Mauds Schritte waren sehr nahe, als seine Hand zum letzten Mal zuckte und endlich meine Kehle freigab. Ich rollte von ihm weg und lag mit dem Rücken auf Deck, japste und blinzelte in die Sonne. Maud war bleich, aber gefasst – meine Augen hatten sofort ihr Gesicht gesucht –, und sie sah mich mit einer Mischung aus Bestürzung und Erleichterung an. Ich bemerkte den schweren Robbenschläger in ihrer Hand, und in diesem Moment senkte sie den Blick und folgte meinen Augen. Der Robbenschläger entfiel ihr, als hätte er sie gestochen, und im gleichen Augenblick bebte mein Herz vor Freude. Sie war wirklich mein Weib, meine Genossin, die mit mir und für mich kämpfte, wie es die Gefährtin eines Höhlenmenschen getan hätte, eine Frau, in der alle primitiven Instinkte wieder erwacht waren, die ihre Kultur vergessen hatte und jene Härte an den Tag legte, die sich unter der weichen Schale einer allgegenwärtigen Zivilisation verbarg.
»Meine Teuerste!«, rief ich und rappelte mich auf.
Im nächsten Augenblick lag sie in meinen Armen und schluchzte an meiner Schulter, während ich sie an mich drückte. Ich sah auf den braunen Glanz ihres Haares, das im Sonnenschein glitzerte wie Edelstein, mir aber mehr bedeutete als die Schätze aller Könige dieser Erde. Ich beugte mich zu ihrem Haar hinunter und küsste es zärtlich, so zärtlich, dass sie es nicht bemerkte.
Dann kam mir ein ernüchternder Gedanke. Trotz allem war sie nur eine Frau, die jetzt, da die Gefahr vorüber war, erleichtert in den Armen ihres Beschützers – oder eines der Gefahr entronnenen Menschen – weinte. Wäre ich ihr Vater oder ihr Bru-

der gewesen, hätte sie nicht anders reagiert. Weder Zeit noch Ort waren passend, und ich wünschte mir eine bessere Gelegenheit, um ihr meine Liebe zu gestehen. Als ich spürte, dass sie sich meiner Umarmung entzog, küsste ich nur noch einmal zärtlich ihr Haar.

»Diesmal ist es ein echter Anfall«, sagte ich, »eine Attacke wie die, die ihn blind gemacht hat. Durch die Simulation eines Anfalls hat er einen richtigen heraufbeschworen.«

Maud war bereits dabei, sein Kissen zu richten.

»Nein«, sagte ich, »noch nicht. Jetzt ist er wehrlos, und wehrlos soll er auch bleiben. Von heute an werden wir in der Kajüte wohnen, und Wolf Larsen zieht ins Zwischendeck.«

Ich packte ihn und schleppte ihn zum Niedergang. Auf meine Anweisung holte Maud ein Tau. Dieses legte ich um seine Schultern, zog ihn über die Schwelle und ließ ihn die Stufen hinunter auf den Boden gleiten. Allein konnte ich ihn nicht in die Koje schaffen, aber mit Mauds Hilfe gelang es, zuerst seinen Kopf und seine Schultern, dann seinen Rumpf über die Kojenkante zu hieven. Schließlich rollte ich ihn ganz auf die untere Pritsche.

Aber dabei ließ ich es nicht bewenden. Ich erinnerte mich an die Handschellen in seiner Kammer, die er statt der umständlichen und veralteten Eisen zur Disziplinierung der Matrosen verwendet hatte. Als wir ihn verließen, lag er mit Handschellen an Händen und Füßen in seiner Koje. Zum ersten Mal seit langer Zeit konnte ich frei atmen. Ich fühlte mich seltsam leicht, als ich an Deck trat, so als wäre ein Gewicht von meinen Schultern genommen. Ich spürte auch, dass Maud und ich einander wieder näher gekommen waren. Während wir Seite an Seite über das Deck dorthin zurückkehrten, wo der vermaledeite Mast immer noch im Hebezeug hing, fragte ich mich, ob sie wohl auch so fühlte.

37. KAPITEL

So bezogen wir also umgehend unsere alten Kammern an Bord der *Ghost* und kochten wieder in der Kombüse. Die Gefangennahme Wolf Larsens kam gerade rechtzeitig, denn der Altweibersommer in diesen hohen Breiten war vorüber, und stürmisches, nieseliges Wetter setzte ein. Wir aber hatten es gemütlich, und der zu niedrige Scherenkran, unter dem der Fockmast hing, zeigte, dass etwas an Bord geschah und auf die Abreise hingearbeitet wurde.

Jetzt, wo wir Wolf Larsen in Eisen gelegt hatten, war es fast nicht mehr nötig! Wie nach seinem ersten Anfall blieb auch nach dem zweiten eine ernsthafte Behinderung zurück. Maud entdeckte sie, als sie ihm am Nachmittag etwas zu essen geben wollte. Er war bei Bewusstsein, und sie hatte ihn angesprochen, ohne eine Antwort zu erhalten. Er lag auf der linken Seite und hatte offensichtlich Schmerzen. Mit einer ruhelosen Bewegung rollte er seinen Kopf zur Seite und hob das Ohr, auf dem er bisher gelegen hatte. Augenblicklich hörte er sie und antwortete ihr. Sie kam sofort zu mir.

Ich drückte ihm ein Kissen auf sein linkes Ohr und fragte, ob er mich verstehen könne, aber er reagierte nicht. Dann nahm ich das Kissen fort, fragte noch einmal, und er antwortete prompt.

»Wissen Sie, dass Ihr rechtes Ohr taub ist?«, fragte ich.

»Ja«, antwortete er mit tiefer, fester Stimme, »aber es steht noch schlimmer. Meine ganze rechte Seite ist betroffen. Sie scheint eingeschlafen zu sein. Ich kann weder den Arm noch das Bein bewegen.«

»Simulieren Sie wieder?«, fragte ich ärgerlich.

Er schüttelte den Kopf, und sein ernster Mund verzog sich zu einem höchst seltsamen halben Lächeln. Es war wirklich halbiert, denn es war nur auf der linken Seite zu erkennen, die Muskeln der rechten Gesichtshälfte hatten sich überhaupt nicht bewegt.

»Das war die letzte Vorstellung des Wolfs«, sagte er. »Ich bin gelähmt. Ich werde nie wieder herumlaufen. Es sei denn, auf einem Bein«, fügte er hinzu, als ob er den misstrauischen Blick geahnt hätte, mit dem ich sein linkes Bein bedachte, als er es unter der Decke anzog.

»Es ist wirklich schade«, fuhr er fort. »Ich hätte dich gern vorher erledigt, Döspaddel. Und ich dachte, dazu würde es noch reichen.«

»Aber warum denn?«, fragte ich, teils erschrocken, teils neugierig.

Wieder verzog sich sein ernster Mund zu dieser Grimasse, und er sagte: »Ach, nur um mir zu beweisen, dass ich noch lebe, lebe und handle, und dass ich bis zuletzt das größte Stück Ferment geblieben bin, das dich verschlingt. Aber so zu sterben …«

Er zuckte mit den Schultern oder versuchte es jedenfalls, aber nur die linke Schulter bewegte sich. Sein Schulterzucken war genauso entstellt wie sein Lächeln.

»Aber wo liegt die Krankheitsursache?«, wollte ich wissen. »Wie erklären Sie sich die Beschwerden?«

»Das Gehirn«, antwortete er ohne Zögern. »Es hat mit diesen verdammten Kopfschmerzen zu tun.«

»Symptome«, sagte ich.

Er nickte. »Es ist unbegreiflich. Ich war in meinem ganzen Leben nicht einmal krank. Irgendetwas ist mit meinem Gehirn passiert. Krebs, ein Tumor oder so etwas – etwas, das verschlingt und zerstört. Es greift meine Nervenstränge an, frisst sie auf, Stück für Stück, Zelle um Zelle; daher die Schmerzen.«

»Aber auch das motorische Zentrum«, fügte ich hinzu.

»Es scheint so; und das Teuflische daran ist, dass ich bei vollem Bewusstsein hier liegen muss und weiß, dass die Verbindungen abreißen und die Kommunikation mit der Außenwelt Stück für Stück zusammenbricht. Ich kann nichts mehr sehen, verliere Gehör und Gefühl. Wenn es so weitergeht, kann ich bald nicht mehr sprechen. Trotzdem werde ich immer noch präsent sein, lebendig, aktiv und machtlos.«

»Wenn Sie sagen, dass Sie selbst dann noch präsent sind, klingt das für mich ganz nach der Fortdauer der Seele«, erklärte ich.

»Stuss!«, gab er zurück. »Es bedeutet nur, dass die höheren Verstandesfunktionen nicht beeinträchtigt sind, denn ich kann mich erinnern, kann denken und argumentieren. Wenn das verschwindet, verschwinde ich auch und existiere nicht mehr. Die Seele?«

Er brach in Hohngelächter aus, legte dann sein linkes Ohr auf das Kissen und gab damit zu verstehen, dass die Unterhaltung für ihn beendet war.

Maud und ich gingen unserer Arbeit nach, bedrückt von dem furchtbaren Schicksal, das ihn ereilt hatte. Aber wie schrecklich es wirklich war, wurde uns erst später klar. Es hatte etwas von einer ungeheuerlichen Vergeltung. Wir waren beide tief in Gedanken versunken und unterhielten uns fast im Flüsterton.

»Sie können die Handschellen ruhig abnehmen«, sagte er am Abend, als wir uns an seinem Bett berieten. »Es besteht keinerlei Gefahr. Ich bin jetzt gelähmt, und man sollte darauf achten, dass ich mich nicht wund liege.«

Wieder lächelte er sein schiefes Lächeln, und Maud, die ihn mit schreckensweiten Augen ansah, musste ihren Kopf abwenden.

»Ist Ihnen klar, dass Ihr Lächeln eine Grimasse ist?«, fragte ich ihn, denn ich wusste, dass Maud ihn würde versorgen müssen, und ich wollte es ihr so leicht wie möglich machen.

»Dann werde ich nicht mehr lächeln«, erwiderte er ruhig. »Ich hatte mir schon gedacht, dass etwas nicht stimmt. Meine rechte Wange ist schon den ganzen Tag taub. Ich habe die Anzeichen seit drei Tagen gespürt; meine rechte Seite schien in Schüben gefühllos zu werden, mal der Arm oder die Hand, ein anderes Mal das Bein oder der Fuß.«
»Mein Lächeln ist also fratzenhaft?«, fragte er wenig später noch einmal nach. »Also dann werde ich von jetzt an innerlich lächeln, mit meiner Seele, wenn Sie so wollen, mit meiner Seele. Und genau das tue ich jetzt, denken Sie mal an.«
Und für einige Minuten lag er ruhig da und beschäftigte sich mit dieser grotesken Vorstellung.
Sein Wesen hatte sich offenbar nicht verändert. Es handelte sich um den alten, unbeugsamen, schrecklichen Wolf Larsen, eingekerkert in diesem Körper, der einmal so unbezwingbar und herrlich gewesen war. Jetzt aber hatte er ihn in die Fesseln der Fühllosigkeit geschlagen, seine Seele in Dunkelheit und Stille versenkt und ließ die Welt überbordender Aktivität, in der er zu Hause gewesen war, nicht mehr zu ihm vordringen. Nie wieder würde er das Wort »tun« in allen Formen und Zeiten durchkonjungieren. »Sein«‹ war alles, was ihm blieb. Diese Bewegungslosigkeit aber war nach seiner Definition gleichbedeutend mit dem Tod: zu wollen, aber seinen Willen nicht ausführen zu können, zu denken und zu argumentieren, im Geiste so lebendig zu sein wie immer, aber im Fleische ohnmächtig und abgestorben.
Selbst nachdem ich ihm die Handschellen abgenommen hatte, konnten wir uns nicht an seinen neuen Zustand gewöhnen. Unsere Köpfe rebellierten. Für uns steckte er immer noch voller Unwägbarkeiten. Wir wussten nicht, was wir als Nächstes erwarten sollten, zu welchen schrecklichen Taten er fähig war, wenn es ihm gelang, sich noch einmal aufzuraffen und über die Schwächen des Fleisches zu erheben. Unsere Er-

fahrungen ließen uns alles für möglich halten, und die Anspannung überschattete unser ganzes Tun.

Ich hatte das Problem der zu geringen Höhe des Scherenkrans gelöst. Mithilfe der kleinen Talje (die ich zusammengebaut hatte) hievte ich den Fuß des Fockmasts über die Reling und ließ ihn dann auf Deck ab. Als Nächstes beförderte ich den Großbaum an Bord. Er war etwa vierzehn Meter lang und würde mir die Höhe geben, die notwendig war, um den Mast ganz an Deck zu holen. Mithilfe der zweiten Talje, die ich am Hebezeug befestigt hatte, brachte ich den Großbaum in beinahe senkrechte Position und ließ dann ein Ende auf Deck ab, wo ich es mit dicken Kanthölzern verkeilte und am Wegrutschen hinderte. Den einfachen Block meines ursprünglichen Hebezeugs hatte ich am Großbaum befestigt. Nun konnte ich, nachdem ich das andere Ende des Takels mit dem Ankerspill verbunden hatte, die Spitze des Großbaums nach Belieben auf- und abbewegen, während das untere Ende immer fest stehen blieb, und außerdem konnte ich ihn mithilfe der Geitaue auch seitwärts schwenken. Am Ende des Baums hatte ich ebenfalls ein Hebetakel aufgeriggt; und als das Ganze fertig war, staunte ich nicht schlecht, welche Kraft- und Bewegungsfreiheit es mir verlieh.

Natürlich brauchte ich zwei Tage, um diesen Teil meines Vorhabens abzuschließen, und so konnte ich erst am Morgen des dritten Tages den Fockmast vom Deck hieven und den Mastfuß vierkantig behauen, damit er in die Mastspur passte. Dabei stellte ich mich besonders ungeschickt an. Ich sägte, hobelte und stemmte an dem wettergegerbten Holz herum, bis es aussah, als wäre es von einer gigantischen Maus angenagt worden. Aber schließlich ging es.

»Es funktioniert, ich weiß, dass es funktionieren wird!«, rief ich.

»Kennen Sie Dr. Jordans entscheidenden Wahrheitstest?«, fragte Maud.

Ich schüttelte den Kopf und hörte für einen Moment auf, mir die Späne, die ins Hemd gefallen waren, mit der Hand herauszubürsten.

»›Funktioniert die Sache? Können wir der Erfindung unser Leben anvertrauen?‹ Das ist die Nagelprobe.«

»Er ist wohl Ihr besonderer Liebling?«, sagte ich.

»Als ich mein altes Pantheon geschleift und Napoleon, Cäsar und ihre Kumpane hinausgeworfen hatte, habe ich gleich einen neuen Göttersitz errichtet«, antwortete sie ernst, »und der Erste, der herein durfte, war Dr. Jordan.«

»Ein moderner Held.«

»Und gerade deswegen ein noch größerer«, fügte sie hinzu. »Wie können sich die Helden der Alten Welt nur mit unseren messen wollen!«

Ich schüttelte den Kopf. Wir waren einander in vielen Dingen zu ähnlich, um zu streiten. Zumindest unsere Welt- und Lebensanschauung deckte sich weitgehend.

»Dafür, dass wir zwei Kritiker sind, kommen wir wirklich glänzend miteinander aus«, lachte ich.

»Und als Schiffszimmermann und fixer Handlanger ebenfalls«, lachte sie zurück.

Sonst gab es in diesen Tagen, angesichts von Schwerarbeit und Wolf Larsens schrecklichem Absterben, wenig zu lachen.

Er hatte einen weiteren Schlaganfall erlitten, der ihn seiner Stimme beraubte. Oder er war zumindest im Begriff, sie zu verlieren, denn seine Sprechwerkzeuge gehorchten ihm nur noch zeitweise. Wie er es ausdrückte, waren die Nervenstränge wie die Börse, mal freundlich, mal keine Notierungen. Zuweilen funktionierten die Verbindungen gut, und er sprach wie immer, wenn auch langsam und schwerfällig. Dann verließ ihn plötzlich mitten im Satz die Sprache, und wir warteten oft stundenlang, bis der Kontakt wiederhergestellt war. Er klagte über starke Kopfschmerzen, und in dieser Zeit schlug er ein System vor, mit dem er die Kommunikation aufrechterhalten konnte, sollte seine Stimme völlig versagen – ein einmaliges Drücken der Hand sollte »Ja« bedeuten, ein zweimaliges »Nein«. Es war gut, dass wir das ausgemacht hatten, denn am Abend desselben Tages verlor er seine Sprechfähigkeit endgültig. Von nun an beantwortete er unsere Fragen durch Händedruck, und wenn er etwas mitteilen wollte, kritzelte er es ziemlich leserlich auf ein Blatt Papier.

Der harte Nordwinter war inzwischen über uns hereingebrochen. Ein Sturm jagte den anderen. Wir hatten Regen, Schneeregen und Schnee. Die Robben waren zu ihrer großen Südwanderung aufgebrochen, und die Kolonie lag praktisch verlassen da. Ich arbeitete fieberhaft. Trotz des schlechten Wetters und des Sturms, der mich besonders behinderte, war ich vom Morgengrauen bis zur Dämmerung an Deck und machte gute Fortschritte.

Ich profitierte von der Lektion, die ich gelernt hatte, als ich das Hebezeug baute und es besteigen musste, um nachträglich die Geileinen anzubringen. Diesmal befestigte ich die Takelage, die Stagen, das Klaufall und das Piekfall sofort an der Spitze des Fockmasts, der dicht über dem Deck hing. Wie üblich hatte ich das Arbeitspensum unterschätzt und brauchte zwei volle Tage dafür. Dabei war noch so viel mehr zu tun, zum Beispiel mussten die Segel praktisch ganz neu angefertigt werden.

Während ich mich an der Takelage des Fockmasts abmühte, nähte Maud, war aber immer bereit, alles fallen zu lassen, um mir zu helfen, wenn mehr als zwei Hände erforderlich waren. Das Segeltuch war schwer und steif, und sie arbeitete mit dem üblichen Segelhandschuh und der dreieckigen Segelnadel. Ihre Hände waren nach kurzer Zeit von Blasen übersät, aber sie ließ sich nicht unterkriegen, obwohl sie daneben kochen und den kranken Wolf Larsen pflegen musste.

»Ich pfeife auf den Aberglauben«, sagte ich eines Freitagmorgens. »Heute wird der Mast aufgestellt.«
Alles war für den ersten Versuch bereit. Ich zog die laufende Part des Baumtakels zum Ankerspill und hievte den Mast in die Höhe. Dann machte ich fest und wiederholte die Operation mit der Talje des Scherenkrans (die mit dem Großbaum verbunden war). Nach einigen Umdrehungen hatte ich den Mast senkrecht und klar.
Als sie die Törns loslassen konnte, klatschte Maud begeistert in die Hände und rief:
»Es funktioniert! Es funktioniert! Wir vertrauen ihm unser Leben an!«
Dann nahm ihr Gesicht einen bekümmerten Ausdruck an.
»Er ist nicht über dem Loch«, sagte sie. »Müssen Sie jetzt noch einmal von vorn anfangen?«
Ich setzte ein überlegenes Lächeln auf, fierte eine der Baumgeien und holte die andere an. So brachte ich den Mast genau in die Decksmitte. Er war aber immer noch nicht über dem Loch. Wieder zeigte sie sich betrübt, und wieder lächelte ich als Herr der Lage. Ich fierte das Baumtakel, holte dafür die Scherenkrantalje an und brachte so den Mastfuß exakt über die Decköffnung. Dann gab ich Maud detaillierte Anweisungen, wie sie fieren sollte, und begab mich in den Schiffsbauch zur Mastspur im Boden des Schoners.
Ich rief das Kommando, und der Mast senkte sich schwerelos und zielgenau herab. Der quadratische Mastfuß bewegte sich exakt auf die Mastspur zu, drehte sich dabei aber langsam, sodass die Quadrate nicht ineinander passten. Ich zögerte keinen Moment, sondern rief Maud zu, nicht weiter abzulassen. Dann ging ich an Deck und befestigte eine Talje mit einem Stopperstek am Mast. Ich gab Maud die Leine und ging wieder unter Deck. Beim Licht der Laterne sah ich, dass sich der Mastfuß langsam drehte, bis seine Seiten parallel zur Mastspur

standen. Maud machte die Leine fest und kehrte zum Ankerspill zurück. Langsam senkte sich der Mastfuß die restlichen Zentimeter, verdrehte sich dabei aber wieder leicht. Maud korrigierte erneut mit dem Stek nach und fierte dann wieder mit dem Spill. Schließlich passte Quadrat in Quadrat, und der Mast war eingesetzt.

Ich stieß einen Freudenruf aus, und sie kam heruntergerannt, um sich mit eigenen Augen vom Erfolg zu überzeugen. Im gelben Laternenschein betrachteten wir unser Gesellenstück. Wir sahen uns an, unsere Hände suchten und fanden sich. Unsere Augen wurden feucht vor Freude.

»Zum Schluss war alles so einfach«, bemerkte ich. »Die ganze Arbeit steckte in der Vorbereitung.«

»Aber das Wunder, die Sache zum Abschluss gebracht zu haben«, setzte Maud hinzu.

»Ich kann kaum glauben, dass der große Mast wirklich montiert ist und steht; dass Sie ihn aus dem Wasser gehoben haben, ihn durch die Luft schweben ließen, um ihn hier einzusetzen, wo er hingehört. Eine Aufgabe für Titanen.«

»Auch die waren ja sehr erfindungsreich«, sagte ich fröhlich, hielt dann aber inne, um prüfend die Luft einzuziehen.

Ich warf einen Blick zur Laterne. Aber sie rußte nicht. Ich schnupperte noch einmal.

»Irgendetwas brennt«, sagte Maud mit Nachdruck.

Wir stürzten beide zur Leiter, aber ich überholte sie und war auch schon an Deck. Rauch quoll aus dem Niedergang zum Zwischendeck.

»Der Wolf ist noch nicht tot«, murmelte ich, als ich eilig durch den Rauch nach unten kletterte.

In der Enge dort unten war er so dicht, dass ich mir den Weg ertasten musste. Die Gewalt Wolf Larsens über meine Einbildungskraft war immer noch so groß, dass ich die ganze Zeit darauf gefasst war, von der Hand des hilflosen Riesen gepackt und gewürgt zu werden. Ich zögerte, und das Verlangen, die Stufen wieder hinaufzuspringen, wurde fast übermächtig. Dann erinnerte ich mich an Maud, wie ich sie zuletzt gesehen hatte, im Laternenlicht im Bauch des Schoners, die braunen Augen feucht vor Freude, und als dieses Bild vor mir aufblitzte, wusste ich, dass ich nicht einfach davonlaufen konnte.

Dem Ersticken nahe erreichte ich Wolf Larsens Koje. Ich tastete mit meiner Hand nach seiner. Er lag reglos da, bewegte sich aber leicht, als ich ihn berührte. Keine Hitze war zu spüren, kein Feuer zu sehen. Aber der Rauch, der mich blind machte, husten und nach Luft ringen ließ, musste von irgendwoher kommen. Ich verlor kurzzeitig den Kopf und rannte wild umher. Erst ein Zusammenstoß mit dem Tisch, der mir den Atem raubte, brachte mich wieder zur Besinnung. Ich sagte mir, dass ein hilfloser Mann nur in seiner nächsten Umgebung Feuer legen kann.

So kehrte ich zu Wolf Larsens Koje zurück. Dabei traf ich auf Maud. Wie lange sie sich schon in dieser verräucherten Luft aufhielt, konnte ich nur ahnen.

»Gehen Sie an Deck!«, befahl ich herrisch.

»Aber Humphrey ...«, protestierte sie mit einer seltsam heiseren Stimme.

»Bitte! Bitte!«, fuhr ich sie an.

Sie kehrte folgsam um, aber ich dachte, was ist, wenn sie die Treppe nicht findet? So ging ich ihr nach und kam zu den Stufen des Niedergangs. Vielleicht war sie ja schon hinaufgestiegen. Während ich noch zögernd dort stand, hörte ich sie leise rufen: »Oh, Humphrey, ich habe mich verirrt.«

Als ich sie fand, tastete sie sich an der Wand des hinteren Schotts entlang. Halb führte, halb trug ich sie den Niedergang hinauf. Die frische Luft war wie reiner Nektar. Maud war nur benommen und schwindelig, und so ließ ich sie an Deck zurück und tauchte ein zweites Mal in den Qualm hinab.

Der Rauchherd musste sich nahe bei Wolf Larsen befinden, das war mir jetzt klar, und so ging ich direkt zu seiner Koje. Als ich zwischen seinen Decken herumtastete, fiel etwas Heißes auf meine Hand. Ich verbrannte mich und zog meine Finger schnell zurück. Dann hatte ich begriffen. Durch die Spalten der Koje über ihm hatte er die Matratze in Brand gesetzt. Dazu reichte die Kraft in seinem linken Arm gerade noch aus. Das feuchte Stroh, das von unten entzündet worden war, hatte aus Sauerstoffmangel schon länger geschwelt.

Als ich die Matratze aus der Koje zerrte, schien sie sich in der Luft aufzulösen und ging gleichzeitig in Flammen auf. Ich schlug die brennenden Strohreste in der Koje aus und rannte dann wieder an Deck, um frische Luft zu schöpfen.

Einige Eimer Wasser genügten, um die brennenden Überbleibsel auf dem Zwischendeckboden abzulöschen. Nach zehn Minuten, als sich der Rauch verzogen hatte, gestattete ich Maud, herunterzukommen. Wolf Larsen war bewusstlos, aber die frische Luft brachte ihn nach ein paar Minuten wieder zu sich. Wir massierten ihn trotzdem, als er mit einer Geste nach Papier und Bleistift verlangte.

»Bitte stört mich nicht«, schrieb er. »Ich lächle gerade.«

»Ich bin immer noch ein Stück Ferment«, schrieb er wenig später.

»Ich bin froh, dass Sie kein größeres Stück mehr sind«, sagte ich.

»Schönen Dank«, schrieb er. »Aber bedenken Sie, wie weit ich noch schrumpfen werde, bevor ich sterbe.«

»Trotzdem bin ich noch ganz da, Döspaddel«, schrieb er schließlich triumphierend. »Ich denke jetzt klarer als je zuvor. Nichts lenkt mich ab. Absolute Konzentration. Ich bin ganz da und mehr als das.«

Es war wie eine Botschaft aus der Nacht des Grabes, denn der Körper dieses Mannes war zu seinem Mausoleum geworden.

Dort, in jener seltsamen Gruft, lebte und pulsierte sein Geist. Er würde leben und sich regen, bis die letzte Verbindung mit der Außenwelt abgerissen war. Und danach? Es war unmöglich zu sagen, wie lange er darüber hinaus weiterleben und weiterdenken würde.

38. KAPITEL

»Ich glaube, meine rechte Seite wird jetzt auch gefühllos«, schrieb Wolf Larsen am Morgen nach seiner Brandstiftung. »Die Taubheit nimmt zu. Ich kann meine Hand kaum noch bewegen. Sie werden lauter sprechen müssen. Die letzten Verbindungen reißen ab.«

»Haben Sie Schmerzen?«, fragte ich.

Ich musste die Frage sehr laut wiederholen, bevor er antwortete.

»Nicht ständig.«

Seine linke Hand kratzte schmerzlich langsam über das Papier, und wir hatten große Schwierigkeiten, das Gekrakel zu entziffern. Es sah aus wie eine jener »spirituellen Botschaften«, die man für einen Dollar bei Jahrmarktsséancen erhält.

»Aber ich bin noch da, voll da«, kritzelte die Hand immer langsamer und verkrampfter.

Der Bleistift entglitt ihm, und wir mussten ihn wieder zwischen seine Finger drücken.

»Wenn ich keine Schmerzen habe, finde ich vollkommene Ruhe, vollkommenen Frieden. Ich habe noch nie so klar denken können. Ich kann über Leben und Tod meditieren wie ein weiser Hindu.«

»Und die Unsterblichkeit?«, rief Maud in sein Ohr.

Dreimal versuchte die Hand zu schreiben, zuckte aber nur hilflos. Der Bleistift fiel herunter. Vergebens versuchten wir, ihn zurückzudrücken. Seine Finger konnten ihn nicht mehr führen. Schließlich hielt Maud den Stift, und mit ihrer Hilfe formte seine Hand große Buchstaben, für die er jeweils Minuten brauchte:

»S-T-U-S-S.«

»Stuss.« Das war Wolf Larsens letztes Wort. Bis zum Ende blieb er ein unverbesserlicher Skeptiker. Sein Arm und seine Hand entspannten sich. Sein massiger Körper bewegte sich kaum merklich. Dann lag er still. Maud ließ seine Hand los. Seine Finger spreizten sich ein wenig, lösten sich durch ihr eigenes Gewicht voneinander, und der Bleistift rollte davon.

»Können Sie uns noch hören?«, rief ich, ergriff seine Hand und wartete auf das einmalige Drücken, das »Ja« bedeutete. Sie zeigte keine Reaktion. Die Hand war tot.

»Ich habe gesehen, dass sich seine Lippen leicht bewegt haben«, sagte Maud.

Ich wiederholte die Frage. Die Lippen bewegten sich. Maud legte ihre Fingerspitzen darauf. Ich stellte die Frage zum dritten Mal. »Ja«, verkündete Maud. Wir blickten einander erwartungsvoll an.

»Was hilft das schon?«, fragte ich. »Worüber sollen wir uns noch unterhalten?«

»Ach, fragen Sie ihn …« Sie zögerte.

»Fragen Sie ihn etwas, auf das er mit ›Nein‹ antworten muss«, schlug ich vor. »Dann können wir sicher sein.«

»Sind Sie hungrig?«, schrie sie.

Die Lippen bewegten sich unter ihren Fingern, und sie antwortete: »Ja.«

»Möchten Sie etwas Rindfleisch?«, war ihre nächste Frage.

»Nein«, stellte sie fest.

»Rinderbouillon?«

»Ja, er möchte eine Bouillon«, sagte sie leise und sah zu mir auf. »Bis er sein Gehör verliert, werden wir mit ihm Verbindung halten können. Aber danach …«

Sie sah mich seltsam an. Ich bemerkte, dass ihre Lippen zitterten und Tränen in ihre Augen traten. Sie wankte auf mich zu, und ich nahm sie in meine Arme.

»Oh, Humphrey«, schluchzte sie, »wann ist es endlich vorbei? Ich bin so müde, so schrecklich müde.«

Sie barg ihren Kopf an meiner Schulter, ihr ganzer Körper wurde von einem Weinkrampf geschüttelt. Sie war wie eine Feder in meinen Armen, leicht und zart. »Jetzt ist sie doch noch zusammengebrochen«, dachte ich. »Was soll ich nur ohne ihre Hilfe anfangen?«

Aber ich beruhigte und tröstete sie, bis sie tapfer ihre Fassung zurückgewann und sich geistig genauso schnell erholte, wie sie es sonst körperlich tat.

»Ich sollte mich was schämen«, sagte sie und fügte dann mit ihrem bewundernswert verschmitzten Lächeln hinzu: »Aber ich bin ja nur eine kleine Frau.«

Die Worte »eine kleine Frau« ließen mich wie elektrisiert zusammenfahren. Das war mein bestgehütetes Geheimnis, der schönste Ausdruck meiner Liebe für sie.

»Wie kommen Sie auf diesen Ausdruck?«, fragte ich so abrupt, dass sie erschrak.

»Welchen Ausdruck?«, wollte sie wissen.

»Eine kleine Frau.«

»Ist er von Ihnen?«, fragte sie.

»Ja«, sagte ich. »Es ist mein Ausdruck. Ich habe ihn erfunden.«

»Dann müssen Sie im Schlaf gesprochen haben«, lächelte sie.

Das tanzende schüchterne Leuchten trat wieder in ihre Augen. Meine verrieten, das wusste ich, mehr, als mir recht war. Ohne es zu beabsichtigen, lehnte ich mich an sie wie ein vom Wind herübergedrückter Baum. Wir waren uns in diesem Moment sehr nahe. Sie aber schüttelte den Kopf, als wolle sie den Schlaf oder einen Traum verscheuchen, und sagte:

»Ich kenne diese Worte schon ein Leben lang. So nannte mein Vater meine Mutter.«

»Aber es ist auch mein Ausdruck«, sagte ich trotzig.

»Für Ihre Mutter?«

»Nein«, erwiderte ich, und sie fragte nicht weiter, aber ich hätte schwören können, dass die Spottlust noch einige Zeit aus ihren Augen schaute.

Nachdem der Fockmast eingesetzt war, ging die Arbeit jetzt zügig voran. Im Handumdrehen und ohne ein ernsthaftes Problem hatte ich den Großmast eingepasst. Dazu hatte ich einen Derrickkran am Fockmast aufgeriggt. Nach wenigen Tagen waren alle Stagen und Wanten an ihrem Platz und alles war durchgesetzt. Toppsegel würden eine Zweimanncrew nur behindern und gefährden, also hievte ich die Stengen einfach an Deck und machte sie fest.

Ein paar Tage dauerte es noch, bis die Segel fertig waren und angeschlagen werden konnten. Es waren nur drei, die Fock, das Schonersegel und das Großsegel, die, dazu noch verkürzt, zusammengeflickt und verzogen wie ein schlecht sitzendes Kleid, überhaupt nicht zu der klaren Linienführung der *Ghost* passten.

»Aber sie werden funktionieren!«, jubilierte Maud. »Wir kriegen das hin und vertrauen ihnen unser Leben an!«

Von den vielen neu erworbenen Fertigkeiten beherrschte ich das Handwerk des Segelmachens zweifellos am schlechtesten. Zum Glück konnte ich besser mit Segeln umgehen als sie herstellen, und so war ich mir sicher, dass ich den Schoner in einen nordjapanischen Hafen bringen konnte. Zudem hatte ich mithilfe der Lehrbücher an Bord Navigation gepaukt und verfügte ja auch über Wolf Larsens Sternenschablone, die sich so kinderleicht bedienen ließ.

Bis auf weiteren Hörverlust und immer schwächer werdende Lippenbewegungen hatte sich der Zustand des Erfinders dieses Hilfsmittels während der vergangenen Woche kaum verändert. Jedoch hörte er uns an dem Tag, an dem wir mit dem Anschlagen der Segel fertig wurden, zum letzten Mal. Auch seine Lippenbewegungen erstarben, nachdem ich ihn noch

einmal gefragt hatte »Sind Sie geistig noch anwesend?« und seine Lippen »Ja« signalisiert hatten.
Die letzte Verbindung war abgerissen. Irgendwo in diesem Grab aus Fleisch und Blut lebte die Seele des Mannes nach wie vor. Eingemauert in lebendigem Lehm brannte das Feuer des ungestümen Geistes, den wir gekannt hatten, in Stille und Dunkelheit weiter. Er war körperlos; dieser Intellekt konnte seinen Körper nicht mehr wahrnehmen. Er war ihm unbegreiflich geworden. Unsere Welt existierte nicht mehr. Er kannte nur noch sich selbst und eine unermessliche, abgrundtiefe Stille und Dunkelheit.

39. KAPITEL

Der Tag unserer Abreise war gekommen. Es gab nichts mehr, was uns auf Endeavor Island hätte halten können. Die Maststümpfe der *Ghost* waren an ihrem Platz, die zusammengestückelten Behelfssegel angeschlagen. Meine Hände hatten solide, wenn auch keine schöne Arbeit geleistet. Ich war sicher, dass alles funktionieren würde. Während ich mein Werk betrachtete, überkam mich ein Gefühl von Stärke.

»Ich habe es geschafft! Ich habe es tatsächlich geschafft! Mit meinen eigenen Händen habe ich es geschafft!«, hätte ich laut herausschreien mögen.

Aber Maud und ich hatten eine Art, die Gedanken des anderen auszusprechen. Als wir uns daranmachten, das Großsegel zu setzen, sagte sie:

»Kaum vorzustellen, Humphrey, dass Sie dies alles mit eigenen Händen geschafft haben.«

»Aber zwei Hände haben mir dabei geholfen«, antwortete ich. »Zwei zierliche Hände, und jetzt behaupten Sie bloß nicht, Ihr Vater hätte das auch immer gesagt.«

Sie lachte, schüttelte den Kopf und hielt ihre Hände hoch.

»Ich werde sie nie wieder sauber kriegen«, jammerte sie, »und die raue Haut wird auch nie wieder verschwinden.«

»Dann wollen wir diese Spuren als Auszeichnungen betrachten«, sagte ich und nahm ihre Hände in meine. Und trotz meiner guten Vorsätze hätte ich diese lieben Hände geküsst, wenn sie sie mir nicht schnell entzogen hätte.

Unsere Kameradschaft geriet ins Wanken. Ich hatte meine Liebe lange und gut unter Kontrolle gehabt, aber jetzt begann sich das Blatt zu wenden. Eigensinnig hatte mein Herz aufbegehrt und meine Augen zum Sprechen gebracht, und jetzt war es dabei, mir die Zunge zu lösen – ja, und die Herrschaft über meine Lippen an sich zu reißen, denn sie waren wie verrückt danach, die zierlichen Hände zu küssen, die sich so tapfer und treu geschunden hatten. Ich selbst war verrückt. Fanfarenklänge erfüllten mich und trieben mich zu ihr. Ein Sturm, dem ich nicht widerstehen konnte, blies meinen Körper auf ihren zu, ohne dass ich wusste, wie mir geschah. Ihr aber entging nichts. Sie musste im Bilde gewesen sein, als sie mir ihre Hände entzog, und doch konnte sie sich einen kurzen suchenden Blick nicht versagen, bevor sie ihre Augen abwandte.

Ich hatte die Fallen mit Decktakeln nach vorne zum Ankerspill gebracht und setzte jetzt das Großsegel mit Piek und Klau gleichzeitig. Es war etwas umständlich, ging aber relativ schnell, und schon stand auch das Schonersegel und flatterte im Wind.

»Wenn der schwere Anker vom Grund klarkommt, bleibt uns in dieser engen Bucht nicht genug Zeit, um ihn vollständig zu lichten«, sagte ich. »Bis dahin wären wir längst auf die Felsen gelaufen.«

»Was können wir tun?«, fragte sie.

»Ihn kappen«, antwortete ich. »Während ich das erledige, müssen Sie zum ersten Mal mit dem Ankerspill anholen. Ich laufe nämlich anschließend sofort zum Ruder, und Sie setzen die Fock.«

Das Auslaufmanöver hatte ich ein dutzendmal im Kopf durchgespielt. Mit dem um das Ankerspill gelegten Fockfall würde es Maud möglich sein, dieses sehr wichtige Segel zu setzen. Eine steife Brise wehte in unsere Bucht hinein, und obwohl das Wasser ruhig war, tat Eile not, um sicher hinauszugelangen.

Als ich den Bolzen des Schäkels herausgeschlagen hatte, ratterte die Ankerkette durch die Klüse ins Meer. Ich lief nach achtern und legte das Ruder um. Die Ghost schien zu neuem Leben zu erwachen und krängte, als der Wind ihre Segel füllte. Die Fock wurde gesetzt. Als sie sich blähte, schwang der

Bug herum, und ich musste die Ruderstellung korrigieren, um den Schoner auf Kurs zu halten.

Ich hatte ein automatisches Fockschot gebastelt, das die Fock von selbst übergehen ließ, sodass Maud sich darum nicht zu kümmern brauchte. Sie war immer noch damit beschäftigt, die Fock zu setzen, als ich das Ruder hart überlegte. Dies war der kritische Augenblick, denn jetzt segelte die *Ghost* direkt auf den Strand zu, der nur einen Steinwurf entfernt war. Doch sie drehte sich gehorsam in den Wind. Das große Flattern und Schlagen des Tuchs und der Reffbändsel war Musik in meinen Ohren. Dann füllten sich die Segel auf dem neuen Schlag. Maud hatte ihre Aufgabe beendet und war nach achtern gekommen, wo sie sich neben mich stellte, eine kleine Mütze auf ihrem im Wind wehenden Haar, mit vor Anstrengung geröteten Wangen, mit großen Augen, die vor Aufregung leuchteten, und mit Nasenflügeln, die leicht zitternd die raue und salzige Seeluft einsogen. Ihre braunen Augen glichen denen eines aufgeschreckten Rehs. Ein unbändiger, durchdringender Blick, wie ich ihn noch nie gesehen hatte, funkelte darin. Ihre Lippen öffneten sich, und sie hielt den Atem an, während die Ghost auf die Felswand neben dem Eingang zur inneren Bucht zuhielt, dann in den Wind lief und sicheres Wasser gewann.

Meine Erfahrung als erster Maat in den Robbengründen kam mir jetzt zugute. Nachdem wir die innere Bucht verlassen hatten, segelte ich einen langen Schlag parallel zum Strand der äußeren Bucht. Dann halsten wir erneut, und jetzt lief die *Ghost* auf die offene See hinaus. Sie hatte wieder teil am gleichmäßigen Auf und Nieder des Ozeans, wurde eins mit seinem Atem, während sie sanft die flachen Hänge der langen Dünung hinauf- und hinabglitt. Es war ein bedeckter, grauer Tag gewesen, aber plötzlich brach die Sonne wie ein gutes Omen durch die Wolken und schien auf das Halbrund des

Strandes, wo wir zusammen den Oberhäuptern der Harems getrotzt und die Holluschicki erschlagen hatten. Dann lag ganz Endeavor Island im Sonnenschein. Sogar die unwirtliche südwestliche Landzunge sah weniger grimmig aus, und hier und da, wo die Gischt die Felsen benetzte, leuchteten und blitzten sie im Sonnenlicht.

»Ich werde stets mit Stolz daran zurückdenken«, sagte ich zu Maud. Sie warf den Kopf zurück wie eine Königin und erwiderte: »Liebes, geliebtes Endeavor Island! Ich habe es auf immer ins Herz geschlossen.«

»Ich auch«, beeilte ich mich hinzuzufügen.

Mir schien, als müssten sich unsere Augen in einem großen Einverständnis finden, aber nein, sie rissen sich voneinander los, und unsere Blicke trafen sich nicht.

Eine Stille trat ein, die fast peinlich zu nennen war. Doch dann brach ich das Schweigen und sagte:

»Sehen Sie nur diese schwarzen Wolken in Luv. Ich habe ja schon gestern Abend gesagt, dass das Barometer fällt.«

»Und auch die Sonne ist verschwunden«, sagte sie, ihren Blick immer noch unverwandt auf unsere Insel gerichtet, wo wir alle Widrigkeiten überwunden und zu der echtesten Kameradschaft gefunden hatten, die zwischen Mann und Frau entstehen kann.

»Jetzt heißt es, Schoten auffieren und Kurs auf Japan!«, rief ich frohgemut. »Ein steter Wind die Segel bläht, oder wie war das noch?«

Ich band das Steuer fest und lief nach vorn, fierte die Fock und das Großsegel auf, holte an den Baumtakeln etwas an und trimmte alles für den achterlichen Wind, der wehte. Es war eine steife Brise, sehr steif, aber ich nahm mir vor, so lange wie möglich vorm Wind zu segeln. Leider kann man bei achterlichem Wind das Steuerrad nicht auf Dauer festlegen, und so hatte ich eine lange Nacht vor mir. Maud bestand darauf, mich abzulösen, aber es stellte sich heraus, dass sie einfach nicht die Kraft besaß, in schwerer See zu steuern, selbst wenn sie es in so kurzer Zeit hätte lernen können. Dies bedrückte sie offensichtlich sehr, aber während sie alle losen Takel, Fallen und Leinen aufschoss, hob sich ihre Stimmung wieder. Dann musste sie in die Kombüse, um Essen zu kochen, musste die Betten machen und sich um Wolf Larsen kümmern. Sie beendete den Tag mit einem großen Frühjahrsputz der Kajüte und des Zwischendecks.

Ich verbrachte die ganze Nacht ohne Ablösung am Ruder, während der Wind weiter auffrischte und die See immer höher ging. Gegen fünf Uhr morgens brachte Maud mir heißen Kaffee und Kekse, die sie gebacken hatte, und um sieben wurde mir ein üppiges und warmes Frühstück serviert, das meine Lebensgeister wieder weckte.

Den ganzen Tag lang nahm der Wind weiter zu. Und es war schon beeindruckend, mit welcher Unbeirrbarkeit er immer mehr zulegte. Die *Ghost* stürmte Meile um Meile voran, und ich war sicher, dass sie am Ende mindestens elf Knoten Fahrt machte. Das musste man unbedingt ausnutzen, aber bei Einbruch der Dunkelheit war ich erschöpft. Obwohl in bester körperlicher Verfassung, hatte ich nach sechsunddreißig Stunden am Ruder die Grenze meiner Leistungsfähigkeit erreicht. Auch Maud bat mich beizudrehen, und ich wusste selbst, dass dies bald unmöglich sein würde, wenn Windgeschwindigkeit und Seegang sich über Nacht so weiterentwickelten wie bisher. Als es dunkel war, nahm ich die *Ghost* also erleichtert und zugleich widerwillig aus dem Wind.

Allerdings hatte ich nicht geahnt, welche gewaltige Aufgabe es für einen Mann sein würde, die drei Segel zu reffen. Vor dem Wind laufend hatte ich seine wahre Stärke unterschätzt, aber als wir kaum noch Fahrt machten, wurde mir schlagartig und fast bis zur Verzweiflung klar, wie er tobte. Der Sturm behinderte jede meiner Arbeiten, riss mir die Segel aus der Hand und machte das in einem Augenblick zunichte, wofür ich mich vorher zehn Minuten abgeschuftet hatte. Bis acht Uhr war es mir lediglich gelungen, das zweite Reff des Schonersegels festzumachen. Um elf war ich noch nicht wesentlich weiter. Blut rann aus meinen Fingerspitzen, und die Fingernägel waren bis zum Leben eingerissen. Vor Schmerz und Erschöpfung weinte ich in der Dunkelheit, aber heimlich, damit Maud es nicht bemerkte.

Verzweifelt gab ich schließlich den Versuch auf, das Großsegel zu reffen, und entschloss mich, das Experiment zu wagen, mithilfe des gerefften Schonersegels beizudrehen. Ich brauchte drei weitere Stunden, um das Großsegel und die Fock zu bergen, und gegen drei Uhr morgens war ich todmüde, zerschlagen und fast leblos. Mir wurde kaum bewusst, dass das Experiment erfolgreich verlaufen war. Das gereffte Schonersegel funktionierte. Die *Ghost* war beigelegt, lief am Wind und zeigte keinerlei Neigung, abzufallen und ihre Breitseite den Brechern darzubieten.

Obwohl ich völlig ausgehungert war, versuchte Maud vergeblich, mich zum Essen zu bewegen. Mit vollem Mund döste ich und schlief ein, während ich noch den Löffel zum Mund führte, um einen Moment später aufzuwachen und gequält festzustellen, dass der Vorgang noch nicht beendet war. So schläfrig und hilflos war ich, dass Maud mich auf meinem Stuhl festhalten musste, damit ich nicht durch das schwere Stampfen des Schoners zu Boden geworfen wurde.

Ich weiß nicht, wie ich von der Kombüse zur Kajüte gekommen bin. Wie ein Schlafwandler wurde ich von Maud geführt und gestützt. Ich nahm überhaupt nichts mehr wahr, bis ich in meiner Koje erwachte, ohne zu wissen, wie lange ich dort gelegen hatte, und bemerkte, dass ich meine Stiefel nicht mehr anhatte. Es war noch nicht hell. Ich war steif und wie gelähmt, und als meine zerschundenen Fingerspitzen das Bettzeug berührten, schrie ich vor Schmerzen auf.

Der Morgen war wohl noch nicht da. So schloss ich meine Augen und dämmerte wieder ein. Ich wusste nicht, dass ich rund um die Uhr geschlafen hatte und dass es zum zweiten Mal dunkel geworden war.

Wieder erwachte ich, beunruhigt, weil ich nicht tiefer schlief. Ich zündete ein Streichholz an und schaute auf meine Uhr. Es war Mitternacht. Dabei hatte ich das Deck erst gegen drei verlassen! Zuerst war ich verwirrt, erriet dann aber den Grund. Kein Wunder, dass ich immer wieder aufwachte. Ich hatte einundzwanzig Stunden durchgeschlafen. Eine Weile hörte ich auf die Geräusche der *Ghost*, lauschte dem Anprall der Wellen und dem gedämpften Pfeifen des Sturms an Deck, dann drehte ich mich auf die Seite und schlief friedlich bis zum Morgen.

Als ich um sieben aufstand, war von Maud nichts zu sehen. Sie bereitete also wohl das Frühstück. An Deck konnte ich mich davon überzeugen, dass die *Ghost* mit ihrem Fetzen Tuch bestens lief. Aber in der Kombüse, wo das Feuer brannte und Wasser kochte, war Maud auch nicht.

Ich fand sie im Zwischendeck an Wolf Larsens Koje. Ich sah ihn an, diesen Mann, der vom Gipfel des Lebens abgestürzt war und jetzt lebendig begraben dalag. Es war schlimmer als der Tod. Doch schienen mir seine ausdruckslosen Gesichtszüge seltsam entspannt. Maud sah mich an, da begriff ich.

»Sein Leben ist im Sturm erloschen«, sagte ich.

»Aber er wird weiterleben«, antwortete sie mit grenzenloser Zuversicht in der Stimme.

»Er hatte zu viel Kraft.«

»Ja«, sagte sie, »aber die fesselt ihn nicht länger. Seine Seele ist jetzt frei.«

»Sicher, sie ist jetzt frei«, sagte ich, nahm sie bei der Hand und führte sie an Deck.

Der Sturm überschritt in dieser Nacht seinen Höhepunkt, flaute aber ebenso allmählich ab, wie er aufgekommen war.

Als ich Wolf Larsens Leichnam am folgenden Morgen nach dem Frühstück an Deck gehievt hatte und seine Beisetzung vorbereitete, blies er immer noch kräftig, und die See ging hoch. Das Deck wurde ständig von überkommenden Brechern geflutet, die sich über die Reling und durch die Speigatts ergossen. Dann erfasste eine plötzliche Böe den Schoner, der krängte, bis die Leereling wegtauchte und das Pfeifen in der Takelage zu einem Kreischen wurde. Wir standen bis zu den Knien im Wasser, als ich meine Mütze abnahm.

»Ich kann mich nur an einen Teil der Zeremonie erinnern«, sagte ich, »und der lautet: ›Und der Leib soll dem Meer übergeben werden!‹«

Maud sah mich überrascht und schockiert an, aber die Erinnerung an das, was ich vor nicht allzu langer Zeit miterlebt hatte, war noch sehr lebendig, und daher bestattete ich Wolf Larsen genauso, wie er einen anderen Mann bestattet hatte. Ich hob das Ende des Lukendeckels an, und der in Segeltuch gehüllte Körper rutschte mit den Füßen voran ins Meer. Eisengewichte zogen ihn hinab, und er verschwand.

»Auf Wiedersehen, Luzifer, stolzer Geist«, flüsterte Maud so leise, dass der Satz vom Tosen des Sturms verschluckt wurde, aber ich sah, wie sich ihre Lippen bewegten, und verstand.

Als wir uns an die Leereling angeklammert nach achtern zurückkämpften, blickte ich zufällig leewärts. Die *Ghost* wurde in diesem Augenblick von einer See hochgetragen, und so konnte ich deutlich sehen, dass ein kleiner Dampfer in etwa zwei bis drei Meilen Entfernung rollend und stampfend durch die schwere See auf uns zuhielt. Er war schwarz gestrichen, und aus den Wilderergeschichten der Jäger wusste ich, dass es sich um einen Zollkutter der Vereinigten Staaten handeln musste. Ich sagte Maud, was ich gesehen hatte, und führte sie dann schnell nach achtern auf das sichere Hüttendeck.

Ich wollte schon nach unten eilen, um die Seenotflagge zu holen, aber dann fiel mir ein, dass ich nicht daran gedacht hatte, eine Flaggleine anzuschlagen.
»Wir brauchen kein Notsignal«, sagte Maud. »Es genügt völlig, nur einen Blick auf das Schiff zu werfen.«
»Wir sind gerettet«, sagte ich prosaisch und feierlich zugleich. Dann fügte ich in überschäumender Freude hinzu: »Ich weiß nicht, ob ich glücklich darüber sein soll oder nicht.«
Ich sah sie an. Unsere Augen wichen sich nicht mehr aus. Wir kamen uns näher, und bevor ich wusste, was geschah, hatten meine Arme sie umschlungen.
»Muss ich?«, fragte ich.
Sie antwortete: »Nein, du musst nicht, aber es wäre schön, einfach herrlich, es zu hören.«
Ihre Lippen erwiderten meinen Kuss. Ich weiß nicht, welchen Streich mir meine Erinnerung spielte, aber plötzlich stand mir die Szene in der Kajüte der *Ghost* vor Augen, als sie ihre Finger sanft auf meine Lippen gelegt und »Ruhig, ganz ruhig« gesagt hatte.
»Meine Frau, meine kleine Frau«, sagte ich und streichelte zärtlich ihre Schulter, wie es alle Liebenden tun, ohne es je irgendwo gelernt zu haben.
»Mein Mann«, sagte sie und sah mich einen Augenblick mit zitternden Lidern an, bevor sie ihre Augen schloss und den Kopf mit einem glücklichen Seufzer an meine Brust schmiegte.
Ich sah zum Kutter hinüber. Er war sehr nahe. Ein Boot wurde zu Wasser gelassen.
»Einen Kuss noch, Liebste«, flüsterte ich. »Noch einen Kuss, bevor sie kommen.«
»Und uns vor uns selbst retten«, vervollständigte sie meinen Satz mit einem zauberhaft verschmitzten Lächeln, das ich so noch nicht bei ihr gesehen hatte, denn ich entdeckte die Liebe darin.

NACHWORT

Ein solcher Fang musste legendär werden, sogar im verwöhnten Kalifornien. Und noch dazu ohne Netz und Angel, mit der bloßen Hand! An einem verhangenen Sommermorgen des Jahres 1892 zieht ihn ein Fischer in der San Pablo Bay weit draußen vor Vallejo in sein Boot. Über fünfzig Bücher, einhundertachtundachtzig Kurzgeschichten, dazu Artikel, Besprechungen, sozialistische Pamphlete, summa summarum mehr als fünfhundert Publikationen.

Allerdings hatte das alles damals noch nicht die Gestalt angenommen, die die Druckerpressen verleihen, sondern sah ganz anders aus, ungleich menschlicher und völlig ausgepumpt. Was der Mann nördlich von San Francisco aus dem Wasser fischte, war, um es buchstäblich zu sagen, ein sechzehnjähriger Tunichtgut und Herumtreiber, ein durchdringend nach billigem Fusel riechender Austernräuber namens Jack London. Aber auch der andere, der vorausschauende Blick behält seine Berechtigung, denn ohne diesen einen Handgriff, dieses seltsame Erbeuten, hätte es den gleichnamigen Literaten nie gegeben und die Früchte seiner manischen Produktivität auch nicht, die also gleichzeitig mit dem schlaffen und japsenden Körper an Bord gehievt wurden.

Jack London hat sein damaliges selbstmörderisches Sich-Treibenlassen, den gleichermaßen von Alkohol, Verweigerung und Risikobereitschaft beflügelten Abschied eines jungen »drifters«, in dem autobiografischen Roman *John Barleycorn* beschrieben. Am eindringlichsten gegenwärtig aber ist diese Episode zu Beginn des *Seewolfs*, als der Ebbesog Humphrey van Weyden aufs offene Meer hinausträgt. Und auch er macht die Erfahrung, die seinen Autor noch ein Vierteljahrhundert lang über Wasser hielt, führt modellhaft vor, wie derjenige, der sein vertrautes Milieu hinter sich lässt, notwendig andere, neue, fremde Wirklichkeiten entdeckt, von denen er sich bisher nichts träumen ließ.

Bis zu seinem dreiundzwanzigsten Lebensjahr verfügte Jack London schon über eine erstaunliche Sammlung solcher miterlebten und abenteuerlichen Welten. Als uneheliches Kind des herumvagabundierenden Astrologen William Henry Chaney und der aus Ohio stammenden Spiritistin und Musiklehrerin Flora Wellman – der Hausname London stammt vom späteren Stiefvater – wuchs er in ärmlichen Verhältnissen auf dem Land und später in Oakland auf, verdingte sich als »Arbeitstier« in einer Konservenfabrik und plünderte als Bandenmitglied Austernbänke, bevor er kurzfristig zur Gegenseite, der »California Fish Patrol«, überlief. 1893 heuerte er für sieben Monate auf dem Robbenfänger *Sophia Sutherland* an, durchquerte anschließend als »hobo« die USA von West nach Ost, bis er an den Niagarafällen wegen Landstreicherei verhaftet und in das »Erie County Penitentiary« eingewiesen wurde. Der einmonatige Gefängnisaufenthalt wurde zum Wendepunkt. In der ersten der für ihn charakteristischen ›Arbeitsorgien‹ holte er in Oakland seinen Schulabschluss nach, bezog für ein Semester die Universität, ließ sich dann aber vom Klondike-Fieber anstecken und verbrachte den Winter 1897/98 als Goldsucher am Yukon.

Mit leeren Taschen, aber überbordend von den Erzählungen, die er in den langen Polarnächten gehört hatte, kehrte er zurück, fest entschlossen, sein Claim nicht in den Einöden des hohen Nordens, sondern in der Literatur abzustecken. Ein heute in der Bibliothek der Utah State University aufbewahrtes Notizbuch mit der Aufschrift »Magazine Sales 1898–1900« dokumentiert die Anfänge und die verbissene Zähigkeit, mit der London auf dem damals prosperierenden und lukrativen

Zeitschriftenmarkt Fuß zu fassen suchte. In dem Büchlein sind die gut einhundert Beiträge verzeichnet, die er im genannten Zeitraum angeboten hat. Davon wurden ganze fünfzehn ohne Weiteres akzeptiert, der Rest brachte es auf insgesamt vierhundert Ablehnungen, wobei London die »rejection slips« auf einem Draht auffädelte. Bis zu seinem literarischen Durchbruch mit den Alaska-Erzählungen hatte der Stapel die Metermarke längst überschritten.

Der Mensch, der 1892 dem nassen Tod so knapp entronnen war, schrieb jetzt wie ein Ertrinkender. Mindestens tausend Wörter täglich, sommers wie winters, zu Hause oder unterwegs, sonn- oder feiertags, siebzehn Jahre lang. Er zehrte dabei von dem, was er in seinen ›wilden Jahren‹ an Erlebnissen gespeichert hatte, und dieser unsichtbare ›Erzählspeck‹ hielt lange vor.

Der *Seewolf* liefert ein augenfälliges Beispiel für die literarische Umsetzung und Verarbeitung derartigen existenziellen Rohstoffs. Er entstand 1903/04, als London schon neun Buchveröffentlichungen, darunter *Ruf der Wildnis*, vorzuweisen hatte, wobei das vom *Century Magazine* gezahlte üppige Vorabdruckshonorar und die rund vierzigtausend Vorbestellungen Londons Rang als Erfolgsautor nachdrücklich unterstrichen. Inzwischen hatte er nämlich die Goldmine seines knapp einjährigen Alaska-Aufenthalts fast restlos ausgebeutet und die Nuggets des Miterlebten und Mitgehörten in eine Nordlandsaga umgemünzt, die allein vier Kurzgeschichtenbände füllte. Nun aber wird ein ganz neues Erinnerungsreservoir angezapft, das noch frisch und unverbraucht sprudelte und dem der *Seewolf* seine teilweise drastische Anschaulichkeit und atmosphärische Dichte verdankt.

Die Rede ist von Seefahrt und Robbenjagd. Denn wie der meisterliche Schluss des ersten Kapitels wohl nur einem Verfasser gelingen konnte, dem selbst einmal das Wasser bis zum

Hals gestanden hatte, so setzte auch die überzeugende Inszenierung der Vorgänge an Bord der *Ghost* ein gerüttelt Maß an Erfahrungen aus erster Hand voraus. Jack London sammelte sie 1893/94 auf dem Schoner *Sophia Sutherland*, und die Kontaktstellen zwischen Fiktion und Faktum sind von ihm denn auch keineswegs wegretuschiert oder verwischt worden. Im Gegenteil. Auf der damaligen Besatzungsliste der *Sutherland* standen die Namen Johnson und Lewis, der »Telegraph Hill Boy« Jack Waters war das Vorbild für den rebellischen George Leach, und auch ein Seebegräbnis hat Jack London vor Kap Jerimo miterlebt. Weitere Verankerungen in der Realität liefern das Fährunglück in der Bucht von San Francisco im Jahre 1901, die Entsprechung zwischen dem Poe-Artikel van Weydens und Londons im Juni 1903 in *The Critic* erschienenem Essay »The Terrible and Tragic in Fiction« sowie der in Seemannskreisen berühmte und berüchtigte Kapitän Alexander McLean, über den London sich in einem Brief aus dem Jahre 1914 wie folgt äußert: »Ich bin ihm niemals persönlich begegnet. Aber als ich vor der Küste Japans Robben jagte, haben wir den Kurs seines Schoners viele Male gekreuzt. Damals fuhr sein Bruder, Kapitän Dan McLean, auf dem Dampfschiff *Alexandria*, einem anderen Robbenfänger.«
Auch die Rivalität zwischen Wolf und »Tod« Larsen hat also ein fundamentum in re, und man muss sich fragen, warum London sich so eng an die Vorgaben der Wirklichkeit hielt und weshalb er seinem Erzählmosaik solche Realitätspartikel nahezu unbearbeitet einpasste. Der bloße Hinweis aufs Lebensechte und den ›Salzgeschmack‹ des Romans befriedigt dabei ebenso wenig wie das literaturgeschichtliche Etikett ›Naturalist‹, das Jack London gemeinhin anhaftet. Nautisches Lokalkolorit hätte sich womöglich unaufwendiger, mit Sicherheit aber freizügiger erzeugen lassen, und Zola'sche Faktomanie war London als Ausgeburt einer »Schule von Klöt-

zen« (»school of clod«) ebenso zuwider wie die in der Gegenpartei, der »Schule von Götzen« (»school of god«), grassierende sentimentale Schönfärberei.

Der zureichende Grund muss also anderswo zu finden sein, und man entdeckt ihn wie von selbst, wenn man sich bei *Seewolf*-Lesern danach erkundigt, was ihnen von der Lektüre in Erinnerung geblieben ist. In der überwiegenden Zahl der Fälle stellt sich nämlich heraus, dass das, was haftet, gerade nicht die Initiationsgeschichte und sozialdarwinistische Parabel ist, die Jack London zu Papier bringen wollte. »Meine Idee ist folgende«, schrieb er am 20. Januar 1903 an George Brett, »ich nehme einen kultivierten, gebildeten und überzivilisierten Mann und die entsprechende Frau und verfrachte beide in ein primitives Seemannsmilieu, wo es nur Kampf und Reibereien gibt und das Leben darin besteht, sich einen vollen Bauch und ein Dach über dem Kopf zu sichern. Und dann sorge ich dafür, dass dieses Paar über sich hinauswächst und mit fliegenden Fahnen über die widrigen Umstände triumphiert.«

Hätte Jack London nur diese Ankündigung wahr gemacht, wäre sein Buch längst vergessen, denn Humphrey van Weyden und Maud Brewster beginnen zu verblassen, kaum dass man die Buchdeckel geschlossen hat. Ihre Prüfungen, Niederlagen und Erfolge bilden nicht mehr als die Rahmenhandlung. Aber von diesem Rahmen eingefasst wie ein Porträt und entsprechend hervorgehoben wird der eigentliche Souverän des Textes und der *Ghost*: Wolf Larsen. Diese Schöpfung brennt sich in das Gedächtnis des Rezipienten ein, und zwar selbst dann, wenn er nicht einmal mehr den Originalroman, sondern nur noch seine Fernsehfilmversion kennt. Und bereits die zeitgenössische Kritik hat zugestanden, dass die mythische Präsenz des Seewolfs alle Mängel und Schwachstellen der Fabel, alle Unausgewogenheiten des Stils, ja selbst die unverzeihlich hölzernen Dialoge und Umgangsformen der beiden Liebenden mühelos überstrahlt und ganz und gar nebensächlich werden lässt. »Über diesem Buch schläft man nicht ein«, so schon 1905 der kalifornische Großzyniker, Journalist und Schriftstellerkollege Ambrose Bierce, »aber das Große, das wirklich Große daran ist die überwältigende Figur des Wolf Larsen. Man wird ihn nicht wieder los. Er begleitet einen bis ans Lebensende. Wie Jack London ihn uns einbläut, ist nicht so wichtig. An den Methoden mag es etliches auszusetzen geben, aber das Ergebnis ist nahezu einzigartig. Wer eine solche Gestalt zurechtgemeißelt und vor uns aufgerichtet hat, der hat wahrlich nicht umsonst gelebt.«

Diese besondere Einprägsamkeit, über deren Ursachen Bierce hier nicht weiter nachdenkt, hat aber gerade mit der Häufung der Wirklichkeitspartikel und Realitätseinschlüsse im *Seewolf* zu tun. Eben weil Wolf Larsen eine ins Surreale gesteigerte, ins Sagenhafte entrückte, ur- und überwirkliche Gestalt ist, braucht London ein massives Gegengewicht, um sie gleichsam auf dem Boden der Tatsachen zu halten und ein Entschweben ins Unverbindlich-Märchenhafte zu verhindern. Diesen Glaubwürdigkeitsballast liefert die Verfasserbiografie und eine Kette eingewobener Faktizitäten, vom datierbaren Schiffsunglück in der Bucht von San Francisco über einen aus eigener Anschauung beschriebenen Bordalltag bis zu den real existierenden Sachbuchtiteln in Wolf Larsens Handbibliothek. Die Plausibilität der Umgebung färbt so ständig auf das Phantasma Seewolf, das den heillosesten Gefilden des Unbewussten entsprungen ist, ab, und verwandelt es aus einem Gespenst in ein Wesen aus Fleisch und Blut, in dem wir gleichwohl unserem eigenen Innersten begegnen.

Es ist das Vor-Ich mit seinem unstillbaren Macht-, nein Allmachtshunger, das in Wolf Larsen Gestalt angenommen hat und sein Selbstvergottungsprogramm rücksichtslos in die Tat umsetzt. Solche Weltusurpationen mitzuerleben ist überaus faszinierend und – wegen der befürchteten Ansteckungsgefahr – gemeinhin verboten. Deshalb hinkt Richard der Dritte zu Beginn des Shakespeare-Dramas an die Rampe und schaltet gekonnt unsere Zensurmechanismen aus, deshalb erfolgen moralische Schutzimpfungen, sobald wir das Monstrositätenkabinett der Weltgeschichte mit seinen Ausradierern und Massenmördern betreten, in dem der Besucherstrom trotzdem nicht abreißen will. Und aus keinem anderen Grund erzählt Jack London eine jugendfreie Liebesgeschichte und singt das Hohelied des grundanständigen und nur etwas verzärtelten Humphrey van Weyden, aus dem am Ende doch noch ein Mann geworden ist. Beides macht uns, genau wie der ums spätviktorianische Dekorum besorgten ersten Lesergeneration, ein gutes Gewissen. Untadelige Lektüre, signalisiert jede dritte Seite, eine Ladung Seemannsgarn mit einwandfreien, mit mustergültigen Frachtpapieren. Aber das ist Fassade. In Wahrheit transportiert der *Seewolf* Konterbande, und es ist eben diese nicht deklarierte, illegale Ware, die bis auf den heutigen Tag unsere Neugier anstachelt.

Ein Mensch auf dem Weg zum ganzen Kerl mag ja eine Zeit lang für Unterhaltung sorgen, aber was ist das schon gegen einen ganzen Kerl, der Gott werden will oder doch wenigstens Gegengott und Luzifer. Als Wolf Larsen unter dem Trommelwirbel eines Sterbenden die Szene betritt, ist er auf diesem Weg schon ein ordentliches Stück vorangekommen. In dem Mikrokosmos der *Ghost* herrscht er unumschränkt; sein Wort ist Gesetz. Er gebietet über Leben und Tod seiner Kreaturen, seine eigene Sterblichkeit dagegen scheint suspendiert oder bereits überwunden. Das Auftauchen aus dem Meer in Kapitel XIV, das Emporkämpfen aus der ›Unterwelt‹ der Back, beides gewinnt mythische Dimensionen, führt die Wiedergeburt eines Unzerstörbaren vor, dem selbst das Wüten der Elemente nur noch trotziges Hohngelächter entlockt.

Und Larsens letzte Tage? Die ungeheuerliche Vergeltung, die uns Humphrey van Weyden einflüstern möchte? Die Deutungsschablonen von Schuld und Sühne, von Hybris und Höllenfahrt, von Hochmut und Fall, die die Interpreten wie spanische Wände vor die Koje schieben, in der es zu Ende geht? Wieder Verstellungen, Scheuklappen, Beruhigungsmittel. Die wirkliche Ungeheuerlichkeit, die uns Jack London zumutet, ist nämlich nicht die Tatsache, dass die Selbstüberhebung Wolf Larsens mit einem Untoten, einem lebendigen Leichnam endet, sondern dass sie gleichzeitig auf ganz und gar unheimliche, auf diabolische Weise gelingt.

»Ich denke jetzt klarer als je zuvor«, lässt der zunehmend Entrückte die Hinterbliebenen noch wissen. »Nichts lenkt mich ab. Absolute Konzentration. Ich bin ganz da und mehr als das. Ich finde vollkommene Ruhe, vollkommenen Frieden.« So pflegen sich Heilige zu verabschieden, die in die Transzendenz abberufen werden. Und fraglos umgibt den völlig hilflosen Gewalttäter dort unten im Schiffsbauch eine Aura des Numinosen, der sich auch der zunehmend realitätstüchtige und -süchtige van Weyden nicht entziehen kann: »Er war körperlos. Unsere Welt existierte nicht mehr. Er kannte nur noch sich selbst und eine unermessliche, abgrundtiefe Stille und Dunkelheit.«

Wer diesen Satz liest, denkt unwillkürlich an die biblische Schöpfungsgeschichte und den Zustand vor der Erschaffung der Welt. Wolf Larsen, der »prachtvolle Atavismus«, ist am Ende seines Erdenwegs wieder in dieser großen Latenz, der Zeit vor aller Zeit, angekommen. Die sterbliche Hülle ist von ihm abgefallen, der Widerstand alles Äußerlichen erloschen. Der Seewolf ruht und meditiert, ein ohnmächtig-allmächtiger Gottgeist in den Intermundien des Zwischendecks. Unerreichbar und unsterblich geworden – zumindest in sterblichen Köpfen.

Denn etwas in uns allen, das sich nie mit den Begrenztheiten des Möglichen, den Sachzwängen, Rücksichtnahmen und Gutwilligkeiten, die unser Tun und Lassen bestimmen, abgefunden hat, will sich genauso ungebrochen ausleben, genauso tragisch verausgaben wie der Seewolf. Und der Verdacht ist nicht von der Hand zu weisen, dass wir diese megalomanen Räusche zu einer zivilisationsstiftenden Selbstvergottungswut gebündelt haben, die uns ohne Rücksicht auf die Opfer den Himmel stürmen und nach den Sternen greifen lässt, die ja auch Kapitän Larsen mit seiner Schablone ganz »kinderleicht« in den Griff bekommt.

Aber warum konnte ausgerechnet Jack London den dämonischen Archetyp des Willens zur Macht auf so unvergessliche Weise beschwören? Der geistesgeschichtliche Erklärungsversuch kreist fast litaneihaft um Darwin, Spencer und Nietzsche, mit deren Ideen London sich in der Tat rückhaltlos identifiziert hat. Doch wer einen Blick auf die Biografie und in die Briefe dieses Autors wirft, dem muss ein weiterer Faktor ins Auge fallen, die Tatsache nämlich, dass sein Lebensprogramm in wesentlichen Zügen mit dem seines geistigen Geschöpfs übereinstimmte.

Auch Jack London wollte nach oben, und zwar gleich in zwei Himmel, ins Pantheon der Literatur und in das Schlaraffenland des Geldes. Einen Bestseller-Gott würde er aus sich machen, beschloss der sozial deklassierte Streuner, koste es, was es wolle. »Wenn ich sterbe«, bedeutete er seiner Jugendliebe Mabel Applegarth, »dann will ich kämpfend untergehen, und die Hölle kann sich über einen Satansbraten mehr freuen. Wäre ich eine Frau, ich würde mich bedenkenlos prostituieren, nur um Erfolg zu haben – und erfolgreich werde ich sein.« Diese Ankündigung hat er wahr gemacht, Wort für Wort und Satz für Satz. Erst schrieb er seitenweise Kipling ab, um sich einen marktgängigen Stil anzueignen, dann begann er zu liefern, was verlangt wurde. Schamlos beugte er sich dem ›gesunden Volksempfinden‹ der »American prudes«, schulterzuckend akzeptierte er die Streichungen der Redakteure, ohne zu erröten betrachtete er sich in dem Spiegel, den die selbst ernannte literarische Elite dem Emporkömmling vorhielt: »Frag die Leute, die mich kennen, wer ich bin«, fordert er seine spätere Frau Charmian Kittredge auf. »Ein ungehobelter, wilder Bursche, werden sie sagen, einer, der sich für Boxkämpfe und Brutalitäten begeistert, der beim Schreiben den Dreh heraushat und mit dem oberflächlichen Kunstsinn eines Scharlatans die unvermeidlichen Bildungslücken des ›selfmade man‹ zu überspielen sucht.«

Durchbeißen hieß seine Devise, und sie steht für eben jenes wölfische Prinzip, dem auch der junge Larsen auf norwegischen Küstenschiffen und in der englischen Handelsmarine folgte und das er selbst als *Ghost*-Gott nicht vergisst. Noch als unumstrittenes Alpha- und Herrentier beißt er alles weg, was nicht kuscht und damit seinen Absolutheitsanspruch zu gefährden droht. Und auch sein geistiger Vater, oder besser, Zwilling, Jack London konnte als Rassist, Militarist und Macho Zähne zeigen, die uns Nachgeborene heute noch das Fürchten lehren. Überhaupt war der Wolf so etwas wie sein Totemtier, das nicht nur im Titel seines ersten Erzählbandes *The Son of the Wolf* und als Exlibris in den Bänden seiner Bibliothek auftauchte. Er baute sich auch ein »Wolf House«, das vor der Fertigstellung abbrannte, taufte seinen Husky »Brown Wolf«, unterzeichnete ab 1903 alle Privatbriefe mit dem Namen dieses für seine Ausdauer und Unerbittlichkeit bekannten Räubers und verschlang mit Wolfshunger selbst dann noch seine Lieblingsspeise – halbrohes Wild und Geflügel –, als diese einseitige Kost längst Gift für seinen zerrütteten Körper war.

Was Wunder, dass auch seine Identifikation mit dem Seewolf keine Grenzen kannte. Die *Ghost* war eine für den Robben-

fang umgebaute Jacht gewesen. Zwei Jahre nach Erscheinen des Buches legte London sie sozusagen im Urzustand wieder auf Kiel, um damit um die Welt zu segeln. Aber die Reise mit der *Snark* endete vorzeitig mit einer fürchterlichen Epiphanie und monatelanger Rekonvaleszenz in einem australischen Krankenhaus.
An Bord hatte London den Roman *Martin Eden* in Angriff genommen, in dem er die gleichnamige Stellvertreterfigur noch einmal alle Torturen seines eigenen schriftstellerischen Existenzkampfes durchleben und auch sie schließlich im siebenten Himmel des Erfolgs ankommen ließ, in jenem Garten Eden, der sich für London mit dem *Seewolf* endgültig aufgetan zu haben schien. Nur machen Urbild und Abbild jetzt die gleiche Erfahrung: Das Himmelreich wird aus Hoffnungen und hohen Erwartungen erbaut, die Hölle aber besteht aus der glühenden Schlacke all jener Wünsche, die in Erfüllung gegangen sind.
Der existenzielle Ekel und die Ernüchterung des allgewaltigen Wolf Larsen, eines anderen wunschlos Unglücklichen, holt Martin Eden, den literarischen Demiurgen und Weltenschöpfer, ein und lässt ihn genau dort untergehen, wo Humphrey van Weydens zweites Leben begann: »Mit den Füßen zuerst schob er sich durch das Bullauge. Die Schultern passten nicht hindurch, und er stemmte sich zurück, presste einen Arm an den Leib und versuchte es ein zweites Mal. Das Rollen des Dampfers kam ihm zu Hilfe, jetzt war er draußen, klammerte sich noch mit den Händen fest. Als die See um seine Füße schwappte, ließ er los. Er trieb im milchigen Schaum. Die Flanke der *Mariposa* glitt wie ein schwarzer Wall an ihm vorüber, in dem hier und da Lichtflecken schimmerten. Sie hatte es wirklich eilig. Ehe er sich's versah, blieb er achteraus in ihrem Kielwasser zurück, während überall um ihn herum die Schaumblasen platzten.«

Das Schlussbild spricht für sich. Ozeanische Desillusion. Es ist, als hätte Wolf Larsen diesmal in eine andere Richtung geblickt, als würde der Fischer auf der San Pablo Bay das in der Ferne vorbeidriftende Bündel seinem Schicksal überlassen. Wenn sich der *Seewolf* als Jack Londons rückhaltlose Apotheose lesen lässt, dann ist *Martin Eden* ihr vernichtender Widerruf.
Bis sich der alkohol- und drogenabhängige Meisterillusionist auf seiner »Beauty Ranch« tatsächlich aus der Welt schaffte, sollten noch sieben produktive Jahre vergehen, in denen London seine Gebrochenheit vor sich selbst und anderen überspielte und weiter Seifenblase um Seifenblase erzeugte. Natürlich haben auch davon viele nicht überdauert. Andere aber werden noch sehr lange in den abenteuerlichsten und verlockendsten Farben funkeln. *Der Seewolf*, Ikone und Verklärung eines Unheiligen, gehört ganz ohne Frage dazu.

Ulrich Horstmann

GLOSSAR

Abdrift die durch den Wind verursachte seitliche Bewegung eines Bootes nach Lee

achtern hinten

Achterdeck bei einem größeren Boot das Deck des Achterschiffes

Außenklüver das dritte, am weitesten vorn vor dem Mast gesetzte Vorsegel

Ankerspill Winde mit senkrechter Antriebswelle zum Ankerlichten

Back vorderer, vielfach überhöhter Teil des Schiffes

Backbord die linke Seite des Schiffes, im Unterschied zum Steuerbord. Die Bezeichnung stammt aus der Zeit, als die Schiffe durch einen Steuerriemen gelenkt wurden, wobei der Steuermann der linken Schiffsseite den Rücken zukehrte

Backstag den Mast von hinten haltendes Drahtseil

Backstagwind Bezeichnung für die Richtung des Bordwindes, wenn er schräg von achtern auf das Segel trifft

Backbordhalsen ein Boot segelt mit Backbordhalsen, wenn der Hals der Segel nach Backbord zeigt, auf die gleiche Seite, aus der der Bordwind weht

Baum ein längsschiffs fest angebrachtes Rundholz oder eine nur einseitig befestigte und schwengbare Spiere (z. B. ein Ladebaum)

Baumgei eine Gei, die das seitliche Schwenken eines Baumes verhindern soll

Besan Segel am hintersten Mast

Block Gehäuse aus Holz oder Metall mit Rollen oder Scheiben zur Führung von Tauwerk

Bramstenge die obere Verlängerung der meist dreiteiligen Segelschiffsmasten
Brasse Tau zum Schwenken (Brassen) einer Rah
Bugspriet ein über den Bug hinausragendes Rundholz
Davit kranartig gebogene und senkrecht stehende Vorrichtung zum Fieren und Hieven von Lasten
Dollbord oberste Bordplanke eines offenen Bootes; in ihm sind die Dollen zur Aufnahme der Riemen eingelassen
Dolle Metallklaue, die in das Dollbord gesteckt wird und in der die Riemen beim Pullen bewegt werden
Ducht eine Bank in einem offenen Boot
dwars quer zur Längsachse des Schiffes
Dwarswind ein Wind, der dwars weht
entern in die Takelage eines Segelschiffes klettern
Fall Tauwerk zum Aufziehen von Rahen, Segeln
fieren herunterlassen
Fockmast vorderster Mast eines mehrmastigen Segelschiffes
Gaffel Rundholz zum Halten des Gaffelsegels
Gaffelpiek das äußere, obere Ende der Gaffel, an dem die Piek eines Gaffelsegels angeschlagen ist
Gaffeltoppsegel an einer schräg nach oben zeigenden Spiere der Gaffel befestigtes Segel
Gei Tau zum seitlichen Bewegen von Davits und Ladebäumen
glasen Anschlagen der Schiffsglocke nach Ablauf jeder halben Stunde
halsen das Wechseln der Windseite bei achterlichem Wind
Kaventsmann eine besonders hohe Welle, die durch Überlagerung von Wellensystemen entstehen kann, wenn Wind und Strom einander entgegengerichtet sind
Klampe Stütze für auf Deck mitgeführte Boote; doppelarmige Krücke aus Holz oder Metall, um die eine Festhalteleine geschlungen wird
Klau gabelförmiger Beschlag an der Gaffel

Klaufall Fall, mit dem der am Mast liegende Teil des Segels gesetzt wird
Klüse eine runde Öffnung in der Bordwand
Klüver vorderes Stagsegel eines Segelschiffes
Klüverbaum vordere Verlängerung des Bugspriets
Klüverbaumdirk dünne Leine zum Halten des Klüverbaums
Krängung seitliche Neigung eines Schiffes durch Winddruck, Zentrifugalkraft beim Drehen, einseitigen Wassereinbruch oder einseitige Belastung
Lee die Richtung, in die der Wind weht
Log Gerät zum Messen der Fahrt eines Bootes oder der Geschwindigkeit des Stromes vom Ankerplatz aus
Lose das Durchhängen einer Leine
Luk eine durch einen Lukendeckel verschließbare Öffnung im Deck, die gleichzeitig als Passagiergang dient und zum Schutz gegen Wasser mit einem Lukensüll umgeben ist
Lukensüll die wasserdicht mit dem entsprechenden Deck verbundene hochkantige Umrandung eines Luks
Luv die Richtung, aus der der Wind kommt
marlen das Anreihen des Segels an einen Baum mit einer dünnen Leine
Marsstenge die Stenge, die den Untermast verlängert
Muring jede Verankerung mit zwei Ankern
Muringleine die Bug- und Heckleine, mit der man an einer Muringboje festmacht
Niedergang die Treppe an Bord, z. B. in die Kajüte, die steiler, schmaler und kürzer als an Land ist
Niederholer ist eine Leine, die das Niederholen von Stagsegeln sicherstellt oder erleichtert
ösen eingedrungenes Wasser wieder aus dem Boot entfernen
Palstek seemännischer Knoten, der am Leinenende eine Schlinge bildet, die sich nicht zusammenzieht und die zum Festmachen eines Schiffes über einen Pfahl (Pal) geworfen wird

Part bei einer Talje ein Ende, das durch die Blöcke läuft

Persenning Schutzbezug aus wasserdicht imprägniertem Segeltuch

Piek obere, spitzwinklige Ecke eines Gaffelsegels

Pinne Hebelarm am Steuerruder

Platting Flechtwerk aus Kabelgarnen in kunstvollen Mustern

Rah drehbares, waagerecht vor dem Mast angebrachtes Rundholz, an dem die Segel befestigt werden

reffen die Segelflächen bei starkem Wind durch Zusammenschnüren der unteren Segelteile verkleinern

Reffbändsel kurze Taue zum Einbinden der gerefften Segel

Rigg Bezeichnung der Takelage mit allen Teilen des stehenden und laufenden Gutes einschließlich Mast und Spieren

Rudergänger das Mitglied der Besatzung, das die Ruderpinne oder das Steuerrad bedient

Saling Stange am Mast zur Abstützung der Wanten

Schäkel handlicher, unterschiedlich verschließbarer Bügel aus Stahl, Eisen oder Spezialbronze, der als Verbindungselement zwischen Blöcken, Leinen, Segeln, Ketten und Takelageteilen aller Art dient

scheren eine Leine durch einen Block hindurchführen

Schot die meistens durch Blöcke geführte und als Talje geschorene Leine

Schott eine Trennwand an Bord

Sextant Winkelmessgerät zur Standortbestimmung

Spake kräftige Holzstange zum Handbetrieb des Spills, Steuerradspeiche

Speigatt Öffnung in der Fußreling oder im Schanzkleid zum Abfluss übergekommenen Wassers

Spieker beim Holzschiffbau schmiedeeiserner Nagel von flach rechteckigem Querschnitt

Spiere mit Ausnahme der Masten alle Rundhölzer an Bord eines Schiffes

Spill Winde zum Ankerlichten oder zur Leinenbedienung
spleißen Tauenden dauerhaft verbinden
Spriet eine leichte Spiere für das Sprietsegel
Sprietsegel viereckiges Segel für leichte, offene Boote
Stag festes Tauwerk, das die Masten in Schiffslängsrichtung hält
Stagfock ein Vorsegel, auch nur Fock genannt
Stagsegel an den Stagen gefahrene Segel
Stek Bezeichnung für seemännische Knoten
Stenge oberer, abnehmbarer Teil des Mastes
Steven vordere oder hintere Begrenzung des Schiffskörpers
Stopper Vorrichtung zum Festhalten einer Leine oder Ankerkette
Takelung die gesamte, aus Masten, Stengen, stehendem und laufendem Gut (Tauwerk, Ketten), Segeln u. a. bestehende Segeleinrichtung eines Segelschiffes
Talje Flaschenzug
Taljereep flaschenzugartige Führung einer kurzen Verbindungsleine zum Steifsetzen von Wanten
Törn einmaliges Umschlingen eines Rundholzes mit einem Tau
Vorsegel die am Klüverbaum gefahrenen Segel
Vorschot die Schot der Vorsegel
Want, Wanttau das Drahttauwerk oder die massiven Stangen, die zur seitlichen Verspannung des Mastes dienen
Warpanker kleinerer, leichterer Anker, der zum kurzzeitigen Ankern bei gutem Wetter benutzt und auch mit dem Beiboot ausgefahren werden kann

ZEITTAFEL

1876 Jack London (eig. John Griffith London) wird in San Francisco geboren.

1880 Umsiedlung auf eine Farm nach Alameda, Kalifornien.

1881 Einschulung.

1886 Umzug der Familie nach Oakland.

1887 Gelegenheitsarbeiten neben der Schule, Zeitungsjunge.

1891 Arbeit in einer Konservenfabrik.

1893 Matrose auf dem Robbenfänger »Sophia Sutherland«. Niederschrift der Erzählung *Typhoon off the Coast of Japan (Taifun vor der japanischen Küste).*

1894 Jack London schließt sich »Kellys Arbeitslosenarmee« auf ihrem Protestmarsch nach Washington an. Nach dem Scheitern des Marschs lebt er als Tramp, wird wegen Landstreicherei verhaftet und kehrt nach Oakland zurück.

1895 Besuch der »Oakland Highschool«, Verbindungen zur »Socialist Labor Party«.

1896 Jack London schreibt sich an der »University of California« in Berkeley ein. Publikation von Aufsätzen und Erzählungen. Mitglied der »Socialist Labor Party«.

1897 Er verlässt die Universität, um als freier Schriftsteller seinen Lebensunterhalt zu verdienen. Der Erfolg bleibt jedoch aus. Am 12. März Einschiffung nach Alaska, um als Goldgräber sein Glück zu versuchen.

1898 Nach erfolgloser Goldsuche Rückkehr nach Oakland. Jack London fristet sein Dasein als Verfasser von Kurzgeschichten; Gelegenheitsarbeiten.

1899 Veröffentlichung von *An Odyssey of the North (Eine Odyssee des Nordens)* in der Zeitschrift *Atlantic Monthly.*

1900 Veröffentlichung der Kurzgeschichtensammlung *The Son of the Wolf (Der Sohn des Wolfs)*. Heiratet Elizabeth (Bessy) Maddern.

1901 Geburt Joan Londons. Veröffentlichung der Kurzgeschichtensammlung *The God of His Fathers (Der Gott seiner Väter)*. Eintritt in die »Socialist Party«.

1902 Veröffentlichung des Romans *A Daughter of the Snows (An der weißen Grenze)*, der Kurzgeschichtensammlung *Children of the Frost (In den Wäldern des Nordens)* und des Jugendbuchs *The Cruise of the Dazzler (Joe unter Piraten)*. Reise nach England. Geburt der zweiten Tochter Bess (Becky) London.

1903 Publikation des Romans *The Call of the Wild (Ruf der Wildnis)*, des Briefwechsels mit Anna Strunsky *The Kempton-Wace Letters* und der Reportage *The People of the Abyss (Die Menschen des Abgrunds)*.

1904 Reise nach Japan, Korrespondent im Russisch-Japanischen Krieg. Veröffentlichung des Romans *The Sea-Wolf (Der Seewolf)* und des Erzählbandes *The Faith of Men (Das Vertrauen der Menschen)*.

1905 Veröffentlichung des Romans *The Game (Das Spiel)*, des Erzählbandes *Tales of the Fish-Patrol (Austernpiraten)* und des Essaybandes *The War of the Classes (Der Klassenkampf)*. Nach der Scheidung von seiner ersten Frau heiratet er Charmian Kittredge.

1906 Publikation des Romans *White Fang (Wolfsblut)* und des Erzählbandes *Moon Face and Other Stories (Das Mondgesicht)*. Umzug nach Glen Ellen, Kalifornien.

1907/08 Veröffentlichung des Romans *The Iron Heel (Die eiserne Ferse)* sowie der Erzählbände *Love of Life (Liebe zum Leben)*, *Before Adam (Vor Adam)* und *The Road (Abenteuer des Schienenstrangs)*. Reise in die Südsee mit Charmian.

1909 Erscheinen des Romans *Martin Eden*. Die geplante Weltumsegelung auf der »Snark« muss aus Krankheitsgründen unterbrochen werden.

1910 Publikation des Erzählbandes *Lost Face (Verlorenes Gesicht)*, des Essaybandes *Revolution* und des Romans *Burning Daylight (Lockruf des Goldes)*.

1911 Veröffentlichung von: *South Sea Tales (Südseegeschichten)*, *When God Laughs and Other Stories (Nur Fleisch)*, *Adventure* (*Die Insel Berande*) und *The Cruise of the Snark (Die Fahrt der Snark)*.

1912 Es erscheinen: *A Son of the Sun (Ein Sohn der Sonne)*, *The House of Pride* und *Smoke Bellew (Alaska Kid, Kid & Co.)*. Jack London und Charmian umsegeln als Passagiere des Viermasters »Dirigo« Kap Hoorn.

1913 *The Abysmal Brute (Die Bestie des Abgrunds)* und *John Barleycorn (König Alkohol)* erscheinen.

1914 Veröffentlichung von *The Valley of the Moon (Das Mondtal)*, *The Mutiny of the Elsinore (Die Meuterei auf der »Elsinore«)* und des Erzählbands *The Strength of the Strong*.

1915 Jack London wird Kriegskorrespondent in Mexiko. Veröffentlichung der Romane *The Scarlet Plague* und *The Star Rover (Die Zwangsjacke)*.

1916 Reise nach Hawaii. Austritt aus der »Socialist Party«. Am 22. November stirbt London auf seiner Ranch in Kalifornien an einer Medikamentenüberdosis.